Peter Schwindt

Morland

Das Vermächtnis der Magier

Peter Schwindt

MORLAND

Das Vermächtnis der Magier

Teil 3 von 3

Ravensburger Buchverlag

Bibliografische Information der Deutschen Nationalbibliothek:

Die Deutsche Nationalbibliothek verzeichnet diese Publikation
in der Deutschen Nationalbibliografie.
Detaillierte bibliografische Daten sind im Internet
über **http://dnb.d-nb.de** abrufbar.

1 2 3 4 13 12 11 10

Umschlagillustration: Dirk Lieb unter Verwendung
einer Illustration von Christopher Gibbs
Lektorat: Iris Praël

ISBN 978-3-473-35318-7

www.ravensburger.de

Hakon stand am Fenster des Luftschiffes und starrte fassungslos auf die Welt unter sich. Vom Führerstand der *Unverwundbar* aus besehen schien sie vollkommen unverändert. Der Wald, der Hügel und Berge wie ein sattgrüner Teppich bedeckte, erstreckte sich bis zum Horizont. Kraniche und Enten zogen ihre Kreise in der Luft. Die Natur, so schien es, scherte sich nicht um die von Menschen verursachte Katastrophe. Morvangar versank im Chaos. Es war der Anfang vom Ende – dieser Stadt, dieses Landes, dieses Planeten.

Nach sechstausend Jahren trügerischer Ruhe war die Magie in Gestalt einer harmlos aussehenden Blume nach Morland zurückgekehrt. Wer an ihr roch, starb entweder einen raschen Tod oder er verwandelte sich in ein Wesen, dessen körperliche und geistige Fähigkeiten durch die Infektion ins Unvorstellbare gesteigert wurden. Ihre Überlegenheit machte diese infizierten Menschen, die Eskatay, zu einer Gefahr für die ganze Welt. Sie fanden sich zu einer Verschwörergruppe zusammen, deren Anführer das Staatsoberhaupt Morlands war: Präsident Begarell. Mittels der Blumen wollte er so viele Magier erschaffen, dass der Herrschaft der Eskatay über die Menschheit nichts mehr im Wege stehen würde. Begarell strebte nach Alleinherrschaft, dessen war sich Hakon sicher.

Die Geschichte wiederholt sich, dachte er verzweifelt und klammerte sich noch fester an die Reling. Seine Beine zitterten. Schon einmal, vor sechstausend Jahren, hatte die Welt am Abgrund gestanden. Nach der Apokalypse hatte es nur Verlierer, aber keine Sieger gegeben. Die wenigen Überlebenden hatten sich für Generationen verkriechen müssen, bis die Erdoberfläche wieder bewohnbar geworden war. Als sie sich endlich hinaufgewagt hatten, war nichts mehr von der alten Welt übrig gewesen. Nur in dunklen Mythen lebte die Erinnerung an die Katastrophe fort. Hakon kannte all diese Geschichten. Vera, seine Ziehmutter, hatte sie ihm immer wieder erzählt. Die Eskatay, so hatte sie behauptet, seien die Verkörperung des Bösen. Und ein unartiger Junge wie er sei ein gefundenes Fressen für diese Unholde. Doch in Hakon hatte schon damals der Keim einer magischen Begabung geschlummert. Die Vorfahren seiner leiblichen Eltern hatten zu den Überlebenden der Apokalypse gehört. Allein das war ungeheuerlich genug! Alle hatten geglaubt, dass der Krieg auch der Magie ein Ende gemacht hatte. Doch in dem nun folgenden, Jahre währenden Winter hatten sich die Überlebenden verwandelt. Im Gegensatz zu den durch die Blumen infizierten Eskatay konnten diese Übriggebliebenen die magische Gabe an ihre Kinder weitervererben.

Hakons Talent hatte sich offenbart, als der Zirkus, in dem er aufwuchs, in Vilgrund gastiert hatte. Als er während einer Vorstellung von einem Zuschauer unlauterer Tricks bezichtigt wurde, hatte Hakons Zorn über die Verdächtigung die magische Gabe in ihm freigesetzt. Seit jenem Tag konnte er nicht nur die Gedanken anderer Menschen lesen, sondern sie auch beeinflussen. Hakon, der trotz seiner Sommersprossen und blonden, wirr abstehenden Haare schon lange nicht mehr wie ein sorgloser vierzehnjähriger Junge wirkte, hatte erst mühsam lernen müssen, seine magischen Kräfte zu beherrschen und nur in größter Not einzusetzen.

Ein Stöhnen riss ihn aus seinen Gedanken. Hakon drehte sich um. Jan Mersbeck war mit Schaum vor dem Mund zusammengebrochen. In seinen Augen war nur noch das Weiße sichtbar. Der hagere Eskatay mit den tief liegenden, dunklen Augen und dem schütteren, schwarzen Haar ging durch die Hölle, das wusste Hakon, auch ohne seine Gedanken zu lesen.

In Morvangar verwandelten sich in diesem Moment Hunderte von Menschen in Eskatay. Damit wurden sie, wie schon zuvor Mersbeck, Teil von Präsident Begarells Kollektiv. Sie alle konnten nun auf telepathischem Wege ihre Gedanken miteinander austauschen. Und das bedeutete, dass in Mersbecks Kopf gerade ein Wirrwarr unzähliger Stimmen herrschte. Ein Blick in seine flackernden Augen genügte, um zu erkennen, dass er die Kontrolle über sich selbst verloren hatte. Für einen kurzen Moment verspürte Hakon so etwas wie Mitgefühl für diesen Mann.

»Hakon?« Eine Hand legte sich auf seine Schulter. »Wir müssen eine Entscheidung treffen!« Sein Freund York sah ihn ernst an. Morten Henriksson, Paul Eliasson und Olav Lukasson, den letzten Mitgliedern einer Widerstandsgruppe, die sich »Armee der Morgenröte« nannte, stand das Entsetzen ins Gesicht geschrieben. Sie alle waren durch die Anstrengungen der vergangenen Tage gezeichnet. Ihre bärtigen

Wangen waren eingefallen, ihr Blick wirkte stumpf vor Erschöpfung.

Kapitän Sönders stand mit verschränkten Armen neben dem Steuerrad. Er mochte Ende fünfzig sein, doch die aufrechte Haltung und die kantigen Bewegungen verrieten eine militärische Ausbildung. Er hatte, im guten Glauben, das Richtige zu tun, die Katastrophe in Morvangar durch Öffnen der Ladeluke ausgelöst.

»Wir müssen nach Morvangar zurückkehren«, sagte Henriksson mit belegter Stimme.

»Sie haben Recht«, sagte York. »Wir müssen versuchen, so viele Menschen wie möglich zu retten.«

Hakon schwieg. Stattdessen ging er in die Knie und untersuchte Mersbeck genauer. Es gab nicht viel, was er für den Eskatay tun konnte. Wenn er jetzt telepathisch Kontakt mit ihm aufnahm, würde auch Hakon die Wucht der unzähligen Stimmen des wachsenden Kollektivs treffen, und dieses Risiko wollte er nicht eingehen. Außerdem stand Mersbeck auf der Seite des Feindes. Der Kerl musste selbst einen Weg finden, sich zu retten.

Hakon richtete sich wieder auf und löste die Arretierung des Autopiloten. Selbst mit den technischen Kenntnissen, die er durch telepathischen Austausch mit Kapitän Sönders erworben hatte, würde ihm die Steuerung der *Unverwundbar* das Äußerste abverlangen.

Vorsichtig schob er den Gashebel nach vorne. Die Motoren heulten auf. Als sich das Luftschiff träge in Bewegung setzte, stellte Hakon sich auf die Zehenspitzen und öffnete mit ausgestrecktem Arm das über ihm angebrachte Ventil der Hauptgaszelle, um den Sinkflug einzuleiten. Er spürte die Blicke der Mitreisenden im Rücken. Sönders schien nicht glauben zu können, dass ein Halbwüchsiger in der Lage war, so routiniert ein Luftschiff zu steuern. Dennoch behielt er die Fassung. Hakon sah aus den Augenwinkeln, wie der Kommandant der *Unverwundbar* nach einem Gewehr griff, das in einer Ecke lehnte. Aber Hakon brauchte nicht einzugreifen, Eliasson war auf der Hut. Noch bevor Sönders zugreifen konnte, riss der Mann die Waffe hoch.

»Schon gut, schon gut«, sagte der Kapitän und hob beschwichtigend die Hände. »Ich hoffe, Sie wissen, was passiert, wenn Sie abdrücken. Ein Funke genügt und das Luftschiff geht in Flammen auf.« Eliasson zögerte kurz, dann ließ er das Gewehr sinken.

York beugte sich besorgt zu Mersbeck hinab. Die Laute, die der Eskatay von sich gab, klangen beängstigend. Sein Atem ging schwer, die Hände hielt er vor der Brust zusammengekrallt; sie sahen aus wie Vogelkrallen. York zog sein Jackett aus, rollte es zusammen und schob es ihm unter den Kopf.

»Warum so fürsorglich?«, fragte Olav Lukasson. »Immerhin ist der Kerl Teil eines Systems, das meinen Bruder auf dem Gewissen hat.«

»Dieser Kerl, wie Sie ihn bezeichnen, ist ein Mensch«, sagte York. »Und deshalb sollten wir ihn als einen solchen behandeln.«

»Nanu? Warum auf einmal so viel Mitleid?«, fragte Lukasson. »Die Eskatay machen auch Jagd auf euch Gist. Oder kann es sein, dass du für diesen Kameraden so etwas wie

Seelenverwandtschaft verspürst? Was trennt euch denn? Gut, die Eskatay sind so unfruchtbar wie thanländische Ochsen. Aber sonst? Du und er, ihr verfügt beide über magische Kräfte.«

»Nun, im Gegensatz zu den Eskatay stehen die Gist aufseiten der Menschen«, sagte York kühl. »Das sollte der für Sie wichtigste Unterschied sein.«

»In der Tat. Und ihr lasst auch keine Gelegenheit aus, das zu betonen«, sagte Lukasson mit gespielter Unschuldsmiene. »Auffällig, nicht wahr?«

»Ich benötige Ihre Hilfe«, rief Hakon, der den Disput beenden wollte.

Lukasson schnaubte verächtlich und setzte ein mitleidiges Lächeln auf. »Was soll ich tun?«

»Wir müssen Kontakt mit dem Landeplatz aufnehmen. Schalten Sie die Signallampe ein!« Hakon deutete auf den Messingscheinwerfer, der vor dem Panoramafenster stand. Lukasson untersuchte die Lampe und betätigte den Knopf, der an der Seite angebracht war. Es knisterte, als das Licht aufflammte und das Gehäuse im Nu erhitzte.

»Richten Sie den Lichtstrahl auf das Flugfeld«, rief Hakon. »Der Hebel an der Seite öffnet den Lamellenverschluss. Betätigen Sie ihn dreimal. Damit kündigen Sie die Übertragung einer Nachricht an. Warten Sie einige Sekunden, dann wiederholen Sie das Ganze.«

Lukasson packte den Scheinwerfer mit beiden Händen und visierte den Hangar an, der in gut drei Meilen Entfernung am Rande einer großen Wiese stand. Hakon veränderte die Trimmung und glich so die Scherwinde aus.

»Nichts«, brummte Lukasson, als er den Signalhebel betätigt hatte. »Keine Antwort.«

Hakon fluchte. Lukasson versuchte es weiter. »Da unten ist niemand«, sagte er schließlich.

»Können wir überhaupt ohne Bodenmannschaft landen?«, fragte Henriksson.

»Nein«, sagte Hakon, bevor der Kapitän antworten konnte. »Wir würden abdriften und damit die Gefahr einer Havarie heraufbeschwören.«

»Also fliegen wir weiter?«, fragte Lukasson verwirrt.

Hakon kaute auf seiner Unterlippe herum. Auch wenn sie in Morvangar kaum etwas ausrichten konnten, mussten sie versuchen, so viele Leben wie möglich zu retten. »Wir geben unsere Position hier auf und Sönders steuert die *Unverwundbar* in eines der Täler. Dann springen wir«, sagte er.

»Was soll das heißen: Ihr springt?«, entfuhr es Henriksson. »Ihr brecht euch alle Knochen!«

»Ich springe und nehme Hakon mit«, sagte York. »So hast du dir das doch vorgestellt, oder?«

»Fast«, sagte Hakon und deutete auf Mersbeck. »Auch wenn er in seinem Zustand keine Gefahr für uns ist, können wir ihn nicht alleine an Bord lassen. Er kommt mit.«

»Und was ist mit uns?«, fragte Lukasson. »Sollen wir etwa hier auf euch warten?«

»Wenn Sie sterben oder ein Eskatay werden wollen, können Sie uns alle gerne begleiten«, fuhr ihn Hakon an. »Wir brauchen Sie hier an Bord! Sie müssen die *Unverwundbar* sichern und dafür sorgen, dass Kapitän Sönders keinen Unsinn anstellt, während er das Luftschiff auf Position hält.«

»Entschuldige«, schaltete Lukasson sich ein. »Aber ich lasse mir von einem halbwüchsigen Burschen wie dir nicht vorschreiben, was ich zu tun habe. Jedenfalls sitze ich nicht untätig herum.«

»Sie haben keine andere Wahl«, sagte Hakon ungerührt. »Wir nehmen Sie nicht mit.«

Lukassons Gesicht wurde rot vor Wut.

»Bitte«, meinte Hakon versöhnlicher. »Seien Sie vernünftig. Sie können im Moment nichts ausrichten. Es ist zu gefährlich für Sie.«

»Ich fürchte, Hakon hat Recht«, sagte Henriksson. In seiner Stimme schwang Verständnis mit, doch das konnte auch vorgetäuscht sein. Für einen kurzen Moment war Hakon versucht, in die Gedanken des Mannes einzudringen. Er und Eliasson hatten Jahre ihres Lebens geopfert, um in der Armee der Morgenröte gegen die Ungerechtigkeit des morländischen Systems zu kämpfen – und waren an dieser Aufgabe gescheitert.

Henriksson und Eliasson unterstützten Hakon und York, weil in ihren Augen die Gist im Vergleich zu den Eskatay das geringere Übel waren. Es war nur eine Frage der Zeit, bis sich auch Lukasson den beiden anschließen würde. Das Bündnis zwischen Gist und Menschen war jedoch überaus zerbrechlich. Er konnte nur hoffen, dass Henriksson wusste, wer sein wirklicher Feind war.

Hakon winkte Sönders zu sich heran. »Übernehmen Sie das Ruder«, forderte er ihn auf.

Daraufhin packte Hakon Mersbeck unter den Armen und spürte augenblicklich den Orkan, der den Geist des Mannes durcheinanderwirbelte. Bevor auch er mitgerissen wurde, verschloss Hakon sein Bewusstsein. Es dauerte einen Moment, bis er seine Mitte gefunden hatte. Dann nickte er York zu und gemeinsam sprangen sie.

***

Leon Frederik Begarell wusste, wie es sich anfühlte, wenn ein neues Mitglied dem Kollektiv beitrat. Elfmal hatte er es bereits erlebt und es war stets ein Akt der Erleuchtung gewesen – nicht nur weil die Fähigkeiten jedes neuen Eskatay bei dessen Verwandlung auf ihn übergingen. Als die Blumen auf Morvangar herabgeregnet waren, ahnte er jedoch, dass die Erfahrung, die er nun machen sollte, alles bisher Dagewesene in den Schatten stellen würde. Er hatte in seinem Arbeitszimmer gewartet, bis er mit dem ersten neuen Eskatay Verbindung aufnehmen konnte. Dann war alles sehr schnell gegangen. So schnell, dass er zusammengebrochen war.

»Verdammt, wo bleibt der Arzt?«, schrie eine Stimme, die Kramfors gehören musste. Begarell mochte den Sicherheitsoffizier. Er war loyal, verschwiegen und stellte kein Fragen.

Begarell öffnete die Augen und blickte an sich hinab. Man hatte ihn auf den Teppich vor seinem Schreibtisch gelegt, ihm die Jacke ausgezogen und das Hemd geöffnet, sodass seine knochige, von kleinen Narben übersäte Brust zu sehen war: ein Andenken aus seinem früheren Leben, als er noch Juri Brasauskas geheißen und sein Tagwerk an einem Hochofen verrichtet hatte. Als Kramfors sah, dass der Präsident erwacht war, atmete er erleichtert auf.

»Dem Himmel sei Dank«, sagte er. »Sie sind bei Bewusstsein!«

Begarells Körper bäumte sich erneut auf. Für einen kurzen Moment sah er das Chaos, das in Morvangar herrschte, durch die Augen eines Kindes.

Das war der schwierige Teil bei der Erweiterung des Kollektivs gewesen: Begarell hatte einen Weg finden müssen, wie er all die Neuzugänge in sich aufnehmen konnte, ohne darüber sein eigenes Ich zu verlieren. Um Ordnung in das Stimmengewirr zu bringen, stellte er sich seinen Geist als ein Haus mit vielen Zimmern vor. Jeder neue Eskatay bekam einen eigenen Raum zugewiesen und blieb dort, übertragen gesprochen, so lange, bis er von Begarell gebraucht wurde. Dieser Trick hatte geklappt, als nur zwölf Eskatay durcheinandersprachen, doch jetzt waren es vierhundert. Und es wurden mit jeder Stunde mehr.

»Bleiben Sie bei uns, Herr Präsident«, rief Kramfors und gab ihm einige leichte Ohrfeigen. »Sie dürfen auf keinen Fall ohnmächtig werden!«

Begarell schlug wieder die Augen auf. »Es ist in Ordnung«, sagte er leise und mit rauer Stimme. »Mir geht es gut.«

»Mit Verlaub, das stimmt nicht«, sagte Kramfors. »Ihr Herzschlag hat sich rapide verlangsamt. Zeitweise war er überhaupt nicht zu spüren. Sie leiden unter einem Schock.« Er warf erneut einen Blick über die Schulter, als ein Mann in den Raum stürmte und sich neben Kramfors hinkniete. Es war Begarells Leibarzt, Dr. Olsund.

»Das wurde aber auch verdammt noch mal Zeit«, sagte der Offizier.

»Sie glauben gar nicht, was hier los ist«, sagte Olsund und holte sein Stethoskop hervor. »Wir haben einen Fall Rot.«

Kramfors wurde bleich. »Das sagen Sie mir erst jetzt?« Er sprang auf, aber der Arzt hielt ihn fest.

»Bleiben Sie hier, verdammt!« Dr. Olsund hielt das Stethoskop an Begarells Brust. »Um die anderen kümmern sich bereits meine Kollegen.«

Fall Rot. So wurde der Verteidigungsfall bezeichnet, wenn die Regierung direkt angegriffen wurde.

»Was ist geschehen?«, fragte Begarell, obwohl er es bereits wusste.

»Wir vermuten einen Giftanschlag auf Sie und eine Reihe von Ministern.« Der Arzt runzelte besorgt die Stirn und holte aus der Tasche eine Manschette, die er Begarell um den Arm legte. »Ihr Blutdruckwert ist katastrophal. Leiden Sie unter anderen Beschwerden? Schwindel? Übelkeit?«

»Wer ist betroffen?«

»General Nerta, Innenminister Norwin, sein Staatssekretär Anders Magnusson und Wissenschaftsminister Strashok. Dazu auch noch einige andere Männer und Frauen in verschiedenen Wissenschaftsstationen. Wir haben soeben die Telegramme erhalten.«

»Aber Strashok befindet sich gar nicht in der Stadt«, sagte Begarell.

»Das bereitet uns ja gerade Kopfschmerzen«, erwiderte Dr. Olsund. »Wenn es wirklich ein Giftanschlag war, dann war er so perfekt geplant und durchgeführt, dass wir dahinter nur eine organisierte Gruppe vermuten können.«

»Wie geht es Nerta?«, fragte Begarell.

»Er ist wie die anderen in ein Koma gefallen«, antwortete Dr. Olsund.

»Welches Mittel kann denn die Ursache für das Koma sein?«, fragte Begarell, der natürlich wusste, was den restlichen Mitgliedern des Kollektivs zugestoßen war. Als die Blumen über Morvangar niedergegangen waren, hatte ihr Geist dem massenhaften Ansturm neuer Eskatay nicht standhalten können.

»Insulin«, sagte Dr. Olsund. Er setzte das Stethoskop ab und steckte es in die Tasche. »Im Moment untersuchen wir noch die Blutproben.«

Begarell richtete sich auf und knöpfte sein Hemd zu.

»Was haben Sie vor?«, fragte Dr. Olsund entsetzt.

»Wonach sieht es denn aus? Ich werde meine Amtsgeschäfte wieder aufnehmen«, antwortete Begarell.

»Aber ... das können Sie nicht!«, sagte Dr. Olsund erregt. »Ich muss Sie erst genauer untersuchen!«

»Mir geht es gut, machen Sie sich keine Sorgen«, sagte Begarell.

Das war selbstverständlich gelogen, aber er spürte, dass sich sein Zustand besserte. Er passte sich an. Jeder neue Eskatay war nur noch das Aufzucken eines schwachen Blitzes und nicht mehr die Detonation einer Doppelpfundgranate. Begarell richtete sein Halstuch.

»Ich möchte Sie bitten, mich für einen Moment alleine zu lassen.«

»Das ist unverantwortlich!«, rief Dr. Olsund aufgebracht. »Solange wir nicht mit Sicherheit wissen, was Ihren Zusammenbruch verursacht hat, sollten Sie die Amtsgeschäfte Ihrem Stellvertreter übertragen. Andernfalls könnten Sie eine Staatskrise heraufbeschwören.«

»Dr. Olsund, dies *ist* eine Staatskrise«, sagte Begarell und setzte sich hinter seinen Schreibtisch. »Und ganz nebenbei: An welchen Stellvertreter haben Sie denn gedacht? Norwin? Nerta?«

»Sie haben auch noch andere Minister in Ihrem Kabinett. Industrieminister Stolberg zum Beispiel«, sagte Dr. Olsund.

»Ich wusste nicht, dass neuerdings die medizinische Abteilung des Präsidialamtes Personalentscheidungen trifft«, sagte Begarell scharf.

Dr. Olsunds Gesicht lief rot an. Ohne ein weiteres Wort zu verlieren, packte er seine Tasche, verneigte sich knapp und verließ sichtlich aufgebracht das Amtszimmer, vor dem sich inzwischen eine Reihe von Stabsmitarbeitern versammelt hatte.

»Es ist alles in Ordnung!«, rief Begarell. »Sie können beruhigt an Ihre Arbeit gehen. Kramfors?«

Der Sicherheitsoffizier nahm Haltung an. »Jawohl, Herr Präsident?«

»Veranlassen Sie bitte, dass die *Unerbittlich* startklar gemacht wird. Sie soll auf dem Landeplatz des Parlamentsgebäudes bereitstehen.«

»Ja, Herr Präsident.«

»Und schließen Sie die Tür hinter sich«, rief Begarell ihm hinterher. Der Lärm, der auf dem Korridor herrschte, erstarb schlagartig. Begarell sackte in seinem Sessel zusammen. Ihm war hundeelend. Aber das war der Preis, den er zahlen musste, wenn er sein Ziel erreichen wollte. Man gelangte erst zu den Sternen, wenn man zuvor alle Widrigkeiten aus dem Weg geräumt hatte. Das alte Kollektiv war am Ende. Die meisten seiner Mitglieder würden den Schock der Expansion nicht überleben, zumindest nicht bei voller geistiger Gesundheit. Begarell hatte zu den meisten von ihnen den Kontakt verloren. Strashok, Nerta und dieser unsägliche Egmont würden im Wachkoma bleiben. Anders Magnusson, Staatssekretär im Innenministerium und Leiter des Geheimdienstes, hatte mehr Glück gehabt – wenn dieser Ausdruck hier überhaupt angebracht war. Bei ihm war die Hirnblutung weniger schwerwiegend als bei den anderen gewesen. Trotzdem war er halbseitig gelähmt und der Sprache beraubt. Blieb also noch Jan Mersbeck. Der Kontakt zu ihm war schwierig, obwohl er seinen Geist nicht mehr verschlossen hielt.

Begarell hatte diesen widerspenstigen Mann immer gemocht. Er war nicht so ein erbärmlicher Jasager wie all die anderen traurigen Gestalten gewesen, vielleicht mit Ausnahme des verstorbenen Swann, ehemaliger Geheimdienstchef und Gefährte der ersten Stunde. Wenn es einen Eskatay gab, der der Macht unzähliger neuer Stimmen in seinem Bewusstsein widerstehen konnte, dann war es dieser schmächtige Mediziner.

Begarell hatte zunächst vorgehabt, mit den zweihundert Blumen, die auf Morvangar niedergegangen waren, in einer kontrollierten Aktion das Diplomatische Korps zu infizieren, um mithilfe der neuen Eskatay erst die Nachbarländer und dann die übrigen Staaten unter seine Kontrolle zu bringen. Er hatte lange mit sich gerungen, ob er diesen Weg einschlagen sollte, um seine Revolution voranzubringen, denn er befand sich in einer schwierigen Situation. Konzentrierte er sich nur auf die Entwicklung in Morland, bestand die Gefahr, dass sich die Rückkehr der Eskatay nicht mehr vertuschen ließ. Und das würde die Verbreitung der Blumen im Rest der Welt enorm erschweren.

Jan Mersbeck hatte Recht gehabt, als er die Gefahr eines Bürgerkrieges heraufziehen sah. Viel größer jedoch war das Risiko, dass die anderen Länder sich gegen Morland zusammentaten und mit einem Präventivschlag Begarells Pläne vereitelten. Die Angst vor einer Wiederholung der Katastrophe, die vor sechstausend Jahren diese Welt heimgesucht hatte, saß noch immer tief in den Herzen der Menschen. Doch nun musste Begarell alles auf eine Karte setzen. Ihm blieb keine andere Wahl.

Er rollte seinen Sessel an einen niedrigen Tisch, auf dem eine Typenmaschine stand. Begarell hatte keinen persönlichen Assistenten. Die großen Sachen gingen per Vorlage ins Sekretariat, wo sie weiterbearbeitet wurden. Neue Gesetzesvorlagen oder Dekrete schrieb er lieber selbst. Jetzt verfasste er einen Erlass, der Morvangar zum Sperrgebiet erklärte und mehrere Armeebrigaden in die Nordprovinz beorderte, um alle Zufahrtswege zu sichern. Gleichzeitig musste er die Kompetenzen von Polizei und Militär, das auf ihn vereidigt war, neu regeln. Der Inlandsgeheimdienst hatte schon länger von Auseinandersetzungen zwischen den beiden Ordnungskräften berichtet. Norwin konnte das Innenministerium nicht mehr leiten, und es gab keinen anderen, dem Begarell vertraute. Also übertrug er den größten Teil der Zuständigkeiten auf die Armee und unterstellte ihr die Polizei.

Nun musste die Presse darüber informiert werden, dass es einen Anschlag auf die Regierung gegeben hatte, für den natürlich die Armee der Morgenröte verantwortlich war. In den nächsten achtundvierzig Stunden würde es zu einigen Verhaftungen kommen. Damit wollte er die Schlagkraft der neu gestalteten Ordnungskräfte unter Beweis stellen. Begarell hatte schon vor längerer Zeit eine Liste dringend Verdächtiger zusammengestellt.

Bei den geplanten Razzien sollten auch Belege für Verbindungen zwischen oppositionellen Abgeordneten und dem bewaffneten Widerstand zutage gefördert werden. Das war die Vorbereitung für den zweiten Schritt: die Auflösung des Parlaments, das als letzte Kontrollinstanz Begarell noch gefährlich werden konnte.

Nachdem er alle wichtigen Anweisungen und Erlasse getippt hatte, unterschrieb er sie und versiegelte die Umschläge einzeln. Vor der Tür liefen die Präsidialbeamten aufgeregt hin und her. Keiner wagte es, ihn zu stören. Als Begarell fertig war, packte er alle Papiere in eine lederne Arbeitstasche und öffnete die Tür.

Die Mitarbeiter, die sich vor seinem Zimmer versammelt hatten, verstummten augenblicklich und starrten ihn ängstlich an.

»Kramfors?«, rief Begarell und schaute sich um. »Wo stecken Sie?«

»Hier, Herr Präsident!«, antwortete der Sicherheitsoffizier und trat eilfertig näher.

»Besorgen Sie sich vier Mann, denen Sie absolut vertrauen, und begleiten Sie mich zum Parlament.«

Kramfors salutierte und eilte davon.

Begarell schaute sich um. »Wo ist Persson?«

Der Regierungsstabschef, ein staubgrauer, unscheinbarer Mann mittleren Alters, trat auf ihn zu.

»Hier sind die nötigen Verordnungen«, sagte Begarell und drückte ihm die versiegelten Umschläge in die Hand. »Sie wissen, was zu tun ist.«

»Wollen Sie nicht noch einige Worte an Ihre Mitarbeiter richten?«, flüsterte Persson so laut, dass ihn jeder hören konnte.

»Gehen Sie an die Arbeit«, sagte Begarell und erhob die Stimme. »Unser Land erlebt die tiefste Krise seiner Geschichte. Der Feind ist unerkannt in unsere Reihen eingebrochen. Und es liegt an uns, ob es ihm gelingen wird, die Welt, wie wir sie kennen, zu zerstören. Sie alle wissen, was zu tun ist.«

***

Die Gaben der Eskatay wie auch jene der Gist waren von Mensch zu Mensch verschieden. Der eine konnte fliegen, der andere konnte schwere Gegenstände bewegen oder die Gedanken anderer Menschen lesen und manipulieren. York war ein Springer. Ihm war es möglich, allein durch Geisteskraft jeden Ort aufzusuchen, an dem er schon einmal gewesen war. Praktischerweise konnte er jemanden auf diese Reise mitnehmen. In diesem Fall waren das seine Begleiter Hakon und Mersbeck. Alle drei materialisierten sich auf dem Platz vor dem *Esplanade*, jenem Hotel, in dem sie am Tag nach ihrem kräftezehrenden Marsch durch die nördliche Wildnis Morlands abgestiegen waren. Sie trugen noch die leichte Reisekleidung, die sie erst gestern hier erstanden hatten. Da war Morvangar noch eine Stadt wie jede andere gewesen, die nichts von dem verhängnisvollen Gift der Blumen gewusst hatte.

»Oh mein Gott«, flüsterte York. Hakon ließ Mersbeck los, der daraufhin zu Boden sank, und drehte sich langsam im Kreis. Es war schlimmer, als sie es sich vorgestellt hatten. Der quadratische Platz, an dem sich die pompöse Provinzverwaltung und einige wenige exklusive Geschäfte befanden, war mit leblosen Körpern übersät. Es mussten an die fünfzig Menschen sein, darunter auch Kinder, die den Kontakt mit den Blumen nicht überlebt hatten. Ein Hund trottete schnüffelnd von einer Leiche zur anderen und brach mit einem erbärmlichen Jaulen zusammen, nachdem er an einer der Blumen gerochen hatte, die überall verstreut lagen. Seine Läufe zuckten noch ein paarmal, dann war das Tier tot.

Hakon erschrak, als ein paar Straßen weiter Schreie zu hören waren. Dann gab es einen lauten, dumpfen Schlag, den Hakon bis in den Magen spürte. Fensterscheiben klirrten. Die Tauben, die unbeeindruckt zwischen den Toten nach Futter gesucht hatten, flogen erschrocken davon. Eine tiefschwarze Rauchwolke stieg auf, keine zwei Blöcke von ihnen entfernt. Hakon packte Mersbeck und zerrte ihn mit Yorks Hilfe auf die Beine.

»Ich frage mich, ob es eine gute Idee war zurückzukehren!«, sagte York mit rauer Stimme. Eine weitere Detonation ließ sie die Köpfe einziehen.

Hakon zeigte auf das Hotel. »Da rüber!« Gemeinsam zerrten sie Mersbeck zum Eingang des *Esplanade*.

Das Hotel schien verwaist zu sein. Der livrierte Portier, der sonst immer die Gäste begrüßte, hatte – aus verständlichen Gründen – seinen Posten verlassen. Hakon stieß mit der Schulter die Tür auf.

Die weitläufige, nun menschenleere Eingangshalle war in ein diffuses Licht getaucht. Hakon richtete einen umgefallenen Ohrensessel auf und setzte Mersbeck darauf ab.

»Wie geht es ihm?«, fragte York.

Hakon runzelte die Stirn und lauschte in sich hinein. Er schüttelte den Kopf. »Nicht gut. Es ist ein Wunder, dass er überhaupt noch lebt.«

Mersbeck kniff die Augen zusammen und schnaufte wie ein Boxer, der einen schweren Treffer nach dem anderen einstecken musste. Sein Hemd war durchgeschwitzt, das dünne, schwarze Haar klebte an seinem schmalen Kopf. Hakon öffnete das Halstuch und knöpfte den Kragen auf, damit der Doktor besser atmen konnte. Aber es half nichts: Mersbeck rang keuchend nach Luft, die Pausen zwischen den Atemzügen wurden immer länger. Hakon wollte gerade auch noch die Hemdknöpfe öffnen, als sich Mersbeck mit schreckverzerrtem Blick aufbäumte und zu atmen aufhörte.

»Er stirbt!« Bevor York etwas sagen oder gar eingreifen konnte, nahm Hakon Mersbecks Kopf in beide Hände und schloss die Augen. Der Sturm ineinanderwirbelnder Gefühle überwältigte ihn. Für viele, die gegen ihren Willen in das

Kollektiv hineingezogen wurden, waren die körperlichen Veränderungen ein Schock gewesen. Am ehesten ließ sich dieses Erlebnis mit der Erfahrung eines von Geburt an Blinden beschreiben, der unvermittelt sein Augenlicht wiedergewinnt. Hinzu kamen Panik und Trauer. Die meisten hatten mit ansehen müssen, wie nahestehende Menschen nach dem Kontakt mit der Blume zusammengebrochen und gestorben waren. All diese Gefühle drohten nun auch Hakon zu überwältigen.

Er befand sich an einem Abgrund, an dessen Rand sich Jan Mersbeck mit letzter Kraft festhielt. Unter ihm wogte eine Menschenmasse, die drohend die Hände zu ihm emporreckte. Mersbeck klammerte sich an einen vorstehenden Felsen, doch seine Finger rutschten langsam ab. In dem Moment, als Mersbeck den Halt verlor, ergriff Hakon seine Hand und öffnete die Augen.

Mersbeck packte Hakon am Hemd und schnappte nach Luft wie ein Mensch, der beinahe ertrunken wäre. Sie befanden sich wieder in der Lobby des *Esplanade*.

»Ich weiß nicht, wie du das gemacht hast«, flüsterte Mersbeck rau und lockerte seinen Griff. »Aber ich glaube, ich muss mich bei dir bedanken. Das war knapp.« Er sank zurück in den Sessel und wischte sich mit zitternder Hand eine feuchte Strähne aus der Stirn.

York starrte Hakon fassungslos an. »Du hast dich mit ihm … ich meine, ihr seid zusammen … Verdammt, das hätte übel für dich ausgehen können!«

»Ich musste das Risiko eingehen«, sagte Hakon. »Er wäre sonst gestorben.«

»Jan Mersbeck ist ein Eskatay«, rief York aufgebracht. »Und du weißt: Die sähen uns am liebsten tot.«

»Nein«, erwiderte Mersbeck erschöpft. »Da irrst du dich. Begarell will euch lebend.«

»Hör zu, wir müssen aufhören, in Kategorien zu denken: Eskatay, Gist, Mensch – das alles sollte nicht zählen«, sagte Hakon.

»Ach wirklich? Nun, der Präsident ist nicht gerade jemand, mit dem ich bei einer Tasse Tee die Weltlage diskutieren möchte«, sagte York kühl. »So viel dazu.«

»Ich glaube auch kaum, dass Präsident Begarell einen gemütlichen Plausch mit dir halten würde, wenn du in seiner Gewalt wärst«, sagte Mersbeck. »Ihn interessiert mehr das, was die Gist von den Eskatay trennt, und nicht, was sie verbindet.«

»Und Sie?«, fragte York.

»Ganz ehrlich? Mich auch.«

York schnaubte verächtlich.

»Aber deswegen würde ich nicht zum äußersten Mittel greifen«, fuhr Mersbeck fort. »Ihr seid die letzten Nachfahren jener magisch Begabten, die den Krieg vor sechstausend Jahren überlebten. Die Gist können diese Gabe an ihre Kinder weitervererben. Diese Vollkommenheit hat Begarell noch nicht erreicht. Es ist etwas, worum er euch aufrichtig beneidet.«

»Und deswegen gehen Sie über Leichen?«, fuhr ihn York wütend an.

Mersbecks Gesicht verfinsterte sich. »Nichts rechtfertigt die Toten draußen in den Straßen.«

»Dann verlassen Sie das Kollektiv«, sagte Hakon. »Es dient ohnehin nur Begarells Plänen.« Mersbeck wollte etwas darauf erwidern, aber Hakon schnitt ihm das Wort ab. »Sie wissen es und ich weiß es deswegen auch.«

»Ah, richtig, du bist ein Telepath«, sagte Mersbeck. »Es gibt Gründe, weshalb ich das Kollektiv nicht verlasse.«

»Einer dieser Gründe ist Ihre Eitelkeit«, sagte Hakon. »Sie bilden sich viel auf die beeindruckenden geistigen Fähigkeiten ein, die Sie durch den Kontakt mit der Eskaton-Blume erworben haben.« Hakon brachte sein Gesicht nahe an das von Mersbeck. »Die Vorstellung, eines Tages diese Fähigkeiten zu verlieren, ist absoluter Horror für Sie. Sie wollen kein normaler Mensch mehr sein. Und auch Ihre Gabe, sich innerhalb des Kollektivs von den anderen abzuschotten, erfüllt sie mit einem Gefühl von Überlegenheit. Wollen Sie noch mehr hören?«

»Danke«, sagte Mersbeck sichtlich verärgert. »Das genügt.«

»Gut. Aber eines möchte ich Ihnen dennoch sagen«, erwiderte Hakon. Er setzte sich auf die Kante eines niedrigen Marmortisches und schlug die Beine übereinander. »Ihr Selbstbild ist ziemlich angekratzt. Der Ansturm neuer Eskatay hätte Sie beinahe umgebracht. Und Sie verdrängen den Verdacht, Präsident Begarell könnte seine wahre Macht vielleicht noch gar nicht gezeigt haben.«

»Bist du fertig?«, fragte Mersbeck ungehalten. »Willst du weiter ins Detail gehen? Sollen wir noch über meine unglückliche Kindheit sprechen?«

»Sie hatten keine unglückliche Kindheit«, sagte Hakon.

»Ihre Eltern waren sehr liebevoll. Was die wohl zu Ihrer einzigartigen Karriere sagen würden?«

»Was willst du von mir?«, fauchte ihn Mersbeck an.

»Sie sind mir etwas schuldig. Ich habe gerade Ihr Leben gerettet.«

»Und ich das deiner Schwester. Wir sind quitt.«

Hakon beugte sich vor. »Ich möchte, dass Sie Ihren gesunden Menschenverstand benutzen und mit diesen eitlen Spielereien aufhören. Tun Sie, was Ihnen Ihr Gewissen sagt. Ich weiß, dass Sie eines haben.«

Mersbeck zögerte.

»Ihre Fähigkeit, den Geist zu verschließen, ist beeindruckend. Doch Sie sind geschwächt. Ein paar Dinge kann ich erkennen. Diese Blumen waren für die Übernahme ausländischer Regierungen bestimmt«, fuhr Hakon fort. »Die Eskatay wollen die Welt erobern! Haben Sie sich schon einmal überlegt, was das für Folgen hätte?« Hakon beantwortete die Frage gleich selbst. »Natürlich haben Sie das. Sie wissen ganz genau, wie die Blumen auf das zentrale Nervensystem eines Menschen wirken. Sie haben es ein paarmal mit eigenen Augen gesehen. Aber ich bezweifle, dass Sie eine Ahnung von der Größenordnung der Katastrophe haben, von der wir hier sprechen. Ich …« Hakon hielt inne. »Runter!«, schrie er und riss Mersbeck augenblicklich zu Boden. Mit einem donnernden Knall zerfetzte eine Ladung Schrot das Polster des Sessels, auf dem der Doktor gerade noch gesessen hatte. York wirbelte herum.

Hinter ihnen stand ein Mann, der hektisch eine neue Patrone in den Lauf seiner einschüssigen Flinte schob. Ohne lange zu überlegen, griff Hakon nach einem abgebrochenen Stuhlbein und hielt es hoch. Er blinzelte einmal, und Hakon umklammerte das Gewehr, das der Mann vor einer Sekunde noch so ungeschickt nachladen wollte. Einen Moment starrte der Mann das Stück Holz mit weit aufgerissenen Augen an, dann ließ er es fallen und rannte los.

York sprang und riss den Fliehenden um, der daraufhin hart der Länge nach hinschlug. Mit wild zappelnden Beinen versuchte der Mann wieder aufzustehen, aber da war Hakon bei ihm, die Waffe im Anschlag. Der Mann hob den Arm und drehte das Gesicht weg, als wollte er einen Schlag abwehren. »Nicht schießen! Bitte!«, wimmerte er.

Hakon senkte das Gewehr, klappte den Lauf nach unten und ließ die rote Patrone zu Boden fallen, die der Mann so mühsam nachgeladen hatte.

»Ich kenne Sie!«, sagte York. »Sie arbeiten doch hier im Hotel! An der Rezeption, nicht wahr?«

Der Mann nickte.

»Was ist geschehen? Warum haben Sie auf uns geschossen?«, fragte Hakon.

»Ich hatte Angst.« Er wischte sich mit dem Handrücken die Nase ab. Es war eine kindliche, fast trotzige Geste. »Draußen ist die Hölle los. Menschen sterben. Sie fallen einfach um. Und die, die wieder aufstehen, tun verrückte Dinge – als wären sie besessen.«

»Was meinen Sie damit?«, fragte Mersbeck.

»Ich kann es nicht besser beschreiben«, sagte der Mann stockend. Seine Miene verhärtete sich. »Wenn ihr mir nicht glaubt, geht doch raus und schaut selbst!«

»Wo sind die Hotelgäste?«, fragte York.

»Auf ihren Zimmern, wo sonst!« Er tastete fahrig seine Jackentasche ab und holte eine schmale Zigarre hervor, die er mit zitternden Händen anzündete.

»Und die anderen Angestellten?«

Der Mann blies nervös den Rauch in Richtung des Ausgangs. »Die meisten liegen da draußen oder haben sich den Irren angeschlossen.« Sein Lachen verwandelte sich in ein bellendes Husten. Er schaute die Zigarre angewidert an und warf sie fort. York trat sie aus. »Mir haben sie das Gewehr in die Hand gedrückt, um das Hotel zu bewachen. Sechs Patronen, das ist alles, was ich habe«, sagte er kopfschüttelnd. »Ihr gehört auch zu den Verrückten, nicht wahr? Ihr habt diese Dinger angefasst. Sonst hättet ihr nicht die Sache mit dem Gewehr machen können.« Der Mann kniff misstrauisch die Augen zusammen. »Wieso seid ihr nicht durchgedreht wie die andern?«

»Diese Verrückten, wie Sie sie nennen, machen Jagd auf Sie?«, fragte Hakon.

Sein Gegenüber musste nachdenken. »Nein«, stellte er ein wenig erstaunt fest.

»Dann sind Sie hier sicher«, sagte Hakon. »Wie heißen Sie?«

»Larus. Larus Varberg.«

»Also Larus, ich schlage vor, dass Sie weiter die Stellung halten, in Ordnung?« Er gab dem Mann das Gewehr zurück. »In der Zwischenzeit werden wir da draußen alle, die noch nicht infiziert sind, zu Ihnen schicken.«

Der Portier ergriff die Waffe, stand auf und strich seine

Uniform glatt, als könnte er durch diese Geste seine Würde wiedergewinnen. Er bückte sich nach der Patrone und betrachtete sie kurz. Dann steckte er sie in seine Jackentasche.

Hakon trat an eines der Fenster und schaute besorgt hinaus.

»Ich wünschte, Tess wäre hier«, sagte er zu York.

»Ja, geht mir genauso«, erwiderte sein Freund. »Hast du Kontakt zu ihr aufnehmen können?«

Hakon schüttelte den Kopf. »Keine Ahnung, wo sie sich befindet. Ich weiß nicht einmal, ob sie noch lebt.

York verzog das Gesicht. »Das ist nicht gut.«

»Nein«, sagte Hakon und lachte trocken. »Das ist überhaupt nicht gut. Ich kann nur hoffen, dass sie nicht von Begarells Kollektiv geschnappt wurde.« Er holte tief Luft. Sein Seufzer klang müde. »Lass uns draußen nachsehen, wie schlimm es wirklich um Morland steht.«

»Und was ist mit ihm?«, fragte York und zeigte auf Mersbeck.

»Den nehmen wir mit«, sagte Hakon. »Er soll sehen, welche Hölle Begarell entfesselt hat.«

***

Der Baum, dachte Tess verwundert und blickte hinauf in die weitausladende Krone einer majestätischen Esche, deren frühlingsgrüne Blätter leise im Wind rauschten. Der Baum war derselbe, der in Noras Garten stand! Benommen strich sie mit der Hand über die Rinde, als könnte sie auf diese Weise erfahren, wo sie sich befand. Tess wischte sich eine

Strähne aus der Stirn und lauschte. Aber die Esche schwieg, natürlich. Sie musste lachen, als sie merkte, was sie da tat. Nicht einmal ihr Freund Hakon konnte mit Bäumen sprechen.

Wo war sie? Noras Haus in Lorick war verschwunden, als Tess über die Gartenmauer geklettert war. Aber die Frage war womöglich falsch gestellt. Denn vielleicht hatte sie Morland gar nicht verlassen. Vielleicht befand sie sich nur in einer anderen Zeit. Dann durften sich die Landmarken nicht verändert haben. Aber Noras Haus hatte nie auf einem Hügel gestanden. In ganz Süderborg gab es keine einzige Anhöhe, die sich mit dieser vergleichen ließ. Und was war mit der Midnar, die nicht weit entfernt durch Lorick floss? Tess schob einige tief hängende Äste beiseite und trat in die Mittagssonne. Das Land, das sich zu ihren Füßen bis zum nördlichen Horizont erstreckte, war weit und flach. Ein lang gezogener Auenwald ließ einen Bach oder Fluss erahnen, doch keinen so mächtigen Strom, wie er östlich von Lorick in die See mündete.

Die See, natürlich. Eigentlich müsste man sie von hier aus sehen, dachte Tess. Sie wandte sich nach rechts, doch da war nur ein grünes Meer aus Bäumen.

Niedergeschlagen setzte sie sich ins hohe Gras und rupfte einen Halm aus. Nora war der mächtigste und älteste Gist, dem Tess bisher begegnet war. Niemand außer dieser blinden Frau war in der Lage, Tore zu anderen Welten aufzustoßen. Eine solche begann hinter der Gartenmauer, über die Tess geklettert war. Nora hatte sie davor gewarnt, diese Grenze zu überschreiten. Doch Tess hatte keine andere Wahl gehabt. Sie brauchte Hilfe. Nora hatte den geheimen Versammlungsort der Gist zerstört, um ihnen jede Rückzugsmöglichkeit zu nehmen und sie so zum Kampf gegen die Eskatay zu zwingen. Dann war sie in einen tiefen Schlaf gefallen, aus dem niemand sie wecken konnte.

Aus Verzweiflung hatte sich Tess in die Welt hinter der Gartenmauer geflüchtet. Nun musste sie einsehen, dass sie gestrandet war – an einem Ort, der sich ganz sicher nicht in Morland befand. Vermutlich würde noch nicht einmal York, der sich allein durch Geisteskraft an andere Orte versetzen konnte, von hier einen Weg zurückfinden. Tess musste an Nora denken, die nach der Schließung des Grand Hotels schlafend in ihrem Bett lag. Niemand war da, der sich um sie kümmern konnte. Nora würde schlafen, bis sie starb. In drei Tagen würde sie verdurstet sein. Und dieser Gedanke war Tess unerträglich. Die alte Frau war die letzte lebende Zeugin jenes Krieges, der die Welt vor sechstausend Jahren beinahe vollkommen zerstört hatte. Sechstausend Jahre! Und nun hing alles davon ab, dass Tess innerhalb von drei Tagen einen Weg zurück nach Morland fand.

Sie stand auf und wandte sich nach Süden, wo in einer Senke ein Weg aus einem Wald heraus nach Westen führte.

Je weiter sich Tess dem Fuß des Hügels näherte, desto steiler fielen seine Flanken ab. Das letzte Stück Hang verlief fast senkrecht und sie musste es daher auf dem Hosenboden hinunterrutschen. Dennoch war die Landung hart. Zwischen zusammengebissenen Zähnen stieß sie einen Fluch hervor.

Tess grübelt nicht lange herum, welche Richtung sie einschlagen sollte. Sie würde dem Weg nach Westen folgen. Es war keine bewusste Entscheidung, aber sie fühlte sich in diesem Moment richtig an. Tess krempelte die Ärmel hoch und öffnete die obersten Hemdknöpfe. Es war nicht heiß, aber zumindest doch so warm, dass sie sich ein wenig Kühlung verschaffen musste.

Das Land wogte in sanften Wellen dem Horizont entgegen. Im Norden wurde es von einer Gebirgskette begrenzt, deren Gipfel sich im trüben Dunst tief stehender Wolken verloren. Als Tess sich umdrehte, fiel ihr auf, dass die Anhöhe von Menschenhand geschaffen sein musste: eine grüne, ebenmäßige Kuppel, etwa hundertfünfzig Fuß hoch, mit der Esche auf dem höchsten Punkt.

Hatte der zweispurige Pfad schon einen Hinweis darauf gegeben, dass diese Welt bewohnt war, so hatte die Kuppel den endgültigen Beweis dafür geliefert.

Beim Weitergehen wurde Tess von einem unbehaglichen Gefühl heimgesucht. Sie traute der lieblichen, friedvollen Landschaft nicht. Was konnte sich nicht alles an Schrecken darin verbergen! Es war hell, aber in einigen Stunden würde die Sonne untergehen. Wo sollte sie nach Einbruch der Nacht schlafen? Was sollte sie essen? Hunger hatte sie noch nicht, aber einen Schluck Wasser hätte sie gut vertragen können. Bis jetzt hatte sie noch kein Lebewesen entdeckt, doch in den Wäldern musste es eine Vielzahl von Tieren geben. Tess, die in der Bibliothek des Waisenhauses gearbeitet hatte, kannte sich ein wenig in Pflanzenkunde aus. Hier wuchsen ausnahmslos Laubbäume, keine Fichten, Kiefern oder Tannen, sondern lauter Erlen, Buchen und Eichen. Auch das Weiß der in ihrer Heimat allgegenwärtigen Birken schimmerte nirgendwo durch. Noch nie in ihrem Leben hatte Tess sich so verloren gefühlt – bis plötzlich ein Hund vor ihr auf dem Weg stand.

Wie aus dem Nichts war er erschienen, ein großes Tier mit goldenem Fell. Er blinzelte verwirrt, als hätte er nicht erwartet, hier auf ein junges Mädchen zu treffen. Er senkte den Kopf und schnüffelte, als würde etwas ungleich Wichtigeres seine Aufmerksamkeit fesseln, und trottete dabei wie zufällig auf Tess zu. Als er nur noch wenige Schritte von ihr entfernt war, hob er den Kopf und hechelte, als wartete er auf etwas. Tess streckte vorsichtig ihre Hand aus. Der Hund schnupperte daran. Er musste niesen und Tess zuckte zurück. Das Tier war so überrascht, dass es einen Satz machte, aber nicht fortlief oder gar bösartig knurrte.

»Tut mir leid«, sagte Tess. »Ich wollte dich nicht erschrecken.«

Der Hund machte erneut zwei vorsichtige Schritte auf sie zu und schnüffelte. Schließlich leckte er an ihrer Hand.

»Du weißt, wie du dir Freunde machst, was?«, sagte Tess. Sie ging in die Knie, strich ihm übers Fell und stellte fest, dass er ein Halsband trug, an dem eine messingfarbene Marke befestigt war.

»Porter«, sagte sie. »Das ist ja ein seltsamer Name.« Tess stockte. Ihr war auf einmal kalt. Sie hatte die Schrift lesen können! War die Welt, in der sie gestrandet war, letzten Endes doch nicht so fremd?

Porter drehte sich um und trottete den Weg entlang, um auf der Kuppe einer niedrigen Anhöhe innezuhalten und sich nach ihr umzusehen.

»Ich komme«, sagte sie und folgte ihm. Wer immer der Besitzer dieses Hundes sein mochte, er schien ein Mensch wie sie zu sein. Nun bemerkte Tess auch die frischen Profilabdrücke von breiten Reifen auf dem Weg. Der Tiefe und Spurweite nach zu urteilen musste es sich um einen Lastwagen handeln, aber sie war keine Expertin, was Automobile anging. Hakon kannte sich da wahrscheinlich besser aus. Tess hatte den Jungen mit der telepathischen Gabe immer bewundert, obwohl sie ihm das nie gesagt hatte. Er war vierzehn Jahre alt, hatte aber durch seine Gabe mehrere Leben in sich vereinigt, sodass er viel erwachsener dachte, handelte und sprach, als es seinem Alter zukam.

Tess' anderer Freund York war das Gegenteil von Hakon. Er war in behüteten Verhältnissen aufgewachsen (eine Formulierung, über die York selbst vermutlich gelacht hätte) und strahlte noch immer die Sorglosigkeit eines Jungen aus, der in seinem Leben nie Armut kennengelernt hatte. Aber auch an York waren die Ereignisse der letzten Wochen nicht spurlos vorübergegangen. Er hatte mit ansehen müssen, wie Innenminister Norwin aus Erik Urban, Yorks Adoptivvater, einen Eskatay hatte machen wollen. Der Oberste Richter Morlands hatte die Infektion nicht überlebt. Norwin hatte im Auftrag von Präsident Begarell gehandelt, der mit allen Mitteln eine dritte Amtszeit anstrebte. Nur Richter Urban hatte ihm dabei noch im Weg gestanden und deshalb sterben müssen.

Die Erinnerung an ihre Gefährten gab Tess einen Stich ins Herz. Sie musste unbedingt einen Weg zurückfinden, denn Nora und ihre Freunde waren alles, was ihr geblieben war.

Also schloss sie mit schnellen Schritten zu Porter auf, der noch immer auf sie wartete.

Zu ihren Füßen, etwas abseits des Weges, lag ein Bauernhof. Das zweistöckige Haupthaus war weiß gestrichen und hatte eine umlaufende überdachte Terrasse. Etwas nach hinten versetzt standen noch andere Gebäude, vermutlich waren es die Stallungen und eine Scheune. Der Besitzer hatte einen Garten angelegt. In einem umzäunten Geviert konnte Tess Bohnenstangen erkennen, Kohlköpfe und andere Gewächse, die teils rosafarbene oder violette Blüten, teils schon Früchte trugen.

»Da hast du ja ein schönes Zuhause«, murmelte Tess und strich Porter über den Kopf. Der Hund gab ein leises Winseln von sich und lief dann den Hügel hinab. Tess folgte ihm. Als sie die Einfahrt erreichten, konnte sie auf einem hölzernen Torbogen den Namen erkennen, den der Besitzer seiner Farm gegeben hatte.

»Tiqqun Olam«, las Tess und runzelte die Stirn. Sie konnte zwar wie auf Porters Hundemarke die Buchstaben lesen, doch der Sinn dieser Worte wollte sich ihr nicht erschließen. Tiqqun Olam schien jedenfalls ein friedlicher Ort zu sein. Hühner scharrten gackernd nach Futter, Kühe muhten in einem Stall und irgendwo, vermutlich hinter dem Haus, meckerten einige Ziegen.

Porter trottete zu seiner Hundehütte, die am Fuß der Verandatreppe stand, trank etwas Wasser aus einem Blechnapf und legte sich dann müde in den Schatten. Tess schaute sich genauer um. Alles war sauber und aufgeräumt. Auf der Terrasse standen Kübel mit üppig blühenden Blumen. Ein

Windspiel klingelte verträumt in der warmen Brise. Tess stieg die Verandatreppe hinauf und klopfte an den Rahmen der weit offen stehende Tür. Sie blickte in eine große, helle Küche, die von einem ausladenden Tisch beherrscht wurde, an dem allerdings nur ein Stuhl stand. Es roch verlockend nach frisch gebackenem Brot.

»Hallo? Ist jemand da?«, rief Tess ein wenig ängstlich.

Niemand antwortete. Sie überlegte kurz, ob sie das Haus betreten sollte, entschied sich dann aber anders und ging die Veranda wieder hinunter. Erst jetzt hörte sie leise Musik, die bruchstückhaft aus der Scheune zu ihr herüberwehte. Tess schluckte und ging langsam auf das offene Tor zu.

Sie hatte schon viele Lastwagen gesehen, aber noch nie solch ein Gefährt. Es hatte zwar auch vier Räder, eine Ladefläche und ein Fahrerhaus. Doch es war nicht so kantig wie die Dampfautomobile in Lorick. Vielmehr sah es aus, als hätte sich jemand die Mühe gemacht, dem rot lackierten Lastwagen ein Äußeres zu verleihen, das so etwas wie Eleganz und Stärke vermitteln sollte. Aus einem kleinen schwarzen Kasten auf der Fensterbank drang die Musik eines ganzen Orchesters. Eine Frau sang mit schmerzerfüllter Stimme. Tess trat fasziniert einen Schritt vor, um den Kasten genauer in Augenschein zu nehmen, als sie mit dem Fuß gegen einen leeren Blecheimer stieß.

»Porter!«, rief eine Stimme. »Sei nicht so ungeduldig. Du bekommst gleich dein Fressen. Lass mich das nur noch zu Ende schrauben.«

Erst jetzt sah Tess die zwei Beine, die unter dem Laster hervorschauten. Sie räusperte sich.

»Ich bin nicht Porter.«

Die Opernsängerin schien gerade zu sterben, denn ihre Stimme erklomm unmenschliche Höhen. Ihr letzter Ton schwebte einige Sekunden in der Luft, wo er von den Streichern aufgenommen und davongetragen wurde.

Langsam rollte der Mann, der auf einem flachen Wagen lag, unter dem Laster hervor und stand auf. Er war vielleicht dreißig Jahre alt und trug einen hellbraunen einteiligen Arbeitsanzug. Sein kurzes, blondes Haar stand nach allen Seiten ab, als wäre er gerade erst aus dem Bett gestiegen. Die Gesichtszüge wären vielleicht ganz ansprechend gewesen, wenn er Tess nicht so fassungslos angestarrt hätte. Nun legte er den Kopf schief und kniff die Augen zusammen. Es schien, als könnte er nicht glauben, was er sah. Tess schluckte, wich seinem prüfenden Blick jedoch nicht aus.

»Wer schickt dich? Nora?«

»Nein. Ich habe allein den Weg hierhergefunden«, sagte Tess.

»Das glaube ich nicht«, sagte der Mann. »Wenn dem so wäre, besäßest du Noras Fähigkeiten. Und die hast du nicht. Das spüre ich.«

»Nora hat mich gewarnt«, sagte Tess schließlich. »Sie hat gesagt, ich solle ihren Garten nicht verlassen. Aber ich bin trotzdem über die Mauer geklettert, weil ich gehofft habe, hier Rettung für sie zu finden.«

Aufgeregt fasste sie der Mann an der Schulter und sah sie mit seinen blauen Augen durchdringend an. »Was ist mit ihr geschehen?«

»Sie schläft und ich kann sie nicht wecken.«

Der Mann stieß einen derben Fluch aus. »Wie lange ist sie schon in diesem Zustand?«

»Seit mehreren Stunden«, sagte Tess. »Seitdem sie das Grand Hotel geschlossen hat.«

Der Mann ließ sie los. Er fuhr sich mit der Hand über die Stirn und schien nachzudenken. »Gehörst du etwa zu Iljas Leuten?«, wollte er wissen.

»Wovon reden Sie?«, fragte Tess.

»Vom Krieg«, sagte der Mann. »Vom Krieg zwischen den Menschen und den Eskatay.«

»Aber … der ist schon seit sechstausend Jahren beendet«, sagte Tess.

Der Mann packte sie am Kragen und hob sie hoch. »Hör auf, mich auf den Arm zu nehmen!«, knurrte er. »Woher kommst du?«

»Aus Morland«, keuchte Tess, während sie versuchte, mit ihren zappelnden Füßen Halt zu finden.

»Morland? Wo ist das? In England?«

»Lassen Sie mich los!«, krächzte sie. »Ich bekomme keine Luft mehr!«

Schwer atmend setzte der Mann sie ab. »Noch einmal: Wie bist du hierhergekommen?«

»Ich bin in Noras Garten über die Mauer geklettert.«

»Nora hat nie ein Haus besessen.«

»Doch«, sagte Tess verzweifelt. »In Süderborg. Sie verkauft dort Trödel und andere Waren aus zweiter Hand.«

»Dann reden wir offensichtlich von zwei verschiedenen Personen«, sagte der Mann.

»Beschreiben Sie sie!«

»Klein, schwarzhaarig, Pagenkopf. Sie ist so alt wie ich.«

»So kenne ich sie auch«, sagte Tess. »Aber so war sie nur im Grand Hotel. Im wahren Leben ist sie eine alte, blinde Frau.«

Der Mann klopfte die Taschen seines Arbeitsanzuges ab und holte ein zerknautschtes Päckchen hervor. Er steckte sich etwas in den Mund, das entfernt an eine Zigarre erinnerte, und zündete es mit einem Feuerzeug an, wie Tess noch nie eines gesehen hatte. Dann setzte er sich und strich Porter über den Kopf.

»Sechstausend Jahre sagst du?«

Tess nickte. Der Mann hustete.

»Wie heißt du?«

»Tess. Tess Gulbrandsdottir«, sagte Tess. »Bitte, ich muss wieder zurück. Sonst stirbt sie!«

»Wenn es stimmt, was du sagst, ist Nora bereits gestorben«, sagte der Mann. »Du wirst ihr nicht mehr helfen können.«

»Das verstehe ich nicht«, sagte Tess verwirrt.

Der Mann lachte bitter. »Ich auch nicht. Aber in dem Moment, als du über die Mauer geklettert bist, war sie schon tot.« Er schob einen kleinen Schemel heran, damit Tess sich setzen konnte, doch sie zog es vor, stehen zu bleiben. Alle Farbe war aus seinem Gesicht gewichen. Schweigend starrte er auf seine Hände. »Das hat wohl mit diesem Ort zu tun. Es ist der Ort, an den mich Nora damals geschickt hat. Hier vergeht die Zeit offensichtlich viel langsamer als in Morland. Du sagst, dass seit dem Krieg sechstausend Jahre vergangen sind? Nun, für mich sind es nur drei.«

Ihre Beine wurden weich und Tess rutschte an der Tür des Lastwagens hinab. Sie kannte diesen Mann nicht, doch tief in ihrem Inneren wusste sie, dass er die Wahrheit sagte. Tess hatte alles verloren: Nora, ihre Freunde – und ihre Vergangenheit.

Es tat so weh, dass sie nicht einmal weinen konnte.

Der Mann seufzte und stand auf. »Komm. Es hat keinen Zweck, hier herumzusitzen und über Dinge zu jammern, die nicht mehr zu ändern sind. Porter muss gefüttert werden und ich habe noch nicht zu Abend gegessen. Mein Name ist übrigens Andre Jesion.«

Tess ignorierte die Hand, die er ihr reichte. »Wie lange kennen Sie Nora schon?«

»Zehn Jahre sind es wohl.«

»Wer sind Sie?«, fragte Tess weiter.

»Ich habe dir meinen Namen bereits genannt.«

Tess schüttelte den Kopf. »Das meinte ich nicht. Sie und Nora haben den Untergang der alten Welt miterlebt. Sie wissen, was damals geschehen ist. Warum haben Sie überlebt? Und warum sind Sie hier an diesem Ort?«

Jesion zog die Hand wieder zurück. Sein Gesicht wurde hart.

»Warum?«, schrie Tess ihn an.

»Weil Nora und ich diesen Krieg mit ausgelöst haben!«, schrie Jesion zurück. »Wir haben die Welt an den Abgrund geführt – und überlebt!«

***

»Mersbeck lebt!«, sagte Begarell erstaunt.

»Wie bitte?«, fragte Kramfors. Sie standen mit zwei schwer bewaffneten Soldaten im Fahrstuhl, der sie hinunter zur Garage brachte, wo die Präsidentenlimousine bereits mit laufendem Motor wartete.

»Schon gut«, sagte Begarell. Kramfors blickte nach vorne, seine Stirn war in Falten gelegt.

»Hören Sie auf, sich Gedanken zu machen«, sagte Begarell. »Das gehört in meinen Aufgabenbereich, nicht in Ihren.«

»Ich trage die Verantwortung für Sie, Herr Präsident.«

»Sie erledigen Ihre Arbeit vorzüglich«, sagte Begarell. Er versuchte, seiner Stimme eine väterliche Note zu geben. »Ich wüsste nicht, was ich ohne Sie und Ihr Pflichtbewusstsein tun sollte.«

Kramfors räusperte sich verlegen und schwieg.

Begarell lauschte wieder in sich hinein, aber es gelang ihm nicht, in all dem Durcheinander Mersbeck herauszufiltern. Doch er lebte tatsächlich. Erstaunlich. Begarell wusste, dass der junge Arzt überaus begabt war. Mersbeck war der Einzige, der seine Gedanken und damit sein wahres Wesen vor anderen Eskatay verschleiern konnte. Begarell hatte das nie beunruhigt. Mersbeck war stets der festen Überzeugung gewesen, dass die Fähigkeiten, die ein Eskatay nach der Infektion entwickelte, segensreich waren. Und diese Begeisterung war nicht gespielt. Mersbeck arbeitete ununterbrochen an einem Mittel, das die Sterblichkeitsrate unter den Infizierten gegen null sinken ließ. Auf diese Weise hätte jeder Mensch die Möglichkeit gehabt, Magier zu werden und so über sich hinauszuwachsen. Um diesen Plan umzusetzen, brauchte er

Begarell, und Begarell brauchte ihn. Solange diese wechselseitige Abhängigkeit bestanden hatte, war alles gut gewesen.

Mit einem Ruck hielt der Aufzug an. Die Soldaten entsicherten ihre Waffen und öffneten die Gittertür. Kramfors hatte sich schützend vor den Präsidenten gestellt, falls im Tiefgeschoss des Präsidentenpalastes ein Attentäter auf sie warten sollte. Begarells Fähigkeiten machten Leibwächter im Grunde überflüssig, doch er fand, dass eine militärische Eskorte dem Anlass die nötige Dramatik verlieh.

Die Präsidentenlimousine wartete mit laufendem Motor. Kramfors setzte sich zu Begarell in den Fond des umgebauten Coswig. Augenblicklich fuhren sie los. Ein mit Soldaten besetzter Wagen raste vorneweg, ein zweiter folgte ihnen. Als sie auf den Brandenberg-Prospekt einbogen, wollte Kramfors die Vorhänge zuziehen, aber Begarell hielt ihn davon ab.

»Lassen Sie. Heute ist so ein schöner Tag. Es wäre schade, wenn wir hier im Dunkeln säßen.«

»Wie Sie wünschen«, sagte Kramfors und richtete seinen Blick wieder nach vorne.

Begarell lehnte den Kopf gegen die kalte Scheibe und blickte in den Himmel. Einige Möwen schwebten über der Midnar, auf der ein schwerer, mit Schrott beladener Schleppkahn flussabwärts dem Hafen entgegenfuhr. Aus seinem Schlot stiegen schwere Rauchwolken. Wie eine dunkle Braut, die eine schwarze Schleppe hinter sich herzieht, dachte Begarell.

Dies war nicht seine Welt. Sie hatte ihn verloren, als er sein totes Kind in den Armen gehalten hatte. Das, was Juri

Brasauskas ausgemacht hatte, war in jener eisigen Nacht zusammen mit seiner Familie gestorben. Die Morstal-Gesellschaft hatte billige Arbeitskräfte gesucht, sie hoch in den Norden geschickt und dann einfach vergessen. Begarell hatte schon mit seinem Leben abgeschlossen, als er in einer riesigen Kaverne tief im Inneren des Silfhöpping, einem Berg hoch im Norden des Landes, auf diese wundersame Blume gestoßen war. Danach hatte er geglaubt, sterben zu müssen, aber das Gegenteil war geschehen: In jener Nacht war er neugeboren worden. Wie alle anderen, die jetzt in das Kollektiv drängten. Begarell spürte die neuen Gaben, die sich entwickelten und damit auch auf ihn übergingen, wie schon die Gaben des alten Kollektivs zu den seinen geworden waren: Swanns telepathische Kräfte, Egmonts Fähigkeit zu springen, Norwins Gabe, Dinge schweben zu lassen, und Mersbecks beständig wachsende Intelligenz. Dieses Talent hatte Begarell am meisten genützt.

Der Chauffeur bog in die Einfahrt zum Parlament ab, wo der Schlagbaum bereits oben war und die Wache in ihrem Unterstand zackig salutierte. Begarell sah, dass die Schaulustigen auf der Straße vom Militär und nicht von der Polizei auf Abstand gehalten wurden. Ob die Menschen ihm zujubelten oder drohten, war nicht zu erkennen. Begarell vermutete aber, dass sie eher ihrem Unmut Luft machten. Er wusste, dass die Versorgungslage mittlerweile extrem angespannt war. Die Krone, Morlands Währung, befand sich im freien Fall. Es gab alles zu kaufen, doch die Preise waren so hoch, dass sich eine mehrköpfige Arbeiterfamilie außer Fisch, Brot und Milch nichts leisten konnte, und diese auch nur deshalb, weil die Preise für Grundnahrungsmittel staatlich garantiert wurden. Bevor sich die Dinge bessern, werden sie erst einmal schlimmer, dachte er und ging im Geiste die Rede durch, die er vor den Abgeordneten halten wollte. Als der Wagen wenige Minuten später anhielt und der Verschlag geöffnet wurde, begrüßte ihn der Parlamentssprecher.

»Willkommen, Herr Präsident«, sagte Matthias Lindenberck und gab Begarell mit ernstem Gesicht die Hand.

»Wie ist die Stimmung?«, fragte er.

»Ich glaube, sie wollen Blut sehen«, sagte Lindenberck.

»Nun, dann sollen sie es bekommen«, sagte Begarell. Er winkte Kramfors zu sich heran. »Haben Sie schon einmal das Parlament von innen gesehen?«

»Während unserer Ausbildung an der Militärakademie haben wir eine Sitzung mitverfolgt.«

»Auf der Besucherempore, wie ich annehme. Nun, heute haben Sie die einmalige Gelegenheit, sehr nahe beim Rednerpult zu stehen«, sagte Begarell. »Sie und Ihre Männer bleiben dicht bei mir.«

»Worauf Sie sich verlassen können«, sagte Kramfors ohne die leiseste Spur von Ironie in der Stimme. Die Soldaten nahmen Begarell in ihre Mitte und bildeten so eine imposante Leibwache, die den Präsidenten in das Gebäude führte.

Das Foyer des Abgeordnetenhauses war voller Parlamentarier, die ihre Gespräche abrupt beendeten, als sie Begarell in Begleitung der Soldaten anrücken sahen. Die Stille währte nicht lange. Als die ersten Abgeordneten erfassten, was da gerade geschah, stießen sie empörte Rufe aus. Noch nie hatte es jemand gewagt, die heiligen Hallen der Demokratie mit einer bewaffneten Eskorte zu betreten. Begarell grinste über beide Ohren, als er in den Gesichtern der Parlamentarier die Angst vor einem Putsch las. Lindenberck schwang die große Glocke, die die Parlamentarier zu ihren Plätzen rief. Die meisten Abgeordneten ließen sich gehörig Zeit und Lindenbercks Glocke musste noch einige Male ertönen, bis sich alle gesetzt hatten.

Die Parlamentarier starrten Begarell an, als hätte er den Verstand verloren. Rufe der Entrüstung waren zu hören. Manch einer schüttelte drohend die Faust.

Nur Begarell lächelte. Er wusste, dass dank großzügiger finanzieller Zuwendungen und anderer Gefälligkeiten knapp die Hälfte der Abgeordneten auf seiner Seite stand. Doch die Mehrheitsverhältnisse in diesem Haus würden heute keine Rolle spielen. Er drehte sich kurz zur spärlich besetzten Regierungsbank um, wo Staatssekretär Anders Magnusson saß. Der arme Kerl sah aus, als wäre er von einem Lastwagen überrollt worden. Seine linke Gesichtshälfte hing ebenso wie sein linker Arm kraftlos herab. Seine frühere Selbstzufriedenheit war einer dumpfen Angst gewichen, die ihn unsicher wirken ließ. Aber Magnusson war da. Das war gut. Er würde in der kleinen Komödie, die Begarell gleich aufführte, die Hauptrolle spielen.

Der Tumult unter den Abgeordneten wollte nicht verebben. Die Vertreter der Arbeiterpartei begannen, ihre Sachen zu packen. Es schien, als wollten sie aus Protest der Sitzung fernbleiben. Begarell stellte sich hinter das Rednerpult. Lindenberck läutete abermals die Glocke und schlug mit einem Holzhammer auf den Tisch.

»Ruhe, meine Herren!«, rief er. »Ich muss Sie nochmals dringend bitten, Ihre Plätze einzunehmen.«

Begarell warf einen Blick auf Magnusson. Was für einen jämmerlichen Anblick dieser einst so imposante Mann bot! Der Schlaganfall, den er als Folge der Masseninfektion erlitten hatte, machte ihn zu einem sabbernden Krüppel. Magnussons Kontakt zum Kollektiv war gleich zu Beginn unterbrochen worden, was ihm das Leben gerettet hatte. Norwins Gehirn hatte Schäden in ganz anderen Bereichen erlitten. Das Areal, das für die gemeinsame Kommunikation zuständig war, funktionierte bei ihm noch immer einwandfrei. Aber das hatte ihm nicht geholfen. Jedes Mal, wenn Begarell Kontakt mit dem Innenminister aufnahm, war es, als blickte er in ein tiefes, dunkles Loch.

Der Präsident stellte fest, dass sich die meisten Mitglieder der Opposition noch immer nicht beruhigt hatten. Befriedigt nahm er zur Kenntnis, dass Kramfors und seine Männer sich an den Aufgängen zum Rednerpult postiert hatten.

Lindenberck hämmerte jetzt wie wild auf den Tisch. Die Glocke klang so schrill, als würde sie jeden Moment zerspringen. »Ich rufe Sie zur Ordnung!«

Begarell wartete. Er sah es nicht ein, gegen den Pöbel seine Stimme zu erheben. Stattdessen gab er Kramfors ein Zeichen. Der zog seine Pistole und schoss einmal in die Luft. Die Kugel blieb in der Deckenvertäfelung stecken, ironischerweise direkt neben dem Relief einer geflügelten Frauenfigur, die die Freiheit darstellen sollte.

Die Abgeordneten zuckten zusammen und zogen die Köpfe ein. Augenblicklich wurde es still.

»Entschuldigen Sie, dass ich zu so drastischen Mitteln greifen muss!«, rief Begarell. »Aber ich brauche Ihre ungeteilte Aufmerksamkeit. In den letzten vierundzwanzig Stunden hat es einen Angriff auf unseren Staat gegeben.«

»Was heißt das? Hat jetzt etwa das Militär unter Ihrer Führung die Macht übernommen?«, rief einer der Abgeordneten. »Oder wie sollen wir die Anwesenheit Ihrer Eskorte im Sitzungssaal verstehen?«

Wieder brach ein Tumult aus. Einige von Begarells Parteigängern schnappten sich den Mann und schlugen auf ihn ein, während andere versuchten, ihn zu schützen. Begarell gab Kramfors ein Zeichen, der daraufhin die Streithähne voneinander trennen ließ.

»Im Gegenteil: Angehörige des Militärs sind hier, um die Einhaltung demokratischer Regeln zu garantieren«, rief Begarell.

»Ach ja?«, antwortete ein anderer Parlamentarier. »Sie wollen also ein Feuer mit Öl löschen?«

»Die Eskatay sind zurückgekehrt«, sagte Begarell. Sofort erstarb der Aufruhr. Die Abgeordneten starrten ihn entgeistert an. Aus den Augenwinkeln sah er Magnusson ängstlich zusammenzucken. Er schien zu ahnen, welches Schicksal ihn erwartete.

»Was soll das? Wen wollen Sie für dumm verkaufen?«, kam es aus dem Plenum.

»Der Feind steht nicht vor unseren Toren. Er befindet sich bereits mitten unter uns. Und wenn wir seine Existenz als Hirngespinst abtun, kann er jetzt noch die Schlacht für sich entscheiden, die er vor sechstausend Jahren verloren hat«, sagte Begarell nachdrücklich. »Kramfors, nehmen Sie Anders Magnusson fest.«

Magnusson sprang von seinem Stuhl auf, knickte aber sofort ein, da sein linkes Bein nach dem Schlaganfall nicht mehr die Kraft hatte, den massigen Körper zu stützen. Er stieß einen unverständlichen Schrei aus, der an ein gedehntes Nein erinnerte. Kramfors zog seine Pistole. Und dann beging Magnusson in seiner Angst einen folgenschweren Fehler: Anstatt einfach sitzen zu bleiben und abzuwarten, was Kramfors mit ihm anstellte, erhob sich der massige Mann in die Luft. Wie ein riesiger, zur Seite geneigter Ballon stieg er fast bis hinauf zur Decke.

Einige der Abgeordneten stießen einen Schrei aus, die meisten waren allerdings zu geschockt, um überhaupt einen Laut von sich zu geben.

Begarells Plan ging auf. Er hatte damit gerechnet, dass Magnusson die Kontrolle über sich verlor. Und er wusste, dass der Staatssekretär nicht nur fliegen, sondern sich auch unsichtbar machen konnte. Kramfors gab den ersten Schuss ab und Magnusson schien sich augenblicklich in Luft aufzulösen.

Jetzt feuerte Kramfors dreimal dorthin, wo er Magnusson zuletzt gesehen hatte. Da Begarell ihn zuvor eingeweiht hatte, wusste Kramfors von den ungewöhnlichen Fähigkeiten des Eskatay.

Mindestens eine der drei Kugeln hatte getroffen, denn jetzt fiel etwas Schweres herunter und zerschlug eine Bank in der ersten Reihe. Alle Personen in unmittelbarer Nähe wichen erschrocken zurück. Mit einem Satz war Begarell bei

Magnusson, der wieder sichtbar geworden war. Arme und Beine waren grotesk verrenkt, aus einem Ohr lief Blut. Kaum wahrnehmbar bewegte er die Lippen. Begarell beugte sich zu ihm hinab, um seine Worte zu verstehen.

»Warum?«, krächzte Magnusson.

»Es ist nichts Persönliches«, sagte Begarell. »Aber manchmal muss ein Mensch sterben, damit andere leben können.« Er legte seine Hand auf Magnussons Brust. Augenblicklich hörte dessen Herz auf zu schlagen. Der Körper des alten Mannes sank in sich zusammen.

***

Der Qualm, der den Himmel über Morvangar verdunkelte, war schwarz und schmeckte nach Tod. Immer noch hallten entfernte Schreie durch das Inferno. Hunderte von Menschen lagen tot in den Straßen.

Mersbeck war blass und zitterte, als würde er jeden Moment zusammenbrechen. Immer wieder suchte er Halt an Hauswänden und Laternenpfählen. Hakon war aufgefallen, dass er sonderbar geformte Schuhe trug, so als ob seine Füße wund oder verletzt wären. York wollte Mersbeck stützen, doch der schüttelte den Kopf.

»Das alte Kollektiv löst sich auf«, stöhnte er. »Magnusson ist gerade getötet worden.«

»Vielleicht sollten wir doch verschwinden«, sagte Hakon. »Ich fürchte, dass wir ohnehin nichts ausrichten können.«

Mersbeck hatte sich erschöpft auf eine Treppe gesetzt. Er sah aus, als müsste er sich jeden Moment übergeben.

York trat unruhig von einem Fuß auf den anderen. »Seid mir nicht böse«, sagte er. »Aber ich habe ein ganz und gar ungutes Gefühl.«

»Wir müssen weiter«, drängte Hakon.

»Gleich«, stöhnte Mersbeck und zwang sich zu einem Lächeln. »Lass mich nur erst ein wenig meine Gedanken sortieren.«

Hakon blickte zu seinem Freund hinüber und zuckte mit den Schultern. York rollte mit den Augen. Er war kein Telepath wie Hakon, aber dass irgendetwas in der Luft lag, spürte auch er.

Der Melbygrund war eine der besseren Adressen in Morvangar. Die Kronen wuchtiger Kastanien schlossen sich über der Straße zu einem dichten Blätterdach, das Schatten spendete. Die mehrstöckigen Häuser waren weiß gestrichen und hatten liebevoll gepflegte Vorgärten, wo zwischen akkurat geschnittenen Buchsbaumbüschen Stockrosen und Hibiskus wuchsen. Ein bürgerliches Idyll, das weit entfernt schien von dem Schrecken, der Morvangar heimsuchte.

Melbygrund, dachte York, und für einen Moment blieb ihm fast das Herz stehen. Das war das Viertel, in dem seine Mutter gelebt hatte. Melbygrund 4. Das Haus, vor dem er stand, hatte die Nummer 7. Also musste er auf der anderen Straßenseite bei den geraden Ziffern suchen.

Da war es! Mit pochendem Herzen stieg er die Treppe hinauf und untersuchte die Briefkästen. Obwohl er wusste, dass dreizehn Jahre vergangen waren, schmerzte es ihn, dass er den Namen Svetlana Tereschkova nicht finden konnte. Aber vielleicht wohnte hier ja noch jemand, der seine Mutter gekannt hatte. Er zog an der Klingelschnur, trat einen Schritt zurück und wartete.

Niemand öffnete ein Fenster und steckte seinen Kopf heraus. York berührte die Haustür und stellte fest, dass sie nur angelehnt war. Er warf einen Blick über die Schulter. Hakon kümmerte sich um Mersbeck, der sich kaum noch auf den Beinen halten konnte. York zögerte einen Moment, dann betrat er den Hausflur.

Im Innern wirkte alles genauso bürgerlich wie draußen. Die Treppe zu den oberen Stockwerken war aus weißem Marmor, das schmiedeeiserne Geländer hatte einen Handlauf aus rötlichem Holz. Durch Buntglasfenster, die in Blei gefasst waren, fiel warmes Licht.

»Hallo?«, rief York das Treppenhaus hinauf. »Jemand da?« Niemand antwortete. Vorsichtig stieg er in die erste Etage.

Die Tür zu der Wohnung, die sich dort befand, stand offen. Er spähte hinein. In einem Raum, der das Esszimmer sein musste, war der Tisch gedeckt. Die Löffel lagen auf den Tellern, das Brot war noch nicht angeschnitten.

»Hallo?«, rief York erneut. Bis auf das Ticken einer großen Standuhr war es still. Er drehte sich auf der Schwelle um und ging weiter die Treppe hinauf, doch auch in den oberen Stockwerken bot sich ihm das gleiche Bild. Alle Wohnungen waren in größter Hast verlassen worden.

Wieder in der Eingangshalle angekommen, wollte er das Haus schon verlassen, als er ein leises Wimmern hörte.

»York?«, rief Hakon über die Straße.

York machte eine ungeduldige Geste und legte den Zeigefinger auf die Lippen.

In Begleitung von Mersbeck, der wieder annähernd gerade stehen konnte, kam Hakon zur Hausnummer 4.

»Was tust du da?«, fragte Hakon.

»Scht!«, machte York ungeduldig.

»Da weint ein Kind«, sagte Mersbeck.

»Das kommt aus dem Keller«, sagte Hakon, der einen Fuß über die Schwelle gesetzt hatte.

»Ich komme mit«, sagte Mersbeck.

»Sie werden schön hierbleiben«, sagte Hakon.

Mersbeck schob den Jungen beiseite. »Eins kannst du mir glauben: Von dir lasse ich mir keine Vorschriften machen.«

»Wie Sie meinen«, sagte Hakon gereizt. Mit einer ausholenden Geste überließ er Mersbeck den Vortritt. York nahm eine Lampe von einem Wandhaken bei der Kellertür und zündete sie mit einem Benzinfeuerzeug an, das jemand auf einem kleinen Sims bereitgelegt hatte. Als das Licht brannte, stiegen sie hinab in den Keller.

Es war feucht und roch nach Kohlen, Äpfeln und fauligen Kartoffeln. Ihre Schritte knirschten auf den sandigen Stufen. Das erstickte Schreien des Kindes schien aus einem der Kellerräume zu kommen, die links und rechts an den schmalen Korridor grenzten. Die Decke des gemauerten Gewölbes war so niedrig, dass Mersbeck den Kopf einziehen musste.

»Verdammt, bring den Kleinen endlich zum Schweigen!«, fluchte ein Mann leise. Die Stimme klang gedämpft.

»Aber wenn ich ihm den Mund zuhalte, kriegt er keine Luft mehr«, jammerte eine Frau.

»Wir werden bald alle tot sein, wenn Ihr Sohn nicht bald still ist«, sagte eine andere Stimme. »Tot oder verrückt!«

York hielt die Lampe in die Höhe, zögerte einen Moment und klopfte dann an die Tür. Das Kind verstummte.

»Verdammt«, murmelte York und riss die Tür auf.

Der Kopf des Jungen war schon blau angelaufen. Er zappelte verzweifelt mit den Beinchen und versuchte vergeblich, die Hand seines Vaters von seinem Mund wegzuschieben. York gab dem vollkommen verängstigten Mann einen Stoß, der daraufhin das Kind losließ. Der Junge schnappte gierig nach Luft, und als sich seine Lunge wieder gefüllt hatte, schrie er noch lauter als zuvor.

»Tun Sie uns nichts«, bettelte die Frau. »Bitte.«

York sah sich um. Männer und Frauen kauerte eng beieinander in dem niedrigen Raum. Ihre vor Todesangst weit aufgerissenen Augen leuchteten im Schein der Petroleumlampe wie helle Murmeln.

Diese Menschen mussten sich Hals über Kopf in den Keller geflüchtet haben, denn eine der Frauen hatte noch ihre Hausschuhe an.

»Was geht da draußen vor?«, fragte eine alte Frau mit zitternder Stimme. Ihr Haarknoten hat sich schon halb aufgelöst. Es sah aus, als trüge sie ein Vogelnest auf dem Kopf.

»Die Eskatay sind zurückgekehrt«, sagte Mersbeck, bevor Hakon die Frage beantworten konnte.

Die Frau schlug in stummem Schrecken die Hand vor den Mund.

»Die Eskatay?«, fragte ein alter Mann, der absurderweise einen zerbeulten Hut auf dem Kopf trug. »Das kann nicht sein!«

»Wir bringen Sie in Sicherheit«, sagte Hakon. »Im Hotel

Esplanade versammeln wir alle Menschen, die noch nicht infiziert wurden.«

»Was geschieht dort mit uns?«, fragte das Vogelnest.

Hakon schwieg. Er und York blickten fragend zu Mersbeck.

»Ich vermute, die Armee wird Morvangar zum Sperrgebiet erklären und die Überlebenden evakuieren«, erwiderte dieser schließlich nach einigem Nachdenken.

»Wie auch immer«, kürzte Hakon ungeduldig die Diskussion ab. »Wir müssen fort von hier.«

»Einen Moment noch«, fiel ihm York ins Wort. »Kennt jemand von Ihnen Svetlana Tereschkova?«

»Ich kannte sie«, sagte die alte Frau mit der zerrupften Frisur. »Warum willst du das wissen?« Sie trat näher an York heran und nahm ihm die Lampe aus der Hand, um sein Gesicht genauer betrachten zu können. »Bist du ihr Sohn? Aber natürlich! Du bist der kleine York.«

»Ja, das bin ich«, sagte York.

Die alte Frau stellte die Lampe ab, schlang die Arme um ihn und weinte. »Svetlana war für mich wie eine Tochter. Es bricht mir noch heute das Herz, wenn ich daran denke, dass sie damals so plötzlich verschwunden ist.«

»Was ist geschehen?«

»Jungchen, nenn mich bitte Marga!«, sagte die Frau und tätschelte seine Wange.

»Was ist geschehen, Marga?«

»Svetlana stand eines Tages vor meiner Tür und fragte mich, ob ich ein Zimmer für sie hätte. Sie war von der Arbeitsvermittlung der Stadt zu mir geschickt worden. Vor zwanzig Jahren ist mein Mann gestorben. Die Wohnung ist eigentlich zu groß für mich und deswegen vermiete ich immer ein Zimmer, vorzugsweise an alleinstehende junge Damen in Not. Und wenn es damals jemanden gab, der in Schwierigkeiten steckte, dann sie.«

Yorks Herz begann, heftig zu schlagen. »Wurde sie verfolgt?«

»Das hat sie nicht verraten, aber ich vermute es. Zumindest hatte sie an jenem Tag etwas Gehetztes an sich.« Marga lächelte. »Drei Jahre warst du damals alt. Und von deinem Vater war weit und breit nichts zu sehen.«

Seine Mutter war also allein und dazu noch auf der Flucht gewesen.

»Svetlana hatte eine Stelle als Schreibkraft bei der Provinzverwaltung. Wenn sie arbeitete, kümmerte ich mich um dich. Was warst du für ein aufgeweckter Junge, immer freundlich, immer gut gelaunt! Du warst so jung! Und dennoch konntest du schon lesen, schreiben und sogar ein wenig rechnen. Außerdem habe ich noch nie ein Kind gesehen, das in dem Alter so schnell laufen konnte. Wir haben oft Fangen gespielt und damals war ich noch um einiges beweglicher als heute. Aber du warst flink wie ein Wiesel und bist mir immer entwischt!«

Sie lächelte ihn mit feuchten Augen an. »Der Provinzrichter, für den Svetlana arbeitete, war ein wunderbarer Mann. Erik Urban hat euch beide großzügig unterstützt. Ich glaube, er hatte sich unsterblich in deine Mutter und ihre dunklen Augen verliebt.«

Falls York jemals an der Echtheit der Adoptionsurkunde

gezweifelt hatte: Jetzt hatte er endgültig den Beweis, dass der Richter nicht sein leiblicher Vater war.

»Erik Urban war ein Mann von höchsten Prinzipien, der die Situation deiner Mutter nie ausgenutzt hätte. Das wäre für sie auch nie infrage gekommen. Dazu war sie zu sehr eine Dame.«

»Können Sie sie mir beschreiben?«, fragte York mit brüchiger Stimme. Er spürte: So nah wie heute würde er seiner Mutter nie wieder kommen.

»Wenn du wissen möchtest, wie sie ausgesehen hat, musst du nur in den Spiegel schauen«, sagte Marga. »Du bist ihr wie aus dem Gesicht geschnitten. Und auch ihr Wesen glich sehr dem deinen. Auch sie konnte nicht lange still sitzen, war immer in Bewegung. Sie war so …«, Marga rieb Daumen und Zeigefinger aneinander, während sie nach den richtigen Worten suchte, »… quecksilbrig! Ja, das beschreibt sie am besten.«

»Wie lange ging das zwischen ihr und meinem Vater … ich meine, Erik Urban?«

»Ein halbes Jahr. Dann stand eines Tages ein Mann vor der Tür, ein unangenehmer Kerl mit Glatze und Brille.«

»Swann!«, rief Hakon.

»Ja, ich glaube, so hieß er«, sagte Marga. »Er wollte wissen, wo deine Mutter war. Ich sagte ihm die Wahrheit: dass sie zusammen mit dir und Erik Urban übers Wochenende fortgefahren war, ich aber euer Reiseziel nicht kannte.«

»Wie hat er reagiert?«, fragte York.

Marga zuckte mit den Schultern. »Er ging, ohne weitere Fragen zu stellen.« Sie schüttelte sich. »Dieser Swann hatte etwas sehr Unangenehmes an sich. Er kam mir vor wie jemand, der Vergnügen darin findet, seiner dunklen Seite nachzugeben.«

»Wie hat meine Mutter auf den Besuch reagiert?«, fragte York.

»Bestürzt. Offenbar wusste sie, wer sie da gefunden hatte. Noch am selben Abend packte sie ihre Sachen und reiste ab. Erik Urban wollte sie noch zum Bahnhof fahren. Das war der Tag, an dem ich Svetlana Tereschkova zum letzten Mal gesehen habe. Richter Urban hat sich wohl noch in derselben Woche versetzen lassen. Ich würde zu gerne wissen, was aus den beiden geworden ist.«

»Sie sind tot«, sagte York.

Marga schlug die Hand vor den Mund. »Oh nein.«

»Ich bin bei Erik Urban aufgewachsen«, sagte York. »An meine Mutter kann ich mich nicht mehr erinnern.«

Hakon legte tröstend eine Hand auf seine Schulter. York war froh über diese Geste. Noch einmal wollte er sich von der alten Dame nicht umarmen lassen. Das hätte er nicht ertragen. Immerhin war sie so etwas wie eine Großmutter für ihn gewesen, wenn auch nur für kurze Zeit.

»Haben Sie vielleicht eine Ambrotypie meiner Mutter?«, fragte er.

»Oh, leider nein«, sagte Marga bedauernd und wischte sich mit einem Taschentuch die Augen. »Svetlana hat nichts hinterlassen. Als sie an diesem Abend vor zehn Jahren ging, war es, als wäre sie niemals hier gewesen.«

»Es wird Zeit«, flüsterte Hakon. »Wir sind schon länger hier, als wir sollten.«

York nickte. Er wandte sich an die Bewohner des Hauses. »Sie werden nicht mehr zurückkehren können.« Eine Frau schluchzte, einige der Männer stöhnten. »Wenn Sie noch etwas Wichtiges mitnehmen wollen, Dokumente, Urkunden oder Andenken, dann sollten Sie sie jetzt holen. Wir warten fünf Minuten. Wer bis dahin nicht zurück ist, auf den können wir leider nicht warten.«

Die Männer, Frauen und Kinder, die in dem Keller gewesen waren, schlichen ängstlich und erschöpft in einer Kolonne durch die Straßen. Selbst der kleine Junge, der zuletzt so erbärmlich geschrien hatte, erahnte nun den Ernst der Lage und blieb still, den Arm seiner Mutter fest umklammert. Als sie auf die ersten Toten stießen, riss sie einen Streifen Stoff aus dem Saum ihres Kleides und verband ihm damit die Augen.

Wenn alles so einfach wäre, dachte York. Man sieht nicht hin und schon sperrt man damit das Elend der Welt aus. Doch das war ein Trick, der nur bei einem Kind funktionierte.

Wie ein Kundschafter, der Gestrandete durch den bedrohlichen Urwald einer unbekannten Insel führt, ging Hakon dem Flüchtlingszug voran. Er sammelte alle Blumen, die er auf dem Weg sah, ein und steckte sie in einen schmutzigen Bettbezug, den er am Straßenrand gefunden hatte. Dabei vermied er es, in die erstarrten Augen der Toten zu blicken, denn in jedem der bleichen, blutüberströmten Gesichter fürchtete er das Antlitz seiner Eltern, seiner Schwester und seiner Freunde finden.

Der Treck kam nur langsam voran, da sich ihm immer mehr Menschen anschlossen. Die Flüchtenden drängten sich stumm aneinander, um nicht von irgendeiner Blume infiziert zu werden, die Hakon bei aller Sorgfalt doch übersehen haben könnte. Mersbeck bildete den Schluss des Zuges. Vor ihm gingen Marga und York. Er trug die wenigen Habseligkeiten der alten Dame. Nach einer Viertelstunde hatten sie endlich das *Esplanade* erreicht.

Larus Varberg, der Portier, erwartete sie schon. Er stand hinter der großen Drehtür und hielt noch immer die Jagdflinte in den Händen, als könnte er damit sich und die Gäste des Hotels verteidigen. Hakon blieb mit seinem prall gefüllten Sack so weit abseits stehen, dass den Menschen, die ins Hotel strömten, von den eingesammelten Blumen keine Gefahr mehr drohte. Larus Varberg winkte Hakon zu, der ebenfalls grüßend die Hand hob.

»Wie viele sind es?«, fragte York und zeigte auf den Sack.

»Kaum mehr als dreißig«, sagte Hakon.

»Gibt es eine Möglichkeit, wie wir sie vernichten können?«, fragte York.

Mersbeck, an den die Frage gerichtet war, ließ sich mit schmerzverzerrtem Gesicht auf eine Bank fallen. »Ja, die gibt es«, stöhnte er und holte aus der Innentasche seiner Jacke ein kleines Lederetui. »Doch dazu benötigen wir starke elektromagnetische Strahlung.«

»Elektromagnetische Strahlung? Was soll das sein?«, fragte York.

Mersbeck antwortete ihm nicht. Stattdessen öffnete er das Etui und begann, mit zitternden Händen eine Spritze aufzuziehen. Dann öffnete er den Gürtel seiner Hose, schob sein Hemd ein Stück weit den Rücken hinauf und stach die Nadel ins Gesäß. Mit einem Seufzer der Erleichterung drückte er den Kolben nach unten und schloss die Augen. York fragte sich, was wohl mit den Füßen des Eskatay geschehen war. Dem fleckigen Verband nach zu urteilen, musste er sich äußerst schmerzhafte Verletzungen an den Fußsohlen zugezogen haben.

»Elektromagnetische Strahlung besteht aus gekoppelten elektrischen und magnetischen Feldern«, sagte Hakon und ließ dabei Mersbeck nicht aus den Augen. »Doch um so eine Blume zu zerstören, muss die Strahlung eine bestimmte Frequenz haben, nicht wahr?«

Mersbeck nickte, die Augen noch immer geschlossen. »Sie liegt weit im ultravioletten Bereich und ist auch für Menschen nicht besonders gesund. Ich vermute, dass diese Strahlung die Koroba auslöst.«

»Unwohlsein, Ermüdung, Übelkeit, Erbrechen, Tod«, erklärte Hakon. »Magisch Begabte reagieren auf dieses unsichtbare Licht empfindlicher als normale Menschen.«

»Wir wissen noch nicht, wie diese Strahlung den Zellstoffwechsel beeinflusst«, sagte Mersbeck. »Wir glauben aber, dass sie der Schlüssel zum Geheimnis dieser Blumen ist. Wie weit bist du in meine Gedanken eingedrungen, Hakon?«

»Nicht sehr tief«, sagte er. »Ich weiß, was Sie fühlen, und sehe einzelne Bilder. Aber es ist nicht wie bei einer direkten Kontaktaufnahme. Jedenfalls habe ich nicht Ihre gesamte Lebenserfahrung in mich aufgenommen, falls es das ist, was Sie meinen.«

Mersbeck streckte die Hand aus. »Versuch es. Berühre mich.«

Hakon schüttelte energisch den Kopf. »Nein, auf gar keinen Fall. Ich habe noch immer Schwierigkeiten, mit all den schrecklichen Dingen klarzukommen, die ich aus dem Leben anderer erfahren habe.«

Doch plötzlich packte Mersbeck zu und es war, als würde Hakon in die Tiefe fallen. Das Gefühl war angenehm und vollkommen anders als erwartet. York wollte Mersbeck zurückreißen, aber Hakon hob die Hand.

»Nein. Es ist in Ordnung.« Er schloss die Augen. Als er sie wieder öffnete, lächelte er. »Der Trick ist gut«, sagte Hakon.

»Eine Frage der inneren Einstellung«, erwiderte Mersbeck. »Es hat einige Zeit gedauert, bis ich diese Methode ganz beherrschte, aber dann konnte ich nicht nur das Kollektiv aussperren, sondern auch meine Wahrnehmung besser koordinieren.«

»Wovon redet ihr, verdammt noch mal?«, fragte York ungeduldig.

»Das Kollektiv der Eskatay ist eine Versammlung gleichberechtigter Stimmen«, erläuterte Mersbeck. »Aber schon zwölf Mitglieder, die gleichzeitig reden, können massive Kopfschmerzen verursachen. Steigt ihre Zahl so stark an wie jetzt, hört man unentwegt Stimmen. Man kann sie nicht abschalten, aber man kann sie ignorieren. Außerdem wird man im Kollektiv ständig vom Rest der Gruppe überwacht. Es gibt keine Privatsphäre mehr. Und keine Geheimnisse. Außer mir konnten ursprünglich noch zwei andere Eskatay die Verbindung zum Kollektiv kontrollieren.«

»Einer von ihnen war Swann, der Chef der Geheimpolizei«, sagte York.

»Swann war ein harter Brocken. Ein paarmal wäre es ihm fast gelungen, meine Deckung zu durchbrechen.«

»Was ist mit Begarell?«, fragte Hakon.

Mersbeck wurde ernst. »Begarell ist wirklich gefährlich. Er sieht sich gerne als Erster unter Gleichen, aber ich bin mir sicher, dass er uns allen etwas vorspielt. Ich vermute sogar, dass er eine Schlüsselgabe besitzt.«

»Welche sollte das sein?«, fragte York.

»Jeder Eskatay und jeder Gist entwickelt eine Fähigkeit, die seiner Persönlichkeit entspricht«, sagte Hakon. »Steigt ein Infizierter ins Kollektiv auf, so überträgt er seine neu erworbenen Fähigkeiten automatisch auf Begarell, oder?«

Mersbeck nickte. »Das vermute ich in der Tat, aber ich habe keine Beweise dafür.«

York machte ein nachdenkliches Gesicht. »Aber so eine Schlüsselgabe ist bestimmt nicht ungefährlich. Hakon, Tess und ich, wir entwickeln unsere Gaben auch weiter. Das geschieht langsam und ist sehr unangenehm.«

»Ihr habt Schmerzen?«, fragte Mersbeck.

»So würde ich das nicht beschreiben«, sagte York abwägend. »Es ist eher ein Unbehagen.«

»Unbehagen«, sagte Hakon nachdenklich. »Ja, das trifft es.«

Mersbeck packte sein Spritzbesteck ein und knöpfte seine Hose wieder zu. »Ich habe meine eigene Entwicklung genauer beobachtet und dabei etwas Erstaunliches festgestellt.«

»Je mehr Sie Ihre Gabe nutzen, desto schneller entwickeln Sie sich weiter«, sagte Hakon.

Mersbeck sah Hakon ärgerlich an. »Weißt du, dass das sehr irritierend ist?«

»Dass Sie einen Gedanken beginnen und ich ihn zu Ende führe?« Hakon wurde jetzt tatsächlich ein wenig rot. »Entschuldigung.«

»Eine meiner Gaben ist die Fähigkeit, Zusammenhänge extrem schnell zu erkennen und dadurch Probleme effektiver zu lösen«, fuhr Mersbeck fort.

»Sie meinen, Sie sind intelligenter als die meisten Menschen«, sagte York.

»So kann man es auch ausdrücken, ja. Ich setze diese Gabe jeden Tag ein. Deswegen entwickle ich mich schneller weiter als zum Beispiel Innenminister Norwin, der nur ein Graviton ist.«

»Wann hat man schon mal Gelegenheit, Dinge in der Luft herumschweben zu lassen«, sagte York. »Jedenfalls klingt das alles so, als seien sich Gist und Eskatay sehr ähnlich.«

»Ich bin der Überzeugung, dass sie sich nur in einem einzigen Punkt unterscheiden«, sagte Mersbeck. »Die Gist können sich fortpflanzen und dabei ihre Fähigkeiten weitervererben, während die Eskatay unfruchtbar sind.« Mersbeck stand auf und belastete vorsichtig seine Füße. »So, und jetzt lasst uns weiter nach Überlebenden suchen.« Ohne sich nach Hakon und York umzudrehen, humpelte er über den Platz wie ein Mann, der vor seiner Zeit gealtert war.

»Ich werde einfach nicht ganz schlau aus ihm«, sagte York. »Können wir ihm wirklich trauen?«

»Wenn er uns an Begarell verraten wollte, dann hätte er es schon längst getan«, sagte Hakon. »Mersbeck fühlt sich schuldig und will seine Verfehlung sühnen.«

»Was auch immer Mersbeck dazu antreibt, die Seiten zu wechseln, es ändert nichts daran, dass wir im Moment ein drängenderes Problem haben.« York schaute Hakon ernst an. »Ist es dir noch nicht aufgefallen? Wir haben Menschen gesehen, die entweder noch keinen Kontakt mit den Blumen hatten oder an ihnen zugrunde gegangen sind. Doch wo sind die, die erfolgreich infiziert wurden? Wo sind die neuen Eskatay?«

»Mersbeck wird es wissen«, sagte York. »Auch wenn er sich mit uns verbündet hat, so ist er noch immer einer von ihnen.«

Sie gingen bei der Rettung der Bewohner Morvangars nun systematischer vor. Wie alle Städte, die in den letzten hundert Jahren im Norden des Landes gegründet worden waren, hatten die Stadtplaner Morvangar nach dem Schachbrettmuster angelegt. Der Ort setzte sich aus quadratischen Häuserblöcken zusammen, deren Innenhöfe früher einmal Parks und Gärten gewesen sein mussten. Wenn er einen Blick durch die breiten Torbögen warf, entdeckte Hakon in vielen Höfen noch Bäume, unter denen inzwischen verfallene Remisen standen. Heute konnte sich keiner mehr eine Droschke geschweige denn ein motorisiertes Taxi leisten, deswegen wurden die Schuppen nicht mehr für ihren eigentlichen Zweck benutzt.

Außerdem war Morvangar mit seinen fünfundsechzigtausend Einwohnern keine Metropole, in der man einen fahrbaren Untersatz unbedingt benötigte. Diejenigen, die im Besitz eines Automobils waren, lebten nicht in der Stadt, sondern außerhalb an einem der vielen Seen. Auch die Gutbetuchten hatten in den letzten Jahren viel Geld verloren. Die Zeiten, in denen man in dieser Provinz das große Geld mit Kohle und Stahl machen konnte, waren unwiederbringlich vorüber. Morvangar starb schon seit Jahren langsam dahin. Nun fand die Stadt durch die Blumen endgültig den Tod, nicht mit einem Seufzer, sondern mit einem Knall.

Es war mühsam, jedes Haus einzeln zu durchsuchen, um die Bewohner zum *Esplanade* zu schicken. Viel mehr Menschen, als York vermutet hatte, hatten überlebt. Aber das schaffte neue Probleme. Das Hotel würde bald zu klein sein, um alle Überlebenden aufzunehmen. Dann würde man die Menschen auf die anderen Häuser verteilen müssen, die rund um den zentralen Platz standen. Hakon hatte dabei ein mulmiges Gefühl. Wenn sich alle an einem Ort versammelten, würden sie es den Eskatay leicht machen, auch noch die letzten Überlebenden zu infizieren. York war davon überzeugt, dass Hakon nicht der Einzige war, der die Blumen einsammelte. Das Kollektiv musste wachsen. Das war sein Daseinszweck. Er war zwar kein Eskatay, aber er verstand inzwischen, wie sie dachten. Oder vielmehr: wie Begarell dachte.

Mersbeck blieb auf einmal stehen. »York hat Recht. Wir sollten die Blumen verschwinden lassen«, sagte er.

»Sie lesen unsere Gedanken!«, entfuhr es Hakon, wütend und überrascht zugleich.

Mersbeck lächelte schief. »Ich konnte der Versuchung

nicht widerstehen. Noch nie ist ein Eskatay einem Gist so nahegekommen, und ich habe mich gefragt, wie dialogfähig sie sind.«

»Dialogfähig?« Hakon riss die Augen auf, als hätte er nicht richtig gehört. »Und? Zu welchem Schluss sind Sie gekommen?«, fragte er giftig.

»Es ist nicht ganz so einfach, Kontakt mit euch aufzunehmen«, sagte Mersbeck, jedes Wort abwägend. »Als würdet ihr in eurem Kopf eine andere Sprache sprechen. Fremd, aber dennoch vertraut. Na ja, immerhin hattet ihr sechstausend Jahre Zeit, euch weiterzuentwickeln.«

»Wissen Sie, dass Sie es uns ganz schön schwer machen, Ihnen zu vertrauen?«, rief York.

»Das tut mir leid«, sagte Mersbeck. »Aber vielleicht denkt ihr mal nach. Ich gehe mit meinem Verrat an den Eskatay ein großes Risiko ein. Noch nie hat jemand das Kollektiv verlassen. Ihr fragt euch doch auch, wo all die Infizierten sind! Nun, ich kann es euch sagen: Sie versammeln sich gerade in einer alten Fabrikhalle, keine zwei Meilen von hier entfernt. Männer, Frauen und Kinder. Bis jetzt hat kaum einer von ihnen verstanden, was geschehen ist. Die meisten leiden entsetzliche Schmerzen, weil ihr Körper sich noch nicht vollständig an seine neuen Fähigkeiten angepasst hat. Sie ...« Er stockte und kniff die Augen zusammen.

»Alles in Ordnung mit Ihnen?«, fragte Hakon misstrauisch.

Mersbeck nickte und rieb sich die Schläfen, als versuchte er, einen schmerzhaften Gedanken niederzuringen. Er holte tief Luft. »Begarell ist mächtig geworden. So mächtig, dass er es sich leisten kann, die Maske fallen zu lassen. Er kontrolliert nun die Eskatay direkt, wie Marionetten.« Mersbeck zeigte auf den Beutel. »Wir müssen die Blumen sofort vernichten!«

»Sie haben doch selbst gesagt, dass man dafür eine besondere Energie benötigt«, sagte Hakon.

»Ich könnte sie im toten Wald verstecken«, sagte York. »Dort, wo wir das Lager der Forschungsexpedition gefunden haben.«

»Und wo auch die Koroba wütet«, sagte Hakon. »Du würdest bei deiner Ankunft augenblicklich deine Fähigkeiten verlieren und nicht mehr zurückkehren können.«

»Ich kenne einen Ort, der von der Strahlung so verseucht ist, dass er leuchtet«, sagte Mersbeck. »Es ist … war ein Arbeitslager, gut hundert Meilen nördlich von Vilgrund.«

»Dann müssten wir die Blumen mit an Bord des Luftschiffes nehmen«, sagte York. Das Unbehagen war ihm deutlich anzuhören.

»Sie waren schon einmal an Bord und niemand hat Schaden genommen«, sagte Mersbeck. »Wir müssten nur einen passenden Behälter finden, der in die Ladebucht der *Unverwundbar* passt.«

»Eine Kiste. So etwas finden wir vielleicht im Hotel«, sagte York.

»Oder in einem der vielen verlassenen Häuser«, ergänzte Hakon.

Plötzlich hielten sie inne. Der Wind wehte ein immer lauter werdendes Pfeifen zu ihnen herüber. York erkannte es sofort.

»Da kommt ein Zug!«, rief er fassungslos.

Nun hörten sie auch das schwere Stampfen der Lokomotive, das sich verlangsamte, bis Bremsen quietschten und ein weiterer Pfiff ertönte. Dann war es wieder still. »Begarell eagiert ziemlich schnell«, sagte Hakon zu Mersbeck.

»Wer immer mit diesem Zug gekommen ist, er ist nicht wegen der Katastrophe in Morvangar hier«, sagte er. »Die Bahn war schon unterwegs, als die Blumen die ersten Bewohner infizierten.«

»Dann ist es eine reguläre Verbindung«, sagte York.

Mersbeck machte ein skeptisches Gesicht. »Das glaube ich nicht. Es herrscht Kriegsrecht im Land. Ohne Sondergenehmigung darf niemand verreisen.«

»Hakon, was hast du vor?«, fragte York, als er sah, wie sein Freund auf einmal kehrtmachte.

»Wir können hier stehen und den ganzen Tag darüber spekulieren, wer Morvangar einen Besuch abstattet«, sagte er. »Ich persönlich schaue lieber nach.«

Der Zug, der in den Bahnhof von Morvangar eingefahren war, bestand aus sechs Viehwaggons, die von schwer bewaffneten Soldaten in Kompaniestärke bewacht wurden. Hakon, York und Mersbeck hatten sich im Dachgeschoss eines halb ausgebrannten Hauses am Vorplatz versteckt und beobachteten das Treiben aus einem der Fenster.

»Also doch die Armee«, sagte York und deutete auf einen Offizier, der einem Trupp Befehle erteilte. Soldaten schwärmten aus, um den Bahnsteig zu sichern.

»Kannst du erkennen, was sich in den Waggons befindet?«, fragte Hakon.

York schüttelte den Kopf. »Was ist mit deiner Gabe? Kannst du irgendwelche Gedanken empfangen?«

Hakon lachte trocken. »Ich glaube, du überschätzt meine Fähigkeiten. Wir sind zu weit entfernt. Vielleicht ist ja unser Freund Mersbeck dazu in der Lage?«

»Nur wenn sich unter den Soldaten ein Eskatay befindet«, sagte er. »Aber da unten ist kein Mensch mit einer magischen Begabung. Noch nicht.«

»Was soll das heißen?«, fragte York.

»Die Eskatay setzen sich in Bewegung«, sagte Mersbeck und zeigte auf eine Fabrikanlage, die am östlichen Stadtrand lag.

»Das gibt ein Blutbad!«, rief Hakon entsetzt.

»Warten wir es ab«, meinte Mersbeck.

»Sind Sie wahnsinnig?«, fragte Hakon fassungslos. »Wollen Sie für den Tod der Menschen dort unten verantwortlich sein?«

»Was sollen wir denn tun?«, gab York zu bedenken. »Willst du die Soldaten warnen?«

»Sie öffnen die Waggons«, sagte Mersbeck.

Die Türen wurden entriegelt und beiseitegeschoben. Der Zug transportierte lebende Fracht! Aber es waren weder Kühe noch Pferde, die da zusammengetrieben wurden.

»Es sind Kinder!«, flüsterte Hakon.

Die Jungen und Mädchen, die meisten von ihnen jünger als York, mussten sich nebeneinander aufstellen. Ein Soldat schritt die Reihen ab, zählte die Köpfe und verglich das Ergebnis mit einer Liste, die er in der Hand hielt. Als er sich umdrehte und dem Offizier das Klemmbrett überreichte, nickte dieser. Daraufhin wurden Brote ausgegeben, die die Kinder im Stehen verzehrten. Die Soldaten hielten sie dabei wie Schwerverbrecher in Schach.

»Kannst du die Uniformen erkennen, die die meisten von ihnen tragen?«, fragte York. »Ich glaube, sie kommen aus einem Waisenhaus.«

Hakon konnte auf diese Entfernung keine Gesichter ausmachen, aber zwei Mädchen, die identische rosa Kleider trugen, fielen ihm sofort auf.

»Da sind Lennarts Töchter!«, sagte er.

»Was?«, rief York.

»Siehst du sie? Ganz links vor dem dritten Waggon.«

York brauchte einen Moment, bis er sie entdeckte. »Ja! Du hast Recht!«

Auf einmal ertönte ein Schuss. Die Kinder schrien und duckten sich. Ein Offizier brüllte Befehle und die Soldaten luden ihre Gewehre durch.

»Die Eskatay sind da«, sagte Mersbeck.

Auf dem Bahnhofsplatz war wie aus dem Nichts eine Menschenmenge aufgetaucht. Auf den ersten Blick schien sie aus normalen Männern und Frauen zu bestehen. Doch was die Szene so unheimlich machte, war die vollkommene Stille, in der sie sich versammelt hatten. Niemand sprach ein Wort. Einige wanden sich in Krämpfen.

Mersbecks Gesicht war leichenblass. Er atmete schwer und blinzelte unentwegt, als kämpfte er gegen eine bleierne Müdigkeit an.

Die Soldaten hatten sich mit angelegten Gewehren und aufgepflanzten Bajonetten in etwa zwanzig Schritt Entfernung vor den Eskatay aufgestellt. Sie würden nicht zögern zu schießen, wenn der Befehl kam.

Da löste sich plötzlich ein Mann aus der Gruppe der Eskatay und humpelte steif wie ein Schlafwandler auf das Kommando zu. Der Offizier zog seine Pistole und schrie, dass er stehen bleiben solle. Der Eskatay gab sich vollkommen unbeeindruckt. Obwohl die Waffe auf ihn gerichtet war, lief er unbeirrt weiter. Der Offizier drückte ab. Einmal, zweimal, dreimal, doch es fiel kein Schuss. Fassungslos starrte der Soldat erst die Waffe, dann den Mann an, den er hatte töten wollen und der noch immer auf ihn zuwankte. Mit einem lauten Ruf gab er seinen Männern den Befehl abzudrücken. Nichts geschah. York konnte das leere Klicken der Schlagbolzen bis hinauf in das Versteck hören.

Die Soldaten wichen zurück. Nur einige wenige waren mutig genug, den Mann mit ihren Bajonetten anzugreifen. Doch sie kamen nicht weit. Mitten in der Bewegung fielen sie reglos zu Boden. Jetzt standen sich der Eskatay und der Offizier Auge in Auge gegenüber.

York gab Hakon einen Stoß. »Los. Wir müssen von hier verschwinden!« Hakon packte Mersbeck beim Arm und zerrte ihn auf die Beine. »Sie hatten Recht. Es gibt kein Blutbad. Ich weiß nicht warum. Aber es sieht so aus, als wären die Eskatay und die Armee auf einmal dicke Freunde.«

»Dann sollten wir umso schneller von hier verschwinden«, drängte York. Er nahm den Sack mit den Blumen.

»Ich komme nicht mit«, sagte Hakon entschlossen.

»Was soll das denn heißen?«, fragte York aufgebracht.

»Ich habe Hagen Lennart ein Versprechen gegeben«, sagte

er. »Da unten sind seine Kinder und ich werde sie sicher zu ihm bringen.«

»Hakon, ich brauche dich an Bord der *Unverwundbar*!«, sagte York. »Ich traue weder Henriksson noch den anderen! Ich kann nicht wie du ihre Gedanken lesen!«

»Es tut mir leid«, sagte Hakon. »Aber ich habe keine andere Wahl.«

York war enttäuscht und er hoffte, dass Hakon ihm das auch ansah. Mit einem Telepathen an seiner Seite hatte er sich immer sicher gefühlt. Die beiden hatten sich auf ideale Weise ergänzt, und jetzt fühlte er sich wie ein siamesischer Zwilling, der sich von seinem Bruder trennen sollte.

York gab sich einen Ruck und umarmte Hakon. »Viel Glück«, sagte er.

»Wir hören voneinander«, sagte Hakon, der sich daran erinnerte, was Nora ihm kurz vor der Schließung des Grand Hotels aufgetragen hatte. Wie die Nabe eines Speichenrades sollte er das Gefüge der Gist zusammenhalten und mithilfe seiner Gabe mit ihnen kommunizieren.

»Ich hoffe es«, sagte York und ging.

***

»Sie sind wieder zurück«, wiederholte Begarell seine Worte vor dem Parlament. »Und sie sind unter uns! Von Magnusson haben wir gewusst, weil er sich verraten hat!«

»Also war er nicht der Einzige?«, fragte Lindenberck. Er hielt die Glocke in der Hand, als würde er noch immer eine ganz alltägliche Sitzung leiten.

»Natürlich nicht«, sagte Begarell.

»Sie meinen doch nicht etwa, dass noch mehr von diesen Ungeheuern hier sind?«, fragte Scherling. Begarell kannte den Abgeordneten aus der Ostprovinz. Er war der Vorsitzende des Haushaltsausschusses. Eine kleinkarierte Krämerseele und wenig fantasiebegabt.

»Natürlich meine ich das«, fuhr ihn Begarell an. »Zwei Dinge hat der Geheimdienst in Erfahrung gebracht: Morvangar ist vor vierundzwanzig Stunden in die Hand der Eskatay gefallen. Und zum anderen hat sich ein gutes Dutzend dieser Ungeheuer hier unter die Volksvertreter gemischt. Ihr Kollege könnte einer von ihnen sein.«

Scherling schnappte nach Luft.

»Tatsache ist: Wir haben bisher noch kein Mittel gefunden, sie zu entlarven, bevor sie sich durch ihre Taten verraten.«

»Sie glauben also, dass das Parlament von ihnen unterwandert ist?« Scherling wurde bleich.

»Dessen bin ich mir sicher. Und das ist der Grund, warum ich es auflösen werde und sie alle internieren lasse.« Er nickte Kramfors zu und der blies in seine Trillerpfeife. Augenblicklich wurden alle Türen aufgerissen und eine ganze Hundertschaft bis an die Zähne bewaffneter Soldaten stürmte herein. Bevor überhaupt jemand wusste, was ihm da gerade widerfuhr, hatten sich die Uniformierten in Stellung gebracht.

»Das ist doch gegen das Gesetz!«, schrie einer der Abgeordneten.

»Nein, das ist vollkommen legal«, erwiderte Begarell. »Mit dem Ermächtigungsgesetz haben Sie mir die Mittel gegeben, dieses Parlament aufzulösen. Wenn die Eskatay bereits die obersten Ränge der Ministerialbürokratie infiltriert haben, wie sieht es dann erst mit der Volksvertretung aus? Wer von Ihnen kann mir garantieren, dass sein Banknachbar kein Eskatay ist?«

Betretenes Schweigen machte sich breit. Begarell musste sich ein Lächeln verkneifen, als er sah, wie sich tatsächlich der eine oder andere Abgeordnete verstohlen umblickte.

»Diese Maßnahme dient dem Wohle unseres Landes«, rief er. »Ich als gewählter Präsident muss das Leben der Bevölkerung schützen.«

»Vor ihren gewählten Vertretern?«, entfuhr es Gunnar Norrland, dem Führer der Arbeiterpartei. »Das ist lächerlich! Wenn die Eskatay wirklich zurückgekehrt sind …«

»Die Frage nach dem Wenn stellt sich nicht«, fuhr ihm Begarell barsch über den Mund, doch Norrland ließ sich nicht beirren.

»Wenn die Eskatay wirklich zurückgekehrt sind«, wiederholte er mit erhobener Stimme, »werden Sie mit Ihren Soldaten nichts ausrichten können. Das alles ist nur der Vorwand für einen von langer Hand geplanten Staatsstreich! Wir alle wissen doch, dass Sie für eine dritte Amtszeit über Leichen gehen würden. Haben Sie nicht deshalb sogar Richter Urban töten lassen?«

Begarell ließ sich von dem Tumult, der nach diesen Anschuldigungen ausbrach, nicht beeindrucken. Beim Anblick der Waffen wagte keiner der Parlamentarier, Widerstand zu leisten. Sie ließen sich ohne Probleme abführen. Knapp zehn Minuten später war der Saal geräumt und die Türen fielen wieder ins Schloss. Nur Lindenberck und Kramfors blieben bei Begarell. Der tote Magnusson war nicht weggeschafft worden.

Begarell stand noch immer am Rednerpult und blickte auf die leeren Bänke. Er holte ein Kuvert aus der Innentasche seines Jacketts und drehte sich zu Lindenberck um, der auf dem erhöhten Platz des Parlamentspräsidenten saß.

»Hier«, sagte Begarell und händigte ihm das Kuvert aus. »Ihre Ernennungsurkunde. Herzlichen Glückwunsch. Sie sind ab heute die Nummer zwei im Staat.«

»Ich danke Ihnen vielmals für dieses Vertrauen, Herr Präsident.« Lindenberck steckte den Umschlag ein, ohne ihn zu öffnen.

»Keine Ursache. Sie haben es sich verdient«, sagte Begarell. »Ihr Büroleiter dürfte mittlerweile alle von mir unterzeichneten Verordnungen und Dekrete auf Ihren Schreibtisch gelegt haben. Sie sollten also die nächsten Tage ganz gut ohne mich auskommen.«

Lindenberck räusperte sich. »Erlauben Sie mir eine Frage, Herr Präsident?«

Begarell nickte. »Natürlich.«

»Ist es wirklich weise, in einer Stunde wie dieser Lorick zu verlassen? Wir benötigen eine starke Hand, um die Krise zu bewältigen.«

»Sie glauben, ich lasse Morland im Stich?«

Lindenberck lief rot an. »Um Himmels willen, nein! Der Gedanke würde mir nie kommen!«

»Mir an Ihrer Stelle schon.« Begarell stieg die kleine Treppe hoch und nahm neben Lindenberck auf einem der Beisitzerstühle Platz. »Ich habe einen Plan, wie wir die Eskatay besiegen können.«

»Sie wissen schon länger, dass diese Bestien zurückgekehrt sind?«

Begarell nickte. »Vor einigen Jahren hat der Geheimdienst erste Hinweise erhalten. Wir mussten diese Informationen für uns behalten, sonst wäre es zu einer Panik gekommen. Doch wir sind nicht untätig geblieben. Es gibt einen Weg, wie wir den Feind besiegen können, doch uns läuft die Zeit davon. Ich muss die Dinge selbst in die Hand nehmen. Sie dienen Morland am besten, wenn Sie mir den Rücken freihalten.«

»Natürlich! Sie können sich auf mich verlassen«, sagte Lindenberck.

Begarell legte eine Hand auf seinen Arm. »Wissen Sie, ich glaube, Sie sind ein guter Mann. Das ist der Grund, warum ich die Regierungsgeschäfte bis zu meiner Rückkehr in Ihre Hände lege.«

»Wann wird das sein? Und wie kann ich Sie erreichen, wenn ich Ihre Hilfe benötige?«

»Kramfors ist mein Verbindungsoffizier. Er wird mich auf dem Laufenden halten.« Begarell erhob sich. Lindenberck sprang ebenfalls auf und ergriff dessen ausgestreckte Hand. »Es ist mir eine Ehre, Ihnen und unserem Land dienen zu dürfen.«

Begarell lächelte. »Gäbe es mehr Männer wie Sie, wäre mir um die Zukunft Morlands nicht bange.«

***

Hagen Lennart hatte noch nie eines der berüchtigten kommunalen Waisenhäuser von innen gesehen, doch die Geschichten, die man sich über diese Einrichtungen erzählte, waren beunruhigend genug gewesen. Er wusste, dass die Boxvereine, jene berüchtigten Banden, die das Verbrechen in Lorick kontrollierten, hier einen Teil ihres Nachwuchses rekrutierten. Das Elend war der Nährboden für die Kriminalität. Niemand, von einigen Psychopathen abgesehen, betrog, raubte und tötete, weil es ihm Spaß machte. Die meisten Menschen wünschten sich ein Leben in Würde und bescheidenem Wohlstand. Für die vielen, die das Pech hatten, an einem Ort wie diesem aufzuwachsen, blieb dieser Wunsch unerfüllt. Es gab keine Gerechtigkeit in Morland. Das war die Lehre, die er aus seinen Jahren im Polizeidienst hatte ziehen müssen. Wer alles besaß, sah nicht ein, dass er mit jenen, die weniger oder nichts hatten, teilen sollte. Allerdings hatte die Führungsschicht ihren Reichtum aus eigener Kraft erworben und sich somit eine Daseinsberechtigung geschaffen. Und es gab Gesetze, die aber nicht für alle gleichermaßen galten. Wer genug Geld hatte, konnte sich das, was er für sein Recht hielt, kaufen. Alle anderen mussten sich mit dem System arrangieren und konnten nur hoffen, nicht weiter abzusteigen. Wenn dies geschah, hatten sie die Wahl zwischen dem Elend eines Tagelöhners, der sich von den spärlich gesäten Suppenküchen durchfüttern ließ, oder einer Karriere bei den Todskollen oder Wargebrüdern.
Wer einer dieser Banden beitrat, ging einen Pakt mit dem Teufel ein. Lennart wusste, wovon er sprach. Die Boxvereine verließ man nur mit den Beinen voran. Entweder wurde

man Opfer einer der vielen Gangsterkriege oder als Verräter umgebracht. Während seiner Zeit als Streifenpolizist hatte Hagen Lennart eine große Zahl unappetitlich zugerichteter Leichen gesehen. Er hatte also gewusst, auf was er sich einließ, als er den Wargebrüdern beitrat. Doch was hatte er schon für eine Wahl gehabt?

Seine Frau war von den Eskatay getötet, seine beiden Zwillingstöchter waren von ihnen entführt worden. Als er sich auf die Suche nach ihnen begab, hatte man ihn verhaftet und in das Staatsgefängnis von Lorick gesteckt, aus dem er nur mithilfe der Wargebrüder entkommen war. Zusammen mit seinem ehemaligen Kollegen, Stieg Elverum, und Halldor Schartess, seinem persönlichen Aufpasser, hatte er versucht, die Kinder aus dem kommunalen Waisenhaus Nummer 9 zu befreien. Die Aktion hatte in einer Katastrophe geendet.

Bei dem Feuergefecht, das sich Polizei und Armee lieferten, waren mit Ausnahme von Elverum alle Beamten getötet worden. Die Kinder hatte man in drei Lastwagen an einen unbekannten Ort gebracht. Die Bilanz war ernüchternd: Lennart hatte alles auf eine Karte gesetzt – und verloren.

Das Waisenhaus, über dessen Hof sie jetzt von einer Gruppe schwer bewaffneter Soldaten geführt wurden, war ein düsterer, u-förmiger Backsteinbau. Dessen offene Seite wurde durch eine Mauer abgeriegelt, in die man ein breites Tor eingelassen hatte, das sich nun donnernd hinter ihnen schloss. Das Hauptgebäude, das die beiden Flügel miteinander verband, war ein dreistöckiger Bau mit säulenbewehrtem Portikus, auf dem die drei Wörter »Fleiß«, »Disziplin« und »Gehorsam« in Stein gemeißelt waren. Lennart sah nur wenige Kinder. Die meisten hatte man wohl fortgeschafft, und jene, die hier noch festgehalten wurden, konnte man schon als junge Erwachsene bezeichnen. Viele befanden sich in einem verwahrlosten, halb verhungerten Zustand.

Einer von ihnen, ein Bursche von vielleicht fünfzehn Jahren, machte einen besonders jämmerlichen Eindruck. Er zog den linken Fuß nach, als wäre dieser nach einem Bruch nur schlecht verheilt. Er blickte Lennart, Halldor und Elverum prüfend an, während er Schuhe und Kleidungsstücke einsammelte, die die Kinder beim überstürzten Abtransport verloren haben mussten.

Auf der rechten Seite des Hofes hatte man die Toten und Schwerverletzten aufgebahrt. Lennart ballte die Fäuste, als er die Leichen von Persson und Holmqvist entdeckte. Elverum starrte weiter stur geradeaus und auch Halldor ließ sich seine Wut nicht anmerken. Nur Lennart konnte den Blick nicht von den Opfern des Kampfes wenden.

»Da lang«, bellte ihn ein Soldat an und versetzte ihm mit dem Gewehrkolben einen Schlag in den Rücken. Er zeigte auf den Treppenabgang, der in den Keller des Westflügels führte. Die Tür wurde rüde aufgestoßen. Mit Tritten und weiteren Hieben trieb man die drei Männer durch einen engen Korridor zu einer geöffneten Zelle.

»Rein mit euch!«, schrie der Soldat und ließ den Gewehrkolben erneut niedersausen, diesmal auf Halldor, wobei er dem Wargebruder eine Platzwunde am Hinterkopf zufügte. Doch Halldor blieb aufrecht stehen und ließ sich nichts anmerken, als hätte er den Schmerz noch nicht einmal wahrgenommen. Sie wurden in die Zelle gestoßen, dann fiel die Tür ins Schloss und wurde verriegelt. Die schweren Schritte der Wachen entfernten sich.

In der plötzlichen Stille ließ sich Elverum schwer auf die einzige Pritsche fallen. Halldor Schartess fasste sich an den Hinterkopf und betrachtete seine blutige Hand. Hagen Lennart drehte den Eimer um, der für die tägliche Notdurft bestimmt war, und benutzte ihn als Hocker. Nur der Wargebruder blieb stehen.

So schwiegen sie sich an wie Menschen, denen das gemeinsame Ziel abhandengekommen war.

Die Zelle war nicht groß. Sie war sogar kleiner als die im Staatsgefängnis, in die man Lennart eingesperrt hatte, nachdem man ihn ohne Papiere, dafür aber mit einer Polizeiwaffe aufgegriffen hatte. Lennart hatte alle Brücken zu seinem bisherigen Leben abgebrochen, um seine beiden Kinder aus den Händen der Eskatay zu befreien. Zu diesem Zweck hatte er seine Seele an die Wargebrüder verkauft: Um seinen Eintritt in die Bande zu besiegeln, hatte er auf ihren Befehl sogar einen Mord begangen. Danach war es ihm gelungen, seinem Freund und ehemaligen Kollegen Stieg Elverum klarzumachen, dass der Staat sich in ein unmoralisches Monstrum verwandelt hatte, das man mit allen Mitteln bekämpfen musste. Selbst wenn man sich zu diesem Zweck mit seinem schlimmsten Feind verbünden musste.

Elverum saß noch immer auf der Pritsche, das Gesicht kalkweiß. Er hatte mit ansehen müssen, wie seine Freunde und Kameraden von Soldaten erschossen worden waren. Von Männern, die wie er den Staat hätten schützen sollen und nun den Befehlen eines Mannes gehorchten, der Morland in den sicheren Untergang führte.

Die Beobachtungsluke öffnete sich mit einem Quietschen und zwei Augen spähten in das Innere der Zelle. »An die Wand mit euch!«, rief eine Stimme. Dann wurde die Tür geöffnet.

Der junge Bursche mit dem verkrüppelten Bein, der Lennart schon im Hof aufgefallen war, humpelte unter den argwöhnischen Blicken der Wache in die Zelle und stellte einen Krug mit Wasser und einen Laib Brot auf den wackeligen Tisch. Ohne den Blick zu heben, ging er wieder hinaus. Die Tür wurde zugeworfen, der Riegel vorgeschoben.

Halldor nahm das Brot und brach es in drei Teile. »Wir müssen essen«, sagte er. Lennart und Elverum griffen nach ihren Stücken. Das Brot war hart und das Mehl, aus dem es gebacken war, schien mit etwas gestreckt, das sich im Mund wie Sägemehl anfühlte und genauso schmeckte.

»Dieser Fraß wird uns nicht lange bei Kräften halten«, sagte Elverum.

»Deshalb brauchen wir auch so schnell wie möglich einen Fluchtplan«, sagte Halldor. »Und einen Fluchthelfer.«

Lennart nahm einen Schluck Wasser, um das widerlich schmeckende Brot herunterzuspülen. »Der Bursche«, sagte er und wischte sich den Mund ab. »Der Bursche, der uns das Essen gebracht hat. Er sieht so aus, als wäre er auch ein Gefangener.«

»Einer, der sich immerhin freier als wir bewegen kann«, sagte Halldor.

»Also nehmen wir Kontakt mit ihm auf«, sagte Lennart.

»Das wird nicht nötig sein«, sagte Halldor. »Er wird den ersten Schritt machen.«

»Wie kommen Sie darauf?«, fragte Elverum.

»Das sagt mir meine Erfahrung. Ich habe schon oft mit Jungen wie ihm zu tun gehabt, wenn sie unserer Bruderschaft beitreten wollten. Er gehört zu einer ganz bestimmten Sorte Mensch. Man hat versucht, ihn zu brechen, und jetzt will er sich rächen. Es gibt viele wie ihn. Sie werden verprügelt und getreten. Keiner sieht sie als Menschen.«

»Aber die Wargebrüder tun das?«, fragte Elverum.

»Ja«, sagte Halldor, als hätte er die beißende Ironie in Elverums Stimme nicht gehört. »Wir geben Kerlen wie ihm die Gelegenheit, die Dinge wieder geradezurücken.« Er sah Elverum in die Augen. »Für euch sind Menschen wie er verloren. Dafür haben wir sie gewonnen. Wir sind die Familie, in der selbst der einen Platz findet, den die Gesellschaft ausgestoßen hat. Wir fragen diese Menschen nicht, was sie getan haben. Wir nehmen sie, wie sie sind. Wir respektieren sie. Wir nähren sie, wir kleiden sie. Wir sind die Hand, die sich kümmert. Wir lassen niemanden zurück. Man dankt es uns mit grenzenloser Loyalität, denn die Familie verrät man nicht.«

»So einfach ist das«, sagte Elverum und schnaubte.

»Ja. So einfach ist das, Polizist. Du glaubst nicht, welche Talente in diesen Kindern schlummern.«

»Talente, die nun die Bruderschaft nutzt«, sagte Elverum.

»Ist das so verwerflich? Euch ist es doch egal, was aus ihnen wird, solange sie in den Fabriken arbeiten und nicht stehlen. Wir hingegen fördern jeden nach seinen Neigungen.«

Elverum lachte abermals und schüttelte den Kopf.

»Dies ist ein Bündnis auf Zeit«, sagte Halldor. »Wenn unsere Mission erfüllt ist, wird uns nichts mehr verbinden. Und das ist gut so.«

»Der Meinung bin ich auch«, sagte Elverum.

»Wir haben denselben Feind. Also vergessen wir für die Zeit unseres Kampfes, dass du ein Polizist bist und ich ein Wargebruder bin.« Halldor streckte die Hand aus.

Elverum betrachtete sie lange und nachdenklich. Dann schlug er ein. »Das heißt jetzt aber nicht, dass ich eurem Verein beigetreten bin.«

»Wir würden dich auch nicht aufnehmen.« Und es klang nicht so, als habe Halldor einen Scherz gemacht.

***

»Ich verstehe nicht, was Sie meinen«, sagte Tess, als sie mit Andre über den Hof ging. »Wieso sollen Sie die Welt an einen Abgrund geführt haben?«

»Bevor ich dir das sage, möchte ich erst von dir wissen, wie der Krieg ausgegangen ist«, sagte Andre.

»Dazu kann ich nicht viel erzählen«, sagte Tess. »Die Ereignisse liegen schon so weit zurück, dass nur noch Sagen und Legenden darüber berichten. Soviel ich weiß, hat dieser Krieg nur Verlierer hinterlassen.«

Porter trottete zu seiner Hütte, schnupperte an seinem Fressen, zog es dann aber doch vor, sich zu einem Nickerchen zusammenzurollen. Andre ging die Stufen zur Veranda hinauf.

»Die Zahl der Überlebenden war gering«, fuhr Tess fort, als sie ihm folgte. »Sowohl unter den Menschen wie auch unter den Eskatay. Sie alle verkrochen sich, weil ein Jahre währender Winter die Welt verwüstete. Auf den Ruinen der alten Welt bauten die Menschen später eine neue auf. Sie hofften, die Schrecken der Vergangenheit hinter sich gelassen zu haben. Sie wussten nicht, dass einige Eskatay, darunter auch Nora, überlebt hatten.«

»Weshalb wussten sie das nicht?«, fragte Andre überrascht.

»Weil sich die Geschichte nicht wiederholen sollte«, sagte Tess. »Die Eskatay hatten beschlossen, ihre alte Existenz aufzugeben und als normale Menschen weiterzuleben.«

»Wenn es keine neuen Infektionen durch die Blumen gegeben hätte, wären die Eskatay für immer in Vergessenheit geraten.«

»Weil sie keine Kinder bekommen konnten?«, fragte Tess. »Das hat sich nach dem Krieg geändert. Genau aus diesem Grund und um mit der kriegerischen Vergangenheit zu brechen, nannten sich die Überlebenden die ›Gist‹.«

»Die Gist?«, fragte Andre überrascht. »Weißt du, woher dieser Begriff kommt?«

»Nein.«

»Er stammt aus dem Englischen und bedeutet so viel wie ›der Kern einer Sache, ihre Essenz, der eigentliche Sinn einer komplizierten Angelegenheit‹. Du müsstest dieses Wort in seinem alten Zusammenhang hören, dann würdest du verstehen, was ich meine.«

»Ich weiß nicht, was Englisch ist«, sagte Tess.

»Ja«, sagte Andre. »Und du ahnst nicht, wie leid mir das tut.« Er musterte sie jetzt genauer. »Und du bist auch ein Gist?«

»Ich denke schon. Natürlich wird sich das erst herausstellen, wenn ich selbst Kinder bekomme. Aber ich habe nie an einer Blume gerochen.«

Andre hob die Augenbrauen.

»Verdammt! Natürlich bin ich ein Gist«, sagte Tess bestürzt. »Das war ein Scherz!«

»Es gibt viele Dinge im Leben, über die man Witze machen kann«, sagte Andre. »Die Eskatay gehören nicht dazu.«

Tess setzte sich an den Küchentisch und ließ sich von Andre bewirten. Es gab eine vorzügliche Käsesuppe, dazu frisch gebackenes Brot und einen Apfelwein, der Tess schnell zu Kopf stieg. Als sie fertig gegessen hatten, stellte sie die Teller zusammen, spülte sie ab und wischte kurz über den Tisch.

»Andre?«, rief sie, als sie das Handtuch über den Griff des Herdes hängte. »Wo sind Sie?«

»Hier oben«, kam es aus dem ersten Stock.

Tess stieg die Treppe hinauf und blieb erstaunt vor der Tür eines Zimmers stehen. Andre hatte ein Bett frisch bezogen und ein paar Blumen in eine Vase gestellt. Im kommunalen Waisenhaus Nummer 9 hatte sie in einem dunklen Saal zusammen mit vielen anderen Mädchen geschlafen. Hier war alles sauber und neu und luftig. Die Möbel waren aus hellem Birkenholz, Vorhänge und Bettzeug blütenweiß. Tess hatte sogar eine eigene Nachttischlampe, die ein warmes, gleichmäßiges Licht verströmte.

»Ich habe noch nie in einem so schönen Zimmer geschlafen«, sagte Tess und ließ die Finger über den Rahmen ihres Bettes gleiten.

»Freut mich, dass es dir gefällt«, sagte Andre. »Ich habe nicht viele Gäste. Wenn etwas fehlt, sag mir bitte Bescheid.«

Er ging hinüber zu einem Kleiderschrank und öffnete die rechte Tür. »Hier oben liegen Handtücher. In dem Fach findest du T-Shirts und Jeans. Eins tiefer ist Unterwäsche, Socken sind in der Schublade.«

»T-Shirts und Jeans«, echote Tess verständnislos.

»Wenn du lieber Kleider anziehst, kein Problem.« Er öffnete die linke Tür. »Grün ist deine Lieblingsfarbe, nicht wahr?«

Tess befühlte vorsichtig den Stoff. »Woraus besteht er?«, fragte sie erstaunt.

»Baumwolle. Garantiert unbehandelt.«

»Baumwolle?«, fragte sie verwirrt. »Sie meinen Wolle, die an Bäumen wächst?«

»Eigentlich sind es Büsche. Komm mit, ich zeig dir das Bad.«

War das Schlafzimmer schon ein Traum, so erschien ihr das Bad wie der reinste Luxus. Der Boden bestand aus rötlich braunen Fliesen, die Wände waren weiß gekalkt.

»Da hinten ist die Dusche, aber wenn du baden möchtest, ist das auch kein Problem. Hier ist das Waschbecken. Rot bedeutet heißes Wasser, Blau steht für kalt.« Andre öffnete einen Spiegelschrank. »Zahnpasta, Zahnbürste, Zahnseide. Duschgel und Shampoo.«

»Shampoo«, sagte Tess wie betäubt.

»Ja. Um sich die Haare zu waschen. Wenn dir der Duft nicht gefällt, kann ich dir eine andere Sorte geben.«

Tess nahm eine kleine Flasche aus dem Schrank und betrachtete sie neugierig.

»Das ist ein Parfüm, Nora hat es gern gemocht. Kreiert hat es ein Russe mit dem Namen Ernest Beaux.«

»Wie heißt es?«, fragte Tess und roch an der Flasche. Sie schloss dabei die Augen und tatsächlich: Es roch ein wenig nach Nora. Nach der jungen eleganten Nora aus dem Grand Hotel.

»Beaux hat seine Kreationen nur nummeriert. Dies hier nannte er ›Nummer 5‹ .«

»Es ist himmlisch.«

»Ylang-Ylang, Jasmin und Mairose. Es hat lange gedauert, bis ich die richtige Mischung gefunden hatte.« Andre schwieg einen Moment lang, dann fuhr er fort. »Da ist noch etwas. Hier.« Es war eine in Leder gebundene, arg ramponierte Kladde. »Es ist mein Tagebuch. Lies es, und du wirst verstehen, warum ich hier bin.«

Tess nickte. »Und wenn ich Fragen habe?«

»Stellst du sie erst, wenn du es zu Ende gelesen hast.«

»In Ordnung.«

Andre lächelte. »Dann gute Nacht.« Er schloss die Tür hinter sich. Nachdem seine Schritte verklungen waren, wurde es still im Haus.

Tess setzte sich auf den Rand der Badewanne und betrachtete das Buch. Am liebsten hätte sie es sofort aufgeschlagen, aber noch empfand sie eine gewisse Scheu davor, die Geheimnisse eines anderen Menschen zu lesen. Leise stand sie auf, putzte die Zähne und wusch sich das Gesicht. Dann nahm sie vorsichtig die Parfümflasche in die Hand. Sie öffnete den Verschluss und tropfte etwas von der goldfarbenen Flüssigkeit auf ihre Fingerspitze. Der Duft war schwer und intensiv. Vorsichtig verteilte sie die Tropfen auf ihrem Arm und schloss die Augen. Dann löschte sie das Licht und ging in ihr Zimmer. Nachdem sie sich das lindgrüne Nachthemd angezogen hatte (der Stoff war angenehm kühl), kroch sie unter die Decke und begann zu lesen. Sie wusste, dass es eine lange Nacht werden würde.

1. Januar 2003

Normalerweise führe ich keine Selbstgespräche. Ich bin neunundzwanzig Jahre alt und somit noch weit davon entfernt, senil zu werden. Tagebuchschreiben liegt mir nicht. Meiner Meinung nach ist das eine Beschäftigung für Menschen, die entweder zu viel Zeit haben oder sich ungeheuer wichtig fühlen. Nicht dass jetzt ein falscher Verdacht aufkommt: Zu diesen Typen gehöre ich ebenfalls nicht. Wenn es nach mir ginge, würde ich am liebsten wieder ins warme Bett kriechen. Es ist Neujahrsmorgen, elf Uhr vormittags und ich habe sechs Stunden geschlafen. Dennoch sitze ich frierend mit einer Decke über den Schultern am Küchentisch meiner schäbigen Behausung und schreibe. Auf Papier. Mit einem Füller, den mir meine Mutter – Gott hab sie selig – schenkte, als ich dem Komsomol beitrat.

Ich entdecke gerade, dass das Schreiben etwas überaus Sinnliches sein kann, wenn man sich nur die Zeit dafür nimmt und dabei zu Mitteln greift, die schon seit einem Jahrzehnt aus der Mode gekommen sind. Es verlangsamt. Formulieren und Schreiben vollziehen sich in derselben Geschwindigkeit, sodass ein ungefilterter Gedankenfluss Gestalt annimmt.

Als ich zwanzig Jahre alt war, beschloss der oberste Sowjet, in der nördlichen Oblast Moskau in der Nähe von Dubna eine Forschungsanlage zu bauen, wie sie die Welt noch nicht gesehen hatte. Es hatte noch ein anderer Standort zur Debatte gestanden, doch heute bin ich froh, dass die Wahl nicht auf Akademgorodok in der Nähe von Nowosibirsk gefallen ist, sonst würde ich mir jetzt noch mehr den Hintern abfrieren.

Diese Forschungsanlage war der Grund dafür, dass ich Physiker geworden bin – anstatt, wie meine Mutter es wünschte, in die Partei einzutreten. Ich war und bin der Meinung, dass sich Politik und Naturwissenschaften nicht miteinander vertragen. Die Partei ist wie eine Kirche, die einen Wahrheitsanspruch in Glaubensfragen stellt. Nun gut, Trotzki war 1959 friedlich entschlafen und die von ihm angestrebte Weltrevolution hatte nicht stattgefunden. Dennoch hatte sich die Partei nach zwei Jahrzehnten der Unruhe neu erfunden und verfolgte seit den Achtzigern eine Politik, die genau genommen sturzkapitalistisch war, doch hundertzwanzig Millionen Sowjetmenschen so viel Wohlstand brachte, dass keiner den Widerspruch zwischen offiziellem Weltbild und Realität hinterfragte. Ich auch nicht.

Mich interessieren andere Dinge. Ich will wissen, woraus

die Welt gemacht ist, in der wir leben. Deswegen belegte ich einige Kurse bei Andrej Dimitrijewitsch Sacharow, bevor er 1994 bei einem Autounfall starb. Wahrscheinlich war ich der Einzige meines Jahrgangs, der ein signiertes Foto von Marie Sklodowska und nicht von Louise Ciccone über seinem Schreibtisch hängen hatte. Mein Traum war es, zum Team des Hadron-Speicherring-Projekts zu gehören. Im Sommer letzten Jahres ist dieser Traum in Erfüllung gegangen, nächsten Monat geht die Anlage in Betrieb. Und ich bin dabei. Wir werden Geschichte schreiben, so viel ist sicher. Das glauben alle, die gestern auf der Feier waren. Und das meinte auch das entzückendste Geschöpf, dem ich jemals begegnet bin. Sie ist der Grund, weshalb ich dieses Tagebuch führe.
Es gibt solche Momente, da fällt alles zusammen, und der rote Faden, an dem sich das Leben entlangbewegt, wird sichtbar. Die Silvesterfeier 2002 war solch ein Moment. Und ich versuche, ihn mit allen Mitteln festzuhalten.
Paul Allendorf, Leiter des Speicherring-Projekts, hatte ein teures Hotel am Prospekt Akademika Sacharova gebucht. Ich bin sicher, dass er es getan hat, weil er die Adresse so passend fand. Es entspräche seinem Stil.
Jeder der geladenen Gäste hatte ein eigenes Zimmer und ich muss zugeben, dass ich aufgeregt war. Ich war ein Landei, streng im Sinne der Lehre Trotzkis erzogen. Luxus war mir fremd, weil er als bürgerlich galt. Tatsächlich hatte ich ein schlechtes Gewissen – für ungefähr fünf Minuten. Dann bestellte ich mir an der Hotelbar einen Starka.
»Für mich bitte einen Mint Julep«, sagte eine Stimme.

Neben mir stand ein Mädchen in einem dunklen Abendkleid. Der Begriff »Frau« kam mir im ersten Moment nicht in den Sinn, dazu war sie zu klein und zierlich. Sie trug eine Pagenfrisur, wie sie in den Zwanzigerjahren Mode war. Ihre Haut schimmerte ungewöhnlich blass, sodass ich zunächst glaubte, sie färbte sich die Haare. Später sollte ich mich vom Gegenteil überzeugen.

»Ein Mint Julep?«, fragte ich. »Was bitte schön ist das?«

»Ein Cocktail«, antwortete sie, ohne mir in die Augen zu schauen. »Wird gemixt aus Bourbon, gutem Bourbon-Whiskey, Zuckersirup und Minze.«

»Oh«, sagte ich. »Ein Getränk des Klassenfeindes.«

Jetzt erst sah sie mich an. »Und was haben Sie?«

»Einen Starka.«

»Einen Wodka?« Sie schnaubte verächtlich. »Dazu auch noch einen sehr unpatriotischen. Er kommt aus Litauen.«

»Also aus der Union«, erklärte ich und hob mein Glas. »Aber wenn es Sie beruhigt, kann ich den Wirt …«

»Den Barkeeper«, verbesserte sie mich.

»… den Barkeeper fragen, ob er ein rotes Fähnchen hat, das er in mein Glas stecken kann.«

»Sie sind ein hoffnungsloser Bauerntrampel«, sagte sie und wollte gehen, hielt dann aber inne. »Woran arbeiten Sie eigentlich?«

»Am Solenoid-Magnet.«

»Ah«, machte sie nur und nippte an ihrem Glas. »Sie sind eine Susy.«

»Entschuldigung?«, fragte ich verwirrt.

»Sie beschäftigen sich mit Supersymmetrie.«

»Und Sie?«, fragte ich.
»Ich bin eine Alice«, sagte sie und ich glaubte ihr aufs Wort.
»Sie lassen Bleikerne miteinander kollidieren, um die Zeit nach dem Urknall zu simulieren«, sagte ich. »Spannend.«
Alice zuckte desinteressiert mit den Schultern. »Es geht. Wir sehen uns«, sagte sie, nippte an ihrem Cocktail und ging.
Ich trank meinen Starka aus und winkte den Barkeeper zu mir heran.
»Für mich auch so einen Mint Julep. Aber bitte mit rotem Fähnchen!«

Um acht Uhr waren die letzten Gäste eingetroffen. Einige hatten ihre Partner mitgebracht, aber die meisten waren eigenbrötlerische Außenseiter. So wie ich. Jeder hatte sich in Schale geworfen, manche trugen sogar einen Smoking oder ein Abendkleid. Die Gesellschaft verteilte sich auf dreißig runde Tische, an denen je zwölf Gäste Platz hatten. Wer immer die Tischordnung festgelegt hatte, hatte Verstand bewiesen. Den Namenskarten nach zu urteilen saß ich mit einer interessanten Gruppe zusammen. Wir würden sicher angeregt über Quantenchromodynamik, elektroschwache Wechselwirkungen und Vakuumpolarisation diskutieren. Der Abend versprach, großartig zu werden. Wie großartig ahnte ich, als ich eine bekannte Stimme hörte. »Sieht so aus, als wären Sie heute mein Tischherr«, sagte Alice und setzte sich neben mich. Ich blickte auf ihr Namensschild.
»Nora Blavatsky«, las ich. »Schade, ›Alice‹ klang so vielversprechend.«

Sie warf einen kurzen Blick auf mein Namensschild.
»Und Sie haben mir als Susy auch besser gefallen, mein lieber Andre.«
»Ihr kennt euch?«, fragte der Mann, der sich links neben Nora setzte. Ich kannte ihn vom Sehen. Sein Name war Boris Klenov und er arbeitete im Bereich der Heliumkühlung, wo er für die Wartung der Sicherheitsventile zuständig war.
»Flüchtig«, sagte Nora.
Boris legte eine Hand auf Noras Arm. »Etwas anderes würde ich auch gar nicht zulassen«, sagte er gut gelaunt.
Nora zog ihre Hand wieder zurück und bedachte ihren Begleiter mit einem mitleidigen Kopfschütteln.
»Habt ihr schon das Neuste gehört?«, sagte Maximilian Ryschkow außer Atem und setzte sich an den Tisch. »Ein Deutscher klagt vor dem Europäischen Gerichtshof gegen die Inbetriebnahme des Speicherrings.« Er füllte ein Glas, das er sich wahllos vom Tisch griff, mit Wasser und trank es in einem Zug aus. »Sein Name ist Würth und er lehrt an der ETH in Zürich.«
»Ich kenne Roland«, sagte Boris. »Warum sollte er ein Experiment torpedieren wollen?«
»Weil der Spinner denkt, dass wir mit der Aktivierung des Speicherrings das Ende der Welt heraufbeschwören«, sagte Maximilian.
»Ach herrje«, murmelte Boris. »Das ist doch albern. Und absurd!«
»Warum?«, fragte Nora. »Besteht nicht das Risiko, dass wir durch unsere Experimente ein schwarzes Loch erschaffen, das die ganze Erde verschlingen kann?«

»Mach dich nicht lächerlich, Nora! Wir reden hier von schwarzen Löchern, die so klein wie Neutrinos sind. Bis die mit etwas zusammenstoßen, was sie sich einverleiben können, vergehen Jahre«, sagte Boris. Er zündete sich eine Zigarette an und blies den Rauch in die Luft. »Und das auch nur, wenn sich herausstellen sollte, dass unsere bisherigen Theorien stimmen.«

»Aber gehen wir einmal davon aus, dass sie korrekt sind: Wie lange würde es dauern, bis sich eine Mikrosingularität so vollgefressen hat, dass sie unsere Erde verschlingt?«, fragte ich.

»Mehrere Milliarden Jahre«, sagte Boris. »Und bis dahin ist unsere Sonne verglüht.«

»Würth behauptet, es würde nur fünfzig Monate dauern«, warf Maximilian ein. »Und er behauptet, er könne es beweisen.«

»Würth ist ein Schwachkopf, der zum Berechnen der zweiten Wurzel aus sechzehn einen Taschenrechner braucht«, sagte Boris. »Das ganze Gerede erinnert mich ans neunzehnte Jahrhundert, als die ersten Eisenbahnen gebaut wurden. Was hat es da nicht für ein Geschrei gegeben! Wenn man schneller als Schrittgeschwindigkeit führe, so wurde behauptet, erlitten die Fahrgäste ernsthaften Schaden. Und was war mit der Schallmauer? Als Lothar Sieber sie mit dem ersten Raketenflugzeug durchbrach, glaubte jeder, dass er sich in Lebensgefahr begebe!«

»Er hat es ja auch nicht überlebt«, sagte ich kühl.

»Aber nur weil er der Fluglagensteuerung nicht traute und meinte, das Ding manuell landen zu müssen«, sagte Boris.

»Dennoch sollte man Würths Bedenken Ernst nehmen«, sagte Nora. »Wir wissen nicht, was alles geschehen kann, wenn der Speicherring in Betrieb geht.«

»Wir wissen auch nicht, was geschieht, wenn bald der erste Fusionsreaktor in Akademgorodok gezündet wird. Vielleicht fliegt denen ja alles um die Ohren, wer weiß«, sagte Boris. Das kleine Städtchen in Sibirien hatte als Ersatz für das entgangene Speicherringexperiment eine Fusionsforschungsanlage bekommen. »Aber trotzdem müssen wir Wagnisse dieser Art eingehen. Wie viele Menschen leben auf der Erde? Drei Milliarden? Schon jetzt gehen uns Öl, Gas und Kohle aus. Wenn die nächste Generation nicht im Dunkeln sitzen will, müssen wir als einzig verbleibende Supermacht etwas unternehmen. Und zwar jetzt! Die Amerikaner haben die Grenzen dichtgemacht und kochen ihr eigenes Süppchen. Die Europäer versuchen schon seit dem Ende des Krieges vergeblich, einen Staatenbund zu gründen. Die Chinesen halten noch immer an der reinen Lehre des Kommunismus fest und der indische Subkontinent stolpert von einer Hungersnot in die andere.« Er beugte sich nach vorne, um seinen Worten den nötigen Nachdruck zu verleihen. »Wenn wir die Welt nicht voranbringen, wer soll es dann tun?«

Ich wollte etwas darauf erwidern, was Boris nicht gefallen hätte, als plötzlich die leise im Hintergrund dudelnde Musik verstummte und jemand auf ein Mikrofon klopfte, um es zu testen. Wir drehten uns alle zur Bühne um, wobei mir Nora den Rücken zuwandte. Einen überaus entzückenden Rücken, wie ich zugeben musste. Ich räusperte mich und versuchte mich auf den Mann zu konzentrieren, der mit strahlendem Gesicht auf der Bühne stand.

Paul Allendorf war ein Wissenschaftler in mittleren Jahren mit der Ausstrahlung eines Schauspielers und nicht so ein lebensuntüchtiger Sonderling wie wir. Sein Anzug war maßgeschneidert, ganz vorne am Prominententisch saß seine Frau, die ihn mit strahlenden Augen anhimmelte. Sie waren ein wunderbares Paar. Seit Beginn der Planungs- und Bauphase hatten sie dem Projekt einen Hauch von Glamour verliehen und das war bitter nötig. Auch wenn der Staat zwei Drittel des Budgets finanzierte, so hatten immer noch anderthalb Milliarden Rubel gefehlt, um die Hadronen auf ihre sechsundzwanzig Kilometer lange Reise zu schicken. Also hatten Allendorf und seine Frau eine Spendengala nach der anderen veranstaltet, um so die fehlenden Mittel für das Speicherring-Projekt zusammenzukratzen. Wenn Allendorf der Kopf des Projekts war, dann war seine Frau das Herz.

»Meine lieben Freunde und Kollegen«, begann er. »Ich möchte mich kurz fassen. Abende wie dieser sind zum Feiern da und nicht für langweilige Reden. Nur so viel sei gesagt: Vor drei Jahren standen wir kalendarisch an der Schwelle zum dritten Jahrtausend, dieses Jahr werden wir die Hoffnungen, die mit diesem Millennium verknüpft werden, erfüllen. Ich habe heute von meinem Kollegen Jewgeni Selenka erfahren, dass die einzelnen Elemente des Fusionsreaktors, insbesondere die supraleitenden Magnetspulen, die Tests bestanden haben und in wenigen Monaten die erste Fusionsreaktion gezündet werden kann. Wenn die Prometheusanlage wie erwartet mit einer positiven Energiebilanz aufwartet, stehen wir tatsächlich am Beginn einer neuen Ära.«

Tosender Beifall brandete auf. Die Band, die auf der Bühne im Halbschatten saß, spielte die ersten Noten der Nationalhymne wie einen Tusch.

»Natürlich wollen wir bei diesem Ereignis nicht abseitsstehen«, sagte Allendorf. »Die Arbeit, die Sie in den letzten Jahren geleistet haben, trägt Früchte. Ich habe gestern der Planungskommission mitgeteilt, dass wir den Termin für den Start des ersten Kollisionsexperimentes um sechs Monate vorziehen können.« Allendorf schwieg einen Moment und blickte lächelnd in die Runde. Auch ich brauchte einige Sekunden, bis ich verstand, was er damit sagen wollte. Eine solche Übererfüllung des Plans hatte dieses Land noch nie gesehen. Und wir noch nie einen Bonus, wie er jetzt fällig war.

Es gab kein Halten mehr. Alle standen auf und jubelten ihm zu. »Sieht so aus, als könnte ich doch noch meine Datscha renovieren lassen«, brüllte mir Maximilian ins Ohr.

Eine Datscha! Der Kerl hatte Probleme. Ich wäre schon froh gewesen, wenn ich endlich eine größere Wohnung gefunden hätte.

Allendorf stieg winkend von der Bühne herunter und die Band begann, eine russifizierte Version von »Johnny B. Goode« zu spielen. Gleichzeitig gingen die Türen auf und die Amuse-Gueule wurden serviert. Kellnerinnen eilten von Tisch zu Tisch, schenkten Wein nach und fragten, ob die Gäste noch weitere Wünsche hätten.

»Was hat es eigentlich mit diesem seltsamen Cocktail auf sich?«, fragte ich Nora zwischen zwei Gabeln Ziegenkäseparfait. »Diesem Mint Julep?«
»Haben Sie ihn probiert?«
»Ja.«
»Und?«
»Er ist speziell«, gab ich zu. »Nicht ganz mein Geschmack, aber ich denke, man könnte sich daran gewöhnen.«
»Eigentlich ist er etwas für die blaue Stunde«, sagte Nora. »Das ist die kurze Zeit zwischen Sonnenuntergang und Dunkelheit. So ein Mint Julep schmeckt nicht, wenn einem der richtige Bourbon fehlt. Der klassische Mint Julep wird mit Woodford Reserve Bourbon gemischt. So trinkt man ihn beim Kentucky Derby und beim Breeder's Cup. Ich bevorzuge jedoch Maker's Mark Red Seal.«
Sie schaute mir fragend in die Augen, weil ich ihren Ausführungen mit einem Lächeln begegnete. »Sie haben überhaupt nicht verstanden, wovon ich rede, nicht wahr?«
Ich schüttelte bedauernd den Kopf.
»Das wird sich ändern«, entgegnete sie bestimmt, trank einen Schluck Weißwein und widmete sich wieder ihrem Amuse-Gueule. »Haben Sie schon einmal ein Hotel wie dieses besucht?«
»Das kann ich mir nicht leisten«, sagte ich.
Nora hielt mit dem Essen inne und schaute mich mit aufrichtigem Bedauern an. »Das ist schade!«
»Ich finde es ein wenig dekadent hier.«
»Sagen Sie bloß, Sie genießen den Abend nicht!«, rief Nora mit gespieltem Entsetzen.

»Ich fühle mich in der Tat ein wenig unwohl.«
»Weil er fürchtet, sich wie ein bürgerlicher Blutsauger zu benehmen«, meldete sich Boris mit vollem Mund. »Andre, wir nehmen hier niemandem etwas weg.« Er zeigte mit seinem benutzten Messer auf das Servicepersonal. »Ohne uns würden die hier alle keine Arbeit haben.«
»Ein Hotel wie dieses ist ein himmlischer Ort«, sagte Nora. »Wo sonst kommen Menschen zusammen, die sich normalerweise nie begegnen würden? Es gibt gutes Essen und guten Wein. Man amüsiert sich und denkt nicht an morgen.«
»Aber man zahlt einen Preis dafür«, sagte ich. »Ich möchte nicht wissen, wie viel mein Zimmer kostet.«
Nora stützte das Kinn auf den Handrücken, spielte mit der Gabel herum und schaute mich mit ihren großen, dunklen Augen an. »Andre Jesion, Sie gefallen mir. Sie sind ehrlich und Sie sind bodenständig. Ganz im Gegensatz zu Boris, diesem Windbeutel.«
»Deswegen haben wir uns ja auch getrennt«, sagte Boris. »Aber ihr beide, ihr könntet gut zueinander passen.« Er stutzte, als er mein errötendes Gesicht sah. »Nein, ist es zu glauben? Kaum hat er dich gesehen, schon hat er sich in dich verliebt, Nora.«
Ich stammelte ein paar Worte, die ich selbst nicht verstand. Nora legte den Kopf schief und schenkte mir ein Lächeln, das mich beinahe umbrachte. »Aber passen Sie auf, mein lieber Andre. Sobald sie sich mit Ihnen langweilt, wird sie Ihnen das Herz herausreißen und darauf herumtrampeln. Das tun Frauen immer.«

Obwohl Tess nicht erfassen konnte, was an diesem Abend vor über sechstausend Jahren gefeiert worden war, elektrisierte sie dieser erste Eintrag. Noras Beschreibung deckte sich bis in die kleinste Einzelheit mit dem Bild, das sich Tess von der Frau im Grand Hotel hatte machen können. Der kleine, fast kindhafte Wuchs, der schwarze Pagenkopf, die weiße, beinahe durchscheinende Haut und der resolute Charakter, dessen wirkungsvollste Waffe ein messerscharfer Humor war.

Zuerst hatte sie am Wahrheitsgehalt von Andres Behauptungen gezweifelt, aber nun war Tess sicher, dass er die Wahrheit sagte. Zwei Gefühle kämpften in ihrer Brust miteinander: Einerseits war sie gespannt, welche Geheimnisse das Tagebuch noch enthüllen mochte.

Andererseits hatte Tess Angst vor der Wahrheit. Was war, wenn Andre Recht hatte? Was war, wenn er und Nora das Ende der Welt herbeigeführt hatten?

***

Lennart hatte schon vermutet, dass man sie in dieser kleinen Zelle mehrere Tage festhalten würde, doch er sollte sich täuschen. Noch in der Nacht wurden sie abgeholt. Sechs Soldaten zerrten die drei Gefangenen von ihrem Lager und führten sie durch Korridore, an deren stockfleckigen Wänden der Putz bereits abblätterte, zu einem dunklen, weitläufigen Saal, der einmal der Speisesaal des Waisenhauses gewesen sein musste.

Die Wachen brachten die drei Männer zu einem Podest,

auf dem ein lang gezogener Tisch stand, hinter dem fünf Offiziere in Uniform Platz genommen hatten. Etwas abseits, an der rechten Seite der Empore, saß an einem kleineren Tisch mit Petroleumlampe ein Protokollant. Der staubgraue, hagere Mann mit dem streng nach hinten gekämmten Haar trug eine Brille, deren Gläser dick wie ein Flaschenboden waren. Lennart fiel es schwer, sich den Mann mit einer Waffe in der Hand im aktiven Dienst vorzustellen. Sie wussten sofort, dass es sich hierbei um ein Standgericht handelte. Lennart kannte den Erlass zum Schutz von Staat und Volk, in dem genau festgelegt war, wie man im Krisenfall die öffentliche Ordnung aufrechtzuerhalten hatte. Dazu gehörte, dass die Armee nicht nur im Inneren eingesetzt werden konnte, sondern dass sie auch die Rechtsprechung in politischen Verfahren übernahm.

Ein Standgericht hatte nichts mit einem zivilrechtlichen Prozess zu tun. Richter, Ankläger und Verteidiger waren ein und dieselbe Person. Auf diese Weise sollte gewährleistet sein, dass es während eines Notstandes zu einer schnellen Aburteilung gefährlicher Elemente kam, und der Staat handlungsfähig blieb. Solange er noch auf Streifendienst in Loricks Straßen gewesen war, hatte sich Lennart keine großen Gedanken über diese sogenannten Notverordnungen gemacht. Vereinzelt hatten Bürger Bedenken gegen die Einschränkung der Grundrechte geäußert, doch diese Mahnungen hatte niemand beachtet. Damals waren die Preise für Brot und Milch wichtiger gewesen. Auch Lennart war der Überzeugung gewesen, dass der Erlass zum Schutz von Staat und Volk ein gerechtfertiges Mittel war, um die innere Ordnung aufrechtzuerhalten. Doch er war kein Polizist mehr. Er stand jetzt auf der anderen Seite des Gesetzes.

Der vorsitzende Richter, ein offenbar übernächtigter Mann im Dienstrang eines Obersten, überflog einige Papiere. Die Feder des Protokollanten kratzte kurz über das Papier. Der Richter seufzte, schob das Blatt beiseite und faltete nachdenklich die Hände.

»Sie sind Polizisten, Stieg Elverum und Hagen Lennart.« Der Oberst blickte vom einen zum anderen, wobei er Halldor ignorierte. »Sie haben einen Eid geleistet, unser Land vor Schaden zu bewahren. Und Sie haben diesen Eid gebrochen.«

Die Feder kratzte weiter über das Papier.

»Die Polizei und die Armee sind das Schwert und das Schild Morlands, nach innen wie nach außen«, fuhr der Richter fort. »Ohne uns ist der Staat Elementen wie diesen ausgeliefert.« Er deutete auf Halldor Schartess. »Nun beantworten Sie mir eine Frage: Was ist geschehen, dass verdiente Beamte zu Verrätern wurden, die sich mit dem Feind verbünden, um die bestehende Ordnung zu zerstören?«

Die Männer schwiegen noch immer. Der Richter gab dem Protokollanten ein Zeichen, der daraufhin die Feder beiseitelegte.

»Worüber wir jetzt reden, wird nicht in den Akten vermerkt. Sie können frei sprechen. Egal was Sie sagen, es hat keinen Einfluss auf das Urteil. Es sei denn, Sie wünschen es ausdrücklich.«

»Wer hat die Macht im Staat?«, fragte Elverum unvermittelt.

»Im Moment wir, die Armee«, sagte der Oberst.

»Und die Polizei?«

»Wurde in die neue Befehlskette eingebunden.«

»An welcher Stelle?«, fragte Elverum, der sich nur noch schwer beherrschen konnte.

»An einer äußerst nachrangigen, wenn mich nicht alles täuscht«, sagte der Oberst.

»Ach, war die Rivalität zwischen General Nerta und Minister Norwin so groß?«

»Wenn es sie gab, so spielt sie jetzt keine Rolle mehr. Beide sind tot«, sagte der Oberst. »Sie haben meine Frage noch immer nicht beantwortet: Warum haben Sie sich den Wargebrüdern angeschlossen?«

»Weil die Eskatay zurückgekehrt sind«, sagte Hagen Lennart.

»Das wissen wir bereits«, sagte der Richter.

»Seit wann?«, fragte Lennart fassungslos.

»Seit heute Morgen. Es hat einen Anschlag auf die Regierung gegeben. Etliche Kabinettsmitglieder sind dabei ums Leben gekommen oder so schwer erkrankt, dass sie ihren Aufgaben nicht mehr nachgehen können.«

»Und woher weiß man, dass die Eskatay dafür verantwortlich sind?«, fragte Lennart.

»Weil man einen von ihnen gefasst und erschossen hat. Sie kennen ihn wahrscheinlich. Er hieß Anders Magnusson, Staatssekretär im Innenministerium.«

»Er ist ein Bauernopfer«, sagte Lennart.

Der Richter runzelte die Stirn.

»Wollen Sie damit sagen, dass er kein Eskatay war?«

»Ich will damit sagen, dass er nicht der Kopf der Verschwörung war.«

»Und wer ist Ihrer Meinung nach der Anführer?«

»Präsident Begarell.«

Stille trat ein. Der Richter sah Hagen Lennart scharf an. »Wenn das wirklich der Fall sein sollte, wie kommt es dann, dass er die Regierungsgeschäfte dem Parlamentspräsidenten übertragen hat? Ist Lindenberck Ihrer Information nach auch ein Eskatay?«

»Nein, das glaube ich nicht«, antwortete Lennart zögernd.

»Wenn die Regierungsgewalt auf den Parlamentspräsidenten übertragen worden ist, was ist dann mit Begarell?«, fragte Elverum.

»Er hat die Stadt verlassen«, sagte der Richter und es klang, als würde er die Entscheidung des Präsidenten keinesfalls gutheißen. Als wäre der erste Mann im Staate ein Soldat, der im entscheidenden Moment der Schlacht Fahnenflucht begangen hatte.

»Nun, dann verstehen Sie jetzt gewiss, warum wir mit den Boxvereinen ein Bündnis auf Zeit eingegangen sind«, sagte Lennart.

»Warum haben Ihre Leute meine Soldaten angegriffen?«, fragte der Richter und warf Elverum einen kühlen Blick zu.

»Warum haben Ihre Leute meine Kinder fortgebracht?«, erwiderte Lennart die Frage.

»Ihre Kinder?«, wiederholte der Richter.

»Meine beiden Töchter wurden von den Eskatay entführt und hier gefangen gehalten.«

Der Richter blickte Lennart ungläubig an. »Sie wollen sagen, dass es all die Toten nur gab, weil Sie Ihre beiden Töchter befreien wollten?«

»Nicht wir haben den ersten Schuss abgefeuert«, sagte Elverum.

»Wo haben Sie die Kinder hingebracht?«, fragte Lennart.

Jetzt schaltete sich einer der Beisitzer ein. »Sagen Sie, Herr Lennart, sind Sie verheiratet?«

Lennart stockte. »Ich war es«, gab er mit rauer Stimme zur Antwort.

»In den Unterlagen steht, dass Sie seit dem Tod Ihrer Frau eine schwere Krise durchmachen und daher nicht mehr in der Lage sind, sich um Ihre Kinder zu kümmern. Deswegen hat man sie Ihnen weggenommen.«

»Meine Kinder wurden entführt!«, schrie Hagen Lennart. »Von den Eskatay.«

»In dem Bericht, der mir vorliegt, liest sich das aber ein wenig anders. Da heißt es, Sie hätten Ihre Kinder vernachlässigt, weil Sie sich dem Kampf gegen den Staat verschrieben hätten.«

»Das ist eine Lüge! Ich bin ein guter Vater! Fragen Sie meine Töchter!«

»Was für ein Glück, dass das unmöglich ist, nicht wahr?«, sagte der Beisitzer nicht ohne Häme. »Laut dieser Unterlagen hat man sie aus Lorick weggebracht, weil die Situation in der Stadt durch Elemente wie Sie einfach zu gefährlich geworden ist.«

»Das ist lächerlich! Die Eskatay haben die Kinder an einen geheimen Ort verschleppt!«

»Warum sollten sie das tun?«, fragte der Beisitzer und lächelte. »Was sollten diese Kreaturen für ein Interesse an Kindern haben?«

Lennart wollte darauf etwas erwidern, aber der Richter hob die Hand. »Das reicht.« Er drehte sich zu seinem Protokollanten um. »Vermerken Sie, dass die Verhandlung auf unbestimmte Zeit vertagt worden ist.«

»Warum?«, fragte der Beisitzer.

»Weil ich erst weitere Informationen einholen muss.«

»Herr Oberst, wir sind ein Standgericht!«, sagte der Beisitzer. »Wenn wir bei jedem Fall erst Informationen …«

»Wollen Sie mit mir über die Vorgehensweise dieses Gerichts diskutieren?« Der Blick des Richters war herausfordernd, sein Tonfall schneidend.

»Nein, das will ich nicht.«

Der Richter schlug mit dem Holzhammer auf den Tisch. »Das Gericht zieht sich zurück. Bringen Sie die Gefangenen wieder in ihre Zelle.«

***

York und Mersbeck lösten sich auf, als hätte man sie einfach aus einem Bild herausradiert. Hakon hatte die Wirkung von Yorks Gabe schon einige Male miterleben können und war immer wieder fasziniert davon, wie geräuschlos dieses Verschwinden vor sich ging.

Für einen kurzen Moment fragte er sich, ob es ein Fehler gewesen war, in Morvangar zurückzubleiben. Er konnte Yorks Angst verstehen. Auch wenn Hakon seine telepathische Gabe nur selten einsetzte, gab sie ihm ein Gefühl der Sicherheit, das auch York gestärkt hatte. Diese Sicherheit fehlte ihm jetzt. Hakon konnte sich denken, wie sein Freund sich fühlte, allein mit vier Menschen und einem Eskatay. Misstrauen war in der Tat angebracht und Hakon beruhigte sich damit, dass York ihnen allen weit überlegen war. Wenn es hart auf hart kam, konnte sich der Sohn des Richters einfach aus dem Staub machen. Und dann gab es ja immer noch die »Verbindung«, wie Hakon sie nannte. Er wusste nicht, ob Nora ihm die Gabe geschenkt oder ob sie sich von alleine entwickelt hatte, aber er war in der Lage, mit jedem Gist Kontakt aufzunehmen. Man konnte diese Fähigkeit zwar nicht mit Begarells Kollektiv oder gar Noras Grand Hotel vergleichen, aber zur simplen Übermittlung von Nachrichten reichte sie vollkommen aus. Er musste Prioritäten setzen und konnte nicht mit allen gleichzeitig kommunizieren. Manchmal würde er die Verbindung auch kappen müssen, weil er sich auf Wichtigeres zu konzentrieren hatte.

Es war anstrengend, den Kontakt zu den Gist aufrechtzuerhalten, die nach der Schließung des Grand Hotels langsam aus ihrem Dämmerzustand erwachten. Noch waren sie zu benommen von den Drogen, dem Alkohol und dem Leben zwischen zwei Welten. Hakon hoffte, dass sie sich bald davon erholten, denn die Zeit drängte. Das spürte er.

Die Kinder wurden zurück in die Waggons getrieben, die Türen zugeschoben und verriegelt. Der Eskatay, der vorhin schon mit dem Offizier diskutiert hatte, gab ihm jetzt neue Anweisungen. Hakon hatte Schwierigkeiten, sich das neue Kollektiv als hierarchisch aufgebaute Gruppe vorzustellen, aber vermutlich war das ja Begarells Idee, denn inzwischen befehligte der Präsident zwei Armeen: die Eskatay und die Streitkräfte Morlands. Es waren jedoch die magisch Begabten, die das Sagen hatten. Sie handelten nun nicht mehr im Verborgenen. Das bedeutete aber auch, dass die Waggons nicht nach Lorick zurückkehrten, sonst würde die Nachricht von der Machtübernahme der Eskatay schneller die Runde machen, als es Begarell lieb sein konnte.

Mit einem Mal kam Bewegung in die Menge, die sich vor dem Bahnhof versammelt hatte. Einzelne Eskatay erhoben sich in die Luft, einige recht geschickt, doch die meisten ruderten dabei wild mit den Armen, als zöge sie eine unsichtbare Kraft überraschend nach oben. Sie alle flogen, dem Sonnenstand nach zu urteilen, Richtung Süden. Die übrigen machten sich auf dem Weg zu einem Depot, in dem zwei weitere Lokomotiven standen. Vier der Eskatay trugen dabei eine große Holzkiste. Vermutlich hatten sie den Auftrag erhalten, alle auffindbaren Blumen nach Lorick zu bringen.

Dann geschah etwas, was Hakon nicht sofort einordnen konnte. Zwischen einigen Soldaten kam es zu einem heftigen Streit. Drei von ihnen gestikulierten wild, fuchtelten mit Pistolen und Bajonetten herum. Plötzlich fiel ein Schuss und ein Soldat sackte zusammen. Eine Blutlache breitete sich unter seinem Körper aus. Keiner rührte sich. Niemand half. Alle waren zu verstört von dem, was soeben geschehen war. Die Eskatay schien das alles nicht zu interessieren. Sie versuchten weiter, im Depot ihren eigenen Zug unter Dampf zu setzen.

Hakon konzentrierte sich, so gut er konnte, doch er war

zu weit vom Geschehen entfernt, als dass er auch nur einen einzigen fremden Gedanken hätte auffangen können. Es war ohnehin offensichtlich, was nun mit den meuternden Soldaten geschah. Sie wurden mit vorgehaltener Waffe hinter einen Schuppen geführt. Kurze Zeit später waren Schüsse zu hören.

Hakon hatte genug gesehen. So leise wie möglich lief er die Treppe hinab und verließ sein Versteck durch eine der rückwärtigen Türen. Er trat hinaus in einen kleinen Hof und blickte hinauf zum Himmel, wo der Schwarm von Eskatay in Richtung Lorick davonflog. Er atmete tief durch und sandte Bilder des angreifenden Feindes an die anderen Gist und hoffte, dass sie angesichts dieser Bedrohung bald erwachen und handeln würden. Aber außer einem tiefen, unregelmäßigen Summen erhielt Hakon keine Antwort. Er fluchte.

Geduckt lief er zu einem Torbogen, der sich zur Straße öffnete, und spähte um die Ecke. Hakon befand sich jetzt gegenüber der Ostseite des Vorplatzes, wo sonst die Droschken hielten. Viel Zeit, um einen Plan zu schmieden, hatte er nicht. Der Zug mit den Kindern hatte Wasser und Kohle geladen, würde also bald seine Reise fortsetzen. Hakon musste seinem Instinkt vertrauen. Und seinen Fähigkeiten. Die Eskatay waren in diesem Moment beschäftigt und mit den Soldaten würde er fertig werden. Hakon gab sich einen Ruck und trat hinaus auf die Straße, als hätte er jedes Recht, sich hier aufzuhalten. Er musste nur darauf achten, dass die Eskatay seine Nähe nicht spürten. Wenn er ihnen in die Hände fiel, hätte Begarell eines seiner wichtigsten Ziele erreicht. Dann konnte er Hakon testen und würde im Nu herausfinden, was die Gist von den Eskatay unterschied, um so das Problem der Unfruchtbarkeit zu lösen. Zügig überquerte Hakon die Straße. Er war zwar immer noch ein Junge von vierzehn Jahren, aber für alle anderen hatte er durch die manipulative Kraft seiner Gedanken die Gestalt eines der Soldaten angenommen, der die Kinder bewachte.

»Los, los, los!«, schrie der Offizier und ruderte hektisch mit den Armen, um seine Männer anzutreiben. »Wir sind spät dran!«

Hakon beschleunigte seine Schritte und lief zum vorletzten Waggon, in den man Maura und Melina zusammen mit den anderen Kindern eingepfercht hatte. Einige der Soldaten kletterten über Leitern auf die durch niedrige Geländer gesicherten Dächer des Zuges und schraubten Maschinengewehre auf drehbare Gestelle. Wenn dieser Zug so stark bewacht und verteidigt wurde, mussten die Kinder sehr wichtig für Begarell sein.

»Was ist mit dir?«, blaffte ihn ein Sergeant an. »Wo kommst du her?«

»Ich musste mal wohin«, sagte Hakon keuchend.

»Wo ist dein Gewehr?«, fragte der Soldat misstrauisch. Seine Hand wanderte zur Pistolentasche, die an seinem Gürtel hing.

»Oh verdammt«, murmelte Hakon.

»Bist du etwa einer von diesen Bestien, diesen Eskatay?« Der Verschluss schnappte auf.

»Nein, keine Angst.«

»Ich habe keine Angst«, sagte der Soldat trotzig. Dann wurden seine Augen glasig.

»Das ist gut«, sagte Hakon. »Angst ist immer ein schlechter Ratgeber.«

»Ja. Angst ist immer ein schlechter Ratgeber«, echote der Sergeant, der nun aussah, als schliefe er mit offenen Augen.

Hakon spielte kurz mit dem Gedanken, Lennarts Kinder aus dem Zug zu holen, erkannte aber schnell, dass das unmöglich war. Mit einer Wache wurde er fertig, vielleicht auch mit zweien. Aber nicht mit einer schwer bewaffneten Kompanie, von den Eskatay ganz zu schweigen.

»Wo geht denn die Reise hin?«, fragte Hakon.

»In den Norden«, sagte der Soldat. Er wankte leicht, als hätte er zu tief ins Glas geschaut. »Nach Horvik.«

»Ich steige jetzt in diesen Waggon und dann wirst du die Tür hinter mir schließen«, befahl Hakon.

Der Soldat nickte.

»Und du wirst mich vergessen.«

»Und ich werde dich vergessen.«

Hakon lächelte. Er warf einen Blick über die Schulter und zwängte sich dann durch den schmalen Spalt. Hinter ihm wurde die Tür zugeschoben. Dunkelheit umfing ihn. Es dauerte einige Sekunden, bis er sich an die Finsternis gewöhnte.

Etwa dreißig Kinder saßen zusammengekauert und vollkommen verängstigt auf dem Boden. Er spürte, wie sich alle Augen auf ihn richteten. Niemand sagte ein Wort, nur ein vereinzeltes Schluchzen war zu hören. Draußen wurde ein Befehl gerufen. Die Lokomotive stieß einen langen, gellenden Pfiff aus. Es gab einen kräftigen Ruck und der Zug setzte sich langsam in Bewegung.

Hakon spähte durch einen Spalt. Die Eskatay stiegen in ihren Zug ein. Die Kiste mit den Blumen verstauten sie in einem Gepäckwagen.

»Wer bist du?«, flüsterte eine Stimme.

Hakon drehte sich um und blickte in das schmutzbeschmierte Gesicht eines Mädchens, das mit seinen etwa dreizehn Jahren die Älteste zu sein schien.

»Es ist alles gut«, flüsterte er. »Ich bin hier, um euch zu helfen.«

»Bist du Hakon?«, fragte das Mädchen.

»Ja«, sagte er überrascht.

»Wir haben es dir doch gesagt, Aria«, sagte eine altkluge Stimme. »Hakon wird kommen und uns befreien.«

»Melina?«, fragte Hakon.

»Nein, Maura.«

»Ich bin Melina«, sagte eine andere Stimme.

»Ihr wisst doch, dass ich euch noch nie auseinanderhalten konnte.« Hakon lächelte und wollte sich zu ihnen setzen, aber Aria stellte sich ihm in den Weg.

»Woher soll ich wissen, dass ich dir vertrauen kann?«

»Das kannst du nicht wissen«, sagte Hakon ruhig. »Du musst es drauf ankommen lassen.«

Sie verschränkte die Arme vor der Brust. »Wie bist du an den Soldaten vorbeigekommen?«

»Ich habe mich als einer von ihnen ausgegeben.«

»Hakon kann nämlich zaubern, und zwar ziemlich gut«, sagte Melina.

»Oh ja. Er beherrscht die Magie«, sagte Maura.

»Wie die Eskatay«, stellte Aria fest.

»Ja, wie die Eskatay«, sagte Hakon. »Nur dass ich kein Eskatay bin.«

»Sondern?«

Hakon seufzte. »Ein Gist. Hör mal, dürfte ich zur Abwechslung auch ein paar Fragen stellen?«

»Nein«, sagte Aria.

Die beiden Zwillinge kletterten über die am Boden liegenden Kinder und liefen Hakon in die Arme.

»Wie geht es Papa?«, fragte Melina mit piepsiger Stimme.

»Ich weiß es nicht«, sagte Hakon bedauernd.

»Aber er lebt! Bitte sag, dass er noch lebt!«, bettelte Maura. »Wir haben ihn gesehen, als wir aus dem Waisenhaus abgeholt wurden. Dann sind Schüsse gefallen.«

»Sag jetzt nichts Falsches«, zischte ihn Aria leise an. »Sonst breche ich dir den Arm, ob Gist oder nicht.«

Hakon sah das Mädchen überrascht an. »Eurem Vater geht es gut. Und er setzt alles daran, euch zu retten«, sagte er an die Zwillinge gewandt.

Aria nickte zufrieden. »So, und nun legt euch wieder hin. Ihr habt die ganze Nacht nicht geschlafen.«

»Nur wenn Hakon bei uns bleibt!«, rief Maura.

»Ich komme zu euch, wenn ich mit Aria gesprochen habe, einverstanden?«

»Aber macht nicht zu lange!«

Aria holte tief Luft und schloss die Augen. Mit einem Mal sah sie älter, viel älter als dreizehn Jahre aus. »Es ist das erste Mal, dass ich die beiden so erleichtert sehe. Lebt ihr Vater wirklich noch?«

»Ich kann es nicht sagen. Seitdem er sich auf den Weg

gemacht hat, um die beiden zu befreien, habe ich ihn nicht mehr gesehen.«

»Bleib am besten bei der Geschichte, die du den Kindern erzählt hast«, sagte Aria. »Wir können hier jeden Funken Hoffnung gebrauchen.«

»Warum bringt man euch nach Horvik?«, fragte Hakon.

»Ich habe keine Ahnung«, sagte Aria. »Die Armee hat die Kinder aus verschiedenen Waisenhäusern zusammengetrieben und schafft uns jetzt fort.«

»Gibt es keine Gerüchte?«

»Die Soldaten erzählen sich nur, dass Horvik ein Nest jenseits des Polarkreises sein soll«, sagte Aria. »Früher hat man dort Eisenerz abgebaut, aber das ist wohl lange her. Mehr habe ich nicht herausgefunden. Was werden wir jetzt tun?«

»Abwarten. Fliehen ist unmöglich. Der Zug wird zu gut bewacht«, sagte Hakon. »Aber es gibt etwas, was ich für die Zwillinge tun kann.«

»Na, da bin ich aber gespannt«, sagte Aria. »Hat das was mit deiner magischen Begabung zu tun?«

»Oh ja«, sagte Hakon. Vor wenigen Minuten hatte er die ersten Meldungen erhalten, dass die Gist endlich erwachten. Nun gab er die Order an sie aus, nach Hagen Lennart zu suchen und ihm mitzuteilen, dass seine Kinder lebten.

***

»Und seit diesem Abend waren Sie ein Paar?«, fragte Tess. Sie machten nach drei Stunden Feldarbeit unter einem Baum eine Pause und verzehrten ihr zweites Frühstück.

»Ja«, gab Andre zu. »Obwohl ich mich ziemlich dämlich anstellte. Aber Nora war sehr geduldig mit mir. Und sie hat mir nie das Herz gebrochen.«

»Sie lieben sie immer noch.«

»Jeden Tag mehr.« Er schenkte Tess etwas Eistee nach. Sie nahm einen Schluck.

»Wie war die Welt, in der Sie lebten?«, fragte Tess und stellte das Glas wieder ab.

»Gewalttätig«, sagte Andre. »Es verging kein Tag, an dem nicht irgendwo ein Krieg tobte. Menschen starben, die nicht hätten sterben müssen.«

»Das klingt, als hätten Sie die Welt gehasst«, sagte Tess.

»Nicht die Welt, aber die Menschen, die in ihr lebten. Lies das Tagebuch, dann wirst du es verstehen.«

Tess klappte das Buch, das auf ihrem Schoß lag, behutsam zu. »Ich weiß nicht, ob ich das noch will.«

»Warum?«

»Weil ich befürchte, dass es eine Geschichte ist, die mich verändern wird.«

Andre lehnte sich zurück. Sein Ausdruck wurde ernst. »Tess, was willst du?«

Tess seufzte. »Ich will, dass Nora lebt. Ich will meine Freunde wiedersehen. Und ich will in einer Welt leben, die nicht wie Morland ist.«

»Nun, der letzte Wunsch ist in Erfüllung gegangen. Mit Morland hat diese Welt hier keine Ähnlichkeit.«

»Und wie steht es um die anderen beiden Wünsche?«

»Sie sind eng miteinander verbunden.« Er schwieg, blickte nachdenklich in den Himmel und schien in Gedanken irgendeine Gleichung durchzugehen, deren Ergebnis sich nicht mit Sicherheit bestimmen ließ. »Komm mit«, sagte er und stand auf. Tess leerte ihr Glas und folgte ihm.

Porter lag dösend in seiner Hundehütte und hob träge den Kopf, als Andre mit Tess zur Scheune trat. »Welche Begabungen hast du?«, fragte er.

»Ich bin stark«, antwortete sie.

»Stark. Soso. Sonst noch etwas?«

Tess dachte nach. »Einmal war es, als würden sich alle Menschen ganz langsam bewegen – die Zeit schien zu stocken.« Das war am Zentralbahnhof in Lorick gewesen, damals hatte sie York aus den Händen eines Eskatay befreit.

Andre hielt bei diesen Worten in der Bewegung inne und drehte sich abrupt zu ihr um. Ein Lächeln umspielte seine Lippen. »Da hinten steht eine volle Regentonne. Heb sie hoch.«

Tess zuckte mit den Schultern, ging zu dem Fass und umklammerte es. Doch es wollte sich nicht von der Stelle bewegen lassen.

»Das verstehe ich nicht«, keuchte sie. »Das Ding ist zu schwer.«

»Oder du bist zu schwach«, sagte Andre. Seine Stimme war kühl. Tess spürte eine dunkle Aura um ihn, als sei er ein mächtiger Mann, dem man besser ohne Widerspruch folgte. »Wahrscheinlich hast du dich nur wichtiggemacht und deine Fähigkeiten sind doch nicht so beeindruckend.«

Tess versuchte sich erneut an der Tonne – erfolglos.

»Du hast mich belogen«, sagte Andre.

»Nein!«, rief Tess entrüstet. »Glauben Sie mir doch!«

»Warum sollte ich das tun?«, sagt er abschätzig. »Schade. Im ersten Moment habe ich gedacht, du seist etwas Besonderes.«

Er drehte sich um und ließ Tess einfach stehen. Wut stieg in ihr hoch. Es musste schon viel geschehen, bevor sie die Fassung verlor, doch jetzt platzte ihr der Kragen.

»Haben Sie eine Ahnung, was ich durchgemacht habe?«, schrie sie ihn an. »Ich habe meine Freunde verloren, die für mich wie eine Familie waren. Menschen sind gestorben, weil ich im falschen Moment das Falsche tat. Ich weiß nicht, wo ich bin oder wie ich von hier fortkomme. Und Sie behandeln mich auf einmal, als wäre ich eine lästige Warze an Ihrem Hintern!«

»Spar dir dein Selbstmitleid. Damit beeindruckst du noch nicht einmal Porter.«

Sie packte die Regentonne und rannte. Plötzlich war die Welt wie in Aspik eingelegt, in dem nur sie sich frei bewegen konnte. Als sie nur noch zwei Schritte von Andre Jesion entfernt war, warf sie das Fass.

Es gab einen Ruck und die Zeit verging wieder in normaler Geschwindigkeit. Jesion wirbelte herum und lächelte wie ein Wolf, der kurz davor ist, ein Lamm zu reißen. Die Regentonne fror zwei Meter über dem Boden fest, keine Handbreit von seinem Gesicht entfernt. Das Wasser schwebte, ölig schimmernd heraus, festgehalten von einer unbekannten Kraft, die Tess nach Luft schnappen ließ. Dann ertönte ein dumpfer Knall und die Tonne löste sich in feines, hellbraunes Pulver auf.

Tess sagte kein Wort. Augen und Mund waren weit aufgerissen, als sie den Haufen Sägemehl auf dem Boden erblickte.

»Du solltest einmal dein Gesicht sehen«, sagte er und lachte. »Dieser Ausdruck ist unbezahlbar.«

»Was sollte das?«, fragte Tess. Sie zitterte am ganzen Leib, aber ihr Zorn verebbte schnell und machte grenzenlosem Staunen Platz.

»Wie war das, als du das erste Mal deine Gabe gespürt hast?«

Tess hatte auf einmal wieder die Bilder von der Flucht aus dem Kinderheim vor Augen. »Ich verspürte Wut. Die Aufpasser im Waisenhaus hatten einen berechtigten Streik der Kinder brutal niedergeschlagen. Das waren grobschlächtige Kerle, denen es Spaß machte, uns zu quälen. Ich wollte ihnen wehtun und das habe ich dann auch getan.«

»Wie oft hast du deine Gabe bisher eingesetzt?«

»Selten.«

»Aber du hast dich immer in einer Ausnahmesituation befunden, als sie sich zeigte?«, fragte Andre.

»Ja, das stimmt.« Tatsächlich hatte Tess ihre Fähigkeiten noch nie einfach unter alltäglichen Bedingungen angewandt. Immer war sie oder jemand, der ihr nahestand, in Gefahr gewesen.

»Du bist stark«, sagte Andre.

»Ja«, antwortete Tess.

»Und du kannst die Zeit beeinflussen.«

»Ja.« Tess klang hilflos. »Ich weiß immer noch nicht, worauf Sie hinauswollen.«

»Deine Kräfte werden stärker, wenn du sie regelmäßig einsetzt«, erläuterte Andre. »Es ist wie beim Marathonlaufen. Zu Beginn geht dir schon nach wenigen Metern die Luft aus. Erst wenn du trainierst, kannst du längere Strecken bewältigen. Dir fehlen nur Kraft und Ausdauer.«

»Sie meinen also, ich soll üben«, sagte Tess. »Aber wie soll ich das tun, wenn ich meine Gabe nicht aus eigener Kraft aktivieren kann?«

Porter, der von dem Lärm aufgewacht war, hatte die Hundehütte verlassen und trottete zu seinem Herrchen.

»Das ist in der Tat ein Problem, an dem wir noch arbeiten müssen«, sagte Andre und kraulte seinen Hund am Ohr.

Tess blies die Wangen auf und stöhnte.

»Niemand hat gesagt, dass es einfach wird«, sagte Andre. »Aber ich musste testen, was du kannst.«

»Was ändert das an meiner Lage?«, fragte Tess.

Andre hielt einen Augenblick lang inne, als müsste er seine Worte sorgfältig wählen. »Womöglich sehr viel. Aber das wird sich erst herausstellen, wenn du lange genug trainiert hast. Jetzt lass uns zu Mittag essen.«

»Das Tagebuch …«, wollte Tess einwenden.

»Das Tagebuch kannst du dann heute Nachmittag weiterlesen.«

3. Mai 2003

Ich gebe es zu, ich bin ein Maulheld, zumindest was das Schreiben angeht. Aber vermutlich war das ja wie einer dieser Neujahrsvorsätze, die, kaum ausgesprochen, schon zum Scheitern verurteilt sind – ähnlich wie das Rauchen aufzugeben, in den nächsten vier Wochen zehn Kilo abzunehmen oder endlich mal die Wohnung zu entrümpeln. Vielleicht sollte ich mir weniger vornehmen, dann würde ich mich selbst zur Abwechslung einmal positiv überraschen.

Nora.

Eigentlich müsste ich jetzt einen lauten Seufzer zu Papier bringen. Nora hat alles, was man sich als Mann wünscht, nur dass sie es einem nicht gibt. Nach unserer gemeinsam verbrachten Neujahrsnacht beging ich den klassischsten aller Fehler und fragte sie, ob wir nun zusammen seien. Das kann man ja machen, wenn man sechzehn ist und der Amoklauf körpereigener Hormone das Hirn in die Unzurechnungsfähigkeit treibt, aber nicht mehr in meinem Alter. Natürlich hat sie wie jede normale Frau reagiert, die noch alle fünf Sinne beisammenhat: Sie packte ihre Sachen und ging. Wenigstens besaß ich so viel Reststolz, ihr nicht hinterherzulaufen. Trotzdem geht sie mir nicht aus dem Kopf, zumal wir uns jeden Tag bei der Arbeit sehen. Allendorf hat aus ihr jetzt auch eine Susy gemacht.

Glücklicherweise hatten wir in den letzten zwei Monaten alle wenig Zeit für unser Privatleben (und deswegen seien mir auch die fehlenden Einträge verziehen). Allendorf hat zwei Tage nach seiner Rede den Termin für den Start des

Experiments bekannt gegeben. Morgen Vormittag werden wir sehen, was der Speicherring wirklich hergibt.
Es ist zwei Uhr nachts. Nora ist nicht bei mir und ich kann nicht schlafen. Im Fernsehen läuft auch nichts Anständiges. Vielleicht sollte ich lesen. Zur Entspannung. Seit Wochen liegt der neue Krimi von Polina Daschkowa auf meinem Nachttisch.
Ich entschließe mich, etwas Baldrian zu nehmen.

17. Mai 2003

Alles hat seinen Sinn verloren. Oder einen neuen bekommen. Wer bin ich schon, das beurteilen zu können. Ich weiß noch, wie Nora sagte, jetzt würden wir erfahren, ob Würth Recht hatte. Das war, kurz bevor Allendorf den Schlüssel umdrehte. Würth hatte nicht Recht, nicht ganz.
Wir haben kein schwarzes Loch geschaffen. Auch von Strangelets, die in ihrer stabilen Form noch gefährlicher als eine Singularität sind, war keine Spur festzustellen. Aber es ist etwas geschehen, was drei Menschen das Leben gekostet hat. Menschen, die ich kannte, die meine Freunde und Kollegen waren und Familien mit Kindern hinterlassen.
Der Tag begann ganz so, wie wir alle uns das vorgestellt hatten. Natürlich war der Präsident anwesend. Er sah den Speicherring als eine der vielen wissenschaftlichen Errungenschaften, die im vergangenen Jahrhundert der sowjetischen Mondlandung folgten. Dies war der Geist, der die sowjetische Vorherrschaft in der Welt auch im neuen Jahrtausend sichern würde. Die blumige Sprache

der Trotzki-Zeit lebte scheinbar fort. Nora musste lachen, klatschte aber am lautesten, als Präsident Ruzkoi, ganz der Weltrevolutionär, die Faust hob und schnauzbärtig in die Kameras grinste.

Um Viertel nach neun war zur Erleichterung aller der offizielle Teil beendet. Ruzkoi und sein Gefolge machten es sich im Kontrollzentrum gemütlich, von wo aus sie einen hervorragenden Blick auf die Monitore hatten, die an der Stirnseite des Raumes angebracht waren.

Wie beim Start einer N1-Rakete der Lunarmission tickte auch hier eine Uhr rückwärts, wobei die letzten zehn Sekunden laut mitgezählt wurden.

Nora stand auf einmal neben mir. Sie ergriff wie ein Kind den kleinen Finger meiner rechten Hand und sagte leise: »Ja.«

Ich strahlte sie an. Nach vier Monaten hatte sie endlich die Frage beantwortet, die ich so töricht an jenem Neujahrsmorgen gestellt hatte. Was sie sagte und vor allen Dingen wie sie es sagte, machte mich in diesem Moment zum glücklichsten Menschen der Welt. Paul Allendorf, ganz König in seinem kleinen Reich, drehte bei eins den Schlüssel und drückte bei null den großen roten Knopf. Allgemeiner Jubel ertönte. Ich wollte Nora im Überschwang gerade küssen, als sich in den Applaus Entsetzensschreie mischten.

»Abschalten! Abschalten!«, rief jemand. Ich glaube, es war Boris Klenov. Dann sah ich den Ausschlag auf der Anzeige der Spurendriftkammer, dem Teilchendetektor der ALICE-Einheit.

»Was zum Teufel ist das denn?«, hörte ich Allendorf murmeln. Er griff zum Telefon und drückte eine Taste. »Schaltet unter keinen Umständen das Magnetfeld ab! Ich schicke jemanden runter!« Allendorf knallte den Hörer auf die Gabel, schaute sich kurz um und zeigte dann auf mich, Nora und zwei andere Wissenschaftler. »Sie gehen.«
Dann wandte er sich an Ruzkoi.
»Herr Präsident, ich muss Sie bitten, die Einrichtung zu verlassen. Wir können sonst nicht mehr für Ihre Sicherheit garantieren.«
Ruzkoi wurde blass. Er nickte knapp, war aber sichtlich aufgebracht. Einer seiner Personenschützer sprach in ein Mikrofon, das an der Innenseite seines Handgelenks befestigt war. Dann eilte die Gruppe aus dem Kontrollraum. Über die Monitore der Überwachungskamera konnte ich sehen, wie sie erst den Aufzug nahmen und dann durch die Korridore in die Eingangshalle hasteten, wo sich die Leibwächter rabiat durch die Menge der Journalisten kämpften.
Wir benutzten einen der kleinen Elektrowagen, um zur ALICE-Einheit zu fahren. Nora saß am Steuer. Keiner sprach ein Wort, aber ich spürte die Angst der beiden Techniker, die hinter mir saßen. Die unterschiedlichsten Szenarien waren denkbar, etwa ein Ausfall des Kühlsystems. Aber nichts hatte uns auf das vorbereitet, was sich in der Spurendriftkammer materialisiert hatte.
Der Teilchendetektor war ein roter, knapp neunzig Kubikmeter umfassender, gasgefüllter Zylinder, der zweieinhalb Meter im Durchmesser und etwas mehr als fünf Meter

Länge maß. Wir wurden bereits von Leonid Koroljow erwartet, dem zuständigen Leiter der Kollektoreinheit, die das Herzstück des Speicherring-Experiments war. Ziel war es, das theoretische Standardmodell der Teilchenphysik durch ein Experiment zu verifizieren, und wir hatten gehofft, in der Kammer das letzte Teilchen einzufangen, das uns in unserem Zoo noch fehlte. Nun, wir hatten tatsächlich etwas eingefangen. Doch noch ahnten wir nicht, was es war.

»Haben Sie eine Ahnung, womit wir es zu tun haben?«, fragte ich.

»Wir können nur sagen, was es nicht ist«, sagte Koroljow. »Wir haben kein schwarzes Loch oder Strangelet erzeugt. Das Teilchen zeigt keine Driftspuren wie ein Parton. Außerdem besitzt es eine Masse, die in der Kammer vorher nicht existiert hat.«

»Dann wurde wahrscheinlich Energie in Materie umgewandelt«, vermutete ich.

Koroljow zuckte mit den Schultern. »Vielleicht.«

»Wie groß ist es?« Ich starrte hilflos auf den Monitor und versuchte mir einen Überblick zu verschaffen, doch die Zahlen ergaben keinen Sinn.

»Es wächst«, sagte Nora überrascht. »Es hat jetzt die Größe eines Makromoleküls. Und es wandert zum Rand!«

»Entgegen der magnetischen Flussrichtung?«, fragte Koroljow ängstlich. Ich bemerkte, wie seine Hände zitterten.

Nora hob den Telefonhörer ab und wählte die Nummer des Kontrollraums. Wir hatten keine Mobiltelefone, weil wir befürchteten, dass die Strahlung die Messergebnisse verfälschen könnte. Plötzlich gab es einen leisen Knall, gefolgt von einem hohen Pfeifen.

»Druckabfall im Teilchendetektor«, rief einer der Techniker.

Ich hörte noch, wie Koroljow »Raus!« schrie, aber es war zu spät. Etwas explodierte und warf uns zu Boden. Eine Reihe von Kurzschlüssen ließ die Kabel verschmoren, die an den Endkappen der Kammer angebracht waren und die Anode des Detektors mit Energie versorgten. In der Wand der Spurendriftkammer klaffte ein faustgroßes Loch, doch es war an den Rändern nicht ausgefranst, wie man es bei einer Explosion erwarten konnte, sondern hatte die Form eines perfekten Kreises. Etwas schwebte einen Moment über uns und fiel dann zu Boden. Ein Objekt, mit dem ich an diesem Ort am allerwenigsten gerechnet hatte.

Es war eine Blume.

Nora sagte etwas, doch ich verstand sie nicht. Ein lautes Pfeifen in meinem Kopf hatte mich und auch alle anderen taub werden lassen. Eine rote Blinkleuchte warnte uns davor, dass etwas schieflief. Wahrscheinlich heulte auch eine Sirene, aber ich konnte sie nicht hören. Meine eigenen Atemgeräusche waren zu laut.

Einer der Techniker blinzelte benommen und rollte sich vom Rücken auf den Bauch. Doch anstatt zum Ausgang zu kriechen, rutschte er auf die Blume zu. Ich schrie ihn an und wollte nach seinem Bein greifen, um ihn zurückzuziehen, aber da hatte er das Gebilde schon berührt.

Noch heute schäme ich mich zuzugeben, dass das, was nun geschah, mit Abstand das Faszinierendste war, was ich jemals gesehen habe. Ich war so gebannt, dass ich bei

all dem Pfeifen in meinem Kopf nicht auf die Stimme der Vernunft hörte und sofort diesen Raum verließ.
Die Blume lebte. Und sie drehte sich nun so, dass die schwarzviolette Blüte direkt auf den Techniker gerichtet war. Myriaden heller Punkte stiegen auf und schwebten wie glühender Staub in der Luft, nur um sich wie in einem lauen Luftzug auf das Gesicht des armen Kerls zuzubewegen, der wie hypnotisiert die Augen aufgerissen hatte. Der Staub drang in Mund und Nase ein. Der Mann hustete ein-, zweimal, blinzelte, holte tief Luft, als wollte er schreien, und sank schließlich mit gebrochenem Blick auf die Seite. Blut sickerte aus seinen Ohren. Er war tot.
Nora wollte aufspringen, aber die Blume war schneller und hüllte sie mit dem tödlichen Staub ein. Ich schrie ihren Namen, packte sie am Kragen und wollte sie wegzerren, als auch ich die Lichtpunkte einatmete. Der glühende Staub brannte in meinem Hals und wanderte hinunter in meine Lunge. Aus meiner Nase schoss ein dünnflüssiger Strahl hellen Bluts und fiel vor mir auf den Boden. Keuchend brach ich zusammen. Krämpfe durchzuckten mich. Etwas arbeitete sich zu meinem Gehirn vor, und als es oben angekommen war, konnte ich endlich schreien, so lange und so laut, dass meine Stimmbänder am Ende keinen Ton mehr hervorbrachten.
Mit letzter Kraft zerrte ich Nora aus dem Raum. Ich wusste nicht mehr, was mit den anderen geschah, aber es war mir auch egal. Es gelang mir noch, die Tür zur ALICE-Einheit von außen zu verschließen. Dann verlor ich das Bewusstsein.

Ich erwachte erst wieder in einem Krankenzimmer unter einem Plastikzelt. An meinem Bett stand eine Gestalt in einem gelben Schutzanzug, wie ich ihn aus meiner Armeezeit kannte. Er wurde getragen, wenn man sich in einem verseuchten Gebiet befand oder mit kontaminierten Personen zu tun hatte. Mein Herz schlug schneller.

»Ich habe Durst«, krächzte ich.

»Neben Ihnen steht ein Krug mit Wasser«, sagte die unförmige Gestalt und zeigte auf ein kleines Tischchen. Die Stimme, die einer Frau gehören musste, wurde durch eine Atemmaske gedämpft. Das Glas des Sichtfensters war teilweise von innen beschlagen. Ich versuchte mich aufzusetzen, doch das bereute ich augenblicklich, denn ein stechender Schmerz bohrte sich in meine Augenhöhlen.

»Würden Sie mir vielleicht helfen?«, stöhnte ich. Mein Mund war trocken, die Zunge so dick angeschwollen, dass ich sie kaum bewegen konnte.

Sie zögerte. Dann steckte sie den Arm durch eine Öffnung, die in einen langen Handschuh mündete, und schenkte mir etwas in einen Becher ein, den sie mir vorsichtig reichte. Ich leerte ihn langsam und mit geschlossenen Augen, jeden Schluck genießend.

»Könnte ich noch etwas haben?«, fragte ich mit festerer Stimme und hielt ihr den Becher hin.

»Wie fühlen Sie sich?«, fragte der Marsmensch.

»Gut. Sind Sie eine Schwester?«

Sie nickte.

»Wie ist Ihr Name?«

Sie schwieg.

»Ich habe keine Lust, Sie die ganze Zeit mit ›He, Sie‹ anzusprechen.«
»Natalia.«
»Könnte ich bitte noch einen Schluck haben, Natalia?«
Sie nickte und schenkte nach.
»Was ist mit den anderen?«, fragte ich und trank.
»Ich bin nicht befugt, Ihnen Informationen zu geben.«
»Nora Blavatsky. Ich muss wissen, ob sie noch lebt!«
Natalia schwieg. Nur ihr Atem war zu hören.
»Bitte«, sagte ich.
»Sie liegt nebenan.«
Erleichtert schloss ich die Augen und lächelte. Nora lebte. Ihr Tod wäre mein größtes Unglück gewesen. Was konnte jetzt noch passieren?
»Ich werde den behandelnden Arzt informieren müssen«, sagte Natalia und verließ den Raum.
Was war in der Kammer geschehen? Einer der Männer war an dem Staub gestorben, das hatte ich gesehen. Ich werde diesen schrecklichen Anblick mein Lebtag nicht vergessen. Nora und ich hingegen hatten den Unfall überlebt, aber um welchen Preis? Wir befanden uns in der Isolierstation eines Krankenhauses. Das Personal musste unsretwegen Schutzanzüge tragen, wie man sie nur in Seuchengebieten verwendete, in denen ein hämorrhagisches Fieber wütete. Meine gute Laune verflüchtigte sich. Vielleicht starben wir jetzt einen langsamen Tod.
Die Tür wurde geöffnet und Natalia kehrte zurück, diesmal in Begleitung eines Mannes, der einen Schutzanzug mit einer Schlauchkupplung am Rücken trug.

»Herr Jesion. Ich freue mich, Sie bei so guter Gesundheit zu sehen«, sagte er, und es klang so aufrichtig, dass ich ihm glaubte. »Mein Name ist Guselka.«

»Wo bin ich hier?«, fragte ich.

»In einem geheimen Seuchenzentrum der Regierung«, antwortete der Arzt.

Ich muss wohl ein ziemlich entsetztes Gesicht gemacht haben, denn Guselka hob beruhigend die Hand. »Keine Angst, Sie sind nur zur Beobachtung hier. Ich warte noch auf einen letzten Laborbefund, dann werden wir Sie auf ein normales Zimmer verlegen.«

»Und Nora Blavatsky?«

»Bisher zeigt auch sie keine Symptome einer Krankheit«, sagte Guselka. »Wir mussten auf Nummer sicher gehen. Die drei anderen Männer, die mit Ihnen in der Kammer waren, sind tot.«

»Sie sind an dem gestorben, was diese Blume abgesondert hat.«

»Vermutlich.«

»Wissen Sie schon, woraus dieser Staub besteht?«, fragte ich. »Sind es Sporen oder handelt es sich um ein Gift?«

»Das darf ich Ihnen leider nicht sagen. Ihnen fehlt die nötige Sicherheitsfreigabe.«

»Hören Sie, das können Sie nicht machen«, fuhr ich ihn wütend an. »Ich sterbe beinahe an etwas, was schon drei Männer ins Jenseits befördert hat. Und das Einzige, was Ihnen dazu einfällt, ist: ›Sie haben nicht die nötige Sicherheitsfreigabe‹!« Ich warf die Decke beiseite und setzte mich auf die Bettkante.

»Beruhigen Sie sich«, sagte Guselka. Er trat einen Schritt zurück und stolperte dabei fast über einen Hocker.

»Was ist?«, rief ich. »Stimmt etwas nicht mit mir? Die Schwester schien auch schon Angst vor mir zu haben.«

»Es ist alles in Ordnung! Bitte regen Sie sich nicht auf!«

Ich stand auf. Ich war noch ziemlich wackelig auf den Beinen und ich trug nicht einmal eines dieser Krankenhausnachthemden, die hinten offen sind, doch das war mir egal. »Holen Sie Paul Allendorf.«

»Das geht nicht«, sagte Guselka. Seine Stimme hatte auf einmal jede Selbstsicherheit verloren. Er schien regelrecht in Panik zu verfallen, das konnte ich sogar durch den dicken Plastikvorhang erkennen.

»Warum?« Mir war schwindelig, trotzdem machte ich einen Schritt nach vorne.

»Weil dies eine militärische Einrichtung der Roten Armee ist!«, sagte Guselka.

Ich spürte, wie die Wut in mir hochstieg. »Was hat die Rote Armee damit zu tun? Das Speicherring-Experiment ist ein ziviles Projekt!« Auf einmal war meine Sicht wieder klar. Guselka stöhnte und wich weiter zurück.

»Verdammt, was ist mit Ihnen?«, schrie ich ihn an. »Warum haben Sie solche Angst?« Dann bemerkte ich es: Ich hatte das Isolierzelt, das mein Bett umgab, verlassen. Doch es war noch immer verschlossen!

Es dauerte einige Sekunden, bis ich die Ungeheuerlichkeit dessen verstand, was da gerade geschehen war. Ich schritt langsam auf die Plane zu und streckte meine Hand aus. Sie ging glatt durch das Plastik hindurch.

Erschrocken zog ich sie wieder zurück und starrte darauf. Sie hatte sich nicht verändert. Ich hatte noch immer die kleine Narbe zwischen Daumen und Zeigefinger, die ich mir als Kind zugezogen hatte, als ich bei einem Sturz vom Fahrrad in Stacheldraht gegriffen hatte. Die beiden Muttermale auf meinem Handrücken, von denen Nora scherzhaft gesagt hatte, sie seien meine ersten Altersflecken, waren auch noch da.

Ich fuhr herum. »Was ist mit mir geschehen?«

»Wir wissen es nicht«, sagte Guselka, der seine Fassung zurückgewonnen hatte. »Wir vermuten nur, dass es etwas mit … dieser Blume zu tun haben muss.«

»Was ist mit Nora?«, fragte ich und versuchte dabei so ruhig wie möglich zu klingen.

»Ihr geht es gut«, sagte der Arzt.

»Hat sie sich auch verändert?«, fragte ich.

»Nein, bisher noch nicht«, sagte Guselka.

»Ich will zu ihr.«

»Auf gar keinen Fall!«, rief Guselka. »Man wird Sie erschießen!«

Statt auf seine Worte zu achten, ging ich durch die Tür, ohne sie zu öffnen, und betrat eine Luftschleuse. Das war einfach. Und es fühlte sich großartig an! Ungefähr so wie in einem dieser Computerspiele, bei denen man durch einen Tastaturbefehl die Kollisionsabfrage ausschalten kann. Da konnte man plötzlich auch durch Wände schweben. Doch es war nicht die Welt um mich herum, die sich verändert hatte. Die Wände, die Türen, der Tisch, die Schränke waren noch da und vermutlich so beschaffen wie immer. Nein,

ich hatte mich verändert! Und obwohl die Situation so widernatürlich war, musste ich lachen.
Guselka war mir gefolgt und zog jetzt seinen Schutzanzug aus. Wenn ich ein ansteckendes, womöglich tödliches Virus hatte, war es jetzt ohnehin in der Welt. Aber ich war mir sicher, dass ich nicht unter etwas wie Ebola oder der Spanischen Grippe litt.
»Gut«, begann Guselka. »Sie haben Ihren Standpunkt deutlich gemacht. Aber tun Sie mir und sich einen Gefallen. Machen Sie das nicht vor Zeugen, ja? Glauben Sie mir: Es ist nicht in Ihrem Interesse, dass die falschen Leute von Ihrer Veränderung erfahren.«
Obwohl ich noch immer kaum einen klaren Gedanken fassen konnte, schienen mir seine Worte vernünftig.
»In Ordnung«, sagte ich schließlich. »Was schlagen Sie also vor?«
Guselka öffnete einen Spind und warf mir einen grünen Overall zu. »Sie möchten Natalia doch bestimmt nicht noch mehr Angst einjagen.«
Ich zog mir die Uniform an, die mich schlagartig zum Oberst beförderte, und folgte Guselka hinaus in den hell erleuchteten Korridor. Ein Soldat zuckte zusammen, als er mich sah, und griff nach seiner Waffe.
»Hören Sie auf mit dem Unsinn, Marenko«, sagte Guselka in erstaunlich beiläufigem Tonfall. »Stecken Sie die Waffe weg und benachrichtigen Sie Genosse Allendorf.«
Der Mann schlug die Hacken zusammen und salutierte. »Jawohl, Genosse Oberst.« Dann eilte er davon.
Ich schaute an meinem Overall hinab und entdeckte

Guselkas Namensschild auf der Brust. »Sie sehen nicht so aus, als dienten Sie in der Armee.«

»Tue ich auch nicht. Ich bin Oberst des NKWD.«

»Das Seuchenzentrum untersteht dem Geheimdienst?«, fragte ich.

Guselka antwortete mir nicht, sondern wies mir lächelnd mit ausgestreckter Hand den Weg.

Nora befand sich tatsächlich in der angrenzenden Isolierstation. Guselka entließ die Wachen und schickte dann die Krankenschwester, die sich wunderte, ihren Chef ohne Schutzanzug zu sehen, mit knappen Worten hinaus. Ich trat an Noras Bett und berührte vorsichtig den Vorhang. Er ließ sich greifen und ich zog ihn auf.

»Wir haben ihr keine Medikamente gegeben«, bemerkte Guselka. »In diesem schlafähnlichen Zustand ist sie mehr als zweiundzwanzig Stunden am Tag.«

»Wie lange ist sie schon hier?«, fragte ich leise, um sie nicht zu wecken.

»Sie können ruhig laut sprechen«, sagte Guselka. »Sie hört sie ohnehin nicht. Nora Blavatsky ist wie Sie seit zwei Wochen hier.«

Ich wirbelte herum. »Zwei Wochen? Warum sagen Sie das erst jetzt?«

»Weil Sie mich nicht früher gefragt haben. Außerdem ist es irrelevant. Sie mussten wir ruhigstellen. Nora Blavatsky nahm uns dieses Problem ab.« Er schaute auf die Uhr. »Wenn Sie sich eine Viertelstunde gedulden, werden Sie mit ihr sprechen können. Sie wacht immer zur selben Zeit auf.«

Ich zog einen Stuhl heran, setzte mich neben Nora und ergriff ihre kleine schmale Hand, die erstaunlich warm war.
»Sie hat leicht erhöhte Temperatur, so als würde ihr Körper Schwerstarbeit leisten«, sagte Guselka.
»Nora? Nora, wach auf!«, flüsterte ich ihr ins Ohr. »Ich bin es, Andre!«
»Sie müssen warten. Nach Nora kann man die Uhr stellen, glauben Sie mir.«
Ein Signal ertönte. Guselka drückte einen Knopf und es zischte leise. Dann wurde die innere Tür der Schleuse geöffnet und Natalia trat ein, diesmal ohne Schutzanzug, dafür in der Uniform einer Luftwaffenoffizierin. Sie trug ein Tablett mit einer Mahlzeit, die für einen Gleiswerker gereicht hätte.
Ich stand auf, damit sie das Essen auf den Nachttisch stellen konnte.
»Möchten Sie auch etwas essen?«, fragte sie mich.
»Da wird bestimmt etwas übrig bleiben.«
»Holen Sie noch ein zweites Tablett«, sagte Guselka. »Fisch oder Huhn, Herr Jesion?«
Ich sah ihn überrascht an. »Huhn.«
Guselka nickte Natalia zu und sie verschwand. Kaum hatte sich die Tür geschlossen, schlug Nora die Augen auf.
»Hallo, Andre«, flüsterte sie. »Schön, dass du noch lebst.«
Ich küsste ihre Hand und blickte zur Seite.
»Heulsuse«, murmelte sie.
»Wie geht es dir?«, sagte ich leise und wischte mir die Tränen aus den Augen.
»Ich bin müde. Und hungrig. Ist das Essen schon da?« Ich

hob den Deckel vom Tablett. »Du kriegst Fisch. Ich habe Huhn bestellt.«

Sie rieb sich die Augen und stemmte sich hoch. »Ah, Geheimdienst-Guselka ist auch da.«

»Hallo, Nora«, sagte der Offizier. »Ich kann Andres Frage nur wiederholen: Wie geht es Ihnen heute?«

»Das sagte ich bereits.«

»Abgesehen von der Müdigkeit und dem Hunger?«

»Geht es mir nicht besonders gut. Als hätte ich eine Grippe in den Knochen.« Sie machte sich nicht die Mühe, Messer und Gabel zu benutzen, sondern schaufelte sich den Curry mit dem Löffel in den Mund.

»Träumen Sie noch immer?«, fragte Guselka.

»Ja«, antwortete Nora knapp und schob sich einen weiteren Riesenlöffel voll in den Mund.

»Wovon?«

»Das habe ich doch bereits erzählt«, kam die vollmundige Antwort.

»Aber noch nicht Ihrem Freund.«

Nora hielt beim Essen inne und sah mich bittend an. Ich zuckte nur die Schultern.

»Nun gut«, sagte Guselka. »Dann werde ich Sie auf den neuesten Stand bringen.«

Er ging zu einem Videorekorder und schob eine Kassette hinein, schaltete das Gerät aber noch nicht an.

»Am 4. Mai, vor vierzehn Tagen, wurde das Hadronen-Speicherring-Experiment gestartet mit dem Ziel, mehr über die Beschaffenheit unseres Universums zu erfahren. Doch wir bekamen mehr, als wir erwarteten. Im Teilchendetektor

materialisierte sich etwas, was einer Blume erstaunlich ähnlich ist.«
Guselka drückte den Knopf einer Fernbedienung und der Bildschirm eines Fernsehers erwachte flimmernd zum Leben.
»Das sind die Aufnahmen, die während des Vorfalls entstanden sind. Wie Sie sehen, entweicht aus der Spurendriftkammer das in ihr komprimierte Gas.« Er zeigte auf einige Dampffontänen, die sich kreisförmig angeordnet an der Seite des Zylinders bildeten. Mein Blick fiel auf die drei Männer, die in wenigen Augenblicken sterben würden. »Das Stück Metall, das regelrecht aus der Wand der Kammer herausgeschnitten wird, fällt allerdings nicht zu Boden, sondern verschwindet. Es löst sich in Luft auf. Stattdessen ist da auf einmal dieses Gebilde.«
Guselka drückte auf die Pausetaste, sodass man den verschwommen Umriss der Blume besser erkennen konnte. Als er sicher war, dass sowohl ich als auch Nora sahen, worum es ihm ging, drückte er wieder die Starttaste.
»Die Blume verhält sich auf einmal sehr merkwürdig. Erst dachten wir, dass sie sich im Gasstrom bewegen würde, doch das war nicht der Fall.«
Jetzt sonderte die Blume den Staub ab.
»Gerasim Romodanow starb zuerst, weil er in die falsche Richtung kroch. Nora Blavatsky erwischte es als Nächste. Doch sie hat überlebt. Wie Sie, Andre Iwanowitsch.«
Die Aufnahme lief weiter. Ich konnte sehen, wie ich unter dem Staub zusammenbrach. Blut lief aus meiner Nase, doch ich achtete nicht darauf. Ich packte Nora am Arm

und zerrte sie mit aller Kraft hinter mir her, bis wir die Tür erreichten. Der Alarm hatte sie verschlossen. Das war die korrekte Vorgehensweise bei einem Unfall wie diesem. Nur hatte ich diesen Umstand wohl vergessen, denn ich rüttelte verzweifelt an der Tür, schrie irgendetwas, doch entweder hatte die Aufnahme keine Tonspur oder Guselka hatte die Lautstärke heruntergedreht. »Achten Sie darauf, was jetzt geschieht«, sagte er.

Ich sah, wie ich die Tür mit einem Schraubenschlüssel bearbeitete, der auf Romodanows Werkzeugwagen gelegen war. Dann geschah etwas mit dem Rahmen. Ich musste genau hinsehen. Aber ich verstand es trotzdem nicht.

»Das Metall schlägt Blasen!«, rief ich überrascht.

»Es löst sich auf«, bestätigte Guselka.

»Durch irgendeine Säure?« Ich war vollkommen verwirrt. Schließlich fiel die Tür auf den Korridor. Dort, wo sich die Angeln befunden hatten, sah man nur zwei ausgefranste Löcher im Beton.

»Keine Säure.«

Mittlerweile lagen alle Männer reglos am Boden. Sie waren tot. Die Aufnahme stoppte.

»Wir glauben, dass Sie die Tür geöffnet haben«, erklärte Guselka.

»Womit? Glauben Sie etwa, ich hatte in meiner Tasche eine Flasche mit Molekularsäure?«

»Ich sagte doch: Der Türrahmen wurde nicht durch die Einwirkung von Säure zerstört.«

Ich starrte Guselka fassungslos an. Dann lachte ich laut und, ich glaube, auch ein wenig schrill.

»Erinnern Sie sich an den Vorfall in Ihrem Isolationsraum? Wie Sie durch den Plastikvorhang gegangen sind, als ob er gar nicht existierte?«
»Das ist kompletter Irrsinn«, sagte ich.
»Es wäre kompletter Irrsinn, wenn wir die Möglichkeit außer Betracht ließen, dass die Blume Sie irgendwie verändert hat«, erwiderte Guselka und steckte die Hände in seine Kitteltaschen. Er sah aus, als könnte er jetzt eine Zigarette gebrauchen.
»Haben Sie mich untersucht?«
Guselka nickte. »Wir haben Ihr Innerstes nach außen gekehrt.«
»Und?«
»Ihr Hirnstoffwechsel läuft Amok. Die Zahl der Leukozyten ist gestiegen und Ihr Blutdruck liegt bei zweihundertdreißig zu hundertsiebzig. Eigentlich müssten Sie tot sein. Das wären Sie jetzt auch, wenn wir Sie länger im Magnet-Resonanz-Tomografen gelassen hätten. Kaum hatten wir das Gerät eingeschaltet, gingen Ihre Vitalfunktionen in den Keller.«
»Und was ist mit mir?«, fragte Nora. Sie war bleich geworden und hielt sich an meinem Arm fest.
»Bis auf einige Unterschiede im Hormonhaushalt, die auf Ihr Geschlecht zurückzuführen sind, könnte man meinen, dass Sie beide dieselbe Krankheit haben. Wenn es eine Krankheit ist.«
Nora fuhr sich mit der Hand über die Stirn und horchte in sich hinein. »Aber ich fühle mich nicht anders.«
Guselka legte den Kopf schief. »Sind Sie sich sicher?«

»Ich kann jedenfalls nicht durch Wände gehen oder Stahltüren aufbrechen«, sagte sie und lachte nervös.

»Vielleicht liegt Ihre Kraft ja in einem ganz anderen Bereich. Finden Sie nicht, dass Sie unnatürlich lange schlafen?«

»Ich fühle mich erschöpft. Ist das ein Wunder – nach allem, was Andre und ich durchgemacht haben?«

»Natürlich haben wir auch Sie genau untersucht. Neben den Hormonwerten weisen Sie einen anderen Unterschied zu Herrn Jesion auf. Ihr REM-Schlaf ist außergewöhnlich. Sie träumen sehr viel.«

Nora wankte zurück und ließ sich auf ihr Bett fallen. Sie runzelte die Stirn, als versuchte sie vergeblich, sich an etwas zu erinnern.

»Was haben Sie mit der Blume gemacht?«, fragte ich Guselka.

»Den Blumen«, verbesserte er und drückte wieder die Starttaste der Fernbedienung. »Nachdem Sie den Raum verlassen hatten, geschah etwas sehr Beeindruckendes.«

Die Blume, die auf dem Boden lag, wurde auf einmal unscharf. Die verschwommene Form zog sich in die Breite, bis sich auf einmal zwei Blumen materialisierten. »Sie hat sich geteilt«, beschrieb Guselka das Offensichtliche.

»Vegetative Fortpflanzung«, sagte ich atemlos. »Also ist es ein Lebewesen.«

Aus den zwei wurden vier, acht und schließlich sechzehn Blumen. Dann stoppte der Prozess. Dafür fehlte jetzt in der Kontrollkonsole und von der Kammerwand ein großes, halbrundes Stück Metall.

»Offensichtlich absorbiert dieses Ding das Material für

seine Vermehrung aus seiner Umgebung. Der Radius ist aber eingeschränkt. Er beträgt weniger als einen Meter.«

»Dann hatten wir noch Glück«, sagte ich. »Wenn diese Blume in der Kammer herangewachsen wäre, hätten wir ein Problem.«

»Das haben wir auch so«, sagte Guselka mit bitterer Ironie. »Seit dem Vorfall hat niemand mehr diesen Ort betreten. Wir haben ihn weiträumig abgesperrt.«

»Und die Blumen?«, fragte Nora.

Guselka zuckte mit den Schultern. »Liegen noch immer da.«

Mich beschlich ein finsterer Verdacht und auch Nora schien zu ahnen, was der Offizier des NKWD im Sinn hatte. »Wir sollen da rein. Sie glauben, weil wir einmal den Kontakt mit der Blume überlebt haben, sind wir gegen diesen Staub immun.«

»Das ist unsere Überlegung, ja«, sagte Guselka. »Sie würden Ihrem Vaterland einen großen Dienst erweisen.«

»Und wenn wir uns weigern?«, fragte Nora.

»Sie werden sich nicht weigern, denn dazu ist Ihr Verantwortungsgefühl zu ausgeprägt. Sie glauben, dass Sie den drei Toten etwas schuldig sind, weil Sie überlebt haben«, sagte Guselka. »Außerdem sind Sie Wissenschaftler. Ich bin mir sicher, dass der Wunsch, dieses Geheimnis zu lüften, sogar noch größer als Ihr Schuldgefühl ist.« Er schaltete den Fernseher aus und legte die Fernbedienung auf den Tisch. »Ich gehe jetzt. Überlegen Sie sich Ihre Antwort. Sie haben bis morgen Früh Zeit.«

Die Tür fiel ins Schloss und endlich waren wir beide allein.

Nora sackte in sich zusammen und lehnte sich an meine Schulter.

»Nanu«, sagte ich. »So anlehnungsbedürftig kenne ich dich gar nicht.«

»Du glaubst gar nicht, wie beschissen ich mich fühle«, stöhnte sie. »Zweiundzwanzig Stunden Schlaf bringen mich um.«

»Das ist unglaublich!«, sagte ich zu ihr. »Du bist nur zwei Stunden am Tag wach!«

»Und wenn es nach mir ginge, könnte ich mich direkt wieder hinlegen.«

»Spürst du eine Veränderung in dir?«, fragte ich vorsichtig.

Sie legte einen Finger auf den Mund und zeigte auf ihr Ohr. Erst verstand ich nicht, was sie meinte. Dann dämmerte es mir. Natürlich. Wir waren in einer Regierungsanlage, also wurden wir überwacht.

Sie neigte sich so dicht an mich heran, dass sich unsere Wangen berührten. Ihr Atem kitzelte die Härchen in meinem Nacken.

»Ich träume«, flüsterte sie.

»Das sagte Guselka bereits«, antwortete ich leise.

»Aber ich kann mich an die Träume erinnern«, sagte sie eindringlich. Die Angst in ihrer Stimme war nicht zu überhören. »Sie sind so deutlich, dass ich langsam glaube, es sind Visionen.«

»Von zukünftigen Dingen?«, fragte ich vorsichtig.

Sie schüttelte den Kopf. »Davon, wie die Dinge sein könnten.«

»Das verstehe ich nicht«, sagte ich.

Nora holte tief Luft.
»Ich weiß auch nicht, wie ich es dir erklären soll. Heute Nacht habe ich im Traum eine Welt gesehen, die der unseren sehr ähnlich ist.«
»Aber?«
»Aber sie unterschied sich in wesentlichen Dingen. Die Sowjetunion existierte nicht mehr«, flüsterte sie.
»Das ist absurd!«, antwortete ich.
»Nein, hör mir zu! Diese Welt war real. In ihr hatten die Amerikaner etwas gewonnen, was jeder den Kalten Krieg nannte«, flüsterte Nora. »So geht es jede Nacht. Ich habe Visionen von Welten, die der unseren ähnlich sind, in denen aber die Geschichte einen ganz anderen Verlauf genommen hat.«
Ich blickte sie an. Zuerst glaubte ich, Nora würde sich über mich lustig machen. Doch dann sah ich die Angst in ihren Augen.
»Andre, ich fürchte, den Verstand zu verlieren!«, sagte sie verzweifelt. »Was soll ich tun?«
Ich nahm sie in den Arm und drückte sie fest an mich. »Auf Guselkas Bitte eingehen. Vielleicht erfahren wir so, was mit uns geschehen ist.«

***

»Der Riss geht tief, selbst durch die Reihen der Armee«, sagte Halldor, als die Zellentür hinter ihnen zugeworfen und verriegelt wurde.

»Es wird sich noch herausstellen, ob wir davon profitieren

können«, sagte Elverum. »Wenigstens hat man uns noch nicht erschossen.«

Lennart hatte sich gerade wieder auf seinen Eimer gesetzt und den Kopf auf die Hände gestützt, als die kleine, in der Tür eingelassene Klappe geöffnet wurde.

»Alle an die Wand!«, rief eine Stimme.

Der Junge mit dem steifen Bein betrat die Zelle. Er stellte drei Essgeschirre, einen Krug mit Wasser und einen Laib Brot von einem Rollwagen auf den kleinen Tisch, der gegenüber der Pritsche an der Wand befestigt war. Ohne den Blick zu heben, schlurfte er wieder hinaus. Die Tür fiel wieder ins Schloss.

Lennart verteilte die Essgeschirre und hob von seinem vorsichtig den Deckel. Er rümpfte die Nase, probierte einen Schluck von der Suppe und spie ihn sofort wieder aus. Auch Elverum verzog angewidert das Gesicht. Nur Halldor leerte ohne ein Zeichen des Unbehagens seinen Teller und stellte ihn zurück auf den Tisch.

»Wie kann man das essen?«, fragte Elverum entsetzt. »Das schmeckt, als hätte man einen Spüllappen ausgekocht.«

»Warum sollte man es nicht essen?«, entgegnete der Wargebruder stoisch. »Wir werden so bald nichts Besseres bekommen.«

Lennart brach das Brot – und erstarrte.

»Was ist? Hat man Kakerlaken mitgebacken?«, fragte Elverum grimmig.

Lennart hielt ein Stück Papier in die Höhe. »Wir haben Post bekommen.« Er rollte die Nachricht auseinander. Die Schrift war ungelenk, die Buchstaben wirkten mühevoll gemalt, so als hätte der Verfasser der Botschaft keine Übung im Umgang mit einem Stift.

Lennart kniff die Augen zusammen und schüttelte den Kopf. »Das kann ich beim besten Willen nicht lesen.«

Halldor nahm ihm den Zettel aus der Hand und studierte ihn.

»Der Bursche, der uns das Essen gebracht hat, will uns zur Flucht verhelfen«, sagte er und klang dabei ehrlich überrascht. »Wenn er das Geschirr abholt, sollen wir ihn nach der Uhrzeit fragen. Dann weiß er, dass wir mitmachen.«

Die drei Männer schauten einander an.

»Ist das eine Falle?«, fragte Lennart unsicher.

»Wenn sie uns erschießen wollen, können sie das einfacher haben«, sagte Elverum.

»Du kennst dich mit so etwas wohl aus«, fragte Halldor und blickte den Polizisten verächtlich an.

Elverum, der bis dahin auf seiner Pritsche gesessen und widerwillig seine dünne Suppe geschlürft hatte, stand langsam auf und stellte sich so dicht vor Halldor, dass sich ihre Nasenspitzen fast berührten. »Nein. Wir haben es bei den Vernehmungen immer wie einen Unfall aussehen lassen«, antwortete er kühl. »Mit Wargebrüdern und Todskollen hatten wir den meisten Spaß. Wir wussten, ihr könnt was vertragen. Und ihr habt uns nie enttäuscht.«

Halldor bleckte die Zähne. Wie bei einem Hund war nicht zu erkennen, ob er grinste oder gleich zubeißen wollte. Schritte näherten sich. Die Beobachtungsluke der Tür wurde geöffnet.

»Stellt euch an die Wand!«, rief die Stimme.

Der Junge schlurfte herein und sammelte unter den wachsamen Augen zweier Wärter das Geschirr wieder ein.

»Sag mal, weißt du, wie spät es ist?«, fragte Lennart.

Für einen kurzen, kaum wahrnehmbaren Moment hielt der Junge mit der Arbeit inne. Lennart konnte sehen, wie ein verstohlenes Lächeln über sein Gesicht huschte.

»He! Wer hat dir gesagt, dass du das Maul aufmachen sollst?«, fuhr ihn eine der Wachen an. Lennart hob entschuldigend die Hände und trat einen Schritt zurück. Der Knüppel, den der Wachhabende die ganze Zeit in der Hand hielt, sauste mit aller Macht auf seine Schulter nieder. Der Schmerz war messerscharf. Mit einem Schrei ging Lennart auf die Knie, so als wollte er vor dem Mann in der schwarzen Uniform beten. Der zweite Schlag traf ihn über dem linken Ohr. Plötzlich hatte die Welt kein Oben und kein Unten mehr. Lennart sackte zur Seite weg. Niemand fing ihn auf.

»Verräterschwein«, murmelte der Mann und wischte seinen Knüppel an der Hose ab. Er packte den Jungen, der unbeholfen das Essgeschirr eingesammelt hatte, beim Kragen und bugsierte ihn mit einem Tritt aus der Zelle. Dann warf er die Tür zu und drehte zweimal den Schlüssel um.

Elverum und Halldor packten Lennart bei den Armen und legten ihn auf die Pritsche. Der Wargebruder untersuchte die Stelle an Lennarts Kopf, wo ihn der Schlagstock getroffen hatte.

»Das gibt eine Beule, mehr nicht«, sagte er. »Glück gehabt.«

Lennart mühte sich verzweifelt, wieder scharf zu sehen. Ihm war schwindelig und leicht übel.

»Sie haben die magischen Worte gesprochen, Lennart«, sagte Elverum. »Warten wir also ab, welche Tür sich nun öffnen wird.«

Die Sirene heulte vor dem Abendessen. Es war ein auf- und abschwellendes Jaulen, das Lennart einen Schauer über den Rücken jagte, denn es klang nach Krieg. Halldor hatte sich auf den wackeligen Schemel gestellt und versuchte einen Blick durch das vergitterte Fenster zu werfen.

»Und?«, fragte Elverum.

Halldor schüttelte den Kopf. »Es ist nichts zu erkennen.«

Lennart hatte das Ohr an die Tür gelegt und lauschte hinaus in den Korridor. »Draußen ist der Teufel los.« Er reckte die Nase in die Luft. »Riecht ihr das?«

Halldor runzelte die Stirn. »Es brennt!«

Plötzlich wurde der Riegel beiseitegeschoben und die Tür aufgerissen.

»Schnell, wir haben keine Zeit zu verlieren«, rief der Junge, der ihnen das Essen gebracht hatte, und warf ein Bündel auf den Boden. »Zieht diese Uniformen an.«

Halldor sprang vom Schemel. »Hast du etwa das Feuer gelegt?«

Der Junge grinste breit. »Oh ja. Und ihr glaubt nicht, was für eine Genugtuung das für mich war. Die da draußen sind jetzt einige Zeit beschäftigt. Aber trotzdem müssen wir uns beeilen.«

Lennart stellte mit Verwunderung fest, dass die Uniformen komplett waren. Sogar an Waffen hatte der Bursche gedacht. Mit einer routinierten Bewegung untersuchte er das Magazin. »Bist du alleine?«

»Nein. Es gibt noch etwa zwölf andere, die dieser Hölle den Rücken kehren wollen. Wir sind die Einzigen, die man zurückgelassen hat.«

»Wohin hat die Armee die restlichen Kinder gebracht?«, fragte Lennart. Er hatte die Uniformjacke zugeknöpft und zog nun den Gürtel um die Jacke fest.

»Das weiß ich nicht«, sagte der Junge. Er warf einen nervösen Blick hinaus auf den Korridor. »Los jetzt!«

Lennart fiel auf, dass der Junge fast gar nicht mehr hinkte, als sie die Treppe hinaufliefen.

»Wir haben die Flucht schon lange geplant und nur auf eine passende Gelegenheit gewartet.«

»Und die hat sich mit uns geboten?«, fragte Lennart.

Der Junge nickte und blickte sich nervös um. »Eine Flucht ist ja schön und gut, doch taugt sie nicht viel, wenn man nicht weiß, wo man sich nachher verstecken soll. Wir alle wissen, wer ihr seid. Zwei Bullen und ein Wargebruder. Ich habe die seltsamsten Freundschaften erlebt, aber ihr drei seid ein verdammt ungewöhnliches Trio.«

»Wie heißt du eigentlich?«, fragte Lennart.

»Mein Name ist Fleming«, sagte der Junge. »Egino Fleming.«

Noch bevor sie auf den Hof hinaustraten, sahen sie den Widerschein des Feuers. Das gesamte Hauptgebäude und Teile des Ostflügels standen in Flammen.

»Wir haben den Brand in der Küche gelegt«, sagte Egino. »Und wir haben dafür gesorgt, dass es nicht so schnell auf den Gefängnistrakt überspringen kann.«

Er zeigte auf einen der vier Lastwagen, die beim Haupttor

standen. »Unsere Fahrgelegenheit, vorgeheizt und abfahrbereit.«

Halldor zog seine Pistole und drückte sie Egino in den Rücken. Der Junge wurde bleich.

»He, was soll das?«

»Findest du nicht, dass es ein wenig seltsam aussieht, wenn wir hier zu viert über den Hof spazieren, als wollten wir frische Luft schnappen?«, sagte Halldor. »Du bist unser Gefangener und wir schaffen dich gerade fort. Also, verschränke die Hände hinter dem Kopf und lass dich brav abführen!«

Lennart und Elverum gingen neben Egino her, wobei sie ihn am Ellbogen fassten.

»Einmal Polizist, immer Polizist, was?«, flüsterte Egino.

»Gelernt ist gelernt«, sagte Lennart. »Und jetzt sei still und halt den Kopf unten. Für einen Gefangenen siehst du mir ein wenig zu stolz aus.«

Mittlerweile stand auch der gesamte Ostflügel in Flammen. Immer wieder waren kleinere Detonationen zu hören, wenn Armeemunition in die Luft ging oder Gas verpuffte. Es war ein glorreiches Feuerwerk, das Eginos Gesicht vor Freude strahlen ließ.

»Weiter«, zischte Halldor und stieß dem Jungen die Waffe ins Kreuz. Sie überquerten den Hof, ohne dass sie jemand aufhielt, und öffneten die hintere Bracke des Lastwagens, den Egino ihnen gezeigt hatte. Halldor stellte sich auf die Fußraste und schlug die Plane beiseite.

»Ach, du Scheiße!«, murmelte er, als er in das Innere des Lastwagens blickte. Eine Gruppe verängstigter Jungen saß auf den Bänken und starrte den Wargebruder erschrocken an. Ihr Alter war nur schwer zu schätzen, aber die meisten waren mit Sicherheit jünger als sie aussahen. »Wer seid ihr?«

»Direktor Visbys schlimmster Albtraum«, sagte Egino.

»Was hast du mit ihm gemacht?«, fragte ein Junge.

Egino grinste breit. »Ich hab den alten Sadisten zahlen lassen für alles, was er uns angetan hat.«

»Visby ist tot?« Die Augen des Jungen strahlten.

»Er hat noch nicht mal quieken können«, sagte Egino.

»Aber du hast ihn doch hoffentlich leiden lassen?«, fragte ein anderer Junge.

»Für alles, was wir durch ihn erlitten haben, Bjarne«, sagte Egino. »Ich hätte mich gerne länger mit ihm beschäftigt, aber ich hatte einen Ausbruch zu planen.«

»Das könnt ihr euch später noch alles erzählen«, sagte Lennart. Er gab Egino einen Stoß und setzte sich neben ihn. Elverum klappte die Bracke hoch.

»Was habt ihr vor, wenn ihr draußen seid?«, fragte Lennart.

»Wir versuchen mit der Armee der Morgenröte Kontakt aufzunehmen«, sagte Bjarne entschlossen.

»Ja«, sagte der Junge, der vorhin so begeistert auf die Nachricht von Visbys Tod reagiert hatte. »Die Jahre im Waisenhaus waren die Hölle. Jetzt wird es Zeit, dass wir unser Schicksal selbst in die Hand nehmen!«

»Und dazu wollt ihr der Armee der Morgenröte beitreten?«, fragte Lennart skeptisch.

»Ja. Was dagegen?«, fragte Egino misstrauisch.

»Nein. Es gibt sie nur nicht mehr. Die meisten ihrer Mitglieder wurden verhaftet.« Lennart warf einen mitleidigen Blick in die Runde. »Tut mir leid. Aber diese Armee wird gegen niemanden mehr kämpfen.«

Betretenes Schweigen war die Antwort. Alle Blicke richteten sich auf Egino.

»Oh doch«, flüsterte er schließlich entschlossen. »Die Armee der Morgenröte existiert. Und sie wird kämpfen.«

Mit einem Ruck setzte sich der Lastwagen in Bewegung. Kurz darauf hielt er jedoch wieder.

»He, öffnet das Tor!«, hörte er Halldor rufen.

»Wo wollt ihr hin?«, fragte eine Stimme.

»Wir schaffen die restlichen Kinder fort.«

Schritte näherten sich. Lennart umklammerte mit feuchten Händen den Griff seiner Pistole. Die Plane wurde weggeschoben und ein Korporal warf einen prüfenden Blick ins Wageninnere. Er wollte gerade etwas sagen, als plötzlich eine donnernde Explosion allen Anwesenden in den Magen fuhr. Ein riesiger Feuerball stieg über dem Gebäude auf, das einst der Westflügel des kommunalen Waisenhauses Nummer 9 gewesen war. Dachziegel, Balken und Mauerwerk wurden in die Luft geschleudert.

Plötzlich war der Lastwagen für den wachhabenden Unteroffizier nur noch von untergeordneter Bedeutung. Er stieß einen wüsten Fluch aus und rannte los, um seinen Kameraden zu helfen. Lennart sprang von der Ladefläche und eilte zum Tor, um es zu öffnen. Mit einem ungesunden Geräusch wurde der erste Gang eingelegt und der Lastwagen setzte sich laut quietschend in Bewegung. Im Fahren sprang Lennart wieder auf.

»Was war das?«, keuchte er, als er über die Ladeklappe geklettert war.

»Ich vermute mal das Munitionslager«, sagte Egino. »Es befand sich im selben Keller wie eure Zellen.«

»Sehr beruhigend«, sagte Lennart. »Und was wäre gewesen, wenn sich das Feuer schneller als erwartet ausgebreitet hätte?«

Egino zuckte mit den Schultern und grinste. »Man hätte euch ohnehin an die Wand gestellt.«

»Da bin ich mir nicht so sicher«, murmelte Lennart.

»Ihr habt euch Hoffnung wegen des Richters gemacht, nicht wahr?«, fragte Egino. »Nun, der hat heute Morgen zusammen mit seinem Adjutanten das Waisenhaus verlassen.«

»Aber nicht im eigenen Dienstwagen, wenn ich das noch bemerken darf«, ergänzte Bjarne. »Sondern in einer Holzkiste.«

»Sie haben ihn exekutiert?«, fragte Lennart erschrocken.

»Nach Offiziersart«, sagte Egino. »Gewissermaßen im Vorübergehen.«

»Sieht so aus, als wollten die Streitkräfte die letzten Reste ihres Gewissens beseitigen«, sagte Bjarne. »In Zeiten wie diesen ist menschlicher Anstand wohl ein Luxus, den sich keiner mehr leisten möchte.«

Lennart schwieg betroffen. Worte wie diese aus dem Mund eines halbwüchsigen Burschen zu hören, stimmte ihn nicht gerade hoffnungsfroh. Und plötzlich spürte er, was ihm neben dem Verlust seiner Frau und seiner Kinder wie ein Albtraum auf der Brust hockte und ihm den Lebensatem abzuschnüren drohte. Es war die Angst vor der Zukunft.

York sprang mit Mersbeck zum *Esplanade*, wo sich immer mehr Flüchtlinge eingefunden hatten. Larus Varberg stand mit seiner Flinte vor dem Hotel und hatte den Kopf in den Nacken gelegt. Über ihm zogen die Eskatay wie ein Schwarm Zugvögel Richtung Süden. Varberg spannte den Hahn seiner Schrotflinte und zielte in den Himmel.

»Runter mit der Waffe!«, fuhr ihn Mersbeck an. »Sie sind hier nicht auf der Jagd.«

»Sie glauben gar nicht, wie sehr es mich in den Fingern juckt, einen von denen vom Himmel zu holen«, entgegnete Varberg und ließ das Gewehr sinken. »Haben Sie eine Vorstellung davon, was wir wegen den Eskatay durchgemacht haben?« Er zeigte nach oben.

Durch die großen Fenster betrachtete York die Flüchtlinge, die sich in der Lobby aufhielten. Es waren so viele, dass sich ihre Habseligkeiten aus Platzmangel vor dem Hoteleingang stapelten.

»Auch wenn Sie einen der Eskatay mit Ihrem Gewehr treffen, was, glauben Sie, werden die anderen mit Ihnen anstellen?«, fragte Mersbeck. »Also machen Sie keinen Unsinn und verhalten Sie sich so ruhig wie möglich. Wenn Sie Glück haben, ist der Spuk in zwei Stunden vorbei.«

»Und dann?«, fragte Varberg und lachte bitter. »Soll ich die Flüchtlinge einfach wieder nach Hause schicken?«

»Nein«, sagte Mersbeck. »Die Eskatay werden Morvangar unter keinen Umständen aufgeben. Aber sie werden nur noch so viele ihrer Leute hierlassen, wie sie benötigen, um die Stadt zu halten. Ich schlage vor, dass Sie aufs Land fliehen. Alle größeren Städte in Morland werden über kurz oder lang in der Hand der Eskatay sein. Die Dörfer werden als Letztes fallen.«

»Das sind ja beruhigende Aussichten«, sagte Varberg sarkastisch. In seiner zerknautschten Uniform bot er einen erbärmlichen Anblick.

»Es tut mir leid, dass ich keine besseren Nachrichten für Sie habe«, sagte Mersbeck. »Aber die Lage ist ernst. Sie sind ganz allein auf sich gestellt.«

»Was soll das heißen?«, fragte Varberg erschrocken.

»Das soll heißen: Sie haben das Gewehr. Also sind Sie der Anführer«, sagte Mersbeck.

Varberg trat einen Schritt auf die beiden zu. »Stopp!«, rief York. »Wenn Sie sich nicht infizieren wollen, sollten Sie nicht weitergehen.«

Jetzt erst fiel dem Portier der Sack in Yorks Händen auf. Er wurde bleich und stolperte zurück.

»Wir brauchen eine Kiste«, sagte York.

Ohne den Blick von York zu wenden, ging Varberg zu den Koffern, griff sich einen heraus, leerte ihn aus und warf ihn zu ihm hinüber.

»Danke«, sagte York kühl.

»Und jetzt verschwindet von hier«, sagte Varberg.

York wollte etwas sagen, aber Mersbeck legte die Hand auf seine Schulter. »Ich warne Sie noch einmal. Tauchen Sie unter und verhalten Sie sich still. Ziehen Sie nicht die Aufmerksamkeit der Eskatay auf sich. Dann haben Sie vielleicht Glück und überleben.«

York verstaute den Sack im Koffer und ließ die Verschlüsse zuschnappen. »Ich bin bereit«, sagte er.

»Dann sollten wir springen.« Mersbeck reichte dem Jungen seine Hand.

Noch immer kämpfte York mit sich. Er empfand das Verhalten des Menschen als eine Beleidigung, die er nicht unkommentiert lassen wollte. Mersbeck verstärkte den Druck seiner Hand. »Es hat keinen Sinn«, flüsterte er.

York schloss die Augen und stellte sich die Passagierkabine der *Unverwundbar* vor. Es gab einen leichten Ruck. Als er die Augen öffnete, waren sie an Bord des Luftschiffes.

»Ich verstehe diesen Varberg nicht«, sagte York aufgebracht, als er den Koffer in eine Ecke stellte. »Wir riskieren unser Leben, damit seines und das der anderen gerettet wird. Und er wünscht uns zum Teufel.«

»Varberg hat Angst. Von einem Tag auf den anderen ist seine Welt zusammengebrochen. Alles, was ihm ein Gefühl von Sicherheit vermittelt hat, wurde von den Eskatay zerstört. Wem soll er trauen? Mir? Oder dir? Er ist der Überzeugung, dass sein Leben ohne uns besser wäre. Und er hat Recht.« Mersbeck nahm den Koffer und trug ihn zu einer rückwärtigen Kabine, in der sonst das Handgepäck aufbewahrt wurde. Dort öffnete er eine kleine Klappe. Ein heftiger Windstoß fuhr ihm durchs Haar.

»Man kann die Frachtluke zwar vom Führerstand aus öffnen, aber nicht wieder schließen.« Er legte sich auf den Bauch und streckte seinen Arm aus. »Ich erreiche den Riegel nicht«, sagte er und stand auf. »Versuch du es.«

»Ich bin noch kleiner als Sie«, sagte York.

»Kleiner und leichter. Ich halte dich an den Füßen fest, dann müsstest du es schaffen.«

»Und wenn Sie mich loslassen?«, fragte York unsicher.

»Mach dich nicht lächerlich. Warum sollte ich das tun wollen?«, fragte Mersbeck ungehalten. »Selbst wenn du fallen würdest, könntest du wieder zurück an Bord der *Unverwundbar* springen.«

Das leuchtete York allerdings ein. Er beugte sich über die Kante und rutschte nach vorne, bis der Schwerpunkt seines Körpers ihn nach unten zog. Mersbeck packte seine Beine und ließ ihn vorsichtig hinab.

Obwohl York wusste, dass ihm nichts zustoßen konnte, war es kein schönes Gefühl, kopfüber nach unten zu baumeln. Ein unangenehmes Schwindelgefühl überkam ihn, als er Morvangar unter sich sah.

Er schloss die Augen und fingerte nach der Luke. York musste dreimal greifen, ehe er sie erwischte. Schlagartig ebbte der Wind ab und Mersbeck zog York wieder nach oben. Dann warf er den Koffer in den Frachtraum und verschloss die Klappe.

»Wir sollten den anderen sagen, dass wir wieder zurück sind«, sagte Mersbeck.

York nickte. Mersbeck konnte zwar zu den Eskatay Kontakt aufnehmen und sogar die Gedanken eines Gist lesen, aber bei einem Menschen versagte seine Gabe. York kam sich nackt und schutzlos vor, als er vor der Tür zum Führerhaus stand. Erst wollte York klopfen, doch dann drückte er einfach die Klinke herunter.

Die vier Männer wirbelten herum. Eliasson riss sein Gewehr hoch, atmete aber erleichtert aus, als er York erkannte.

»Wenn du nicht möchtest, dass ich dich eines Tages aus

Versehen erschieße, solltest du so etwas nicht noch einmal tun«, sagte er wütend.

»Wo ist Hakon?«, fragte Henriksson, als er nur Mersbeck sah.

»Er hat Lennarts Töchter gesehen«, sagte York. »Sie wurden zusammen mit anderen Kindern in einem Zug nach Norden gebracht.

Kapitän Sönders stand hinter dem Steuer. »Wir haben sie gesehen«, sagte er. »Die Eskatay sind nach Lorick aufgebrochen, nicht wahr?«

»Ja«, sagte Mersbeck. »Es ist uns gelungen, einen Teil der Blumen einzusammeln und im Frachtraum zu verstauen.«

Lukasson wurde nervös. »Diese Dinger sind also wieder an Bord?«

»Solange sich keiner von Ihnen dem Heck nähert, besteht keine Gefahr.« Mersbeck wandte sich an Kapitän Sönders. »Ich muss Sie bitten, Kurs auf das Lager nördlich von Vilgrund zu nehmen.«

»Und dann?«, fragte der Kommandant des Luftschiffes.

»Dann werden wir die Blumen vernichten. Dazu müssen Sie auf ungefähr sechshundert Fuß gehen und die Ladeklappe öffnen.«

»Woher sollen wir wissen, dass Sie uns nicht übers Ohr hauen wollen? Sie sind ein Eskatay wie die anderen auch.«

»Richtig«, sagte York. »Aber er gehört nicht mehr Begarells Kollektiv an, sonst wäre er nicht hier.«

»Vielleicht ist das ja ein Trick und Begarell will uns ausspionieren?«

»Das hat er nicht nötig«, sagte Mersbeck. »Wenn er uns

vernichten wollte, hätte er es längst getan. Er denkt vermutlich, dass von uns keine Gefahr ausgeht. Und er hat keine Ahnung, dass sich an Bord ein Gist befindet. Wüsste er das, würden wir diese Unterhaltung gar nicht erst führen.«

»Weil er uns gefangen genommen hätte?«, fragte Eliasson.

»Nein. Weil wir mit Ausnahme von York alle tot wären«, sagte Mersbeck. »Und jetzt nehmen Sie endlich Kurs auf Vilgrund.«

Der Flug dauerte zwei Stunden. Zwei Stunden, in denen niemand ein Wort sprach. York hatte sich mit Mersbeck auf die an der Wand befestigten Klappstühle gesetzt, während die anderen auf dem Boden saßen und dumpf vor sich hin brüteten. »Ich frage mich, worüber die vier in unserer Abwesenheit gesprochen haben«, flüsterte York. »Ich habe zwar nicht Hakons Gabe, aber ich müsste mich schon verdammt irren, wenn zwischen ihnen nicht so etwas wie ein unausgesprochenes Einvernehmen herrschte.«

»Sie sind misstrauisch«, antwortete Mersbeck ebenso leise, während er sich eine Spritze mit Schmerzmittel setzte. Es war die zweite in vierundzwanzig Stunden. »Und dieses Misstrauen wird wachsen, wenn wir beide weiter miteinander flüstern. Also sei still.« Er knöpfte unter den Augen Lukassons die Hose wieder zu und verschloss das braune Lederetui, um es in die Innentasche seiner Jacke zu stecken.

York spürte erst an der Schieflage der *Unverwundbar*, dann an einem wachsenden Unwohlsein, dass sie sich im Sinkflug auf das Arbeitslager befanden. Es war eine bohrende, nicht genau zu lokalisierende Übelkeit, als hätte er verdorbenen Fisch gegessen. Auch Mersbeck wurde zusehends bleicher. Und das lag nicht an dem Schmerzmittel, wie York vermutete.

»Wie tief sind wir?«, fragte er.

»Zweitausend Fuß, Entfernung eine Meile«, sagte Sönders.

Mersbeck stand auf und begab sich zum Passagierraum. York konnte durch die Tür sehen, wie er eine kleine Klappe im Boden öffnete und eine Kamera herauszog, die er neben sich auf den Boden stellte.

»Gehen Sie tiefer«, rief Mersbeck. »Sechshundert Fuß. Und betätigen Sie den Hebel, wenn ich Ihnen den Befehl dazu gebe!«

Sönders antwortete nicht.

»Haben Sie mich verstanden?«, fuhr ihn Mersbeck an.

»Ja«, murrte der Kapitän. Kein Einwand von Henriksson, kein böser Blick von Eliasson. Nur Lukasson grinste in sich hinein.

York schloss die Augen und lehnte den Kopf an die Wand. Schon jetzt war ihm so schlecht wie im toten Wald und sie hatten noch nicht einmal die vorgesehene Höhe erreicht.

Henriksson gab Eliasson sein Gewehr und stellte sich an das Fenster, um nach unten zu schauen. »Oh mein Gott!«, flüsterte er.

Auch York blickte jetzt hinaus. Er hielt sich mit aller Kraft an der Reling fest, denn der Anblick, der sich ihnen bot, war erschütternd. Eine gewaltige Bombe musste inmitten eines riesigen Kraters explodiert sein. Überall lagen grässlich zugerichtete Leichen. Im Vergleich zu diesem Szenario hatte der Tod in Morvangar seine Opfer beinahe sanft dahingerafft. York stöhnte vor Schmerz, als er sich unter dem wachsamen Blick Lukassons wieder auf seinen Platz setzte. Ihm war, als hätte jemand ein Messer in seinen Unterleib gestoßen und es dann genüsslich umgedreht.

Auch Mersbeck ging es nicht besser. Mit fahlem Gesicht hielt er sich die Seite.

»Jetzt!«, rief er.

Sönders zog den Hebel. Die Ladeluke öffnete sich und sie konnten sehen, wie der Koffer mit den Blumen sich langsam überschlagend nach unten fiel und im Krater verschwand.

»Hoch jetzt!«, schrie Mersbeck, der die Schmerzen nicht mehr ertragen konnte. Er rollte sich auf die Seite und stieß einen Schrei aus. »Hoch, verdammt noch mal!«

Auch York glitt von seinem Stuhl zu Boden und blieb keuchend liegen. Er war so schwach, dass er kaum mehr atmen konnte.

»Hoch!« Mersbecks Schrei war nur noch ein heiseres Gurgeln.

York sah, wie Henriksson dem Kapitän zunickte und an Mersbecks Seite eilte, um ihm zu helfen. Sönders drehte an einem Rad und betätigte verschiedene Hebel. Ballast wurde abgeworfen und die *Unverwundbar* stieg wieder. Erst als sie eine Höhe von anderthalb tausend Fuß erreicht hatte, ging es York gut genug, dass er aufstehen konnte. Eliasson reichte ihm eine Hand, die York dankbar annahm.

Auch Mersbeck ging es besser. Er musste sich zwar auf Henriksson stützen, aber er stand wenigstens wieder auf seinen eigenen geschundenen Füßen.

»Wohin soll ich jetzt Kurs nehmen«, fragte der Kapitän, als wäre nichts geschehen und dies ein ganz normaler Routineflug.

»027«, sagte Mersbeck. »Wir fliegen zu Station 11.«

***

20. Juni 2003

Langsam erholte sich Nora von der Verwandlung. Sie schlief nun nicht mehr zweiundzwanzig Stunden am Tag, sondern nur noch achtzehn. Das war zwar weit von den acht Stunden entfernt, die ein normaler Mensch im Bett verbrachte, aber es war ein Fortschritt. Nora konnte wieder ansatzweise am Alltag teilnehmen. Die Träume – oder »Visionen«, wie sie sie nannte – suchten sie jedoch noch immer heim.

Seit den beiden Vorfällen in der Spurendriftkammer und der Isolierstation bin ich nicht mehr durch Wände gegangen. Ganz ehrlich: Ich weiß auch nicht, wie ich diesen Zustand bewusst herbeiführen könnte. Langsam glaube ich, dass alle Anwesenden Opfer einer Täuschung wurden und gar nichts geschehen ist.

Doch auch dieser Gedanke vermochte mich kaum zu beruhigen, als wir nach Dubna fuhren.

Es ist erstaunlich, wie schnell Gras wachsen kann, wenn es niemand mäht. Nun, die Rote Armee, die den Forschungskomplex bewachte, hatte bestimmt andere Probleme, als Gärtner zu spielen.

Guselka, der auf dem Beifahrersitz des Moskwitsch saß, drehte sich zu uns um. »Wir haben die Anlage nach dem Vorfall räumen lassen und alle Türen versiegelt.«

»Es sieht ein wenig gespenstisch aus«, sagte Nora.

»Selbst bei Sonnenschein«, sagte Guselka. »Warten Sie erst einmal ab, wie es drinnen aussieht. Wir haben die Speicherringe heruntergefahren und die Stromversorgung abgestellt.«

»Haben Sie Angst, dass da unten noch etwas geschehen könnte?«, fragte ich.
Guselka lachte. »Nein, ich habe Angst vor der Rechnung! Wissen Sie, wie hoch der tägliche Verbrauch war?«
»Natürlich«, sagte ich. »Allendorf hat mich als seinen Stellvertreter zur Einweihung des Kraftwerks geschickt, das man speziell für uns gebaut hatte.«
»Was macht Allendorf eigentlich jetzt?«, fragte Nora.
»Er wurde wie die meisten Wissenschaftler zur Fusionsanlage nach Akademgorodok versetzt«, sagte Guselka.
»Klingt nach Verbannung«, meinte ich.
»Nur weil es in Sibirien liegt?« Guselka winkte ab. »Allendorf hat sich keines Vergehens schuldig gemacht.«
»Dumm ist nur, dass er in Staatsgeheimnisse eingeweiht ist und somit einer eingeschränkten Reisefreiheit unterliegt«, sagte Nora zynisch.
Guselka ging auf die Bemerkung nicht ein, sondern wies den Fahrer an, vor dem Haupteingang zu halten. Wir stiegen aus.
Wir hatten sechs Kontrollposten passiert, während über uns zwei Kampfhubschrauber kreisten. Den Zaun, der die Forschungsanlage umgab, hatte man um fünf Meter erhöht und mit Panzersperren verstärkt. Mich wunderte, wie einsam und verlassen dieser Ort auf einmal trotz all des Militärs wirkte.
Die Rezeption in der Eingangshalle war jetzt nicht von einem jungen Mädchen, sondern einem hochdekorierten Elitesoldaten besetzt, der bei unserem Anblick aufsprang, die Hacken zusammenschlug und salutierte. Guselka er-

widerte den Gruß mit einer lässigen Bewegung und steuerte ein Regal an. Er händigte uns Stirnlampen aus, wie ich sie auch benutzte, wenn ich im Winter nach Feierabend eine Runde durch den Wald lief.
»Wir werden das Treppenhaus nehmen«, sagte Guselka.
»Richtig, der Strom ist abgeschaltet«, erwiderte ich und zog an meinem Kopf das Gummiband der Lampe fest. Nora war schon zu der schweren Stahltür gegangen, hinter der die Feuertreppe lag, die zur Ebene des Tunnels hinabführte. Dort befand sich auch die Spurendriftkammer.
Der Abstieg dauerte eine Viertelstunde. Niemand begegnete uns im Treppenhaus und dennoch hörten wir unter uns Geräusche.
»Das sind die Wachmannschaften«, sagte Guselka. Seine Stimme hallte von den Betonwänden wider.
Im Tiefgeschoss erwartete man uns bereits. Ich fragte mich, wie man mit den Soldaten hier unten kommunizierte, bis mir das Kabel auffiel, das am Treppengeländer befestigt war. Offensichtlich benutzten sie alte Feldtelefone.
»Möchten Sie Schutzanzüge anziehen?«, fragte Guselka.
Ich schüttelte den Kopf. »Die würden uns nichts nützen.«
»Sagen Sie das nicht. Wir haben die Leichen noch nicht bergen können.«
»Oh Gott«, murmelte Nora.
»Dann werden wir Ihr Angebot wohl annehmen«, sagte ich.
»Das dachte ich mir«, antwortete Guselka. »Sie können sich in dem Versorgungsraum dahinten umziehen.«
Zwei Soldaten halfen uns beim Anlegen der schweren

Atemgeräte. Als wir in die Anzüge stiegen, hielt Nora inne. »Wie sollen wir mit Ihnen kommunizieren? Haben Sie Funkgeräte?«

»Es tut mir leid, aber wenn Sie diesen Gang hinuntergehen, sind Sie auf sich allein gestellt«, sagte Guselka.

»Und wie wollen Sie dann wissen, dass wir das Richtige tun?«, fragte ich.

»Nun, ich schätze, ich muss Ihnen vertrauen«, sagte Guselka und lächelte schief. »So wie Sie mir vertrauen müssen. Wir sitzen im selben Boot.«

Ich setzte die Atemmaske auf, nickte und machte dem Soldaten ein Zeichen, den Anzug zu versiegeln. Dann machten wir uns auf den Weg. Wir hatten die Stirnleuchten gegen zwei starke Halogenhandlampen eingetauscht. Ihr Licht war kalt und hell. Nora sagte etwas, aber ich verstand sie nicht.

»Du musst lauter reden!«

»Ich sagte, ich habe ein ziemlich ungutes Gefühl«, wiederholte sie.

»Ja«, sagte ich. »Wer hätte das nicht.«

»Ich glaube, wir spielen hier gerade die nützlichen Idioten. Sollte die Sache schiefgehen, ist die Rote Armee uns los.«

»Aber warum sollte Guselka unseren Tod wollen?«, fragte ich.

»Er hat Angst vor uns. Für ihn sind wir unberechenbar.«

»Was? Nur weil ich durch Wände gehen kann?«

»Lach du nur«, entgegenete Nora ernst. »Hast du dir schon mal überlegt, was unsere Fähigkeiten für Konsequenzen haben?«

Nein, das hatte ich in der Tat noch nicht.
»Du kannst Dinge zum Verschwinden bringen oder sie zumindest in etwas anderes verwandeln«, sagte Nora und es klang fast bewundernd. »Und du kannst durch Wände gehen. Wenn einer auf dich schießt, ist diese Fähigkeit Gold wert. Die Kugeln würden dich nicht verletzen. Das hat für mich fast etwas mit Magie zu tun.«
»Jede hinreichend fortschrittliche Technologie ist von Magie nicht zu unterscheiden.«
»Wer sagt das?«
Ich überlegte kurz. »Ich glaube, es war ein Brite. Clarke hieß er.«
»Wissenschaftler?«
»Schriftsteller«, sagte ich.
»Du liest?«, fragte Nora mit gespielter Überraschung.
»Ja. Stell dir mal vor«, erwiderte ich.
»Du wirst mir immer sympathischer«, sagte Nora.
Ich wusste nicht, ob sie das ernst meinte oder ob sie sich über mich lustig machte.
»Du mir auch«, brummte ich.
So passierten wir den Tunnel, der eine leichte, kaum wahrnehmbare Kurve nach links machte, bis wir endlich die Tür erreichten, durch die wir geflüchtet waren. Sie lag noch immer auf dem Boden. Mein Atem ging schwer.
»Bist du bereit?«, fragte ich.
Nora sagte nichts, aber ich konnte sehen, wie sie in ihrem Anzug nickte.
Sechs Wochen alte Leichen sehen nicht sehr appetitlich aus, besonders wenn sie in einer Umgebung verwesen, in

der es zwar Sauerstoff, aber außer Bakterien keine Kleinstlebewesen gibt, die den Zerfallsprozess vorantreiben. Ich hatte Angst, dass Nora sich übergeben müsste, aber sie steckte den Anblick, der sich ihr hier bot, ziemlich gut weg. Ganz im Gegensatz zu mir. Ich suchte und fand schließlich drei Kittel, die ich über die Leichen warf. Nora legte mir eine Hand auf die Schulter.

»Geht's?«

Ich nickte und ließ den Strahl meiner Lampe über den Boden wandern. Da waren die Blumen. Sie lagen auf einem Haufen, als hätte jemand einen Strauß dunkler Orchideen fallen lassen. Vorsichtig näherte ich mich ihnen.

»Sie bewegen sich!«, rief Nora.

Die Blüten drehten sich in meine Richtung und öffneten sich. Schweiß lief mir über die Stirn und ich musste blinzeln. Aber nichts geschah.

»Los, mach meinen Anzug auf«, sagte ich zu Nora.

»Du bist verrückt!«, sagte sie, tat es aber trotzdem.

»Ganz oder gar nicht«, antwortete ich ihr und zog die Atemmaske aus. Der Gestank nach Verwesung war atemberaubend. Die Blumen rührten sich noch immer nicht, obwohl alle Blüten sich in meine Richtung geneigt hatten, so als blickten sie mich an. Vorsichtig hob ich eine von ihnen auf. Bei näherer Betrachtung erwies sie sich als ein Geflecht seidendünner, metallisch glänzender Fäden, die sich in einem trägen Rhythmus bewegten. Ich brachte mein Gesicht nah an Gebilde heran und stellte fest: Zwischen Blüte und Stiel gab es keine feste Verbindung! Das Geflecht schien die Blüte an ihrer Basis zwar zu umschließen, berührte sie aber nicht. Winzige Lichtpartikel wanderten zwischen den beiden voneinander getrennten Teilen hin und her. Ich roch an der Blume. Nichts geschah. Ich stand auf und hielt sie Nora entgegen. Die Blüte schloss sich wieder. Ich setzte meine Atemmaske auf und holte tief Luft.

»Sie scheint zu erkennen, dass wir schon infiziert sind«, sagte ich. Ich schaute mir jetzt die Spurendriftkammer genauer an. Wenn diese Dinger tatsächlich das Metall des Zylinders für ihre eigene Vermehrung benutzt hatten, würde ich vielleicht irgendwelche Spuren finden. Und so war es auch.

Am Ende der Kammer, direkt unter dem Loch, bemerkte ich einen kleinen Haufen Metallspäne. Ich schaute mich nach einem Behältnis dafür um.

»Wir sind verdammt lausig ausgerüstet«, sagte ich. »Wenn wir das nächste Mal hier heruntersteigen, sollten wir ein paar Boxen mitnehmen.«

»Hier, nimm das.« Nora hatte ihre Lampe auf einen Tisch gestellt und hielt mir eine leere Plastikflasche hin, die Romodanow gehört haben musste. Mithilfe von einem Blatt Papier sammelte ich die Späne auf und schüttete sie in die Flasche, die ich daraufhin verschloss.

»Also, zwei Dinge haben wir gelernt«, sagte ich. »Erstens: Wer die Infektion durch eine dieser Blumen überstanden hat, wird kein weiteres Mal attackiert.«

»Zweitens: Die Blumen benötigen Metall, um sich zu vermehren, aber sie sind wählerisch«, sagte Nora mit Blick auf die Flasche. »Aber was sagt uns das?«

»Noch gar nichts. Wir müssten die Blumen in ein Labor bringen und sie dort untersuchen.«

»Und wie sollen wir sie transportieren?«, fragte Nora.

»Keine Ahnung.« Ich nahm die Flasche und hielt sie neben die Blumen. »In einem Plastikbehälter vielleicht?«

»In einer Kühlbox«, schlug Nora vor.

Ich stellte meine Lampe ebenfalls auf den Tisch, weil sie mit ihrem großen Akkupack langsam schwer wurde, und legte, ohne nachzudenken, die Blume, die ich noch immer in der Hand hielt, dazu. Als ich meinen Fehler bemerkte, war es schon zu spät. Die Blume begann zu oszillieren, gleichzeitig flackerte das Licht der beiden Lampen.

»Scheiße!«, rief ich und versuchte die Blume zu packen, aber sie ließ sich nicht greifen. Genauso gut hätte ich versuchen können, einen Schwarm Hornissen mit bloßen Händen zu fangen.

Nora ergriff die Lampen. Ich konnte sehen, dass das Gehäuse bereits schwer beschädigt war. Ein kurzes Flackern, dann erloschen beide.

»Oh nein«, stöhnte ich. »Das hat uns gerade noch gefehlt.«

Ich begann blind nach Nora zu tasten und hoffte, nicht über die drei Leichen zu stolpern.

»Andre?«, sagte Nora leise.

»Ja, was ist?«, sagte ich ungeduldig, denn ich grübelte verzweifelt darüber nach, wie wir uns aus dieser düsteren Lage befreien konnten.

»Ich habe meine zweite Gabe entdeckt«, flüsterte Nora. »Ich kann im Dunkeln sehen.«

Als Tess am nächsten Morgen von Andre geweckt wurde, wollte sie zunächst um nichts in der Welt das Bett verlassen.

»Lassen Sie mich«, murmelte sie in ihr Kopfkissen. »Ich bin müde. Ich will nicht aufstehen!«

Doch Andre war gnadenlos. Mit einem Ruck riss er die Vorhänge auf. Helles Sonnenlicht durchflutete das Zimmer. Tess zog sich mit einem wütenden Schrei die Decke über den Kopf.

Andre hob das Tagebuch auf, das vom Nachttischschrank gefallen war, und warf einen Blick auf die aufgeschlagene Seite, bevor er es zurücklegte.

»Hast du gestern noch lange gelesen?«

Als Antwort kam ein gedämpftes »Hm« zurück. Schließlich hob Tess den Kopf und setzte sich stöhnend auf.

»Ich habe bestimmt nur die Hälfte verstanden«, sagte sie. »All dieses wissenschaftliche Zeug und dann das seltsame Land, in dem Sie gelebt haben.«

Andre setzte sich auf die Bettkante und lächelte traurig. »Die ganze Welt war seltsam. Wir konnten zum Mond fliegen, schafften es aber nicht, Kinder vor dem Hungertod zu bewahren. Alles war von Regeln bestimmt. Erst als wir uns verwandelten, sahen wir die größeren Zusammenhänge. Aber da war es schon zu spät.«

Tess strich sich das wirre Haar aus der Stirn. »Wenigstens ist Nora nun für mich kein ganz so großes Rätsel mehr.«

»Warum?«, fragte Andre überrascht.

»Nora ist blind«, sagte Tess. »Zumindest die gealterte Nora, die ich in meiner Welt kennengelernt habe. Und dennoch hatte ich immer den Verdacht, dass sie irgendwie sehen kann. Jetzt weiß ich, dass mich meine Ahnung nicht getrogen hat.«

Andre stand auf. »Komm, lass uns frühstücken. Der Kaffee wird kalt.«

Tess war nun schon den dritten Tag auf der Farm. Zum ersten Mal in ihrem Leben fühlte sie sich, als hätte sie eine Heimat gefunden. Die Welt, in der Andre lebte, wirkte jung und unverbraucht. Die Luft war sauber und fast immer schien die Sonne, was aber auf die sommerliche Jahreszeit zurückzuführen war, wie Andre erklärte.

Der Tisch war gedeckt, das Brot frisch gebacken. Es gab Eier, Honig, selbst gemachte Marmelade, goldgelbe Butter und kuhwarme Milch. Zwei große Tassen standen auf dem Tisch, die Andre jetzt mit Kaffee füllte. Tess setzte sich und brach sich ein Stück Brot ab.

»Wie immer zwei Stücke Zucker?«, fragte Andre.

Tess nickte. »Wo kriegen Sie die Sachen eigentlich her?«, fragte sie. »Benutzen Sie Ihre Gabe?«

»Am Anfang habe ich sehr häufig von ihr Gebrauch gemacht. Das Haus, die Scheune und alles, was du an Gerätschaften hier siehst, habe ich geschaffen«, sagte Andre. »Die Marmelade habe ich aus verschiedenen Waldbeeren gekocht. Der Kirschbaum hinter dem Haus dürfte nächstes Jahr seine ersten Früchte tragen. Dort befinden sich auch zwei Bienenstöcke. Milch, Butter und Käse liefern Viktoria und Luise.«

»Die Kuh und die Ziege, die im Stall stehen«, sagte Tess mit vollem Mund.

»Das Getreide habe ich selbst angebaut und zu Mehl verarbeitet. Ansonsten lebe ich nach den Jahreszeiten. Kräuterrahm im Frühjahr, Salat mit Gurken und Tomaten im Sommer, Kürbisse im Herbst, Kohl im Winter. Dazu gibt es Linsen, Bohnen, Erbsen und eine Reihe anderer Hülsenfrüchte, die sich trocknen lassen. Man kommt gut durchs Jahr.«

»Kein Fleisch?«, fragte Tess.

»Kein Fleisch«, sagte Andre ernst. »Nach allem, was geschehen ist, kann ich kein Lebewesen mehr töten. Wenn du Lust auf einen Braten hast, musst du selbst auf die Jagd gehen und den Tieren das Fell über die Ohren ziehen.«

Tess verzog angeekelt das Gesicht. »Na, besten Dank.«

Andre grinste. »Wenn jeder sein eigenes Mittagessen hätte schlachten müssen, wäre uns viel erspart geblieben.«

»Aber wenn Sie sich alles, was Sie benötigen, erschaffen können, wozu dann der ganze Aufwand?«, fragte Tess.

»Was du Magie nennst, kann ein Segen, aber auch ein Fluch sein. Ich bin in der Tat sehr mächtig. Nicht so mächtig wie Nora, aber es reicht zum Überleben. Manchmal greife ich auf meine Gaben zurück, aber in der Regel versuche ich, es zu vermeiden. Die Dinge müssen einen Preis haben, sonst verlieren sie ihren Wert. Außerdem ist der Mensch nicht für ein Leben in Untätigkeit geschaffen. Wenn ich meine Arbeit nicht hätte, würde ich wahnsinnig werden. Also versuche ich, meine Probleme ohne Magie zu lösen. Manchmal habe ich jedoch keine andere Wahl: Ein Frühstück ohne Kaffee wäre eine Katastrophe.«

Tess musste lachen. »Also, was werden wir heute tun?«, fragte sie dann.

»Du hilfst mir im Stall und hinten auf dem Feld, damit wir heute Abend etwas auf dem Tisch haben.«

»In Ordnung.«

»Und dann werden wir beide ein wenig üben.«

Tess musste sich eingestehen, dass die körperliche Arbeit ihr guttat, obwohl der Umgang mit Tieren eine vollkommen neue Erfahrung für sie war. Früher hätte sie sich niemals vorstellen können, dass ihr die Arbeit auf einem Bauernhof Spaß machen würde, zumal sie überhaupt keine genaue Vorstellung vom Leben auf dem Lande gehabt hatte.

Viktoria sah ganz anders aus als die gescheckten Tiere, die Tess aus ihren Büchern kannte. Viktoria hatte dunkles, zottiges Fell und ein wildes Temperament. Auch Luise, die Ziege, brauchte eine Weile, um sich an Tess zu gewöhnen. Wahrscheinlich hatte Andre die beiden Tiere eingefangen und gezähmt. Das bedeutete, dass es in dieser Welt noch andere Wildtiere geben musste.

»Natürlich gibt es hier wilde Tiere«, sagte Andre lachend, während er den Mist aus dem Stall auf einen Anhänger schaufelte.

»Ich habe noch keine gesehen«, erwiderte Tess, die sich vergeblich bemühte, aus Luises Zitzen Milch herauszubekommen.

»Weil du noch nicht in den Wäldern warst. In diesen Breiten sind sie voller Elche, Bären und Wölfe. Aber sie sind scheu. Wenn sie einen Menschen sehen, nehmen sie Reißaus.«

»Gibt es denn Menschen?«

»Außer uns? Nein«, sagte Andre.

Tess stand auf und drückte ächzend das Kreuz durch.

Andre warf die Mistgabel auf den Wagen. »Du hast Recht. Wir sollten für heute Schluss machen. Bist du bereit für eine Übung?«

Tess nickte. »Was soll ich tun?«

Andre zeigte auf einen Strohballen. »Setz dich.«

»Gut. Und jetzt?«

»Schließ die Augen und versuch, an nichts zu denken.«

Tess tat, was Andre ihr sagte. Unruhig rutschte sie hin und her, räusperte sich und versuchte, sich erneut zu sammeln. »Das ist verdammt schwierig.«

»Ja. Vor allen Dingen, wenn man die ganze Zeit wie ein Wasserfall redet.«

Tess öffnete vorwurfsvoll ein Auge, schloss es aber wieder, als sie Andres ernstes Gesicht sah. Sie holte noch einmal tief Luft und brachte sich in eine aufrechte Position. So verharrte sie fünf Minuten, vielleicht auch zehn. Dann atmete sie frustriert aus.

»Das ist unmöglich!«, rief sie wütend.

»Ist es nicht«, sagte Andre. »Du musst üben.«

»Wie lange?«

»Bis du es kannst.«

»Andre, mir läuft die Zeit davon!«

»Tess, ich habe dir bereits gesagt, dass Zeit an diesem Ort keine Rolle spielt«, erwiderte er geduldig. »Zumindest dann, wenn du dich an das hältst, was ich dir sage. Also konzentrier dich.«

Widerwillig schloss Tess die Augen und begann erneut sich auf ihr Inneres zu konzentrieren. Bilder stiegen auf, Erinnerungen an York und Hakon, Paul Eliasson und Morten

Henriksson, Direktor Visby und Egino Fleming. Sie mühte sich, diese Erinnerungen wegzuwischen, doch es war, als versuchte sie, aufsteigende Luftblasen unter Wasser zu drücken. Also richtete sie all ihre Aufmerksamkeit auf die Atmung. Die Ungeduld war ihr größter Feind. Besonders weil ihr vom langen, aufrechten Sitzen der Rücken schmerzte. Erschöpft gab sie auf.

»Es hat keinen Zweck«, sagte sie enttäuscht.

»Das glaube ich nicht«, sagte Andre. »Wie lange hast du jetzt versucht, dich von allen Gedanken freizumachen?«

»Ich weiß nicht«, sagte Tess. »Zwanzig Minuten, vielleicht eine halbe Stunde.«

»Es sind zehn Sekunden vergangen.«

Sie sah ihn überrascht an.

Andre grinste. »Doch. Ich glaube, du bist auf dem richtigen Weg. Vielleicht sollten wir uns nicht auf deine körperliche Stärke konzentrieren, sondern weiter deine geistigen Fähigkeiten schulen. Das eine wird mit dem anderen wachsen. Sollen wir eine Pause machen?«

Sie schüttelte den Kopf. »Ich mache noch einen Versuch.«

Tess atmete dreimal tief ein und schloss erneut die Augen. Immer wieder fing sie ihre streunenden Gedanken ein, bis sich ihr Geist beruhigt hatte. Dann öffnete sie die Augen.

Andre Jesion saß noch immer vor ihr. Vorsichtig stand sie auf. Sein Blick folgte ihr nicht. Irgendwie schien er festgefroren. Dass die Zeit jedoch nicht ganz stehen geblieben war, konnte Tess an einer Schmeißfliege erkennen, die wie eine dicke Rosine in der Luft hing. Ihre Flügel bewegten sich langsam und träge. Tess stupste sie an und war erstaunt, wie schwer sich das Insekt anfühlte. Die Fliege schwebte zur Seite, drehte sich mehrere Male und sank dann zu Boden. Der ganze Vorgang dauerte etwa fünf Minuten.

»Du bist gut«, sagte eine Stimme hinter ihr. Tess wirbelte herum. Es gab einen Ruck und die Zeit folgte wieder ihrem alten Takt.

Tess griff sich an die Brust und schnappte nach Luft. »Haben Sie mich erschreckt!« Sie runzelte die Stirn. »Wie haben Sie das gemacht?«

»Mit derselben Technik wie du. Ich habe gesehen, wie du auf einmal verschwunden bist, und habe mich dir angepasst.«

»Das geht so einfach?«

Andre lächelte. »Für mich ja. Und für dich wird es irgendwann auch ein Kinderspiel sein. Tess, in dir schlummert ein unglaubliches Talent. Ich kannte Infizierte, die Wochen brauchten, bis sie ihre verschiedenen Gaben kontrolliert einzusetzen wussten.«

Tess runzelte die Stirn. »Ihre Gaben?«

»Ja. Nora und ich haben herausgefunden, dass in jedem, der in Kontakt mit einer Blume gekommen ist, der Keim aller besonderen Fähigkeiten schlummert. Welche sich zuerst entwickeln, hängt von der Persönlichkeit und den äußeren Umständen ab. Es gibt drei Arten von Fähigkeiten: Zum einen sind da die physischen Kräfte. Mit ihnen kann man sich oder andere Menschen verändern.«

»Zum Beispiel?«, fragte Tess.

»Zum Beispiel könntest du dich in ein Tier verwandeln«, sagte Andre. »Das ist eine der beeindruckendsten Fähigkeiten. Nur ganz wenige beherrschen sie, da sie mit ungeheuren Schmerzen verbunden und nicht ungefährlich ist. Wenn du Pech hast, bleibt von deiner körperlichen Substanz nur eine undefinierbare Masse übrig. Deswegen übt man diese Macht nur gegen andere aus.«

»Das heißt, man verwandelt nicht sich selbst, sondern den Gegner?«

»Oder man tötet ihn auf diese Weise«, sagte Andre.

Tess runzelte die Stirn.

»Aus großer Macht erwächst große Verantwortung«, fuhr Andre fort. »Das darfst du nie vergessen.«

Tess schwieg betroffen. Langsam konnte sie nachempfinden, wie groß die Angst der Menschen vor Gist und Eskatay war.

»Dann gibt es noch die geistigen Fähigkeiten«, fuhr Andre fort. »Dazu gehören Psychometrie, Telepathie und mentale Projektionen.«

»Aha«, machte Tess, die überhaupt nichts verstand.

»Du könntest dann mit der Kraft deiner Gedanken nicht nur Dinge verändern, sondern durch bloßes Berühren auch ihre Vorgeschichte erfahren. Stell dir vor, du befindest dich am Schauplatz eines Mordes. Die Pistole raucht noch, aber es gibt keine Zeugen.«

»Dann brauchte ich nur die Waffe berühren und wüsste, wer sie abgefeuert hat«, sagte Tess. »Mir stünde eine hervorragende Karriere bei der Polizei offen.«

»Interessant wird es, wenn sich die geistigen mit den körperlichen Fähigkeiten mischen. Die sich daraus ergebenden Möglichkeiten sind atemberaubend.«

Tess sah Andre forschend an. »Sie glauben«, begann sie unsicher, »dass das bei mir der Fall ist?«

»Sein *könnte.*« Er kratzte sich nachdenklich am Kopf. »Ich bin mir nicht sicher, ob du tatsächlich die Zeit manipulieren kannst oder ob du dich nur einfach schneller bewegst als normale Menschen.«

»Sie wären nicht so aufgeregt, wenn Ihnen nicht eine Idee durch den Kopf spuken würde.«

Andre schwieg.

»Nun kommen Sie schon, spucken Sie es aus«, sagte Tess ungeduldig. »Hat es etwas ...« Sie stutzte und fuhr dann leiser fort. »Hat es etwas damit zu tun, dass ich mithilfe dieser Kraft nach Morland zurückkehren könnte?«

»Ja, aber wir haben zwei Probleme. Zum einen müssten wir ein Tor nach Lorick öffnen können, was für sich genommen schwer genug ist. Seit meiner Ankunft in dieser Welt versuche ich, die Gabe des Weltenöffnens zu entwickeln. Bis jetzt ohne Erfolg. Das war Noras Spezialität«, sagte Andre. »Das zweite Problem ist die Zeit. Sie vergeht in Morland schneller als hier. »In den wenigen Tagen, die du hier bist, sind dort Jahre oder Jahrzehnte vergangen. Du würdest irgendwann in der Zukunft landen.«

»Es sei denn, ich könnte gegen den Zeitstrom schwimmen und mich zurück in die Vergangenheit versetzen.« Tess' Stimme war jetzt nur noch ein Wispern.

Andre nickte. »Wenn dir das gelingt, wirst du Nora retten können.«

***

Lorick hatte sich in ein Schlachtfeld verwandelt. Vor allem in den ärmeren Randbezirken hatte der Mob viele Geschäfte geplündert. Die übrigen wurden von ihren Besitzern mit der Waffe verteidigt. In Tyndall zogen kleinere Gruppen betrunkener junger Männer grölend und marodierend durch die Straßen, warfen Scheiben ein und steckten die wenigen Automobile in Brand, die Unvorsichtige hier am Straßenrand geparkt hatten.

»Das Viertel ist schon immer unruhig gewesen«, sagte Halldor, während er den Lastwagen durch die verwüsteten Straßen steuerte. Er fuhr nur noch Schritttempo, da der Boden von Löchern übersät war. Offenbar hatten die Randalierer Pflastersteine herausgerissen, um sie als Wurfgeschosse zu benutzen. »Aber so schlimm wie jetzt war es noch nie.«

Er bog in eine Seitenstraße ein und hielt vor einem alten Fabrikgebäude, das mit seinen Giebeln, kleinen Türmen und der Stahltür wie eine altertümliche Festung aussah. Er stieg aus und schlug die Plane der Ladefläche beiseite.

»Wir sind da«, sagte er und öffnete die Klappe. »Wie war die Fahrt?«

»Erträglich«, sagte Lennart schlecht gelaunt. Er wollte herunterspringen, wurde aber von Egino beiseitegestoßen. Auch Bjarne und die anderen drängten sich an ihm vorbei, um vom Laster zu klettern. Elverum packte Egino und zog ihn zu sich heran.

»Ihr solltet euch benehmen«, knurrte Elverum ihn an. »Sonst werde ich euch zeigen, wer hier das Sagen hat.«

Der junge Bursche, dessen Gesicht noch nie ein Rasiermesser gesehen hatte, starrte Elverum für einen Moment verblüfft an, bis er in ein bitteres Lachen ausbrach. »Mach hier keinen Aufstand, alter Mann. Wir haben *euch* da rausgeholt, schon vergessen? Ohne uns hätte man dich und deine Freunde schon längst an die Wand gestellt.« Daraufhin befreite er sich mühelos aus Elverums Griff und trat zu seinen Freunden.

»Schau sie dir an«, sagte Elverum. »Noch halbe Kinder und tun schon so, als ob ihnen die Welt gehört.«

»Das ist wohl das Vorrecht der Jugend«, erwiderte Lennart und half ihm aus dem Wagen.

»Denen sollte man einfach eine Tracht Prügel verpassen, damit sie wissen, wo ihr Platz ist.«

»Das hat man wohl schon gemacht«, sagte Halldor mit Blick auf Eginos geschundene Gestalt. »Auf Gewalt reagiert keiner mehr von denen. Man muss sie anders überzeugen.«

Der Wargebruder klopfte gegen die Tür. Eine Klappe wurde aufgeschoben und sofort wieder geschlossen. Die Tür öffnete sich und zwei Wargebrüder traten heraus. Der Jüngere kletterte in den Lastwagen und fuhr ihn fort. Der andere begrüßte Halldor mit einem kurzen Schulterdruck.

»Einar wartet schon auf dich.«

»Seit wann ist er aus dem Gefängnis?«, fragte Halldor.

»Gestern Abend haben wir ihn befreit.«

Halldor winkte Egino und seine Freunde heran. »Ich bringe euch einige Novizen, Tallak.«

»Willkommen bei der Bruderschaft«, sagte die Wache mit einem gewinnenden Lächeln und streckte die Hand aus. Bjarne wollte sie ergreifen, doch Egino hinderte ihn daran.

»Wer ist dieser Einar?«, fragte er.

»Einar Gornyak ist der Anführer der Wargebrüder«, sagte Elverum.

»Dann bringt uns zu ihm«, sagte Egino.

»Wer ist dieser Bursche?«, wollte die Wache wissen. Die Stimme klang überrascht, fast belustigt.

»Wir sind die Armee der Morgenröte«, sagte Egino.

»Die Armee der Morgenröte? Ich dachte, das wäre eine Bande von Feiglingen!«, konterte der Wargebruder.

»Also, was ist jetzt? Bringt ihr uns nun zu Gornyak oder nicht?«

Halldor war kurz davor, die Geduld zu verlieren, doch Tallak legte ihm beschwichtigend eine Hand auf den Arm. »Natürlich werden wir das tun. Kommt mit.«

Lennart hatte während seiner Dienstzeit als Polizist im Außendienst schon den einen oder anderen Unterschlupf der Boxvereine kennengelernt. Auch wenn Wargebrüder und Todskollen sich in ihrer äußeren Erscheinung stark unterschieden, ähnelten sie sich doch in vielen Dingen. Beide waren streng hierarchisch organisiert und hatten beinahe denselben Ehrenkodex. Bei beiden stand der ritualisierte Faustkampf im Mittelpunkt. In früheren, weniger blutigen Zeiten waren ihre Anführer stellvertretend für den Clan in den Ring gestiegen, um so etwaige Streitigkeiten zu schlichten. Wahrscheinlich war es eben diese Ähnlichkeit, die sie über die Jahrhunderte zu Todfeinden hatte werden lassen.

Der Mittelpunkt jedes Vereinshauses war der Boxring, eine sechseckige, von Seilen umfasste Arena, die einen Durchmesser von vierzig Fuß hatte.

Einar Gornyak trainierte gerade an einem Sandsack, als

sie die Ringhalle betraten. Trotz seines Alters hatte er den Körper eines Schwerathleten. Quer über seinen Rücken lief die Tätowierung eines Runenspruchs. Lennart konnte die Zeichen nicht entziffern, obwohl er selbst ein Motto auf seiner Haut trug: »Durch die Bitternis zu den Sternen«.

Gornyak bemerkte, dass er nicht mehr alleine war, nahm ein Handtuch vom Ringseil und wischte sich die Brust ab. Wie alle Wargebrüder hatte er sein Mienenspiel vollkommen unter Kontrolle. Nicht einmal an den Augen war seine Stimmung abzulesen. Er setzte sich auf einen Stuhl, nahm einen Schluck aus einem Krug, spülte den Mund aus und spuckte das Wasser in einen Eimer.

»Gut, dass du aus dem Gefängnis raus bist, Einar«, sagte Halldor.

Der Anführer der Wargebrüder holte tief Luft und hustete. »Ja, es war nicht mehr angenehm dort, nachdem die Armee das Kommando übernommen hatte.« Er blickte zu Lennart hinüber. »Sieht so aus, als sei es zum offenen Kampf um die Macht im Staat gekommen. Alle strategisch wichtigen Punkte werden entweder von der Polizei oder den Streitkräften kontrolliert.«

Lennart wollte etwas erwidern, doch Egino drängte ihn beiseite.

»Wir wollen kämpfen«, rief er. »Und zwar nicht als Wargebrüder!«

Einar Gornyak runzelte die Stirn. Tallak beugte sich zu ihm hinab und flüsterte ihm etwas ins Ohr. Der Anführer der Wargebrüder stutzte, nickte, lächelte und nickte erneut. Dann zog sich Tallak zurück, auch er grinste.

»Wie heißt du, mein Junge?«, fragte Gornyak freundlich.

»Egino Fleming«, kam die gestotterte Antwort.

»Und du möchtest nicht den Wargebrüdern beitreten?«

Egino schluckte und schüttelte den Kopf.

»Warum?«

»Weil wir keinem Herrn mehr dienen wollen!«, rief Egino. »Wir haben unsere Kindheit in einem Waisenhaus verbracht. Niemand erteilt uns mehr Befehle.«

»In einem Waisenhaus? Welchem?«

»Nummer 9«, sagte Bjarne.

»Kenne ich gut. Wird das noch immer von diesem Visby geleitet?«, fragte Gornyak.

»Jetzt nicht mehr«, sagte Egino stolz. »Visby ist tot.«

»Du hast ihn getötet, nicht wahr?«

Egino nickte.

»Wie?«, fragte Gornyak.

Egino schien die Frage nicht zu verstehen.

»Wie hast du ihn getötet? Mit der Hand? Mit dem Messer? Einer Pistole?«

»Mit einem Messer«, sagte Egino. »Als er mich sah, wollte er davonlaufen. Da habe ich zugestoßen. Er hat gequiekt wie ein Schwein.«

Gornyak nickte bedächtig. »Das kann ich mir richtig gut vorstellen. Und du hast dabei Blut geleckt. Willst dich an all denen rächen, die für dein beschissenes Leben verantwortlich sind. Ist doch so, oder?«

Jetzt war Egino ein klein wenig verunsichert. Er zuckte mit den Schultern. »Ja.«

Gornyak stand auf. »Ich kann verstehen, warum du der

Bruderschaft nicht beitreten willst. Ginge mir genauso. Also, was brauchst du?«

Egino sah Bjarne und Arvo erleichtert an. »Waffen vor allen Dingen. Und einen sicheren Unterschlupf, von wo aus wir unsere Aktionen planen können.«

»Welche Waffen? Und wie viele?«

Egino blies die Backen auf. »Darüber habe ich mir noch keine Gedanken gemacht.«

»Natürlich«, sagte Gornyak und lächelte erneut sein gewinnendes Lächeln.

Lennart verstand immer weniger, welchen Plan der Anführer der Wargebrüder verfolgte. Es war doch offensichtlich, dass Egino und seine Kameraden eine Bande gefährlicher Aufschneider waren!

»Ich mache dir einen Vorschlag unter Freunden«, sagte Gornyak. Er trat auf Egino zu und legte ihm einen Arm um die Schulter. »Ich sehe, dass du ein Mann mit Visionen bist. Und dass du genügend Ehrgeiz hast, diese Visionen in die Tat umzusetzen. Tallak wird dich und deine Kameraden ausbilden. Am Gewehr, an der Pistole, im Umgang mit Sprengstoff. Dann werdet ihr alles bekommen, was ihr benötigt. Ist das ein Wort?« Er gab dem Jungen einen aufmunternden Klaps.

»Danke«, stotterte Egino.

»Na, komm schon«, sagte Gornyak. »Wir beide sind aus demselben Holz geschnitzt. Wir könnten glatt dieselbe Mutter haben!«

»Wirklich?«

»Na, wenn ich es dir doch sage! Du darfst nur nicht auf

den Altersunterschied schauen. Habt ihr euch schon einen Namen gegeben?«

»Wir sind die Armee der Morgenröte«, sagte Bjarne.

»Täusche ich mich oder gibt es die nicht schon?«, fragte Gornyak.

»Sie ist von ihren Mitgliedern verraten worden«, sagte Egino.

Das ist ja etwas ganz Neues, dachte Lennart, der wusste, dass die Geheimpolizei schon seit Langem die Untergrundbewegung verfolgt hatte.

»Wir werden sie neu gründen«, sagte Bjarne. »Wir werden allen zeigen, was es heißt, echten Widerstand zu leisten.«

»Davon bin ich überzeugt«, sagte Gornyak. Plötzlich wurde er ernst, schlug die Hacken zusammen und salutierte. »Kommandant!«

Es sah so lächerlich aus, wie er da mit nacktem Oberkörper und in seinen engen Sporthosen vor den jungen Leuten stand, die den Gruß artig erwiderten.

Tallak führte die Gruppe hinaus und Gornyak nahm sich einen Branntwein. Einen Moment lang betrachtete er nachdenklich sein Glas, dann schüttelte er lachend den Kopf und leerte es in einen Zug.

»Was sollte das gerade?«, fragte Elverum. »Sie können diesen Kindern keine Waffen in die Hand geben!«

»Du hast es doch gerade selbst gehört, Polizist. Uns hat gerade eine Armee beehrt. Die Armee der Morgenröte.«

»Dieser Egino ist vom Hass verblendet«, sagte Elverum. »Er wird über Leichen gehen.«

»Wenn es die Richtigen sind, soll mir das egal sein.«

Elverum wollte etwas erwidern, zögerte aber. Er schien nachdenklich in sich hineinzulauschen. »Aha, das ist also Ihr Plan«, bemerkte er schließlich. »Sie wollen diese Armee von Amateuren dazu aufstacheln, für die Wargebrüder die Drecksarbeit zu erledigen. Und wenn die Jungs Chaos verbreitet haben, wollen Sie als Ordnungsmacht auftreten. Was haben Sie dann mit diesem Egino vor? Wollen Sie sich wie ein feiger Mörder benehmen und ihn nach getaner Arbeit zusammen mit seinen Freunden an die Wand stellen?«

Im Bruchteil einer Sekunde stand Gornyak vor Elverum und drückte ihm die Kehle zu. »Du missbrauchst meine Gastfreundschaft, Polizist«, zischte er ihn an.

Elverum leistete keine Gegenwehr, wich aber Gornyaks Blick nicht aus. Der Führer der Wargebrüder atmete tief durch, ließ den Polizisten los und zupfte dann mit einer fast schon zärtlichen Geste dessen Halstuch zurecht. »Wir müssen zusammenhalten, hm? Der Zusammenbruch Morlands wäre eine Katastrophe für uns. Wir alle haben sehr viel zu verlieren, wenn die Eskatay zurückkehren. Unser Leben. Unsere Freiheit. Schau, es ist so einfach: Ihr seid die Guten, wir sind die Bösen. Licht und Schatten. So war es immer. Und so soll es bleiben. Die Welt wäre ein furchtbarer Ort, wenn es nur diffuses Zwielicht gäbe.«

***

Der Zug fuhr den ganzen Tag, ohne ein einziges Mal anzuhalten. Hakon hatte sich mit Lennarts Töchtern in den hinteren Teil des Waggons gesetzt. Inzwischen waren die Mädchen in seinen Armen eingeschlafen. Aria kümmerte sich um die anderen Kinder, tröstete sie, wenn sie Albträume hatten, und verteilte mit der Schöpfkelle Wasser aus einem Eimer an die Durstigen.

Hakon sah durch einen Spalt in der Bretterwand hinaus auf die Landschaft, die im Dämmerlicht an ihm vorüberzog. Der Zug näherte sich immer mehr dem Polarkreis. Glücklicherweise war der Sommer warm und angenehm. Im Winter hätte die Hälfte der Kinder die Reise nicht überlebt. In der Ferne, weit im Westen, erhoben sich riesige Berge mit schneebedeckten Gipfeln. Die Vegetation wurde spärlicher. Der Abstand zwischen den einzelnen Fichten war nun so groß, dass Hakon immer wieder die Schemen von Elchen, Bären und Damhirschen entdeckte. Wölfe sah er keine. Die scheuen Tiere hatten sicher Angst vor dem dampfenden Ungetüm, das durch die Tundra schnaufte. Wildgänse zogen ihre Kreise und spiegelten sich in den vielen kleinen, tiefdunklen Seen, die sich auf der rechten Seite des Bahndamms bis zu den Bergen erstreckten. Es war ein freies Land, wild und rau. So hoch oben im Norden war Hakon noch nicht einmal mit dem Zirkus gewesen, da sich eine Reise zu den kleineren Siedlungen, die meist nur im Sommer bewohnt waren, einfach nicht lohnte. Wer hier lebte, tat es entweder, weil er die Abgeschiedenheit suchte oder weil er dazu gezwungen war.

»Die meisten Kinder schlafen«, sagte Aria leise und setzte sich neben Hakon. Mit einem Lächeln strich sie Melina eine Strähne aus dem Gesicht. »Die beiden hatten es besonders schwer. Das kommunale Waisenhaus Nummer 9 ist von allen Heimen das übelste. Und der Aufstand vor einigen Wochen hat die Situation dort noch weiter verschlechtert.«

»Kennst du eine Tess?«, fragte Hakon.

»Tess Gulbrandsdottir? Aber natürlich. Sie hat in der Bücherei ausgeholfen und war auch sonst nicht auf den Kopf gefallen. Deswegen habe ich mich auch darüber gewundert, dass sie sich während des Streiks auf Eginos Seite gestellt hat. Ist sie auch ein …«

»Gist«, half ihr Hakon. »Ja, das ist sie.«

»Das erklärt ihre Flucht«, sagte Aria. »Sie war die Einzige, die die Wachen überwältigen konnte. Man erzählte sich danach die abenteuerlichsten Geschichten: dass sie kräftig wie zehn Männer sei und fliegen könne.«

»Kräftig wie zehn Männer? Das stimmt. Aber sie kann nicht fliegen.«

»Wie auch immer«, sagte Aria. »Hast du eine Familie?«

Hakon zögerte.

»Ist schon gut, du musst es mir nicht erzählen«, sagte Aria. »Jeder von uns hat so seine Geheimnisse.«

»Nein, ich habe mich nur gefragt, wie ich mich ausdrücken soll. Das ist etwas kompliziert. Ich bin in einem Zirkus groß geworden und habe immer gedacht, dass die Familie, bei der ich aufgewachsen bin, auch meine leibliche Familie wäre.«

»Ist sie aber nicht.«

»Nein«, sagte Hakon. »Das ist aber auch nicht weiter schlimm. Ich kenne keine anderen Eltern außer Boleslav und Olga.«

»Geschwister?«, fragte Aria.

»Eine Schwester, Nadja.« Hakon stutzte und schaute Aria an. »Das klingt jetzt fast wie ein Verhör.«

Aria wurde rot. »Entschuldige.«

»Was ist mit dir? Warum bist du im Heim gewesen?«

»Mein Vater hat sich kurz vor meiner Geburt aus dem Staub gemacht«, sagte sie. »Meine Mutter hatte noch sechs andere Kinder, ich war das jüngste. Aber da ich sie zu sehr an den ›alten Scheißkerl‹, wie sie ihn nannte, erinnerte, hat sie mich kurzerhand beim Waisenhaus abgeliefert. Da war ich vier und verstand die Welt nicht mehr. Es war immerhin meine Mutter und sie sah in mir nur den größten Fehler ihres Lebens!«

Hakon riss die Augen auf. »Du machst Witze!«

Sie lachte trocken. »Glaub mir, wenn ich von dieser Frau rede, ist mir nicht nach Späßen zumute.«

»Das tut mir leid«, sagte Hakon.

»Muss es nicht. Im Nachhinein denke ich, dass ich Glück hatte. Wäre ich bei ihr geblieben, hätte sie mich irgendwann umgebracht oder ich sie.«

»So kann man es auch sehen«, sagte Hakon vorsichtig.

»Nur so kann man es sehen«, korrigierte ihn Aria. »Ich glaube nicht, dass Dinge aus einem Grund geschehen. Das ist Quatsch. Wer das denkt, der sollte sich einmal da oben untersuchen lassen.« Sie tippte sich an den Kopf.

»Du glaubst nicht, dass es so etwas wie ein Schicksal gibt?«, fragte Hakon.

»Nein. Es gibt Zufälle, die neue Möglichkeiten eröffnen«, sagte Aria. »Entweder geht man dann diesen anderen Weg oder man bleibt da, wo man gerade steht.«

»›Stillstand ist der Tod‹, sagte mein Vater immer.«

»Und da hatte er Recht«, sagte Aria. »Diese Welt stirbt, weil sie sich nicht mehr bewegt. Was du da draußen siehst, ist der letzte Abglanz einer untergehenden Herrlichkeit.«

»Aria, wie alt bist du? Dreizehn?«, fragte Hakon lachend. »Du klingst, als hättest du schon mehrere Leben gelebt.«

»Ich klinge genau wie du!«, sagte sie und schaute ihn mit alten Augen an, die so gar nicht zu ihrem jungen Gesicht passen wollten. »Und es ist wahr: Was ich erlebt habe, reicht für mehrere Leben aus. Ich könnte dir Geschichten erzählen, die dich an der Menschheit zweifeln lassen. Wir haben nur eine Hoffnung.« Aria blickte auf die schlafenden Kinder. »Für sie lohnt es sich, alle Bitternis zu überwinden, um zu den Sternen zu gelangen.« Sie hob den Arm und zeigte zum Himmel. »Dort liegt unsere Zukunft. Nicht hier.«

»In den Sternen?« Hakon bekam langsam den Verdacht, dass Aria verrückt war. »Wie willst du dort hinkommen? Mit einem Luftschiff? Oder willst du dich zu einem Eskatay machen lassen in der Hoffnung, dass du dann fliegen kannst? Da muss ich dich enttäuschen: Wenn du an einer dieser Blumen riechst, wirst du eher sterben als dich verwandeln.«

Sie zuckte mit den Schultern. »Das Risiko gehe ich ein.«

»Falls dich der Staub nicht umbringt und du die Infektion überlebst«, fuhr Hakon fort, »wirst du keine Familie gründen können. Abgesehen davon, dass du willkommene Beute für Begarell und sein Kollektiv wärst. So viel zu deiner Hoffnung, durch die Bitternis zu den Sternen zu gelangen.«

Aria wollte etwas erwidern, schwieg dann jedoch. Er legte seine Hand auf ihren Arm.

»Wir sollten zuerst die Kinder in Sicherheit bringen.«

Aria nickte – erst zögerlich, dann mit Nachdruck. »Ja, das sollten wir tun.« Sie zwang sich zu einem Lächeln. Ein lang gezogener Pfiff ertönte.

»Gut«, sagte Hakon. »Denn ich glaube, wir haben Horvik erreicht.«

***

»Die Welt wäre ein furchtbarer Ort, wenn es weder Licht noch Schatten, sondern nur diffuses Zwielicht gäbe.« Diese Worte gingen Lennart nicht aus dem Kopf, als er mit Elverum in einem der vielen Zimmer dieser verwinkelten Festung Quartier nahm. Man konnte Gornyak für brutal, verschlagen und gewissenlos halten, eines war er gewiss nicht: dumm.

Der Raum, den man Lennart und Elverum zugewiesen hatte, strahlte die geschmacklose Eleganz eines teuren Bordells aus. Die Wände waren mit roten Damasttapeten bespannt, die Fenster schmückten schwere Brokatvorhänge. Von der Decke hing eine Gaslampe aus ladinischem Glas, den Boden bedeckte ein dicker, handgeknüpfter Teppich.

Elverum inspizierte die Bar, die ein üppiges Sortiment an alkoholischen Getränken enthielt. »Ihre neuen Freunde lassen sich nicht lumpen.«

»Ich glaube, man hat uns dieses Zimmer nur gegeben, um Sie zu beeindrucken«, sagte Lennart, der sich im Bad umschaute. »Sie spielen offenbar eine große Rolle in Gornyaks Plänen.«

»Ja, aber deswegen werde ich nicht den Wargebrüdern beitreten. Oder mich von ihnen bezahlen lassen.«

»Ich glaube, das erwartet man auch nicht von Ihnen. Es reicht, wenn Sie sich möglichst schnell an die Spitze der Polizei setzen und im Interesse der beiden Boxvereine handeln.«

Elverum stellte die Brandyflasche, die er aus der Kühlung genommen hatte, zurück und blickte Lennart überrascht an. Dieser trat gerade aus dem Bad, wo er das Badewasser angedreht hatte, und begann nun die Kleiderschränke zu inspizieren.

»Die Todskollen sind auch mit im Bund?«, fragte Elverum überrascht.

»Als gleichberechtigte Partner«, sagte Lennart, der einen Anzug vor sich hielt und dann auf das Bett warf, weil er nicht passte. »Aber der Feind ist stark. Begarell hat die Kontrolle über die Armee und die Eskatay. Ohne die Hilfe der Polizei werden die Boxvereine ihre ehrgeizigen Pläne nicht in die Tat umsetzen können.«

Elverum setzte sich auf sein Bett. »Das sind ja schöne Wahlmöglichkeiten! Also lasse ich entweder Begarell siegen. Oder ich verliere im Bündnis mit den Boxvereinen meine Seele.«

»Ja«, sagte Lennart und setzte sich auf das andere Bett. »Ich weiß, wie sich das anfühlt.«

»Ihnen wird vergeben. Sie tun es für Ihre Kinder«, sagte Elverum. »Doch wie soll ich vor meinem Gewissen bestehen, wenn ich mich mit denen verbünde, gegen die ich mein ganzes Polizistenleben lang gekämpft habe!«

»Ich weiß es nicht«, sagte Lennart niedergeschlagen. »Ganz ehrlich.« Er stand auf. »Ich werde jetzt ein Bad nehmen, mich gründlich abschrubben und hoffen, dass der Dreck von mir abfällt.«

Nachdem auch Elverum sich gewaschen und umgekleidet hatte, wurden sie von einem Wargebruder abgeholt. Einar Gornyak hatte zu einem Essen geladen, an dem auch Jefim Schestakow teilnehmen sollte, der sich zu Gesprächen im Haus aufhielt.

Der Rest der Gesellschaft hatte bereits an einer runden Tafel Platz genommen, als Lennart und Elverum hereingeführt wurden. Außer dem Gastgeber nahm niemand von Elverum Notiz. Gornyak stand auf und reichte dem Polizisten die Hand, die dieser nur zögerlich ergriff. Diese Vertrauensgeste rief unter den Todskollen sofort empörtes Murmeln hervor. »Oberinspektor Elverum ist Gast in meinem Haus«, sagte Gornyak. »Wer diesem Mann nicht den nötigen Respekt erweist, verweigert diesen Respekt auch mir.«

Das Raunen erstarb. Jefim Schestakow, Anführer der Todskollen, erhob sich. »Einar, du musst meine Männer entschuldigen, aber es ist nicht ganz leicht für sie, einem Todfeind die Hand zu reichen.«

»Nun, ich glaube, das wird Elverum genauso ergehen. Wenn wir unsere Vorurteile nicht überwinden, werden wir alle im Krieg gegen Begarell sterben«, sagte Gornyak und führte Elverum zu einem Platz an seiner Seite. Lennart setzte sich neben Halldor, der ihm kameradschaftlich auf die Schulter klopfte. Auch die anderen Wargebrüder nickten ihm wohlwollend zu. Ein Familienmitglied hatte sich in ihrer Mitte eingefunden.

Gornyak gab einem Bruder an der Tür ein Zeichen, woraufhin das Essen serviert wurde. Es war ein fürstliches Mahl mit hervorragendem Wein. Gornyak erwies sich als vollendeter Gastgeber, der geistreiche Anekdoten erzählte und die bedrückende Stimmung, die draußen in der Stadt herrschte, auszublenden wusste. Alle lachten und waren gut gelaunt – außer Elverum und die Todskollen.

Plötzlich warf einer von ihnen sein Besteck auf den Tisch. »Ich kriege in Gegenwart dieses Hundes keinen Bissen runter! Er ist dafür verantwortlich, dass ich zusammen mit drei meiner Kameraden zehn Jahre im Staatsgefängnis gesessen habe.«

Das Gelächter erstarb.

»Diese Narbe auf meinem Kopf habe ich ihm zu verdanken, als er und seine sauberen Freunde Persson und Holmqvist mich in die Mangel genommen haben.«

Einer der Wargebrüder kicherte prustend, riss sich aber sofort wieder zusammen, als Gornyak ihm einen eisigen Blick zuwarf.

Elverum stand auf. »Ich kenne dich. Du bist Lars Ahlborg. Nun, ich war immer der Meinung, dass Gefängnisstrafen bei euch Berufsrisiko sind und es daher nicht als Schande gilt, eine Zelle von innen zu gesehen zu haben. Ich könnte mir vorstellen, dass es dir im Gefängnis sogar ganz gut gegangen ist. Hat sich Schestakow nicht während deiner Abwesenheit um deine Familie gekümmert? Man kann viel über ihn sagen, aber er steht zu seinem Wort.«

Die Mehrheit der Todskollen murmelte zustimmend. Ahlborg begann allmählich, nervös zu werden.

»Du sagst, du hast eine Narbe am Kopf, weil wir dich zu hart rangenommen haben?«, fuhr Elverum langsam fort. »Nun, das tut mir leid. Wir haben dich für weniger zimperlich gehalten.«

»Dir steht Satisfaktion zu, Polizist«, sagte Gornyak. »Ich nehme an, das weißt du.«

»Ja. Das weiß ich. Aber ich will Ahlborg nicht noch einmal wehtun.«

Grölendes Gelächter war die Antwort, sowohl von den Wargebrüdern als auch von den Todskollen.

»Aber wenn sich der Hund nicht benimmt, liegt es meistens an seinem Herrn«, rief Elverum. »Ich fordere Jefim Schestakow heraus!«

Lennarts Herz stand still. Gornyak sprang auf. »Nein, das tust du nicht!«, schrie er ihn an.

»Warum? Soweit ich den Kodex der Boxvereine kenne, kann ich jeden zu einem Zweikampf herausfordern. Und ich fordere Jefim Schestakow heraus. Es sei denn, er schickt einen Stellvertreter.«

Schestakow grinste und strich sich mit der Hand über die Glatze. »Ganz bestimmt nicht. Dann würde mir ja der Spaß entgehen. Wann willst du kämpfen, Polizist?«

»Jetzt.«

»Sie sind verrückt!«, zischte Lennart in Elverums Ohr, als sie sich auf den Weg zum Ring machten. »Schestakow wird Sie in der Luft zerreißen!«

»Dann hat es so sein sollen«, antwortete Elverum, den Blick starr nach vorne gerichtet.

»Mit diesem Manöver bringen Sie Gornyaks Pläne durcheinander. Er ist ganz schön wütend auf Sie.«

»Das ist meine Absicht«, sagte Elverum.

»Sie sind ein Narr!«

»Wünschen Sie mir Glück«, sagte Elverum mit einem matten Lächeln.

Die Menge johlte, als die beiden Kontrahenten in den Ring kletterten. Lennart setzte sich neben Halldor, der sich einen besonders guten Platz in der ersten Reihe gesichert hatte.

Tallak hatte die Rolle des Ringrichters übernommen. Er winkte die Kontrahenten zu sich heran. In beiden Händen hielt er je ein Paar Handschuhe.

»Die Regeln sind bekannt?«, fragte er Elverum. »Kein Treten, kein Spucken, kein Schlag in die Genitalien.«

Elverum nickte. »Und keine Handschuhe.«

Tallak hob die Augenbrauen und Schestakow nickte grinsend.

»Also gut«, fuhr der Ringrichter fort. »Es wird so lange gekämpft, bis einer am Boden liegt. Wer ist Ihr Sekundant, Jefim Schestakow?

Der Angesprochene drehte sich um und winkte Lars Ahlborg heran, der bereits neben dem Ring wartete. Tallak blickte Elverum auffordernd an.

»Ich kämpfe ohne Sekundanten.«

Die Todskollen reagierten darauf mit heftigen Beschimpfungen und auch Schestakows Miene gefror.

»Ich habe den Polizisten unterschätzt«, sagte Halldor zu Lennart. »Er setzt alles auf eine Karte und geht dabei ziemlich klug vor. Der Verzicht auf einen Sekundanten ist eine der größten Beleidigungen, die man einem Gegner antun kann. Schestakow kocht vor Wut.«

»Wozu zum Teufel soll das gut sein?«, fragte Lennart.

»Sieh zu und lerne«, sagte Halldor.

Der Gong ertönte und Schestakow stürzte sich ohne Vorwarnung auf seinen Gegner. Wie ein Berserker schlug er auf Elverum ein, der die Arme hochgerissen hatte, um seinen Kopf und den Oberkörper zu schützen. Dabei tänzelte er mehrere Schritte zurück, sodass den Schlägen die Wucht genommen wurde.

»Elverum macht das nicht zum ersten Mal«, sagte Halldor. »Er boxt defensiv. Das ist die einzige Möglichkeit, um gegen Schestakow zu bestehen, der einen halben Kopf größer und etliche Pfund schwerer ist. Aber auch unbeweglicher.«

Tatsächlich war Elverums Beinarbeit erstaunlich flink. Dabei nutzte er die Führhand, um seinen Gegner auf Distanz zu halten – was ihm aber nicht immer gelang. Mehrmals durchbrach Schestakow seine Deckung und landete einen Treffer in Elverums Gesicht.

»Er ist ein echter Nehmer«, sagte Halldor anerkennend. »Ich kenne Männer, die schon von einem dieser Schläge auf die Bretter geschleudert worden wären. Elverum kämpft sehr diszipliniert. Er hat Schestakows einzige Schwäche erkannt.«

»Und die ist?«, fragte Lennart.

»Sein Jähzorn.«

Tatsächlich prügelte Schestakow noch immer relativ planlos auf Elverum ein.

»Er versucht einen Glückstreffer zu landen, um den Kampf schnell zu seinen Gunsten zu beenden«, ergänzte Halldor. »Schestakow muss Elverum in der ersten Runde bewusstlos schlagen. Alles andere wäre eine Niederlage für ihn.«

Elverum tänzelte noch immer um den Todskollen herum, hielt ihn mit seiner Führhand auf Abstand und wartete auf eine Lücke in der gegnerischen Deckung. Er war schnell. So schnell, dass Schestakow mit seiner Schlaghand meist das Ziel verfehlte. Dann ertönte der Gong und die erste Runde war beendet.

Schestakow setzte sich fluchend auf seinen Hocker und ließ sich von Ahlborg Wasser reichen. Elverum hingegen blieb einfach stehen.

Jetzt musste Halldor lachen. »Er ist unglaublich! Er demütigt Schestakow, wo er nur kann.«

Auch Gornyak redete jetzt aufgeregt mit seinem Nachbarn. Es schien, als amüsierte er sich prächtig.

Der Gong ertönte und Schestakow sprang auf. Aber diesmal hatte er die Taktik geändert. Statt wild die Fäuste zu schwingen, passte er sich dem Stil seines Gegners an.

»Endlich nimmt er ihn ernst«, sagte Halldor. »Schestakow baut Druck auf, um sich so einen Vorteil zu verschaffen.«

Und tatsächlich landete er einen Haken nach dem anderen in Elverums Nierengegend. Diese Treffer zeigten langsam Wirkung. Elverums Beinarbeit wurde schwerer, seine Reflexe ließen nach.

»Die Schmerzen machen ihn langsam«, knurrte Halldor.

»Wenn Elverum nicht aufpasst, geht er in dieser Runde zu Boden.«

Elverum versuchte wieder, den Abstand zwischen sich und Schestakow zu vergrößern. Es sah aus, als würden die beiden Kämpfer Fangen spielen. Die Zuschauer quittierten dieses Verhalten mit lauten Buhrufen, aber Elverum ließ sich davon nicht beeindrucken. Langsam erholte er sich von den Treffern und ging nun erneut zum Angriff über. Schestakow hatte mit allem gerechnet, aber nicht damit. Zwei Doppelkombinationen trafen ihn am linken Auge.

Elverum ging sofort wieder in die Defensive. Es sah nicht besonders schön aus, wie er Schestakow auswich und dabei zwei, drei schwere Treffer einstecken musste. Der letzte kam so hart, dass Elverum mit einem Bein einknickte. Da trat Schestakow zu. Lennart konnte hören, wie etwas brach, vermutlich die Nase, denn Elverums Mundpartie war sofort blutüberströmt.

Der Gong ertönte. Tallak stieß den Todskollen zurück, doch es gelang Schestakow, noch einen weiteren Treffer mit dem Fuß zu landen. Die Wargebrüder sprangen wüst fluchend auf. Auch Halldor ballte wütend die Faust. »Wenn Schestakow jemals auch nur einen Funken Ehre im Leib hatte, so ist er in diesem Moment dahin«, zischte er. Auch die Todskollen schienen vom Verhalten ihres Anführers alles andere als begeistert zu sein, denn sie erwiderten die Beschimpfungen der Wargebrüder nicht.

Elverum hatte inzwischen das Bewusstsein wiedererlangt und zog sich an den Seilen hoch. Er winkte Lennart zu sich heran.

»Ich muss die Blutung stoppen«, keuchte er.

»Hören Sie auf!«, beschwor ihn Lennart und riss zwei Streifen Stoff von seinem Hemd ab. »Er bringt Sie um.«

Elverum stopfte sich die Fetzen in die Nase.

»Du kannst einen Abbruch verlangen, Polizist«, sagte Halldor, der ebenfalls seinen Platz verlassen hatte. »Ein Unentschieden. Das wäre ein ehrenvolles Ergebnis für dich.«

Elverum schüttelte den Kopf und gab Tallak ein Zeichen, dass er wieder bereit war. Der Gong ertönte. Halldor und Lennart setzten sich auf ihre Plätze.

»Ich frage mich, ob Elverum vielleicht einen geheimen Todeswunsch hat«, sagte Halldor.

»Ja, das frage ich mich auch«, sagte Lennart leise und sah zu Gornyak herüber, der so von dem Kampf gefesselt war, dass er einen Diener, der ihm Wein nachschenken wollte, barsch wegschickte.

Elverum war inzwischen sichtlich angeschlagen. Seine Beinarbeit war schwerfällig und er bekam kaum noch Luft. Aber auch bei Schestakow hatte der Kampf Spuren hinterlassen. Sein linkes Auge war so stark zugeschwollen, dass er schlecht sehen konnte. Und diese Schwäche machte sich Elverum zunutze. Er griff Schestakow auf der nun schwachen Seite an – jener Seite, auf der sein Gesichtsfeld eingeschränkt war. Damit zwang er Schestakow, die Führhand zu wechseln. Immer wieder umlief Elverum seinen Gegner und schlug zu, sobald er neben ihm stand.

Es sah wie ein Tanz aus. Ein ums andere Mal drehten sie sich im Kreis. Mehrfach hätte Elverum Gelegenheit gehabt, Schestakow in die Nieren zu boxen. Aber er tat es nicht.

»Er wartet auf seine Chance«, sagte Lennart fasziniert.

»Ja. Und bald hat er Schestakow da, wo er ihn haben will«, sagte Halldor.

Und tatsächlich. Es dauerte nicht lange, da stolperte der Todskollen das erste Mal, während Elverum seine Lebensgeister zurückgewonnen zu haben schien. Gleich darauf bot sich ihm die Lücke, auf die er gewartet hatte. Zweimal schlug er mit der Führhand zu, zweimal folgte die Schlaghand als Gerade. Das reichte. Schestakow wich nach hinten aus, fiel über seine Füße und stürzte mit glasigem Blick zu Boden. Während Tallak auszählte, schwankte Elverum wie eine Pappel im Wind. Erst als ihn Tallak zum Sieger erklärte, ging auch er auf die Bretter.

Die Wargebrüder sprangen jubelnd auf. Und auch die Todskollen nickten anerkennend. Einige klatschten sogar Beifall. Gornyak rief einen Arzt herbei, der sich augenblicklich um Elverum kümmerte. Eine Trage wurde in den Ring geschoben.

Lennart war aufgesprungen. »Was ist mit ihm, Doktor?«

»Er hat ganz schön was einstecken müssen. Das Nasenbein ist zweimal gebrochen, beide Nieren wurden gequetscht, und er hat einen Riss in der Augenbraue. Aber es sind noch alle Zähne drin. Ich bringe ihn auf die Krankenstation und werde ihn bis morgen dabehalten.«

»Und Schestakow?«

»Den soll der Teufel holen.« Die Trage wurde angehoben und man brachte Elverum weg. Schestakow lag noch immer im Ring, seine Leute hatten sich um ihn versammelt.

Ahlborg kniete sich vor den leblosen Körper, untersuchte

ihn und drückte ihm schließlich die Augen zu. Der Anführer der Todskollen hatte den Kampf nicht überlebt.

»Ich habe den Polizisten unterschätzt«, sagte Halldor. »Die da drüben haben jetzt ein Problem.«

Die Diskussion zwischen den Todskollen wurde heftiger. »Offensichtlich sind sie nicht einer Meinung, wie es nun weitergehen soll«, sagte Lennart.

»Oh, das liegt ohnehin nicht mehr in ihren Händen«, sagte Halldor vergnügt. »Sie haben einen neuen Anführer.«

»Elverum?«, fragte Lennart überrascht.

Halldor zuckte mit den Schultern. »Er hat Schestakow herausgefordert und ihn besiegt. So sind die Regeln.

»Ein Polizist als Oberhaupt der Todskollen? Das geht nicht gut«, sagte Lennart.

»Eben«, sagte Halldor. »Auch wenn Elverum die Todskollen übernimmt, muss er sich an ihre Gesetze halten. Und die widersprechen seinem Rechtsempfinden bestimmt gewaltig.« Er stand auf und zog seine Anzugjacke zurecht, die im allgemeinen Aufruhr zerknautscht worden war. »Nein, ich glaube, Elverum hat mit diesem Kampf einen anderen Plan verfolgt. Wer so gut boxt, der kennt auch unsere Gesetze. Selbst wenn Elverum nicht Anführer der Todskollen werden will, muss Gornyak ihn von jetzt an als Gleichberechtigten ansehen. Und das stärkt seine Verhandlungsposition ungemein. Bis zu diesem Abend spielte die Polizei für Gornyak eine untergeordnete Rolle.« Er lächelte Lennart an. »Nun ist sie neben den Todskollen die dritte Kraft unter den Rebellen geworden. Eine Kraft, die Gornyak in seine Entscheidungen mit einbeziehen muss.«

Hakon hatte keine großen Erwartungen gehabt, doch was er von Horvik durch die Ritzen der Waggonbretter sah, schien ihm unendlich deprimierend. Der Bahnhof war ein nur nachlässig hergerichtetes Gebäude, hinter dem sich die Hauptstraße im Nirgendwo verlor. Links und rechts des aufgewühlten Weges standen rostige, halbrunde Wellblechhütten, die den Bergleuten als Behausung gedient haben mussten. Ungefähr fünfzig gab es von ihnen. Im hohen, verdorrten Gras rosteten Maschinen vor sich hin, mit denen nicht einmal Kinder etwas zum Spielen hätten anfangen können.

Der Zug kam quietschend zum Stehen und die Türen wurden aufgeschoben. Mit vorgehaltener Waffe wurden die Kinder aus den Waggons getrieben. Maura und Melina wichen nicht von Hakons Seite. Aria hatte die kleinsten Kinder um sich geschart und half ihnen von der Ladefläche.

»In Zweierreihen aufstellen!«, rief der Offizier, der in Morvangar mit dem Eskatay verhandelt hatte.

»Los, fasst euch bei der Hand«, sagte Hakon leise zu den Zwillingen. »Ihr lauft vor mir, damit ich euch jederzeit im Blick habe!«

Der Appell begann. Jedes Kind wurde nach seinem Namen gefragt, der von einem Soldaten auf einer Liste abgehakt wurde. Hakon wusste, dass mit ihm eine Waise zu viel angetreten war, und so überzeugte er den Mann kraft seiner hypnotischen Fähigkeiten davon, dass er, der schmutzige Junge in der speckigen Hose und dem verdreckten Hemd, gar nicht existierte.

»Alle vollzählig!«, rief der Soldat dem Offizier zu, der darauf lässig sein Stöckchen hob.

»Abmarsch!«

Der Treck setzte sich in Bewegung. Hakon fiel auf, dass die Gewehre der Soldaten geladen und entsichert waren – als stellten die Kinder eine Bedrohung dar.

Sie marschierten zwei Stunden, ohne zu rasten. Auch die Erschöpften wurden gnadenlos weitergetrieben.

Hakon biss die Zähne zusammen. Natürlich konnte er versuchen die Wachen zu manipulieren, aber er hatte Angst, dass man ihn dann entdecken würde. Die Existenz magisch begabter Menschen war kein Geheimnis mehr. Die Soldaten achteten gewiss auf jede noch so kleine Auffälligkeit. Solange er sich einfach nur unsichtbar machte oder mit einem Unformierten alleine war, konnte er die Situation beherrschen. Aber nicht, wenn er von einer ganzen Kompanie bewacht wurde.

Sie liefen durch eine eintönige, baumlose Hügellandschaft, in der außer Moosen und Flechten nur kleine verkrüppelte Sträucher wuchsen, die in der warmen Jahreszeit rot und gelb blühten.

Die Temperaturen waren niedriger als in Morvangar, und das, obwohl es Frühsommer war. Im Winter musste es hier eisig kalt sein.

Sie erreichten ihr Ziel um die Mittagszeit. Das Lager war quadratisch angelegt und durch einen doppelten Stacheldrahtzaun gesichert worden. Vier mit Maschinengewehren bestückte Wachtürme hielten die Gefangenen in Schach. Hakon fragte sich, warum solch schweres Geschütz aufgefahren wurde. Auch ohne Zaun war an eine Flucht nicht zu denken. Der Bahnhof war schwer bewacht und man konnte davon ausgehen, dass es ohnehin keine regelmäßige Zugverbindung nach Morvangar oder Lorick gab.

Als sich der Treck dem Lager näherte, wurde auf den Befehl eines Offiziers hin das Tor geöffnet und die Kinder marschierten hinein. Einfache Holzbaracken reihten sich links und rechts der breiten Straße, die zu einem aus Stein errichteten zweistöckigen Bau führte.

»Dort hinten auf dem Platz versammelt ihr euch, bis ihr aufgerufen werdet«, rief der Offizier. »Los! Bewegung, Bewegung!«

Vor der Lagerverwaltung wurden sie schon erwartet. Endlich gab es etwas zu essen und zu trinken, Brote und heißen Tee.

»Wen bewachen die hier?«, fragte Aria. »Schwerstverbrecher?«

»Mir sind die Wachtürme auch merkwürdig vorkommen«, sagte Hakon. Er gab jedem der Zwillinge einen Becher und brach einen Laib Brot in vier Teile. »Ich frage mich, warum die Sicherheitskräfte so große Angst vor Waisenkindern haben«, sagte er mit vollem Mund.

»Dürfte ich kurz um eure Aufmerksamkeit bitten?«, sagte eine hohe Stimme. Augenblicklich drehten sich alle in die Richtung, aus der sie kam. Auf der Treppe zur Lagerverwaltung stand ein kleinwüchsiger Mann, mit hohen, glänzenden Stiefeln und in tadellos gebügelter Uniform. Er war bleich, trug einen Ziegenbart und sah so ausgezehrt aus, als litte er an einer schlimmen Krankheit.

»Ein zweiter Visby«, stöhnte Aria.

Hakon musste an etwas anderes denken: die Koroba.

»Danke. Mein Name ist Karamyschewo und ich stehe diesem netten Ferienort vor. Zunächst einmal möchte ich mich für die Unannehmlichkeiten entschuldigen, die ihr erduldet habt. Ich weiß, viele von euch haben Hunger und Durst. Einige haben mehr als vierundzwanzig Stunden lang nichts zu sich genommen. Das tut mir leid, ließ sich aber nicht vermeiden. Oberst Hallstad hat mir erzählt, wie prächtig ihr euch die ganze Zeit benommen habt. Dafür kann ich mich nur bedanken.«

Diese Worte mussten in den Ohren der erschöpften Kinder wie blanker Hohn klingen.

»Nach diesem kleinen Imbiss werdet ihr auf die einzelnen Baracken verteilt. Die Lagerältesten kümmern sich um euch.« Karamyschewo lächelte. »Ich wünsche euch einen schönen Aufenthalt.«

Die Kinder schwiegen, Hakon konnte ihre Angst spüren. Was würde Begarell mit ihnen anstellen? Er wagte kaum, sich das auszumalen.

Plötzlich riss ihn eine andere Stimme aus seinen düsteren Gedanken. Eine Stimme, die seinen Namen rief! Eine Stimme, die er überall wiedererkannt hätte. Er drehte sich um.

Vor ihm stand ein Wesen, das mit seinen kurzen Haaren weder einem Mädchen noch einem Jungen glich. Das weite, schmutzige Hemd steckte in einer viel zu großen Hose, die von einer ausgefransten Schnur zusammengehalten wurde. Und dennoch erkannte er seine Schwester.

»Nadja«, flüsterte er.

»Oh Hakon!«, rief sie. »Ich hätte nie geglaubt, dass ich dich noch einmal wiedersehe.«

»Wie geht es Vater und Mutter?«, fragte er und ergriff ihre Hände.

»Wir sind alle hier. Den ganzen Zirkus haben sie in dieses verdammte Lager gesteckt«, sagte sie wütend. Nadja mochte erschöpft sein und mit ihren kurzen Haaren anders aussehen als früher, aber ihr Kampfgeist schien ungebrochen.

»Das ist Aria«, sagte Hakon und deutete auf das Mädchen neben sich. »Ich habe sie auf dem Transport hierher kennengelernt. Und diese entzückenden Wesen sind Maura und Melina.«

Nadja lächelte. »Hallo, ihr beiden.«

»Du wirst dich vielleicht nicht mehr an sie erinnern, aber sie saßen mit ihren Eltern im Zirkuspublikum, als die Razzia stattfand.«

Nadja runzelte die Stirn. »Sind das nicht die Kinder des Polizisten?«

»Ja«, sagte Hakon.

Nadja warf hastig einen Blick über die Schulter. »Ihr kommt mit mir mit. Vater ist Barackenältester. Er kann dafür sorgen, dass wir alle zusammenbleiben.«

Aria zögerte. »Ich würde gerne bei den anderen Kindern bleiben.«

»Das wird nicht gehen«, sagte Nadja. »Man wird den Transport von heute aufteilen.«

»Trotzdem«, sagte sie und zwang sich zu einem Lächeln. »Sie brauchen mich.« Mit diesen Worten ging sie davon.

»Was hat sie denn?«, fragte Nadja.

»Ich glaube, sie will unser Familienglück nicht stören«, sagte Hakon.

»Das ist doch Quatsch«, sagte Nadja und wollte hinter Aria herlaufen, aber Hakon hielt sie fest.

»Nein, lass sie«, sagte er. »Wenn sie doch noch ihre Meinung ändert, wird sie kommen.«

»Dann zeige ich euch mal euer neues Zuhause.« Nadja ging in die Knie, damit sie mit den beiden Mädchen auf Augenhöhe war. »Es ist zwar nicht besonders schön hier, aber wir haben es uns so gemütlich wie möglich gemacht.«

Maura gab keinen Ton von sich und versteckte sich hinter Hakon.

»Kannst du auch Kunststücke, so wie dein Bruder?«, fragte Melina.

Nadja schüttelte den Kopf. »Mein Bruder ist etwas ganz Besonderes. Seine magischen Fähigkeiten habe ich nicht. Aber dafür beherrsche ich andere Sachen.«

»Was denn?«

»Nun, zum Beispiel das hier.« Mit einer eleganten Bewegung ging Nadja in den Handstand und streckte einen Arm von sich. Die beiden Mädchen kicherten und klatschten begeistert in die Hände.

»Seht ihr?«, sagte Nadja, als sie auf die Füße kam und sich die Hände abklopfte. »Das ist gar nicht so schwer. Wenn ihr wollt, bringe ich euch den Trick bei.«

»Das würdest du tun?«, fragte Melina.

»Natürlich. Und wenn ihr beide so weit seid, könnt ihr in unserem Zirkus auftreten!«

Jetzt huschte auch über Mauras Gesicht ein Lächeln. »Wirklich?«

Nadja hob die linke Hand. »Versprochen ist versprochen.«

»Und wird auch nicht gebrochen«, sagte Melina.

»So, und nun stelle ich euch meiner Familie vor«, sagte Nadja und nahm die beiden Kinder an die Hand.

Im Inneren der Baracke herrschte drangvolle Enge. Die Gefangenen schliefen in Zweistockbetten, die aus grobem Holz gezimmert waren. Überall hatten sich kleine Gruppen gebildet, die ihren Bereich mit Decken abgehängt hatten. Hakon fiel auf, dass Männer, Frauen und Kinder nicht voneinander getrennt untergebracht waren. Immerhin hatte man die wenigen Familien nicht auseinandergerissen, obwohl die Kinder, die in der Überzahl waren, wenig Platz zum Spielen hatten.

»Wo ist Vater?«, fragte Hakon.

»Er sitzt dort hinten an einem Tisch und schlichtet mal wieder einen Streit.«

Hakon ließ seinen Blick durch den Raum schweifen, konnte aber Boleslav Tarkovski nirgendwo sehen.

»Du wirst ihn vermutlich nicht erkennen – ohne seinen Schnurrbart und den dicken Bauch«, sagte Nadja. »Komm mit.«

Tatsächlich entsprach der Mann, zu dem sie ihn führte, kaum der Erinnerung, die Hakon von seinem Vater hatte. Nichts war geblieben von der bärenhaften Gemütlichkeit, die Boleslav Tarkovski früher ausgestrahlt hatte.

»Also, noch einmal zum Mitschreiben für die ganz Begriffsstutzigen«, sagte Boleslav ruhig. »Ich bin der Barackenälteste. Ich bin für die Verteilung der Lebensmittel verantwortlich. Und ich sage: Die Kinder bekommen zuerst zu essen und zwar so viel, wie sie brauchen, um satt zu werden. Ist das klar?«

»Und was wird aus uns?«, giftete ihn ein alter Mann an. »Was ist mit den Alten?«

»Sie und ich, wir haben unser Leben schon gelebt«, sagte Boleslav. »Finden Sie sich damit ab: Uns Erwachsenen bleibt nur das, was die Kinder nicht brauchen.«

Der alte Mann stand auf und stieß dabei den kleinen Hocker um, auf dem er gesessen hatte. »Hier ist noch nicht das letzte Wort gesprochen!«

»Doch. Und falls Sie auf die Idee kommen sollten, uns an die Lagerleitung zu verkaufen, nur damit Sie hier besser leben, werden Sie keine ruhige Minute mehr haben. Dafür sorge ich.«

»Es gibt noch mehr, die wie ich denken«, giftete der Mann zurück. Er stieß Hakon beiseite und stampfte davon.

»Gibt es nicht, du alter Narr«, brummte Boleslav. »Das wissen wir beide ganz genau.«

»Du kannst auch nicht aus deiner Haut«, sagte Hakon. »Einmal Direktor, immer Direktor.«

Boleslav blickte auf und beäugte Hakon misstrauisch. »Nun, mein Junge. Worüber willst du dich beschweren? Aber ich warne dich: Wenn du mir hier mit Kleinkram kommst, kriegst du Ärger.«

»Hallo, Vater«, sagte Hakon.

Boleslav öffnete den Mund und schloss ihn wieder, ohne ein Wort hervorzubringen. Mühsam stand er auf und musterte seinen Sohn mit ungläubigem Staunen. »Hakon?«, flüsterte er.

»Ja, ich bin es.«

»Du bist es wirklich«, krächzte Boleslav.

Er nahm Hakons Gesicht in beide Hände. Eine Träne rann ihm über die Wange. »Vera?«, rief er. »Vera, verdammt! Jetzt komm endlich hierher!«

»Was ist denn?«, sagte müde eine Frau und schlug die Decke beiseite, mit der sie sich einen kleinen Privatraum geschaffen hatte. Als sie Hakon sah, stieß sie einen Jubelschrei aus und fiel ihrem Sohn um den Hals. »Du lebst!«

Da lugte auf einmal ein Junge von ungefähr sieben Jahren zwischen den beiseitegeschobenen Vorhängen hervor. Hinter ihm saßen auf dem Boden weitere Kinder im Halbkreis. Auf den Dielen waren einige mit Kohle geschriebene Ziffern zu sehen.

»Kinder«, rief Vera, »das ist mein Sohn, den ich für tot hielt. Aber er lebt!« Sie küsste Hakon immer wieder auf die Wange. »Er lebt.«

»Du gibst Unterricht?«, fragte Hakon mit rauer Stimme.

»Jemand muss es ja tun«, sagte sie. »Wir haben hier viel Zeit, musst du wissen. Sehr viel Zeit. Die Langeweile ist eines unserer größten Probleme.«

»Dann ist dies kein Arbeitslager?«

»Nein«, sagte Vera, nun schon ein wenig gefasster. »Frag mich nicht, wo wir hier sind. Aber ein Arbeitslager ist es auf keinen Fall. Ich wäre fast dankbar, wenn es eines wäre.«

»Es gibt hier eine Frau«, sagte Boleslav. »Doktor Linda Östersund heißt sie und sie ist so etwas wie eine Ärztin. Sie führt Untersuchungen an uns durch mit Apparaten, wie ich sie noch nie gesehen habe.«

»Finden diese Untersuchungen hier statt?«, fragte Hakon.

»Ja«, sagte seine Mutter. »Obwohl das Lager nur der Außenposten einer Einrichtung ist, die von Dr. Östersund ›Station 12‹ genannt wird. Es muss ein grausamer Ort sein, denn die Frauen, die dort hingebracht werden, kehren nicht mehr zurück.«

Hakon setzte sich langsam auf den Schemel, auf dem kurz zuvor noch der Mann gesessen hatte, der eine höhere Ration für sich eingefordert hatte, und versuchte das Puzzle zusammenzusetzen.

Begarell hatte die Strategie der Gist durchschaut, so viel war sicher. Er wusste, dass sie ihre Kinder kurz nach der Geburt weggaben, um sie so vor dem Zorn jener Menschen zu bewahren, die Magier hassten und fürchteten. Diesen Weg hatten seine leiblichen Eltern wie auch die von Tess und York gewählt. Dass sie sich später auf so grausame Art das Leben genommen hatten, konnte nur eines bedeuten: Begarell war ihnen auf die Spur gekommen. Die Internierung der Zirkusmitglieder war kein Zufall. Swann, der Chef der Geheimpolizei, hatte offenbar auf Nummer sicher gehen wollen und gleich die ganze Sippe verhaftet, als er entdeckt hatte, dass Hakon ein Gist war. Aber dann war alles schiefgelaufen und Hagen Lennart hatte Swann im Zug nach Morvangar erschossen. Begarell musste getobt haben, als er feststellte, dass er nicht nur zwei gefangene Gist, sondern obendrein einen seiner treuesten Mitstreiter verloren hatte.

Begarell war nicht dumm. Nachdem ihm York und Tess

durch die Lappen gegangen waren, hatte er offenkundig ihren Lebenslauf genauer unter die Lupe genommen und dabei eine wichtige Gemeinsamkeit erkannt: Beide waren Waisen. Deshalb hatte er alle Waisenhäuser räumen lassen und Jagd auf Kinder gemacht, die in Pflegefamilien lebten. Er konnte ja nicht wissen, dass Hakon, Tess und York die einzigen Gist waren, die in den letzten fünfzehn Jahren das Licht der Welt erblickt hatten.

»Erzähl uns, was inzwischen geschehen ist«, sagte Nadja.

»Begarell strebt jetzt eine Diktatur an – eine Diktatur der Eskatay«, sagte Hakon.

»Also ist der Kerl selbst eine dieser Bestien«, bemerkte Boleslav.

»Organisiert sich der Widerstand?«, fragte Nadja.

»Die Armee steht auf der Seite des Präsidenten, die Polizei hat er entmachtet. Nach Norwins Tod wurde sie ohnehin unkontrollierbar«, sagte Hakon.

»Und die Armee der Morgenröte?«

»Nun, Armee würde ich sie nicht mehr nennen«, sagte Hakon. »Die letzten Mitglieder dieser Gruppe sind gerade zusammen mit York und einem abtrünnigen Eskatay auf dem Weg zur Station 11. Sie suchen dort ein Mittel, um Begarell zu besiegen.«

»Klingt nicht wie ein aussichtsreiches Unterfangen«, sagte Vera.

»Nein«, gab Hakon zu. »Zumal es in Morvangar zu einer Katastrophe gekommen ist. Zweihundert der Eskaton-Blumen sind auf die Stadt herabgeregnet. Sie haben die Zahl der Eskatay um das Hundertfache erhöht.«

»Um Himmels willen!«, rief Vera entsetzt. »Haben sie Morvangar übernommen?«

»Ja«, sagte Hakon.

»Dann sind sie jetzt auf dem Weg nach Lorick«, sagte Nadja.

Hakon musste lächeln. Seine Schwester hatte auch hier im Lager ihren messerscharfen Verstand nicht verloren. »Sehr richtig. Die Eskatay werden bald dort eintreffen.«

»Und es gibt niemanden, der sie aufhält«, seufzte Boleslav resigniert.

»Das würde ich so nicht sagen«, sagte Hakon. »Ich bin ein Gist. Und es gibt noch mehr von meiner Art. Leider sind sie im Moment nicht in der Lage, in den Kampf einzugreifen. Sie liegen in einem Dämmerschlaf. Aber die Ersten sind bereits erwacht. Ich versuche seit einiger Zeit, mit ihnen in Kontakt zu treten.«

Es folgte beklommenes Schweigen, das von Vera beendet wurde.

»Nun gut. Jammern hilft nichts. Wir müssen von Tag zu Tag leben. Jeder hat eine Aufgabe zu erledigen.«

»Ich unterstütze Mutter bei der Arbeit mit den Kindern in unserer improvisierten Schule«, sagte Nadja. »Du könntest Vater helfen. Er weiß manchmal nicht, wo ihm der Kopf steht.«

»Das ist eine vorzügliche Idee«, sagte Hakon und strahlte seine Schwester an. »Machen wir es so.«

Nadja bedachte ihren Bruder mit einem überraschten, aber liebevollen Blick.

»Du hast dich verändert«, sagte sie. »Ich sehe einen Jungen von vierzehn Jahren, aber wenn ich dir zuhöre, glaube ich einen Erwachsenen vor mir zu haben. Selbst deine Stimme hat einen anderen Klang.«

»Aber du bist glücklicherweise dieselbe geblieben«, sagte Hakon.

»Das will ich hoffen. Ich mag mich nämlich so, wie ich bin«, sagte Nadja. »So, und jetzt suchen wir für dich und die beiden Kinder erst einmal freie Betten.«

***

Die Sonne ging bereits hinter dem gewaltigen Massiv des Jätterygg unter, als York die Lichter von Station 11 sah. Kapitän Sönders richtete die Nase der *Unverwundbar* auf das hell erleuchtete Flugfeld aus. Henriksson bediente erneut die Signallampe.

»Sie erteilen uns eine Landeerlaubnis«, sagte Mersbeck, als er aus dem Fenster schaute. »Bringen Sie uns runter, Kapitän.«

Sönders nickte und öffnete das Gasventil.

»Was sollen wir mit dem Kapitän anstellen, wenn wir gelandet sind?«, fragte York. »Wir können ihn ja nicht gefesselt an Bord zurücklassen.«

»Das wird auch nicht nötig sein«, sagte Henriksson. »Wir hatten ein erhellendes Gespräch, als wir in Morvangar auf eure Rückkehr warteten.«

»Ach wirklich?«, sagte Mersbeck. »Und welches Ergebnis hat diese Unterhaltung gebracht?«

»Dass wir alle denselben Feind haben«, sagte Sönders.

»So? Auf einmal?«, fragte York. »Was hat Sie denn dazu bewegt, plötzlich Ihre Meinung zu ändern?«

»Henriksson hat mir erklärt, was euch hergeführt hat«, sagte Sönders.

York wollte etwas erwidern, doch er schwieg, als er Mersbecks warnenden Griff spürte. »Wem gilt Ihre Loyalität?«

»Ich habe einen Eid auf den Staat geleistet, nicht auf den Präsidenten«, erwiderte Sönders, den Blick nach vorne gerichtet. »Begarell will ganz Morland unter seine Herrschaft zwingen. Das kann ich nicht zulassen.« Er drehte sich zu Mersbeck um. »Ich hätte niemals die Klappe am Schiff öffnen dürfen. Auf diese Weise habe ich die Blumen über der Stadt verteilt und Begarells verbrecherischen Zwecken gedient. Sie glauben gar nicht, wie sehr mich das reut.«

»Doch, das glaube ich Ihnen«, sagte Mersbeck leise und strich sich nachdenklich über das stoppelige Kinn.

Die Fangleinen wurden ausgerollt, damit die Bodenmannschaft das Luftschiff zum Ankermast ziehen konnte. Es gab einen Ruck und Sönders stellte die Motoren aus. Die plötzliche Stille markierte den Endpunkt ihrer Reise.

»Also gut«, sagte Henriksson. »Wie sieht jetzt unser Plan aus?«

»In Station 11 befindet sich ein Archiv, das vor sechstausend Jahren angelegt wurde«, sagte Mersbeck. »Falls es eine Möglichkeit gibt, die Eskatay an der Machtübernahme zu hindern, dann werden wir sie dort finden. Und wenn wir unser Ziel erreicht haben, zerstören wir Station 11.«

»Ohne einen Menschen zu töten?«

»Ohne einen Menschen zu töten.«

»Aber?«, fragte Henriksson, der wie York den Zweifel in Mersbecks Stimme gehört hatte.

»Aber ich habe keine Eins-a-Sicherheitsfreigabe für diesen Teil der Station«, sagte Mersbeck. »Die haben nur Strashok und Begarell.«

Sie hörten ein Poltern, als die Treppe an das Luftschiff herangeschoben wurde.

»Was tun wir als Nächstes?«, fragte Eliasson.

»Wir gehen und sondieren die Lage«, sagte Lukasson.

Henriksson runzelte die Stirn und stützte sich auf sein Gewehr. »Kein besonders durchdachter Plan.«

»Die Waffen werden Sie übrigens abgegeben müssen«, sagte Mersbeck.

Da klopfte es an der Tür. »Machen Sie auf!«, rief eine Stimme.

»Wir müssen uns entscheiden«, sagte Mersbeck. »Wenn wir nicht bald öffnen, wird der Sicherheitsdienst Verdacht schöpfen.«

Henriksson stellte sein Gewehr in eine Ecke. »Also gut.«

Sönders ging voraus. Er entriegelte die Tür.

»Alles in Ordnung?«, fragte ein Offizier und spähte misstrauisch in das Luftschiff.

»Guten Abend, mein lieber Enköpping«, sagte Mersbeck. »Stimmt etwas nicht?«

»Wer sind die drei Männer und das Kind?«, fragte der Soldat.

»In Morvangar hat es einen Zwischenfall gegeben. Diese vier haben wir retten können.«

»Was für einen Zwischenfall?«

»Die Eskatay haben die Stadt erobert«, sagte Mersbeck.

Wenn diese Nachricht für den Mann eine Überraschung war, so ließ er es sich nicht anmerken. »Haben Sie Waffen?«, fragte er.

»Die lassen wir an Bord«, sagte Henriksson.

Diese Antwort schien Enköpping zu genügen. Er trat beiseite und wies auf einen kleinen Wagen, der mit seinem Anhänger Platz genug für alle bot. In zwei weiteren Fahrzeugen saßen zwölf bis an die Zähne bewaffnete Soldaten.

»Ist etwas geschehen?«, fragte Mersbeck Enköpping, als er auf York gestützt die Treppe hinunterhumpelte.

»Das erkläre ich Ihnen, wenn wir in der Station sind«, entgegnete dieser knapp. »Was ist mit Ihnen, Kapitän?«

Sönders stand noch immer oben auf der Treppe. »Ich werde noch das Logbuch vervollständigen und die Funktionen der *Unverwundbar* überprüfen, bevor sie in den Hangar gezogen wird.«

Mersbeck nickte. »In Ordnung. Und, Sönders?

»Ja?«

»Vielen Dank.«

Der Kapitän salutierte und verschwand im Inneren des Luftschiffes.

Sie nahmen Platz und die Wagen setzten sich surrend in Bewegung. Nach wenigen Minuten erreichten sie den Eingang des Hauptgebäudes. Enköpping eskortierte sie noch zur Empfangshalle, dann grüßte er und marschierte mit seinen Männern davon.

Dolores, jene Assistentin, die Gustav Haxby, den Leiter von Station 6, so beeindruckt hatte, saß heute Abend am

Empfang. Sie hatte schwarze Ringe unter den Augen und sah müde aus. Als sie Mersbeck erblickte, brach sie in Tränen aus und rief: »Gott sei Dank, Sie leben noch!«

»Warum? Was ist passiert?«, fragte Mersbeck verwirrt.

»Minister Strashok ist tot.«

Mersbeck wusste das bereits, dennoch bemühte er sich um einen betroffenen Gesichtsausdruck. »Wie ist das passiert?«

»Er hatte eine Hirnblutung. Heute Mittag ist er gestorben. Es war schrecklich.« Sie schluckte. »Aber das ist noch nicht alles. Beinahe die Hälfte der Regierungsmitglieder hat ebenfalls einen Schlaganfall erlitten. Man spricht von einem Anschlag. Einem Anschlag der Eskatay!«

York beobachtete aus dem Augenwinkel heraus die drei Männer. Henriksson und Eliasson waren bleich geworden. Nur Lukasson ballte die Fäuste vor Zorn.

»Wie geht es dem Präsidenten?«

Dolores putzte sich die Nase. »Gut. Aber etwas ist merkwürdig. Er hat Lindenberck zu seinem Stellvertreter ernannt und ihm die Regierungsgeschäfte übertragen.«

»Danke, Dolores«, sagte Mersbeck. »Sie leisten hervorragende Arbeit.«

Doloros lächelte geschmeichelt und schniefte.

»Wo wir gerade beim Thema ›Stellvertreter‹ sind: Hat Strashok vor seinem Tod noch einen Nachfolger ernennen können?«

»Nein. Er war gelähmt und konnte nicht mehr sprechen. Aber er muss schreckliche Schmerzen gehabt haben.« Wieder brach sie in Tränen aus. »Wenn mich nicht alles täuscht, sind Sie nun den Regularien nach Leiter dieser Station. Dabei müssen Sie sich doch schon um Station 9 bei Vilgrund kümmern.«

»Wir alle müssen in diesen Tagen Opfer bringen«, sagte Mersbeck. »Denken Sie bitte daran, mir einen neuen Ausweis auszustellen?«

»Warum? Sie haben doch einen.«

»Aber nur einen mit einer Eins-b-Sicherheitsfreigabe.«

»Und Sie brauchen eins a. Ich verstehe«, sagte Dolores. »Aber den müssen der Präsident oder sein Stellvertreter genehmigen.« Sie zögerte. »Und das ist das Problem: Die telegrafischen Verbindungen sind unterbrochen. Wir kommen bis zur Stadtgrenze von Lorick durch, aber dann erhalten wir keine Antwort mehr.«

Weil in der Hauptstadt bereits gekämpft wird, dachte York. Er fragte sich, ob sie nicht gerade ein zweites Morvangar erlebten. Wer sollte sich gegen die Streitkräfte Morlands und die Eskatay stellen? Die Armee der Morgenröte war nur eine Ansammlung unkoordinierter Zellen. Die Streitkräfte standen auf der Seite des Präsidenten wie wohl alle anderen staatlichen Institutionen auch. Blieb also nur das Ausland. York wusste aus seinem Unterricht bei Herrn Diffring, dass die Grusina, ein Staatenbund am Ladinischen Meer, Morland schon immer sehr feindselig gesinnt gewesen war. Immer wieder hatte es in den Zeitungen Meldungen über Verhaftungen von Spionen aus dem Süden gegeben. Wenn die ausländischen Nachrichtendienste noch immer funktionierten, wusste der Rest der Welt bereits, was in Morland geschah. Aber würde man sich auf einen Krieg einlassen, der unzählige Menschenleben kosten würde?

»Wenn ich als ranghöchster Wissenschaftler die Leitung dieser Station übernehmen soll, benötige ich eine Eins-a-Freigabe«, sagte Mersbeck.

»Die ich Ihnen ohne Bestätigung des Präsidialamtes leider nicht geben kann«, beharrte Dolores.

»Es herrscht Krieg«, sagte Mersbeck. »Vielleicht ist Lorick schon in der Hand der Eskatay. Bitte geben Sie mir den Ausweis!«

Dolores machte eine hilflose Geste, stand aber doch auf und trat zu einem Stahlschrank hinter der Rezeption.

»Ich benötige außerdem Besucherausweise für meine Begleiter«, sagte Mersbeck.

»Dann muss ich vorher Ambrotypien von ihnen machen.« Sie schloss den Schrank wieder ab und hielt zwei kleine Karten in der Hand. Beide waren gelocht, wobei die eine im Gegensatz zu der anderen ein regelmäßiges Muster aufwies. Dolores führte York zu einem kleinen Drehstuhl und legte eine kleine Filmkassette in eine Kamera ein. Ein Blitz flammte auf. Dann kamen Henriksson, Eliasson und Lukasson an die Reihe.

»Das war's schon«, sagte sie. »Sie müssen nur noch die Besucherformulare mit Namen und Adressen ausfüllen. Die Ausweise sind morgen Früh fertig.«

»Das ist zu spät«, sagte Mersbeck. »Uns läuft die Zeit davon.«

Dolores blickte zur Wanduhr über der Eingangstür. »Zwei Stunden. Früher geht es auf keinen Fall. Ich muss das System mit den neuen Daten füttern, sonst funktionieren die Lochkartenschlüssel nicht und der Alarm geht los.«

»Sie sind ein Schatz«, sagte Mersbeck. »Ich schulde Ihnen was.« Dann begleitete er York und die drei Männer zu den Gästezimmern.

»Sie werden auf mich warten«, sagte Mersbeck zu Henriksson. »Sobald die Ausweise fertig sind, hole ich sie ab. Nutzen Sie die Gelegenheit und machen Sie sich frisch. Die Gästeunterkünfte sind sehr komfortabel.«

»Sie hätten uns vorhin an die Wachen ausliefern können«, sagte Henriksson. »Warum haben Sie es nicht getan?«

»Kann es sein, dass Sie mich noch immer nicht verstehen?«, antwortete Mersbeck gereizt. »Wenn wir gegen Begarell eine Chance haben wollen, müssen wir einander vertrauen! Warum also sollte ich Sie dem Feind ausliefern? Das wäre komplett widersinnig!«

Henriksson schwieg und nickte betreten. »Bitte glauben Sie uns, dass uns das sehr schwerfällt. Wir brauchen die Gist, aber brauchen die Gist umgekehrt uns? Für uns Normalsterbliche sind magisch Begabte stets eine potenzielle Bedrohung – egal ob sie Gist oder Eskatay heißen.«

»Sie vergessen, dass auch Magier ein Gewissen haben. Es ist wahr, nicht immer habe ich mich der Verantwortung gestellt, die meine Macht mit sich bringt«, sagte Mersbeck. »Ich hoffe, dass ich das wiedergutmachen kann.«

Mit diesen Worten ließ er Henriksson stehen und führte York zu seinem Quartier. Als Mersbeck das Licht einschaltete, staunte York über die großzügige Unterbringung. Dieses Zimmer stand dem Haus seines Adoptivvaters an Luxus in nichts nach. Er setzte sich aufs Bett und hüpfte ein wenig auf und nieder.

»Ich werde sehen, ob ich etwas zu Essen auftreiben kann«, sagte Mersbeck.

»Und ich werde in der Zwischenzeit eine Dusche nehmen.« Jetzt, da die Anspannung der letzten Tage von ihm abfiel, fühlte York eine bleierne Müdigkeit. Er zog die Schuhe aus und legte sich aufs Bett. »Nur fünf Minuten, dann bin ich wieder so weit«, murmelte er und schloss die Augen. Dann war er auch schon eingeschlafen.

***

24. Juni 2003

Guselka hat uns ein Labor der Schutzstufe vier zugeteilt: Der Raum ist baulich vom Rest des Seuchenzentrums getrennt, die Zu- und Abluft wird gefiltert, und der Zugang erfolgt nur über eine Luftschleuse. Im Labor selbst herrscht Unterdruck, alles ist hermetisch abgedichtet. Nur auf die Schutzanzüge haben wir verzichtet, denn Nora und ich sind immun. Das ist nun amtlich.

Die Blumen aus Dubna lagern wir in einer Kühlbox. Ein Tresor aus Panzerglas ist bereits in Auftrag gegeben und wird vermutlich Ende der Woche geliefert. Wenn die Versuche erfolgreich sind, werden wir noch ein gutes Dutzend weitere benötigen.

Denn zwei Dinge haben wir schon herausgefunden. Zum einen: Die Blumen brauchen einen recht exotischen Mix aus Metallen und Edelmetallen, um sich zu vermehren. Interessanterweise gehört Rhodium dazu – warum, haben wir aber bisher noch nicht herausfinden können. Zum anderen: Sie vertragen weder Gamma- noch Röntgenstrahlung. Guselka schien erleichtert, als wir ihm das mitteilten, denn mittlerweile war die Zahl der Blumen auf sechsunddreißig angewachsen. Langsam stellte sich die Frage, was wir damit anfangen sollten.

»Haben Sie denn etwas über die Morphologie dieser Gebilde in Erfahrung gebracht?«, fragte er bei einer unserer häufigen Besprechungen.

»Struktur und Form lassen auf eine anorganische Lebensform schließen«, sagte Nora. »Und sie ist selbstähnlich. Sie können eine dieser Blumen unter ein Mikroskop legen und schauen, woraus sie besteht, sie werden immer wieder dieselben Muster erkennen – bis hinab auf die atomare Ebene. Nur da wird das Bild unscharf, im wahrsten Sinne des Wortes.«

»Die Objekte leben also«, sagte Guselka nachdenklich.

»Diese Blumen pflanzen sich fort, ja. Aber haben sie einen Stoffwechsel?« Nora zuckte mit den Schultern.

»Und wie dringen ihre Sporen in den menschlichen Körper ein?«, fragte Guselka.

»Vorsicht«, sagte ich. »Wir wissen nicht, ob es Sporen sind. Seit unserer Infektion haben wir den Staub nicht mehr gesehen.«

»Und unsere Experimente mit Mäusen, Ratten, Meerschweinchen und Kaninchen waren alle negativ«, sagte Nora.

»Vermutlich hat es etwas mit dem zentralen Nervensystem zu tun. Wir versuchen es in den nächsten Tagen mit Katzen und Hunden.«

»Wie geht es Ihnen denn?«, fragte Guselka.

»Sie haben doch die medizinischen Berichte gelesen«, antwortete ich. »Sagen Sie es uns.«

»Die Werte haben sich nicht geändert.«

»Unser Appetit auch nicht«, erwiderte Nora. Seit unserem Kontakt mit der Blume aßen wir für vier.

»Ihre Gaben haben sich nicht mehr manifestiert?«

Ich schüttelte den Kopf.

»Gut«, sagte Guselka. Er schaute auf die Uhr und stöhnte. »Ich muss los. Das Politbüro steht Kopf. Am liebsten hätten sie alle fünf Minuten einen neuen Bericht.«

»Dann sagen Sie den alten Herren doch, sie sollen mal hier vorbeikommen und sich selbst ein Bild machen«, schlug Nora vor.
»Das ist Ihnen zu gefährlich.«
»Ach wirklich?«, sagte ich mit gespieltem Erstaunen. »Na, was für ein Glück, dass es Nora und mich gibt!«
Guselka ignorierte meine letzten Worte und ging.
»Ich brauche frische Luft«, sagte ich wütend. »Kommst du mit?«
Das Seuchenzentrum der Roten Armee mag zwar im Inneren den sterilen Gesetzmäßigkeiten der Biostoffverordnung folgen, von außen strahlt es die Gediegenheit einer alten Universität aus. Der Kern besteht aus einem klassizistischen, schlossähnlichen Bau aus dem achtzehnten Jahrhundert, um den sich die einzelnen Institute wie Satelliten scharen. Das ganze Ensemble liegt inmitten einer parkähnlichen Landschaft, die aber hermetisch von der Außenwelt abgeschnitten ist. Ohne Erlaubnis darf niemand das Seuchenzentrum betreten. Es ist ein offenes Geheimnis, dass hier nicht nur nach Impfstoffen gesucht wird, sondern dass auch biologische Kampfstoffe entwickelt werden.
Mittelpunkt des Campus ist ein kleiner See, in dem sich eine winzige Insel befindet, auf die man nur mit einem Boot gelangen kann.
Nora hatte sich ans Heck gesetzt und streckte gerade die Beine aus. Sie blinzelte träge in die Sonne, während ich ruderte.
»Was macht deine Müdigkeit?«, fragte ich sie.
»Ich könnte noch immer den ganzen Tag im Bett ver-

bringen«, sagte sie. »Und meine Visionen sind alles andere als beruhigend.« Sie öffnete die Augen. »Du hattest doch einen Grund mich hierherzulotsen, oder?«

»Wie kommst du denn darauf?«, fragte ich unschuldig.

»Andre, du bist alles Mögliche, aber kein Romantiker.«

»Das hier ist einer der wenigen Orte, an denen wir nicht abgehört werden können.«

»Du traust Guselka nicht.«

Ich lachte trocken. »Ist das so offensichtlich?«

»Es gibt bessere Schauspieler als dich.«

»Ich bin mittlerweile in der Lage, meine Gabe bewusst einzusetzen.«

Noras Gesicht zeigte keine Überraschung.

»Du auch, nicht wahr?«, fragte er.

Sie nickte. »Ich merke, wie ich mich verändere. Und ich weiß nicht, was ich davon halten soll.«

Sie stand vorsichtig auf und setzte sich neben mich, wobei sie eines der Ruder übernahm. »Andre«, flüsterte sie. »Ich kann Gedanken lesen.«

»Meine auch?«, fragte ich erschrocken.

»Natürlich«, sagte sie und lächelte ihr süßestes Lächeln. »Du brauchst nicht so bestürzt zu sein. Du bist ohnehin ein offenes Buch für mich.«

»Na ja«, erwiderte ich. »Ein paar Geheimnisse hätte ich schon gern für mich behalten.«

»Wir könnten unsere Erfahrungen teilen«, schlug sie zaghaft vor. »Ich ließe dich dann auch in mein Innerstes schauen. Das wäre nur gerecht.«

»Ich weiß nicht, ob ich das will.«

»Zwischen uns würde ein besonderes Band bestehen«, versuchte mich Nora zu überzeugen.
»Das besteht schon jetzt.«
Sie rückte näher. »Nein, ich meine etwas anderes. Wir könnten auf eine Weise kommunizieren, die nicht von außen kontrolliert werden kann.«
Ich schüttelte den Kopf. »Nein, das will ich nicht. Nora, ich liebe dich, aber das geht entschieden zu weit.«
»Das hat nichts mit Liebe zu tun. Guselka spielt ein falsches Spiel. Er weiß mehr über uns, als er zugeben will. In diesem Moment trifft er sich nicht mit den alten Männern aus dem Politbüro, sondern mit Freiwilligen, die an einem wissenschaftlichen Experiment teilnehmen sollen.«
»Er will sie den Blumen aussetzen?« Ich war schockiert.
»Es sind Rekruten, denen er das Blaue vom Himmel versprochen hat.«
Im ersten Moment stutzte ich, doch dann fiel es mir wie Schuppen von den Augen.
»Richtig«, meinte Nora. »Er hat den Auftrag, eine Eliteeinheit ins Leben rufen.«
»Die er niemals kontrollieren kann!«
»Das Risiko will er eingehen«, sagte Nora. »Er hofft, dass er sie durch uns lenken kann.«
»Das ist absurd!«, rief ich.
»Nicht ganz«, sagte Nora vorsichtig. »Mit der mentalen Verbindung, die ich dir vorgeschlagen habe, könnten wir eine geschlossene Einheit bilden. Ein Kollektiv.«
»Ein Kollektiv? Damit hätten wir den Kommunismus zur Vollendung gebracht!«

»Nicht ganz«, gab Nora zu bedenken. »Der Kommunismus kennt keine Eliten. Wir hingegen wären eine.«

»Eine Elite, die den Menschen in jeder Hinsicht meilenweit überlegen wäre«, führte ich Noras Gedanken fort.

»Andre, du verschließt die Augen vor den Tatsachen! Die Zeit lässt sich nicht mehr zurückdrehen. Beim Speicherring-Experiment haben wir die Büchse der Pandora geöffnet. Du weißt, was in dieser Büchse war.«

»Das Unglück der Welt«, sagte ich bitter.

»Aber auch die Hoffnung!«, sagte sie.

Ich betrachtete Nora, wie sie da im Sonnenlicht neben mir saß. In diesem Moment war sie für mich das vollkommenste Geschöpf auf Erden. »Nora, sei mir nicht böse, aber ich bin mir nicht sicher, was von beidem wir sein werden.«

***

Hagen Lennart hatte an diesem Abend Elverum noch einen Besuch abgestattet. Der Arzt hatte dem Polizisten ein starkes Schmerzmittel gegeben, damit er die Wunden zunähen und die Nase richten konnte. Als Lennart am Bett seines Freundes stand, hatte er Tränen in den Augen.

»He«, flüsterte Elverum. »Jetzt reißen Sie sich doch mal zusammen.«

»Sie sollten sich mal sehen können, dann würden Sie auch heulen.«

Elverums Lachen ging in ein schmerzhaft klingendes Husten über. »Sie glauben gar nicht, was für einen Spaß es mir gemacht hat, diesem Schestakow die Scheiße aus dem Leib zu prügeln. Jahre habe ich damit verbracht, diesen Kerl festzunageln.«

»Heute ist es Ihnen gelungen«, sagte Lennart. »Er ist tot.«

»Hätte aber auch anders ausgehen können«, krächzte Elverum.

»Sie werden also nicht die Führung der Todskollen übernehmen?«

»Nicht, solange ich noch meine fünf Sinne beisammenhabe.«

»Wo haben Sie so gut boxen gelernt?«

»Ich wusste immer: Wenn du den Todskollen oder den Wargebrüdern so richtig in die Parade fahren willst, musst du sie mit ihren eigenen Mitteln schlagen. Es gibt Aussteiger, denen wir beim Untertauchen geholfen haben. Hauptsächlich Wargebrüder, wegen der Tätowierung. Die Todskollen fallen überall auf, wie bunte Hunde. Auch wenn sie sich die Haare wachsen lassen. Diese Aussteiger sind sehr dankbar. Einer von ihnen hat mich über sechs Jahre lang ausgebildet und mir einige Kniffe gezeigt. Die meisten davon konnte ich heute anwenden.«

Lennart hatte sich schon bei ihrer ersten Begegnung gewundert, dass Elverum so durchtrainiert war.

»Seien Sie mir nicht böse, mein lieber Lennart«, sagte dieser nun mit schwacher Stimme. »Aber ich glaube, meine Konzentration lässt ein wenig nach. Ich denke, ich werde ein wenig …«

»… schlafen«, vollendete Lennart den Satz.

Da waren Elverum auch schon die Augen zugefallen.

»Wach auf«, flüsterte eine Stimme.

»Nur noch zehn Minuten«, brummte York in sein Kissen, drehte sich auf die Seite und zog sich die Decke über den Kopf.

»Keine zehn Minuten«, sagte die Stimme drängend. »Wir müssen uns beeilen.«

»Warum? Ist Herr Diffring denn schon da?«, fragte York ärgerlich, der im Halbschlaf an seinen Hauslehrer denken musste.

»Ich weiß nicht, wer Herr Diffring ist. Aber die Ausweise sind fertig. Wir sollten gehen.«

Plötzlich war York hellwach. Er wusste wieder, wo er war: Nicht mehr im Haus seines Adoptivvaters, sondern auf Station 11. Mersbeck reichte York eine Papiertüte.

»Belegte Brote. Mehr habe ich in so kurzer Zeit nicht auftreiben können.«

Dankbar nahm York das späte Mahl entgegen. »Wie spät ist es?«, fragte er mit vollem Mund.

»Kurz nach Mitternacht. Du hast ganze drei Stunden geschlafen.«

»Wirklich? Ich habe das Gefühl, als wäre ich nur zwei Minuten weggedöst. Was haben Sie in der Zwischenzeit gemacht?«

»Ich habe Dr. Grosny in der Krankenstation besucht und meine Verbände wechseln lassen.« Mersbeck hielt einen Fuß in die Luft.

»Haben Sie sich auch wieder ein Schmerzmittel verabreicht?«, fragte York.

»Ja«, gab Mersbeck zu.

»Entschuldigung, es geht mich ja nichts an. Aber spritzen Sie sich nicht ein wenig viel von diesem Zeug?«

»Es geht dich in der Tat nichts an«, erwiderte Mersbeck ungehalten. Nach kurzem Zögern räumte er ein: »Ich werde tatsächlich langsam unvorsichtig. Ich benutze das Opiat zu oft in einer zu hohen Dosis. Mein Körper gewöhnt sich schon daran. Sogar meine Gaben werden inzwischen dadurch beeinträchtigt.«

»Können Sie nicht weniger nehmen?«, fragte York.

»Kannst du einen Rollstuhl schieben?«, fragte Mersbeck zurück. »Ohne das Schmerzmittel bin ich ans Bett gefesselt. Du solltest dich mit Dr. Grosny zusammentun. Ihr beide würdet euch blendend verstehen.«

York stopfte sich das letzte Stück Brot in den Mund und tappte ins Bad.

»Ich habe dir Sachen zum Wechseln hingelegt«, rief Mersbeck durch die geschlossene Tür. »Wahrscheinlich ist dir der Arbeitsanzug zu groß, aber du kannst dir ja die Ärmel umschlagen.«

York sah die hellbraune Kluft über einem Ständer hängen. »Ist noch Zeit für eine Dusche?«

»Wenn du dich beeilst.«

York hätte am liebsten eine Stunde unter dem warmen Wasserstrahl verbracht, aber nach fünf Minuten drehte er den Hahn wieder zu. Er trocknete sich ab und zog sich frische Kleider an.

»Passt«, sagte er, als er aus der Tür trat und sich Mersbeck präsentierte.

»Schau in der Brusttasche nach. Dort befindet sich dein

Besucherausweis«, sagte Mersbeck. »Den musst du immer gut sichtbar bei dir tragen. Enköpping versteht in dieser Hinsicht keinen Spaß.«

York befestigte den Ausweis mit einem Clip an seinem Anzug. »Und jetzt?«

»Jetzt haben wir zum ersten Mal einen Trumpf in der Hand. Nach Strashoks Tod bin ich der Leiter zweier Stationen, und das wird sich erst ändern, wenn Begarell wieder auf der Bildfläche erscheint.«

»Haben Sie eine Ahnung, wo er sich aufhalten könnte?«, fragte York.

»Offiziell gibt es elf wissenschaftliche Stationen, von denen diese hier der höchsten Geheimhaltung unterliegt«, sagte Mersbeck. »Es gibt aber das Gerücht, dass noch eine zwölfte Station existiert, von der nur Begarell etwas weiß. Vielleicht ist er auf dem Weg dorthin, ich habe keine Ahnung.«

»Diese Station ist kein Gerücht«, sagte York nachdenklich. Er legte den Kopf schief und lauschte in sich hinein. »Sie befindet sich in der Nähe von Horvik.«

»Hakon?«, fragte Mersbeck nur.

York nickte.

»Kannst du Bilder sehen?«

»Nur verschwommen. Da ist ein Lager. Und ein verlassenes Dorf«, sagte York. Er blinzelte überrascht. »Die Verbindung ist zusammengebrochen!«

»Hat man ihn aufgespürt?«

»Nein. Es war eher, als hätte jemand ein Licht ausgeschaltet!« York fühlte einen leichten Schwindel. »Hakon hat die

Gist geweckt. Sie sollen sich mit den Boxvereinen und der Polizei zusammentun, um die Eskatay zu bekämpfen.«

»Die Polizei und die Boxvereine sind Verbündete?«, fragte Mersbeck überrascht. »Ich habe mir das Ende der Welt ja in vielen Farben ausgemalt, aber nicht in diesen.«

»Das ist nicht das Ende der Welt!«, sagte York wütend.

»Du wirst deine Meinung ändern, wenn du siehst, was ich dir zeigen werde«, sagte Mersbeck.

Sie holten Henriksson, Eliasson und Lukasson ab, die dieselben Arbeitsanzüge wie York trugen und genauso müde aussahen. Alle Abteilungen der Station 11 waren durch doppelte Wachen gesichert, sodass sie an beinahe jeder Tür ihre Ausweise vorzeigen mussten. York blieb nichts anderes übrig, als Mersbeck zu folgen. Dass der Kontakt zu Hakon so abrupt abgebrochen war, bereitete ihm keine Sorgen. Sein Freund hatte ihn gewarnt, dass die Verbindung, die er zu den Gist aufbauen konnte, nicht sonderlich stabil war.

Sie verließen das Gebäude durch einen Nebenausgang, an dem sie sich erneut ausweisen mussten, und steuerten einen Parkplatz an, wo ein seltsames Automobil stand. Es sah aus wie ein kleiner Lastwagen, besaß eine hohe Bodenfreiheit und einen kurzen Radstand. Im Gegensatz zu den Automobilen in Loricks Straßen hatte es eine beinahe organische Form. Es gab keine scharfen Kanten, nur Rundungen.

»Steigt schon mal ein«, sagte Mersbeck und ging zu einem Schalter. Dort wies er sich bei einem Wachoffizier aus, trug etwas in ein Buch ein und erhielt dafür einen Schlüssel. Mit diesem kehrte er zum Wagen zurück. Er stöpselte ein Kabel aus, das er aufwickelte und an einen Haken hängte.

»Wo fahren wir hin?«, fragte Henriksson, als Mersbeck die Fahrertür zuzog.

»Ins Herz von Station 11«, sagte Mersbeck. Er steckte den Schlüssel in eine dafür vorgesehene Öffnung und drückte einen Knopf. Am Armaturenbrett leuchtete eine Reihe bunter Lämpchen auf. Mersbeck schaltete die Scheinwerfer ein und betätigte einen Hebel. Dann setzte sich der Wagen lautlos in Bewegung.

»Im Prinzip ist dieses Automobil eine Weiterentwicklung der kleinen Wagen, mit denen wir vom Flugfeld abgeholt worden sind«, sagte Mersbeck. »Der Motor bezieht seine Energie aus einer Reihe von Delatour-Blöcken, die sich unter dem Rücksitz befinden. Die Reichweite beträgt sechzig Meilen, dann müssen die Blöcke über Nacht wieder aufgeladen werden.«

»Das ist wie Magie!«, sagte York.

»Nein. Es gibt keine Magie«, sagte Mersbeck. »Wenn die Technologie nur weit genug fortgeschritten ist, kommt sie uns automatisch wie Zauberei vor.«

»Aber das, was ihr tut, ist doch Magie«, sagte Lukasson.

»Weil wir die Wirkung unserer Taten kennen, aber nicht die Herkunft unserer Fähigkeiten«, sagte Mersbeck.

»Und was ist mit den Blumen? Ich dachte, sie wären die Ursache für die Veränderungen, die die Menschen zu Eskatay machen«, sagte Eliasson, der eingequetscht zwischen Henriksson und Lukasson auf der Rückbank saß.

»Und an denen sie auch sterben können. Wir wissen nicht, welchen Einfluss der Staub auf uns hat«, sagte Mersbeck. »Wir kennen die Funktionsweise unseres Körpers zu wenig, als dass wir verstehen könnten, warum wir überhaupt leben. Wie funktioniert das Gehirn? Was geschieht mit dem Bewusstsein, wenn wir sterben? Ich habe den Staub der Blumen unter einem Mikroskop untersucht. Und was meinen Sie, habe ich da gesehen?«

»Nichts?«, riet Henriksson.

»In der Tat. Nichts. Egal, wie sehr ich das Bild vergrößerte, jedes Staubkorn blieb ein Lichtpunkt, dessen Dimensionen sich nicht veränderten. Seltsam, nicht wahr? Aber möglicherweise habe ich auch nur das falsche Instrument benutzt, um es zu vermessen.«

»Und was wäre das richtige Instrument?«, fragte York.

»Keine Ahnung. Vielleicht stellen wir auch einfach nur die falschen Fragen.«

Sie fuhren nun auf einer breiten Straße, die sich in endlosen Windungen einen Berg hinaufschraubte.

»Sehen Sie diesen dunklen Schatten?«, fragte Mersbeck und deutete zum Himmel hinauf, wo ein schwarzer Fleck die Sterne verdeckte. »Das ist der Jätterygg, die höchste Erhebung im Umkreis von hundert Meilen. Er ist unser Ziel.«

Die Fahrt dauerte noch eine Viertelstunde, bis Mersbeck einen kleinen Platz ansteuerte und den Wagen abstellte. Sie stiegen aus. York spürte augenblicklich die Kälte, die hier herrschte, und schlug den Kragen seines Hemdes hoch.

»Wir hätten auch den offiziellen Eingang nehmen können, aber das hier war der Weg, den Begarell vor zehn Jahren fand. Die Tür hat es damals nicht gegeben.«

Es war finster und York musste seine Augen anstrengen, um den Höhleneingang zu erkennen, den Mersbeck jetzt mit seiner Karte öffnete. Es machte Klack und die Tür sprang auf. Mersbeck trat als Erster ein.

»Aus nostalgischen Gründen schlage ich vor, eine Karbidlampe zu nehmen. Die Wirkung dessen, was Sie gleich sehen werden, wird dadurch umso imposanter sein.«

York nahm fünf Lampen von einem Haken, die Mersbeck mit einem Feuerzeug entzündete. »Bist du bereit?«

York nickte.

»Es gibt nichts, wovor du Angst haben musst«, sagte Mersbeck zu ihm. »Ich gehe vorneweg.«

Der Gang, der sich in den Berg bohrte, war schnurgerade. »Dieser schmale Tunnel ist wie die Straße, die wir soeben benutzt haben, sechstausend Jahre alt. Die Wände sind übrigens gegossen.«

»Flüssiger Stein?« Henriksson lachte. »Sie wollen mich auf den Arm nehmen!«

»Es handelt sich um eine Mischung aus Tafelspat, Eisen, Sand und Kies, die mit Wasser verrührt wurde und dann ausgehärtet ist.« Er zeigte auf eine rostige Stelle, wo der Stein abgesplittert war. »Zur Stabilisierung hat man noch eine Bewehrung mit eingegossen.«

York ließ die Finger über die erstaunlich glatte Wand streichen. Sechstausend Jahre war sie alt. Und von Menschenhand geschaffen. Seine Vorstellungskraft reichte kaum dafür aus.

»Wir vermuten, dass es sich bei diesem Gang um einen Versorgungsschacht handelte«, sagte Mersbeck. »Als wir den Jätterygg genauer untersuchten, haben wir noch zwei Tunnel wie diesen gefunden.«

York verspürte ein leichtes Gefühl der Beklemmung, als ob sie sich in einer riesigen Gruft befänden. Plötzlich hielt er inne.

»Was ist?«, fragte Mersbeck und lachte. »Ich sagte doch, du musst keine Angst haben!«

York schüttelte den Kopf und ging weiter. Er glaubte, etwas gehört zu haben. Aber vermutlich hatten ihm seine überreizten Sinne einen Streich gespielt.

Immer wieder mussten sie Tropfsteinen aus dem Weg gehen, die in Jahrtausenden ungestört gewachsen waren. Dann, nach einer Viertelstunde, hatten sie ihr Ziel erreicht.

York traute seinen Augen nicht. Die Kuppel war so riesig, dass sich der größte Teil von ihr in der Finsternis verlor.

»Was ist das?«, fragte York ehrfürchtig. Das Echo verstärkte seine Stimme und ließ sie mit einem seltsamen Nachhall verklingen.

Mersbeck ging zu einem Kasten, öffnete ihn und legte eine Reihe von Schaltern um. Irgendwo sprang eine Maschine an. Scheinwerfer, die überall in der riesigen Halle verteilt waren, schalteten sich einer nach dem anderen ein. Das Licht, das von ihnen ausging, war kühl und warf harte Schatten, doch es erlaubte York, staunend das ganze Ausmaß der Kuppel zu erfassen.

»Kommen Sie mit und passen Sie auf die Stufen auf. Wir haben hier zwar ein provisorisches Geländer angebracht, aber es geht verdammt steil nach unten.«

Die Treppe an der Innenseite der Kuppel wand sich einmal um das ganze Rund, bevor sie den Boden erreichte. Das Geländer erwies sich als eine wackelige, wenig vertrauenerweckende Holzkonstruktion. Erst nach einigen Minuten legte sich bei York das Schwindelgefühl, das ihn beim Blick in die Tiefe ergriffen hatte. Dafür wuchs mit jedem Schritt seine Ehrfurcht vor den Konstrukteuren dieser Halle.

»Man hat allein ein halbes Jahr gebraucht, um hier unten aufzuräumen. Teile der Kuppel waren eingestürzt und haben ein Loch in die Decke eines unterirdischen Raumes geschlagen.« Mersbeck ging am Rand einer Öffnung in die Hocke. »Dort unten hat sich die Blume befunden, von der Begarell infiziert wurde.«

»Der Präsident hat nie ein Geheimnis um seine Infektion gemacht?«, fragte York überrascht.

»Nein, das konnte er nicht, wenn er die Ursprünge der Blume genauer erforschen wollte«, sagte Mersbeck. »Die Technologie der Kuppelbauer war der unseren weit überlegen. Nach sechstausend Jahren sind ihre Maschinen natürlich unbrauchbar. Wegen der metallischen Zusammensetzung der Überreste gehen wir davon aus, dass hier ein elektromagnetisches Feld errichtet worden ist. Wahrscheinlich um die Wirkung der Blumen, die in dem Raum darunter aufbewahrt wurden, zu neutralisieren. Aber viel beeindruckender als die Kuppel ist das, was sich in diesem Bunker verbirgt.« Mersbeck zeigte auf ein gigantisches Tor, an dem sich ein Riese ausgetobt haben musste.

York berührte das glatte Metall. Es war erstaunlich warm und fühlte sich fettig an.

»Wir haben lange gebraucht, um es zu öffnen, denn es war so verzogen, dass es klemmte.« Mersbeck drückte eine Kontaktplatte an der Wand. Eine gelbe Drehlampe leuchtete auf und eine Sirene heulte. Mit einem Knirschen, das den Boden erzittern ließ, schwang der massive Metallblock zur Seite. Es war, als öffnete sich ein jahrtausendealtes Grab.

»Das verlorene Gedächtnis einer untergegangenen Welt«, sagte Mersbeck mit der übertriebenen Geste eines Schaubudenbesitzers, der eine besondere Kuriosität im Programm hat. Es war ein lang gezogener, schlecht beleuchteter Tunnel, der sich tief im Inneren des Berges verlor. Links und rechts waren gelbe Fässer aufgereiht, deren Deckel mit schweren Muttern zugeschraubt waren.

Vorsichtig traten sie über die Schwelle. Lukasson berührte mit den Fingerspitzen den Staub, der sich auf einem der Behälter abgelagert hatte.

»Was befindet sich darin?«, fragte York.

Mersbeck warf einen Blick auf die Nummer, die man diesem Fass gegeben hatte. »Die Reiseberichte des chinesischen Entdeckers Zheng He. Er trug den Beinamen San Bao, die Araber nannten in Sin Bad.«

»Unglaublich«, flüsterte Henriksson.

»Ja, unglaublich«, sagte Mersbeck. »Merkwürdigerweise sind die ältesten Aufzeichnungen auch am besten erhalten. Ich zeige Ihnen warum.«

Sie schritten die Galerie mit den Fässern ab, bis sie in einen Raum gelangten, der wie ein Labor aussah. Es gab Mikroskope und einige andere Geräte, deren Äußeres keinen Rückschluss auf ihre Funktion zuließ. Mersbeck ging zu einem offenen Fass und holte eine kleine Scheibe heraus.

»Dies hier gehört zu den jüngeren Funden. Es ist ein Datenträger aus der Zeit kurz vor dem Krieg mit den Eskatay«, sagte Mersbeck. »Er funktionierte so ähnlich wie Ihre Lochkartenausweise, nur dass die Informationsmenge, die sich auf dieser Scheibe befand, die Ihrer Karten um ein Vieltausendfaches übertraf.«

Eliasson nahm Mersbeck die Scheibe aus der Hand und hielt sie gegen das Licht. »Aber … sie ist defekt!«, sagte er und wollte sie genauer betrachten, als der Datenträger in kleine glitzernde Eiskristalle zerbrach.

Eliasson starrte erst auf den Boden, dann auf seine leere Hand. »Das habe ich nicht gewollt«, stammelte er fassungslos.

»Sie konnten nichts dafür«, sagte Mersbeck. »Alle Scheiben in den Fässern befinden sich in diesem Zustand. Und das ist noch nicht alles: Mikrofilme haben sich ebenso aufgelöst wie alle magnetischen Bänder. Die Geräte zum Abspielen sind ohnehin schon lange zerfallen. Bei den Aufzeichnungen, die auf Papier gemacht wurden, sieht es anders aus. Vorausgesetzt, es enthält einen niedrigen Säureanteil.«

»Wie viel von diesem Archiv konnte gerettet werden?«, fragte York.

»Wir haben bei Weitem noch nicht alle Fässer geöffnet, aber man kann davon ausgehen, dass 99,9 Prozent aller Informationen unwiederbringlich zerstört sind.«

York musste sich setzen. Das gesammelte Wissen einer Zivilisation, die imstande gewesen war, all dies hier zu bauen, war über die Jahrtausende zu Staub zerfallen! Verloren für immer.

»Es ist eine Katastrophe, in der Tat«, sagte Mersbeck und ging zu einem Schrank. »Doch manches konnten wir rekonstruieren. Das medizinische Archiv ist weitgehend erhalten, weil man die Bücher luftdicht eingeschweißt und speziell versiegelt hat. Einige Maschinen konnten wir nachbauen, aber die meisten sind so komplex, dass wir ihre Funktionsweise nur theoretisch verstehen. Einige Bilder aus der Zeit des Krieges haben wir wiederherstellen können.« Er nahm eine in Leder gebundene Mappe und reichte sie Henriksson.

Die Ambrotypien waren von einer schlechten Qualität, fleckig und unvollständig. Die Anordnung der Straßen war noch zu erkennen, aber die Gebäude waren fast alle verschwunden. Einzig ein sechssäuliges Tor, auf dessen Dach ein von vier Pferden gezogener Wagen stand, hatte wie durch ein Wunder fast unbeschadet dem Feuersturm getrotzt.

Das zweite Bild zeigte eine fahrbare Kanone, aus deren Geschützturm ein Soldat zu fliehen versuchte. Ein einziger Mensch stand mit weit ausgebreiteten Armen vor diesem riesigen gepanzerten Automobil. Erst als York genauer hinsah, bemerkte er, dass die Gleisketten mindestens einen Meter über dem Boden schwebten.

»Das ist das Bild eines Eskatay!«, sagte Henriksson.

»Eines Eskatay, der die Levitation beherrscht und einen gepanzerten Wagen in der Luft schweben lässt«, ergänzte Mersbeck.

Henriksson blätterte weiter. Die anderen blickten ihm dabei über die Schulter.

»Was ist das?«, fragte York und deutete auf ein riesiges, vogelähnliches Gebilde.

Mersbeck beugte sich über die Mappe. »Ein Luftfahrzeug,

das zum Fliegen aerodynamische Effekte nutzt. Die Mannschaft befestigt gerade eine Bombe unter einem der Flügel. Wir haben mit dem Prinzip experimentiert, konnten aber nur einen instabilen Segler bauen.«

»Hier sind Menschen auf der Straße!«, rief York. »Und sie sehen genau so aus wie wir!«

»Natürlich sehen sie so aus wie wir«, sagte Mersbeck. »Es sind unsere Vorfahren.«

»Aber was tun sie da?«, fragte York.

»Sie halten ihre schwarz angemalten Hände in die Höhe. Vermutlich protestieren sie«, sagte Mersbeck. »Gegen den Krieg oder gegen den Staat, man kann es nicht erkennen. Das folgende Bild ist interessanter, denn es sagt viel über die technischen Fähigkeiten dieser Zivilisation aus.«

Die Ambrotypie zeigte ein graues, von hellen Flecken durchzogenes Wolkenmeer, dessen Rand leicht gewölbt war und sich scharf gegen den schwarzen Hintergrund absetzte. »Das ist eine Aufnahme aus dem Weltall.«

York schaute Mersbeck ungläubig mit großen Augen an. »Konnten denn diese Luftfahrzeuge so hoch fliegen?«

»Die mit Flügeln nicht. Andere, stärkere vielleicht. Wir glauben aber, dass diese Aufnahme von einem künstlichen Himmelskörper aus gemacht wurde«, sagte Mersbeck. »Als wir diese Ambrotypie wiederhergestellt hatten, begannen wir mit leistungsstarken Fernrohren den Himmel abzusuchen. Tatsächlich haben wir drei künstliche Objekte gefunden, die noch immer um den Planeten kreisen.«

»Aber was ist an dieser Aufnahme so besonders?«, fragte York. »Ich kann nichts darauf erkennen.«

»Es ist vermutlich das letzte Bild der alten Welt«, sagte Mersbeck. »Tausende gewaltiger Bomben explodieren über den alten Stadtzentren. Staub und Ruß steigen in die höchsten Schichten der Atmosphäre auf und werden sie für lange Zeit verdunkeln. Fast alles Leben an der Oberfläche wird dabei zugrunde gehen. Die Temperaturen sinken rapide. Ein lange Jahre währender Winter wird anbrechen. Wir schätzen, dass es bis vor diesem Krieg zweieinhalb Milliarden Menschen gegeben hat. Danach waren es nur noch einhunderttausend.«

Erschüttert betrachtete York die Ambrotypie. »Und an allem waren die Eskatay schuld?«

»Ob sie alleine die Verantwortung für diese Katastrophe tragen, kann heute keiner mehr sagen«, sagte Mersbeck gedankenvoll. »Aber sie waren der Auslöser. Das steht fest.«

»Welch ein Erbe«, sagte York, der sich nach all den schrecklichen Erkenntnissen schuldig fühlte. »Ich kann verstehen, dass die Menschen uns hassen.«

»Und dieser Hass wird einen weiteren Krieg hervorbringen, wenn Begarell seine Pläne in die Tat umsetzt«, sagte Mersbeck mit einem Blick auf Henriksson.

»So weit wird es nicht kommen«, sagte eine Stimme hinter ihnen. »Damals verfügten die Menschen über ganz andere Waffen.«

Sie wirbelten herum. Lukasson zog eine Pistole und spannte den Hahn. York fragte sich, wie es dem Mann gelungen war, sich an den Wachen vorbeizuschmuggeln. Der Hüne drückte ab, doch nichts geschah. Verblüfft betrachtete er seine Pistole.

In einer dunklen Ecke stand ein Mann, der die Patronen in seiner hohlen Faust wie Würfel schüttelte.

»Wer ist da?«, fragte Lukasson. »Los, komm da raus!«

Der Mann trat vor. Yorks Herz blieb stehen, als er ihn erkannte. Er war klein von Gestalt und trug einen Kinnbart, der genauso kurz geschnitten war wie sein graues Haar. Seine blauen Augen blitzten spöttisch, als er sich vor Lukasson stellte, der ihn um mehr als einen Kopf überragte.

»Begarell?«, fragte Lukasson ungläubig.

Der Mann grinste und nickte. Dann bedeutete er Lukasson mit einem Fingerzeig, sich zu ihm herabzubeugen. Was dieser, verwirrt wie er war, auch sofort tat.

Begarell berührte den Hünen sacht an der Stirn. Wie von einer Axt gefällt, brach Lukasson zusammen und blieb reglos liegen. Henriksson und Eliasson wollten sich auf ihn stürzen. Begarell warf mit der Handvoll Patronen nach ihnen und auch sie sanken getroffen zu Boden. Dann wandte er seine Aufmerksamkeit Mersbeck zu.

»Respekt, Sie haben es beinahe geschafft, mich hinters Licht zu führen.«

Mersbeck machte einen Schritt zur Seite und stellte sich schützend vor York.

»Machen Sie sich nicht lächerlich«, sagte Begarell und verzog den Mund zu einem mitleidigen Grinsen. »Sie besitzen einen brillanten Geist, also setzen Sie ihn auch ein!«

»Das habe ich getan, als ich das Kollektiv verließ«, sagte Mersbeck.

»Nun, die Tür steht immer noch offen«, sagte Begarell und trat einen weiteren Schritt vor. »Kommen Sie zurück und Sie werden leben. Glauben Sie mir, ich habe Ihren Widerspruch stets genossen. Er verschaffte mir überraschende Einsichten, auf die ich ungern verzichtet hätte.«

Mersbeck schob York hinter sich. »Wissen Sie, was ein Trost für mich ist? Auch Sie werden eines Tages sterben.«

»Sie erinnern sich doch noch an Gustav Haxby?«, entgegnete Begarell.

»Den Leiter von Station 6, der sich in ein Monstrum verwandelte, als Sie ihn mit einer Blume infizierten.«

»Er entwickelte eine außerordentliche Gabe.«

»Die ihn und beinahe auch uns das Leben gekostet hätte«, sagte Mersbeck.

»Nun, dank Ihres beherzten Eingreifens konnte das gerade noch verhindert werden«, sagte Begarell vergnügt. »Bevor er starb, ging seine Gabe auf mich über. Und im Gegensatz zu ihm kann ich sie kontrollieren.« Seine Hände schnellten vor und er umfasste Mersbecks Kopf. »Ich mache Ihnen dieses Angebot jetzt zum letzten Mal: Treten Sie dem Kollektiv wieder bei.«

Mersbeck spuckte dem Präsidenten ins Gesicht.

Begarell zuckte mit den Schultern. »Das heißt also nein.«

Plötzlich öffnete Mersbeck den Mund zu einem stummen Schrei. Sein Haar wurde grau, die Haut faltig und fleckig. Dann brach er zusammen. Vor York lag der leblose Körper eines Greises, der an Altersschwäche gestorben war. Begarell hingegen wirkte frisch und wie um Jahre verjüngt.

»Hallo, York«, sagte er. »Du bist gewachsen. Als ich dich das letzte Mal sah, warst du ungefähr so groß.« Begarell hielt seine Hand auf Hüfthöhe. »Wenn ich damals schon gewusst hätte, dass du einer von ihnen bist, wäre mir viel Ärger erspart geblieben. Aber Schwamm drüber. Nur die Gegenwart zählt. Und heute machst du mich glücklich.«

»Woher wussten Sie, dass ich hier bin?«

Begarell zuckte mit den Schultern. »Zufall. Eigentlich war ich auf dem Weg zu Station 12 und wollte hier noch ein paar Dinge mitnehmen, als ich sah, wie die als verschollen gemeldete *Unverwundbar* landete. Da dachte ich mir, dass ich mal nach dem Rechten sehen sollte.«

»Dann haben Sie unsere Fähigkeiten neutralisiert!«, sagte York.

Begarell verneigte sich leicht. »Ich war so frei.«

»Warum haben wir Sie nicht bemerkt?«, fragte York.

»Ich vereinige die Gaben von 492 … nein, 493 Eskatay in mir. Darunter sind einige recht nützliche Fähigkeiten. Zwar nicht die, die ich wirklich benötige, aber ich will mich nicht beklagen.« Er beugte sich zu Mersbeck hinab und drückte ihm die Augen zu. »Schade um ihn. Er war gut. Besser als Swann und das will etwas heißen. Es hat trotzdem nicht gereicht. Ich ahnte, dass er die Seiten gewechselt hatte. So blieb mir keine andere Wahl.«

Plötzlich verspürte York einen stechenden Schmerz in seinem Kopf und riss die Schultern hoch, als würde er sich ducken. Er wollte schreien, aber kein Laut kam über seine Lippen. Dann war der Schmerz plötzlich wieder verschwunden.

»Es ist, wie ich vermutet habe. Ein Eskatay kann keine echte Verbindung zu einem Gist aufbauen. Doch über kurz oder lang werde ich herausfinden, was deine Freunde planen.« Begarell reichte York seinen Arm wie ein Vater, der seinen Sohn auf einen abenteuerlichen Spaziergang mitnehmen will. »Es ist Zeit zu gehen.«

***

Tess machte immer größere Fortschritte. Die Entwicklung ihrer Gaben beschleunigte sich in einem atemberaubenden Tempo. Andre schien zu wissen, welche Fähigkeiten man miteinander kombinieren musste, um neue Wirkungen zu erzielen. Es war wie eine komplexe mathematische Gleichung, doch bald beherrschte sie neben der Levitation auch die Telekinese.

»Wenn du beide Kräfte bündelst und sie auf dich selbst anwendest, müsstest du in der Lage sein zu fliegen«, sagte Andre, als sie für diesen Tag die Übungseinheit beendeten.

Tess saß auf der Verandatreppe, trank einen Schluck Wasser aus einem Becher und schüttelte den Kopf.

»Heute nicht mehr«, keuchte sie. »Ich bin total erschöpft. Außerdem ist mir schlecht, als hätte ich mir den Magen verdorben.«

»Dein Gleichgewichtssinn passt sich den neuen Bedingungen an. Aber das ist nicht weiter schlimm.« Er stand auf und klatschte in die Hände. »Komm, versuch es.«

Tess rollte stöhnend die Augen. »Muss das sein?«

»Ja. Ich habe meine größten Fortschritte immer dann erzielt, wenn ich vollkommen erschöpft war.«

»Ich weiß nicht, ob ich mich konzentrieren kann«, jammerte Tess.

»Du musst in der Lage sein, deine Gabe auch ohne bewusste Steuerung einzusetzen, rein instinktiv. Es ist so, als würdest du Fahrradfahren lernen. Zu Beginn musst du auf jede Kleinigkeit achten, damit du nicht stürzt. Sobald du die Bewegungsabläufe verinnerlicht hast, geht alles von alleine. Schau her.«

Als wäre es die leichteste Sache der Welt, erhob sich Andre zwei Handbreit über den Boden.

»Und jetzt du.«

Tess machte sich noch nicht einmal die Mühe aufzustehen. Sie schloss nur träge die Augen. Irgendwann einmal hatte sie geträumt, sie könnte tatsächlich fliegen. Na ja, fliegen war übertrieben. Es war mehr ein Luftschwimmen gewesen, das sich aber erstaunlich befreiend angefühlt hatte. Der Vergleich mit dem Schweben im Wasser drängte sich ihr deswegen auf, weil sie sich im Traum mit den Füßen abgestoßen und rudernde Bewegungen mit den Armen gemacht hatte.

»Augen auf! Augen auf!«, rief Andre.

»Was?«, sagte Tess, aber es war zu spät. Sie war gegen die Verandaüberdachung geprallt. Tess stieß einen Fluch aus und fasste sich an den Kopf. Über den Schmerz vergaß sie, dass sie keinen festen Boden unter den Füßen hatte. So stürzte sie ab und schlug hart neben der Hundehütte auf. Porter hob noch nicht einmal den Kopf.

»Du lässt dich auch durch nichts aus der Ruhe bringen, was?«, knurrte sie den Hund an und stand mühsam auf. Glücklicherweise hatte sie sich nichts gebrochen, nur in der rechten Schulter spürte sie ein unangenehmes Ziehen.

Andre klatschte grinsend Beifall. »Bravo! Ich bin beeindruckt.«

»Ich nicht«, fauchte sie ihn an. »Das hätte auch ins Auge gehen können.«

»Du musst mehr Zutrauen in deine Fähigkeiten haben«, sagte Andre. »Du schätzt dich falsch ein. Mach dich mit dem Gedanken vertraut, dass von jetzt an alles möglich ist.« Er stieß sich leicht vom Boden ab, fast wie Tess es in ihrem Traum getan hatte. »Ich will dir etwas zeigen. Bist du bereit?«

Sie nickte und erhob sich ebenfalls in die Luft.

»Dann komm mit«, sagte Andre. Er legte die Arme an den Körper und sah hinauf zum Himmel. Wie ein Pfeil, der von der Sehne schnellte, katapultierte er sich in die Höhe.

»Moment! Warte!« Sie hüpfte, aber als sie merkte, dass sie sich nicht wie Andre in die Luft erhob, stieß sie einen lauten Schrei aus und schloss die Augen. Andre war plötzlich da und packte sie unter den Armen.

»Du bist einfach nicht locker genug«, sagte er. Bevor sie eine Antwort auf diese, wie sie fand, ziemlich dämliche Bemerkung machen konnte, schoss Andre mit ihr in die Luft. Tess klammerte sich in panischer Angst an ihm fest. Der Wind rauschte in ihren Ohren und trieb ihr Tränen in die Augen.

»Du kannst loslassen«, rief Andre.

Sie schüttelte hektisch den Kopf. Er lockerte den Griff. Tess schrie auf.

»Ich halte dich an einer Hand fest, okay? Wenn du abstürzen solltest, fange ich dich auf.«

Tess nickte zögerlich. Sie versuchte, eine waagerechte Haltung einzunehmen.

»Sehr gut! Streck die Hände aus, das stabilisiert deine Lage und du kannst die Flugrichtung leichter beeinflussen.«

Tess ließ Andre los und sackte kurz nach unten, gewann aber augenblicklich an Höhe. Ihr Herz schlug wie wild.

»Und?«, fragte Andre.

»Es ist großartig!«, rief Tess.

»Dann lass mich dir meine Welt zeigen.« Er kippte zur Seite weg und machte eine Rolle, um gleichzeitig an Höhe zu verlieren und einen neuen Kurs einzuschlagen. Tess folgte ihm nicht ganz so elegant.

Das, was Andre so bescheiden »seine Welt« nannte, war ein Paradies, wie Tess es noch nie gesehen hatte. Die Wälder waren dicht und schienen unberührt. Rotwild durchstreifte das Gehölz, Bären trotteten einher, Rotten von Wildschweinen suchten im niedrigen Buschwerk nach Futter. Am Horizont regnete sich eine Schlechtwetterfront ab, und es sah aus, als fiele ein grauer Vorhang zu Boden, gekrönt von einem strahlenden Regenbogen, der einen perfekten Halbkreis beschrieb.

Sie erreichten ein weites Meer, an dessen schroffer Küste sich die Wellen brachen. Eine Walschule pflügte durch das blaugrüne Wasser, während Möven und andere Seevögel die Aufwinde an den Klippen zum Segelflug nutzten.

Andre schwenkte nach Westen. Die Hügel wurden flacher, die Wälder verwandelten sich in eine von Seen durchzogene Graslandschaft. Wie eine riesige Mauer erhob sich eine Gebirgskette, deren schneebedeckte Gipfel im Licht der untergehenden Sonne rotgolden leuchteten. Es war ein majestätischer Anblick, vor dem sich Tess ganz klein und unbedeutend fühlte. Andre schloss zu ihr auf. Er deutete auf den höchsten Gipfel und machte ihr durch Handzeichen klar, dass er dort landen wollte. Der Schnee knirschte unter ihren Füßen, als sie aufsetzten.

Tess fror, doch das war ihr egal. Noch immer fand sie keine Worte für das, was sie gerade hatte sehen dürfen.

»Dies ist mein Lieblingsplatz«, sagte Andre. »Wenn ich an mir zweifle, komme ich hierher und schaue auf das Wolkenmeer. Dieser Berg ist mein persönlicher Olymp. Von hier aus schaue ich auf meine Welt und denke, dass ich eigentlich der glücklichste Mensch sein müsste. Aber ich bin es nicht.«

»Weil Sie alleine sind«, sagte Tess.

Andre nickte. »Ich bin froh, dass du da bist. Und ich fürchte mich vor dem Tag, an dem du mich verlässt.«

Tess errötete. Andre lächelte.

»Nora und ich wollten immer Kinder, aber sosehr wir uns auch bemühten, es hat nicht geklappt. Die Blume hatte uns unfruchtbar gemacht«, sagte er bedrückt. »Aber ich wäre vor Stolz geplatzt, wenn ich eine Tochter wie dich gehabt hätte.«

1. Juli 2003

Guselka, dieser Idiot, hat tatsächlich seinen Plan in die Tat umgesetzt. Heute Morgen war eine Box mit sechsunddreißig Blumen aus unserem Labor verschwunden. Ich bin noch nie in meinem Leben so wütend gewesen. Ich habe versucht ihn zur Rede zu stellen, aber man ließ mich nicht vor. Nora hatte mich gewarnt. Sie sagte, ich solle gute Miene zum bösen Spiel machen, denn immerhin lägen alle Trümpfe in unserer Hand. Aber ich bin nicht der Typ, der sich verstellen kann. Und so gab ich Guselka einen kleinen Vorgeschmack auf das, was ihn erwartete, wenn er wirklich die armen Schweine diesen Blumen aussetzte. Ich zog mich aus und marschierte in sein Büro. Nichts konnte mich aufhalten. Weder die Soldaten, die den Korridor bewachten, noch die Wände aus Beton. Offensichtlich hatte die Geheimhaltung bis zu diesem Zeitpunkt ganz gut funktioniert, denn die Soldaten waren so erschrocken, dass sie auf mich schossen. Ich spürte noch nicht einmal, wie die Kugeln meinen Körper durchdrangen.

Als ich schließlich vor Guselka stand (und ich muss in der Tat einen bizarren Anblick geboten haben), dauerte es einen Moment, bis er die Lage erfasste. Aber dann brannte ihm die Sicherung durch.

»Wissen Sie überhaupt, was Sie da tun?«, schrie er.

»Im Gegensatz zu Ihnen? Ja.« Ich versuchte, so ruhig wie möglich zu bleiben. »Sie begehen hier vorsätzlichen Mord! Haben Sie Ihre Versuchskaninchen über die eventuellen Folgen des Experiments eingeweiht? Wissen sie, welches Risiko sie eingehen, wenn sie diesen Staub einatmen?«

»Es geht um die nationale Sicherheit, die Sie mit dem, was Sie gerade getan haben, leichtfertig aufs Spiel setzen!« Guselka redete sich in Raserei. »Innerhalb von vierundzwanzig Stunden werden die Amerikaner und die Europäer wissen, was hier los ist! Meinen Sie, die schauen tatenlos zu, wie wir uns einen uneinholbaren militärischen Vorteil verschaffen?«

»Guselka, es geht um Menschen!«

»Nein! Es geht hier um das Projekt Eskatay!«

»Um was bitte?« Ich war jetzt fest davon überzeugt, dass der Mann, der da wie ein Derwisch mit hochrotem Kopf vor mir auf und ab sprang, vollkommen den Verstand verloren hatte.

»*Ta és-chata!*«, rief er. »Die Lehre von der Vollendung jedes Einzelnen und der Schöpfung.«

Jetzt war ich wirklich sprachlos. Dieser Mann, Mitglied der Roten Armee, des Komsomol und der Kommunistischen Partei der Sowjetunion, warf mir tatsächlich einen theologischen Begriff an den Kopf!

»Sie sind verrückt!«, sagte ich fassungslos.

»Andre Jesion, Sie und Nora haben zwei Möglichkeiten«, sagte Guselka schwer atmend. »Entweder Sie stehen auf unserer Seite …«

»Oder?«, fragte ich neugierig.

»Oder … ach Herrgott!«, fluchte Guselka. »Sie wissen doch, wie das hier läuft.«

»Nein. Erklären Sie es mir.«

»Ich stehe auf Ihrer Seite! Die Partei wird nicht zögern, mich gegen jemanden auszutauschen, der skrupelloser ist …«

»… wenn Sie nicht die nötigen Erfolge aufweisen können«, führte ich seinen Gedanken fort.
»Ja«, sagte er und ließ sich erschöpft auf seinen Stuhl fallen. »Bitte! Ich brauche Sie!«
»Da haben Sie Recht«, sagte ich und verließ den Raum so, wie ich ihn betreten hatte.

2. Juli

Dieser Tag war die Hölle. Guselka hat seinen Plan in die Tat umgesetzt und die Rekruten mit den Blumen infiziert. Ich weiß nicht, wie hoch die Sicherheitsvorkehrungen waren, aber es muss schrecklich gewesen sein. Nora hatte sich in einem Punkt getäuscht. Sie musste nicht erst mühsam Kontakt zu einem Eskatay aufbauen. Offensichtlich gehört es mit zur Verwandlung, dass die Verbindung zu allen anderen Infizierten schon mit angelegt wird. Siebzehn haben unter unbeschreiblichen Qualen die Infektion überstanden. Und bei jeder Transformation war es so, als würden wir den Tag in der Spurendriftkammer noch einmal erleben. Ich wünsche diesem rückgratlosen Wurm von Guselka die Pest an den Hals.
Noch haben wir keinen direkten Kontakt mit den Eskatay aufnehmen können, aber sobald uns das möglich ist, werden wir uns zusammenschließen. Nora findet den Begriff »Kollektiv« noch immer ziemlich passend, doch habe ich mich mit »Nexus« durchgesetzt. Ich finde, das klingt viel neutraler. Es ist ein lateinisches Wort und bedeutet »Gefüge«. Nur gegen »Eskatay« konnte ich mich nicht wehren. Der Begriff hat sich schon in den alltäglichen

Gebrauch eingeschlichen. Ich verabscheue ihn, da er ein Produkt von Guselkas Sprachregelung ist. Aber ständig von »Infizierten« zu sprechen, wird der Sache auch nicht gerecht.

4. Juli 2003

Guselka hatte sich nicht getäuscht. Es hat kaum achtundvierzig Stunden gedauert, bevor die ersten Gerüchte im Internet die Runde machten. Noch glaubt niemand daran, dass es die Eskatay gibt, aber das wird sich ändern. Spätestens dann, wenn einer der Neuzugänge seine neuen Fähigkeiten nicht in den Griff bekommt. Einer der besten Kandidaten dafür ist Ilja Woronesch, neunzehn Jahre alt. Seine zwei Gaben lassen sich zu einer explosiven Mischung kombinieren. Er ist nämlich gleichzeitig ein Springer und ein Feuerteufel. Man stelle sich vor, wie es aussähe, wenn sich der Kerl direkt auf dem Roten Platz vor dem Trotzki-Mausoleum materialisiert und dort als Erstes eine Gruppe von Touristen in Brand steckt.

Ich frage mich, ob Guselka gut schläft. Ich liege jedenfalls in den Nächten lange wach und denke über unsere Zukunft nach.

6. Juli 2003

Die Bombe ist geplatzt und Gott sei Dank war es nicht Woronesch. Yulia Plakinowa, die im gleichen Alter wie Ilja ist, war zu dem Schluss gekommen, dass sie nun ein Engel sei. Sie konnte immerhin fliegen, so viel war sicher. Und das tat sie auch. Nora versuchte noch sie zurückzurufen, aber

es war zu spät. Da hatte Yulia schon Kurs auf Leningrad genommen. Selbst die eilig herbeigerufenen Abfangjäger hatten kein Glück, dazu war Yulia einfach zu klein und wendig.
Gut eine Stunde später schwebte sie in Leningrad über der Bluterlöser-Kirche und predigte den Massen eine geschlagene Stunde vom kommenden Reich Gottes. Die Bilder beherrschten weltweit die Abendnachrichten. Viele hielten Yulias Worte für wahr. Was sie sagte, ergab zwar keinen Sinn, aber sprachen Engel nicht immer in Zungen? Ein Polizist – und noch dazu glühender Atheist – sah die öffentliche Sicherheit gefährdet und schoss diesen Boten Gottes einfach vom Himmel. So war Yulia Plakinowa der erste Eskatay, der eines gewaltsamen Todes starb. Und auch der Polizist sollte seinen Frevel nicht lange überleben. Ein eifernder Mob knüpfte ihn am nächsten Laternenpfahl auf.

7. Juli 2003
Die religiösen Unruhen nehmen kein Ende. Einheiten des Innenministeriums sorgen in Leningrad, Moskau, Riga, Wilna und Tallinn für Ruhe. Im Baltikum, wo es ohnehin schon seit Langem brodelt, mehren sich die Stimmen, welche die Unabhängigkeit fordern. Doch das ist nichts gegen die Probleme, die Präsident Ruzkoi mit der orthodoxen Kirche hat. Obwohl es einen Staatsvertrag gibt, glaubt Patriarch Wladimir II., nun alle Absprachen über Bord werfen zu können, denn die Ankunft des Erlösers scheint in seinen Augen bevorzustehen.

9. Juli 2003

Die Unzufriedenheit unter den neuen Eskatay nimmt zu. Noch sind sie nicht stark genug, um sich wirklich gegen Guselka durchzusetzen, aber ich spüre, dass er Angst hat. Er ahnt, dass wir untereinander auf eine Art kommunizieren, die er nicht kontrollieren kann.

Noras Konzept vom Kollektiv geht nicht auf. Wir sind keine Gemeinschaft von Gleichen. Wir verfolgen zwar alle dieselben Ziele, doch sind die Persönlichkeiten der Eskatay genauso verschieden wie die normaler Menschen. Was hat sich schon großartig verändert? Gut, einige können fliegen, Gegenstände mit der Kraft ihrer Gedanken bewegen oder über den Kreml springen. Aber ansonsten sind wir immer noch dieselben armen Schweine, die wir vor der Verwandlung waren.

Ilja Woronesch. Alleine wenn ich den Namen höre, balle ich innerlich die Faust. Typen wie ihn sollte man nicht zum Militärdienst einziehen. Guselka hat einen unverzeihlichen Fehler begangen: Er hat es versäumt, vor dem Experiment die seelische Verfassung seiner angehenden Eskatay zu prüfen. Sonst wäre ihm aufgefallen, dass Ilja unter einer Persönlichkeitsstörung leidet.

Die Rote Armee war noch nie der Ort gewesen, an dem man besonders gut für die schwächeren Mitglieder unserer sozialistischen Gesellschaft gesorgt hat. Ilja muss das wohl am eigenen Leib erfahren haben, denn sein Ausbilder ließ keine Gelegenheit aus, ihn vor versammelter Mannschaft zu demütigen. Jetzt sieht der so Geschundene die Stunde seiner Rache gekommen. Er weiß sehr genau, dass die

Menschen, die ihn gequält haben, ihn heute fürchten müssen. Er versteigt sich nicht nur in einen absurden Größenwahn, sondern hat sich auch zum Sprecher aller Eskatay ernannt. Nora und mich kann er nicht beeindrucken. Eigentlich ist er ein armes Würstchen, doch wir können nicht leugnen, dass er eine ernste Gefahr darstellt.

Wir sollten einen Rat der Eskatay einrichten, meldete er sich heute im Nexus zu Wort.

Du vergisst, wir sind ein Geheimprojekt, sagte Nora. *Geheimprojekte haben keine Interessenvertretung.*

Dann sollten wir das ändern, erwiderte Ilja.

Der Kerl ist erst seit einer Woche ein Eskatay und geht mir schon auf die Nerven. *Gut*, sagte ich. *Was forderst du?*

Erst einmal besseres Essen. Zustimmendes Gemurmel der anderen Eskatay. *Neue, bessere Unterkünfte. Keine Achtbettzimmer mehr.* Wieder zustimmendes Gemurmel.

Das ist menschenunwürdig, sagte ein anderer Eskatay.

Ihr seid bei der Armee und nicht in einem Ferienlager. Schon vergessen?, fragte ich zynisch. *Wie wäre es denn mit echten Forderungen?*

Ich spürte, wie Nora sich warnend bemerkbar machte.

Gut, wie steht es damit?, fragte Ilja. *Wir werden hier wie Gegenstände behandelt, die dem Staat gehören. Das kann nicht sein, denn wir sind freie Sowjetbürger, mit allen Rechten, die uns die Verfassung gewährt.*

Gewöhnt euch daran, dass wir keine normalen Menschen mehr sind. Wenn die Welt von unserer Existenz erfährt, werden schlechtes Essen und unzumutbare Unterkünfte unser kleinstes Problem sein, sagte Nora.

Schweigen. Stille. Herrlich. Dieses ständige Gerede in meinem Kopf ging mir langsam auf die Nerven.

Trotzdem können sie uns nicht hier einsperren, beharrte Ilja. *Wir haben Rechte.*

Zustimmendes Gemurmel.

Dann klag sie ein, sagte ich. *Geh vor Gericht und klag sie ein.*

Nein, wir werden das anders machen, sagte Ilja. *Wir lassen Guselka die Wahl: Entweder wird er uns der Öffentlichkeit vorstellen oder wir nehmen das selbst in die Hand.*

Ilja, was willst du damit erreichen? Nora war jetzt richtig wütend. *Guselka würde uns ein normales Leben ermöglichen, wenn wir uns wie normale Menschen verhielten. Was passiert, wenn wir unsere Fähigkeiten publik machen, hast du ja bei Yulia gesehen.*

Sie können uns nicht einfach abschießen, meldete sich jetzt eine andere Stimme zu Wort. Es war Oksana Allelujewa. Noch so eine, die die Verwandlung nicht unbeschadet an Geist und Seele überlebt hat. Im Gegensatz zu Nora, die den ganzen Tag verschlafen kann, leidet Oksana an Schlaflosigkeit. Und das sieht man ihr an. Sie ist ein irrlichterndes Wesen mit tief liegenden, fieberglühenden Augen. *Ich bin Telepathin, schon vergessen?*

Oksanas Selbstüberschätzung verschlägt mir die Sprache. Sie will nicht sehen, dass es Mittel und Wege gibt, uns zu töten, die ihr verborgen bleiben. Dazu muss man nur automatisierte Waffen einsetzen. Ich weiß, dass die Armee mit Drohnen experimentiert. Das sind unbemannte Flugzeuge, die sich selbst ihr Ziel suchen.

Dennoch erkenne ich Guselkas Dilemma. Er muss ein Vertrauensverhältnis zu uns aufbauen, schließlich kann er uns nicht wegen jeder Kleinigkeit standrechtlich exekutieren. Er kann uns auch nicht für immer und ewig wegsperren. Also muss er uns gehen lassen und kann dabei nur hoffen, dass das Geheimnis der Eskatay möglichst lange eines bleibt.

12. Juli 2003

Guselka scheint einen sechsten Sinn für Probleme mit uns entwickelt zu haben und tritt die Flucht nach vorne an. Zusammen mit allen Eskatay (und natürlich in Absprache mit dem Politbüro; ich kann mir vorstellen, wie Ruzkoi und Konsorten sich gewunden haben müssen) hat er die Welt zu einer Pressekonferenz eingeladen, um unsere Existenz zu enthüllen. Nun, was soll ich sagen: Die Welt kam und staunte.

Das Expocenter in Moskau, das für diese Veranstaltung gemietet wurde, war bis auf den letzten Platz gefüllt, als wir die Bühne betraten.

Wir durften alles erzählen, nur ein Thema war Tabu: woher wir unsere Kräfte haben. Offiziell waren wir ein Produkt gentechnischer Experimente. Das war natürlich Quatsch, doch die Wahrheit war schließlich noch absurder.

Guselka hatte die ganze Veranstaltung ohne jedes militärische Beiwerk inszeniert. Niemand trug eine Uniform, keine Fahne schmückte die Bühne. Einzig der sowjetische Ährenkranz hing über uns vor einem roten Vorhang.

Guselka begrüßte die internationale Presse ohne die üblichen Phrasen, die bei solchen Gelegenheiten von den

Partei-Apparatschiks abgesondert wurden. Er war charmant und witzig und redete nicht um den heißen Brei herum.
Der Einzige, der das Spiel nicht mitmachte, war Ilja. Er fiel Guselka ständig ins Wort und führte sich auch sonst auf, als stünde er im Mittelpunkt dieser Show. Das wäre alles nicht so tragisch gewesen, wenn es nicht ein so bezeichnendes Licht auf Guselka geworfen hätte. Alle erkannten sofort, dass er und die Regierung uns eigentlich nicht im Griff hatten. Diese Psychopathen Ilja Woronesch und Oksana Allelujewa vermittelten ein verheerendes Bild von uns. Als dann Ilja auch noch ungefragt eine Kostprobe seiner Fähigkeiten gab, sah ich an Guselkas bleichem Gesicht, dass eine Grenze überschritten war. Ilja stand einfach auf, verwandelte sich in eine menschliche Fackel und sprang hinauf in die Verstrebung der Dachkonstruktion. Ich hätte schwören können, dass er einen Streifen glühender Luft wie ein Leuchtspurprojektil hinter sich herzog.
Die Menge schrie, Fotoapparate blitzten und Ilja verneigte sich wie ein Hochseilartist in der Zirkuskuppel. Guselka starrte mit eisigem Blick ins Leere. Die Pressekonferenz war beendet, doch Ilja hatte endlich das erhalten, was er schon immer eingefordert hatte: ungeteilte Aufmerksamkeit.

13. Juli 2003

Nur mit Mühe haben wir Guselkas Absetzung verhindern können. Nora und ich haben das Politbüro davon überzeugt, dass die Mehrzahl der Eskatay hinter ihm steht. Die anderen drei oder vier würden wir innerhalb der Gruppe zur Rechenschaft ziehen.

Mittlerweile befindet sich die Welt in einem Aufruhr, der nur noch durch die Landung Außerirdischer übertroffen werden kann. Der Völkerbund tritt zu einer Sondersitzung zusammen, um die neueste Entwicklung in der Sowjetunion zu erörtern. Es sollte mich wundern, wenn sie einen einstimmigen Beschluss fassen. Die Sowjetunion hat immer noch ein Vetorecht. Die USA sind schrecklich nervös und haben ihre Abwehrbereitschaft gleich um zwei Stufen erhöht.

14. Juli 2003

Noch immer beherrscht unsere Pressekonferenz die Nachrichten. Das Foto, das Ilja brennend in den Streben des Hallendaches zeigt, wurde über Nacht zu einem der meistpublizierten Bilder der Welt. Die Reaktionen sind gemischt. Manche beneiden uns um unsere Gaben und wollen werden wie wir. Die meisten Anfragen kommen jedoch von Leuten, die mit Ilja und Oksana verwandt sein könnten, zumindest was ihren geistigen Zustand angeht. Doch die Angst überwiegt. Immer mehr Länder verlangen von der Sowjetunion, ihre Forschungsergebnisse offenzulegen.

»Es wird einen Krieg geben«, sagte Nora beim Abendessen im Kasino des Seuchenzentrums. »Und wenn das geschieht, werden wir kämpfen müssen.«

»Kannst du neuerdings schon in die Zukunft schauen?«, fragte ich.

»Andre, sei kein Narr. Dazu muss man nur eins und eins zusammenzählen«, sagte Nora wütend und spießte eine

Gurkenscheibe in ihrem Salat auf, als könnte das Gemüse etwas für ihre Laune.

»Gut«, sagte ich. »Gehen wir einmal davon aus, du hast Recht und man würde uns zudem im Moment nicht abhören. Was ist dein Plan? Du hast doch einen, sonst würdest du mich nicht fragen!«

Wir müssen unser Schicksal in die eigenen Hände nehmen, dachte sie. *Sonst werden wir zu einem Spielball der Politik.*

Weiter, forderte ich sie auf.

Dem Politbüro dämmert langsam, dass es uns nicht kontrollieren kann. Wir sollten also untertauchen.

An welchem Ort?

Kiruna ist eine Stadt in Schweden, die groß genug für uns ist.

Kiruna? Davon habe ich noch nie gehört!

Kein Flugplatz, keine Bahnverbindung, dachte Nora. *Dafür ein Hafen, der nur für ein halbes Jahr eisfrei ist. Und große Erzvorkommen.*

Erzvorkommen?, fragte ich misstrauisch. *Du hast doch was vor!*

Wir könnten alles, was wir zur Erforschung der Blumen benötigen, in kürzester Zeit hinaufschaffen.

Du hast die Hoffnung nicht aufgegeben, dass wir die Nebenwirkungen dieser Blumen ausschalten können.

Du etwa nicht?

Nein, gab ich zu.

In der Tat bin ich von meinen Fähigkeiten und denen der anderen Eskatay sehr fasziniert. Die Entwicklungs-

möglichkeiten, die sich der ganzen Menschheit erschließen, sind atemberaubend – wenn wir die Freiheit haben, sie auf eigene Faust zu erforschen. Aber machen wir uns nichts vor: Bei einem Erfolg sind Menschen wie Guselka ein Auslaufmodell, dachte Nora.

Ich glaube, das sieht er anders.

Noch nie in unserer Geschichte hat die Menschheit solch eine Chance gehabt! Und diese Chance lasse ich mir nicht von Ruzkoi, dem Politbüro oder wem auch immer nehmen. Noch einmal: Wenn sie einen Weg gefunden haben, werden sie uns töten.

Sie brauchen uns nur zu röntgen oder in einen Tomografen zu stecken, dachte ich.

Radioaktive Strahlung reicht aus. Wir sind dagegen empfindlicher als normale Menschen. Das ist unsere Achillesferse.

Meinst du, sie werfen eine Atombombe auf uns?, fragte ich erschrocken.

Nora zuckte mit den Schultern. *Wenn sie verzweifelt genug sind.*

Wir haben keine andere Wahl, nicht wahr?, fragte ich und holte tief Luft. *Wem von den anderen können wir trauen?*

Außer Ilja und Oksana jedem, meinte Nora.

Wie willst du sie in unsere Gruppe einbinden?, fragte ich.

Es gibt zwar keine Möglichkeit, sie hundertprozentig zu kontrollieren, sagte Nora. *Aber ich kann sie im Auge behalten.*

Nora, zu was bist du fähig?, fragte ich beunruhigt.

Es gibt einen Grund, warum ich immer so müde bin. Die Schnelligkeit, in der sich mein Körper verändert, ist rasant. Du willst wissen, wozu ich fähig bin? Dann warte die heutige Nacht ab.

***

Es war der Albtraum, der Hagen Lennart jede Nacht heimsuchte. Er saß wieder im Zug nach Morvangar, seine Frau lebte, seine Kinder waren bei ihm. Doch die Dinge waren seltsam verschoben. Wenn er aus dem Fenster sah, hatte der Abendhimmel im Widerschein zahlreicher Feuer eine blutrote Farbe angenommen. Schattengestalten umflogen den Zug. Schatten, die nur er sehen konnte. Ihre Umrisse waren unscharf, so als würden sie verdampfen. Keiner der Passagiere nahm sie wahr.

Silvetta hatte eine Schachtel mit Pralinen auf dem Schoß. Sie öffnete den Deckel und bot ihrem Mann davon an, doch er lehnte ab.

Ich werde mich von dir scheiden lassen, dachte sie und lächelte. Da hatte sich mit einem Mal die Schachtel in eine Holzkiste verwandelt. Hagen wollte etwas sagen, seine Frau warnen, aber er konnte sich nicht bewegen. Silvetta schaute hinein. Ein blaues Licht fiel auf ihr Gesicht.

Warum weiß ich, dass diese Kisten blau leuchten?, wunderte sich Lennart.

Nun begann Silvetta aus Nase, Ohren und Augen zu bluten. Sie kippte lautlos vornüber und blieb mit weit aufgerissenen Augen vor seinen Füßen liegen. Die Zwillinge schrien auf. Einer der Schatten hatte sie gepackt und verschwand jetzt mit ihnen wie eine schwarze Rauchfahne, die sich in einer leichten Brise auflöst. Lennart schrie.

»Deine Kinder leben.«

Lennart riss die Augen auf. Das Fenster seines Zimmers war weit geöffnet, die Vorhänge bauschten sich im Wind. »Deine Kinder leben«, wiederholte die Stimme.

Er wirbelte herum und jetzt schrie er wirklich. Vor seinem Bett schwebte mit ausgebreiteten Armen eine Frau. Sie hatte dunkle Schatten unter den Augen. Ihre dünne Gesichtshaut spannte sich über spitze Wangenknochen.

»Wer bist du?«, krächzte Lennart.

»Hakon schickt mich. Er hat Maura und Melina wiedergefunden. Es geht ihnen gut.«

Lennart richtete sich in seinem Bett auf.

»Wer bist du?«, wiederholte er seine Frage.

»Ein Gist.«

»Aber … ich dachte, es gäbe nur Hakon, York und Tess!«

»Nein, es gibt mehrere von unserer Art. Diese drei sind die Letzten, die geboren wurden.« Die Frau sank auf den Boden hinab. Ein übler Geruch ging von ihr aus. Der Geruch einer Opiumsüchtigen.

»Wo sind meine Töchter?«

»In einem Lager bei Horvik«, sagte der Gist. »Am Polarkreis. Sie sind in guten Händen. Hakon wird alles tun, damit du sie bald wieder in die Arme schließen kannst.«

»Wer bist du?«, fragte Lennart noch einmal.

»Mein Name ist Helga Varnrode«, sagte sie. »Und ich habe noch eine Nachricht für dich: In Morvangar ist es zu einem

Unfall gekommen. Zweihundert Blumen sind auf die Stadt herabgeregnet und haben fünfhundert Menschen in Eskatay verwandelt. Diese Eskatay sind auf dem Weg nach Lorick.«

Lennart schlug die Decke beiseite, sprang aus dem Bett und zog sich an. Helga Varnrode schwebte zu Boden. Erschöpft hielt sie sich am Bettpfosten fest.

»Du siehst aus, als könntest du etwas zu essen vertragen«, sagte er, als er seine Schuhe zuband.

»Wie spät ist es?«, fragte sie matt.

Lennart zog seine Uhr aus der Westentasche. »Kurz vor vier. Wann werden die Eskatay hier eintreffen?«

»Einige, die springen können, sind bereits in der Stadt. Die zweite Welle wird Lorick in der kommenden Nacht erreichen.«

Lennart stand auf. Helga Varnrode hatte die Augen halb geschlossen. Kalter Schweiß stand ihr auf der Stirn, ihre Beine zitterten.

»Opiumentzug ist eine verdammt unangenehme Sache«, sagte er.

»Was du nicht sagst.«

»Komm mit. Ich werde schauen, was ich für dich tun kann.«

Helga nickte. »Ich werde ohnehin nicht von deiner Seite weichen. Hakon möchte über die Ereignisse in Lorick auf dem Laufenden bleiben, damit er den Widerstand besser organisieren kann.«

»Also habe ich jetzt einen Schutzengel«, sagte Lennart lächelnd. Die Nachricht, dass es Maura und Melina gut ging, weckte seine Lebensgeister. Zum ersten Mal seit den schrecklichen Ereignissen im Zug nach Morvangar konnte er wieder frei atmen. Eine Last war ihm von der Seele genommen worden. Helga Varnrode betrachtete sich im Spiegel, der neben dem Kleiderschrank stand.

»Ein Engel?«, fragte sie mit Tränen in den Augen. »Schauen Sie, was ich mir mit dieser Opiumraucherei angetan habe!« Sie riss einen ihrer verfaulten Zähne heraus und hielt ihn Lennart vor die Nase. »Ich will wieder zurück. Zurück ins Grand Hotel!«

»Ins Grand Hotel?«, fragte Lennart verwirrt.

»Das ist ein Ort, an dem es keine Schmerzen gibt. An dem man immer jung ist. An dem die Zeit keine Rolle spielt. Und an dem man nie allein ist.«

Lennart sah die Frau betroffen an. »Es tut mir leid«, sagte er.

»Ich will Ihr Mitleid nicht«, rief sie. »Ich habe Hakon versprochen, dass ich mit den anderen kämpfen werde. Damit ich eines Tages wieder zurückkehren kann. Das ist der einzige Grund, aus dem ich hier bin!«

»Gut«, sagte Lennart. »Jetzt, da wir das geklärt haben, sollten wir die anderen wecken.«

Gornyak hatte die Versammlung im Lagerraum der Wargebrüder einberufen. Hinter ihm hing eine Karte von Lorick an der Wand, übersät mit bunten Fähnchen.

Er schlug mit der Hand auf den Tisch, um sich Gehör zu verschaffen.

»Bevor wir ernstere Dinge bereden, müssen wir noch eine Sache klären.« Er schaute Elverum an und der Polizist stand auf. Die Wirkung des Betäubungsmittels hatte nachgelassen. Sein Blick war wieder klar, dafür waren die Schmerzen zurückgekehrt.

»Ich habe gestern Jefim Schestakow im Kampf besiegt. Damit stehen mir alle Rechte eines Anführers der Todskollen zu. Aber ich werde auf diese Macht verzichten. Bevor ich das tue, werde ich jedoch Ahlborg aus der Gemeinschaft ausschließen.«

Ahlborg, der bis dahin die Nummer zwei der Todskollen gewesen war, sprang auf. »Treib es nicht zu weit. Für einen Polizisten hast du eine verdammt große Klappe.«

»Ich bin der Überzeugung, dass die Todskollen ihre Angelegenheiten am besten selbst regeln sollten. Deswegen werde ich keinen Vorschlag machen, wer meinen Platz einnehmen soll. Wie auch immer die Entscheidung ausfällt, ich werde sie ohne Widerspruch akzeptieren.«

»Du bist ein toter Mann!«, schrie Ahlborg und zeigte mit ausgestrecktem Finger auf Elverum. »Hörst du? Du bist tot!«

Einer der Todskollen stand jetzt auf. »Wir haben gehofft, dass du dich so entscheiden würdest. Deswegen haben wir noch in der Nacht die Nachfolge geregelt. Mein Name ist Radumir Makarow. Und ich trete Elverums Nachfolge an.«

Er gab vier seiner Männer ein Zeichen, die daraufhin Ahlborg packten, um ihn abzuführen.

»Ich bring dich um!«, schrie Ahlborg. »Du wirst den morgigen Tag nicht erleben!«

»Niemand wird dir ein Haar krümmen, Polizist«, sagte Makarow. »Dafür werde ich sorgen.«

Kaum hatte er das gesagt, als vor der Tür ein Schuss zu hören war. Elverum, der ohnehin schon blass war, wurde noch etwas weißer im Gesicht.

»So. Und jetzt, da diese unerfreuliche Angelegenheit geklärt ist, kommen wir zum eigentlichen Grund dieser Zusammenkunft.« Gornyak gab Lennart ein Zeichen.

»Ein Luftschiff hat gestern seine Fracht über Morvangar verloren. Sie bestand aus zweihundert Blumen«, sagte Lennart. »Diese Blumen haben nichts mit Rosen, Nelken und Narzissen zu tun. Sie haben die Macht, einen Menschen in einen Eskatay zu verwandeln – sofern er den Kontakt mit ihnen überlebt. Mehrere Hundert dieser Eskatay bereiten gerade einen Angriff auf Lorick vor. Ihr Ziel ist es, so viele Menschen wie möglich zu infizieren und Präsident Begarell mithilfe einer ganzen Armee von Eskatay die absolute Macht über Morland zu sichern.«

»Woher stammt diese Nachricht?«, fragte Makarow. »Seit das Kriegsrecht ausgerufen wurde, sind die Nachrichtenverbindungen unterbrochen. Wir haben seit einer Woche keinen Kontakt mehr zu unseren Leuten im Norden.«

»Wir auch nicht«, sagte Gornyak. »Wieso bist du schlauer als wir, Hagen Lennart?«

»Weil ich heute Nacht Besuch von einem Gist erhalten habe.«

Helga Varnrode trat vor. »Bevor jetzt unnötige Fragen gestellt werden: Die Gist gehören zu den magisch Begabten, die vor sechstausend Jahren den Krieg überlebten. Um sich von ihrer Vergangenheit loszusagen, haben sie sich einen anderen Namen gegeben.«

Tallak musterte die Frau kritisch. »Du bist opiumsüchtig«, stellte er fest.

Helga verdrehte die Augen. »Kluger Kerl. Sag mir etwas, was ich noch nicht weiß.«

»Wer sagt uns, dass du dir das alles nicht bloß im Rausch zusammenfantasiert hast? Wieso sollten wir dir glauben?«

»Gist unterscheiden sich von den Eskatay in zwei Dingen. Zum einen: Wir können Kinder bekommen. Zum Zweiten: Wir wollen den Menschen nichts Böses. Ein Krieg hat gereicht. Wir wollen nur in Ruhe gelassen werden. Dummerweise hat uns Begarell einen Strich durch die Rechnung gemacht.«

»Beweise es«, sagte Tallak.

»Beweise was?«

»Dass du ein Gist bist.«

Helga schnaubte. »Soll ich das wirklich?« Bevor Tallak antworten konnte, hatte sie ihn an der Stirn berührt. Augenblicklich sackte er zusammen und schlug mit dem Kopf auf die Tischplatte. Die Wargebrüder sprangen auf.

»Ganz ruhig«, sagte Helga. »Er schläft nur.«

»Sie hat Tallak etwas gegeben«, rief einer der Männer empört.

»Habe ich nicht«, sagte sie und massierte sich die Stirn, als plagten sie auf einmal heftige Kopfschmerzen.

»Dann wecke ihn!«, sagte der Mann drohend.

»Sehen heißt glauben, was?« Helga schnaubte verächtlich. »Also gut.«

Sie breitete die Arme aus und erhob sich in die Luft. Ihre langen Haare bewegten sich, als triebe sie unter Wasser.

Todskollen und Wargebrüder fluchten laut, als sie aufsprangen und dabei die Stühle umwarfen.

»Erwache, Tallak von den Wargebrüdern«, sagte Helga salbungsvoll mit dunkler Stimme.

Tallak blinzelte und hob benommen den Kopf. Helga sank wieder herab.

»Zufrieden?«, fragte sie.

Die Antwort war Schweigen. »Ihr solltet euch von solchen Dingen nicht zu sehr beeindrucken lassen. Die Eskatay, die auf dem Weg nach Lorick sind, können noch ganz andere Dinge.«

Gornyak war der Erste, der die Sprache wiederfand.

»Warum?«, fragte er. »Warum stehen die Gist auf unserer Seite?«

Bevor Helga etwas sagen konnte, ergriff Lennart das Wort. »Weil Begarell sie nicht wie die Eskatay kontrollieren kann«, sagte er. »Sie stellen eine Gefahr für ihn dar.«

»Für uns etwa nicht?«, fragte Gornyak. »Wer garantiert uns, dass die Gist nach diesem Krieg nicht die Macht an sich reißen?«

»Wenn wir das wirklich wollten, hätten wir es während der letzten sechstausend Jahre längst getan«, sagte Helga Varnrode.

»Wie viele von euch gibt es?«, fragte Halldor.

Helga legte den Kopf schief und lauschte in sich hinein. »Zweiundneunzig«, sagte sie schließlich. »Die drei Kinder, von denen eines spurlos verschwunden ist, nicht mitgerechnet.«

»Zweiundneunzig?«, fragte Halldor ungläubig.

»Theoretisch. Manche von uns sind noch nicht richtig in der realen Welt angekommen. Im Moment sind zweiundvierzig Gist zum Kampf bereit.«

»Gegen wie viele Eskatay?«

»Ich weiß es nicht«, sagte Helga müde. »Vierhundert? Fünfhundert? Keine Ahnung. Ihre Zahl wird in den nächsten Stunden ohnehin sprunghaft ansteigen.«

»Wie sieht es in Tyndall aus?«, fragte Gornyak.

»Bis jetzt ist es dort und im Osten ruhig«, sagte Halldor und stand auf, um zur Karte zu gehen. »Alle Einfallstraßen werden überwacht. Wir wissen nur nicht, was sich in der Innenstadt abspielt.«

»Du da – Gist!«, rief Gornyak.

»Ich heiße Helga«, entgegnete sie missmutig.

»Also gut: Helga. Wie viele deiner Kameraden können wir für die Aufklärung einsetzen?«

Sie dachte nach. »Sieben, wenn wir nur die nehmen, die fliegen oder springen können. Elf, wenn wir diejenigen mitrechnen, die in der Lage sind, sich unsichtbar zu machen.«

Gornyak erhob sich nun auch aus seinem Stuhl und stellte sich neben Halldor. »Lorick hat zwei strategisch wichtige Punkte: das Regierungsviertel und die Zentralstation. Bevor wir dort angreifen, müssen wir wissen, wie stark sie gesichert sind.«

Helga Varnrode schloss für einen kurzen Moment die Augen. »Wird erledigt«, sagte sie schließlich.

»Süderborg ist noch immer in der Hand der Todskollen«, sagte Makarow. »Damit kontrollieren wir den Hafen und die Brücken.«

»Der Hafen wird möglicherweise als Erstes angegriffen.«

»Das glaube ich auch«, sagte Makarow. »Wir müssen versuchen, die Arbeiter auf unsere Seite zu ziehen. Ich vermute, dass die Versorgungslage schlecht ist. Unsere Vorratslager sind gut gefüllt. Wir werden Wasser und Lebensmittel an die Familien verteilen.«

»Übt keinen Druck auf sie aus!«, sagte Gornyak. »Wenn sie uns folgen sollen, müssen sie es aus freien Stücken tun.«

»Was ist mit Egino und seiner Armee der Morgenröte?«, fragte Lennart.

»Für den habe ich eine ganz besondere Aufgabe.« Gornyak tippte auf Moritzburg im Westen, wo die wohlhabenden Fabrikbesitzer wohnten. »Der soll sich da wie ein Fuchs im Hühnerstall austoben. Ich denke, das dürfte ganz nach seinem Geschmack sein: von den Reichen nehmen und den Armen geben.«

»Die Waffenausbildung hat noch gar nicht begonnen«, gab Tallak zu bedenken.

»Dann werden Egino und seine Leute den Umgang mit Gewehr und Pistole im Einsatz lernen«, sagte Gornyak. »In Zeiten wie diesen müssen alle Opfer bringen. Und dieser Egino machte mir nicht den Eindruck, als würde ihn das stören.«

»Wir könnten sie vom westlichen Süderborg mit dem Boot über die Midnar transportieren«, sagte Makarow. »Moritzburg befindet sich am anderen Ufer.«

Gornyak zog seine Uhr aus der Westentasche. »Jetzt ist es vielleicht etwas spät. Die Sonne geht gleich auf. Aber wie wäre es mit dem kommenden Abend?«

»Ich werde alles vorbereiten«, sagte Makarow.

»So«, sagte Gornyak. »Und wir warten erst einmal ab, was unsere neuen Verbündeten aus dem magischen Lager an wichtigen Informationen zusammentragen.«

***

Es war eine unruhige Nacht für Hakon. Die letzten Kinder schliefen ein, als die Ersten schon wieder erwachten. Auch er selbst wälzte sich von einer Seite auf die andere. Es gab keine Matratzen und die Decken waren so dünn, dass er wie alle Gefangenen erbärmlich fror. Außerdem besaß die Baracke keine Fensterläden, sodass die Sonne selbst um Mitternacht durch die trüben Scheiben schien und seine innere Uhr komplett durcheinanderbrachte. Er wusste nicht, wie spät es war, als die Tür plötzlich aufgerissen wurde.

»Antreten zum Appell!«, brüllte ein Soldat.

Die Kinder, die sich an die morgendliche Prozedur gewöhnt hatten, kletterten müde und ohne zu klagen von ihren Pritschen. Lennarts Kinder öffneten verwirrt die Augen und begannen erst einmal zu heulen. Nadja wollte sie in den Arm nehmen, doch sie ließen sich nur von Hakon trösten.

Obwohl Sommer war, war es draußen bitterkalt. Atemdampf stand vor den Mündern der Kinder, die von einem Fuß auf den anderen hüpften, um sich zu wärmen.

Ein Sergeant baute sich vor den Gefangenen auf und begann, Nummern aus einer langen Liste aufzurufen. Die Reihenfolge schien nur auf den ersten Blick willkürlich gewählt. Offenbar übersprang der Soldat mit Absicht bestimmte

Zahlen. Wahrscheinlich hatte man die Gefangenen, die sich hinter diesen Nummern verbargen, an einen anderen Ort gebracht. Oder sie waren tot.

Aria und zwei weitere Mädchen wurden aufgefordert, vorzutreten.

»Das sind diejenigen, die für Station 12 bestimmt sind«, flüsterte Nadja. »Deine Freundin wirst du nicht so schnell wiedersehen.«

Sie gingen wieder zurück in die Baracke, wo es endlich Frühstück gab. Die Kinder stellten sich, obwohl durchgefroren, diszipliniert in einer Reihe auf und warteten geduldig, bis Boleslav jedem einen Klecks Brei auf den Blechteller gab. Hakon beobachtete die Zwillinge, die sich gierig das Essen in den Mund schaufelten. Die erfahreneren Kinder ließen sich Zeit und nahmen immer nur eine Löffelspitze auf einmal zu sich. Dieses Häppchen rollten sie dann genüsslich im Mund hin und her, obwohl der Brei nicht besonders schmackhaft aussah. Maura und Melina wollten natürlich mehr haben, aber es gab für jeden nur eine Portion. Hakon ballte vor Wut die Fäuste.

»Das reicht«, flüsterte er empört. »Ich habe lange genug gewartet.«

»Was hast du vor?«, rief Nadja ihm hinterher. Doch da hatte Hakon schon die Baracke verlassen.

Als er den Appellhof betrat, war er für alle anderen schon unsichtbar. Ihm war es egal, ob ihn irgendein Eskatay entdeckte und an Begarell auslieferte. Manchmal war Vorsicht ein Luxus, den er sich nicht leisten konnte.

Er sah Aria, die Frau und das Mädchen, die er beide vom

Appell wiedererkannte, auf die offene Ladefläche eines Lasters klettern, der mit laufendem Motor vor dem Tor wartete. Hakon fluchte. Er hatte gehofft, dass man sie zu Fuß zu Station 12 bringen würde. Dann wäre er ihnen in sicherem Abstand gefolgt. Es war zu riskant für ihn, sich zu Aria und den beiden anderen Gefangenen zu setzen. Eine falsche Bewegung, ein kurzes Nachlassen der Konzentration, und seine Tarnung wäre aufgeflogen. Dieses Risiko wollte er erst eingehen, wenn er sich einen Plan zurechtgelegt hatte, wie er die Wachen überwältigen und die Gefangenen befreien konnte.

Danach würde sich allerdings die Frage stellen, wohin sie sich überhaupt wenden sollten. In Morland waren sie nicht sicher. Sie konnten ins Ausland flüchten, aber bis zur nächsten Grenze waren es mehr als tausend Meilen. Wie sollten sie die zurücklegen? Es gab die Möglichkeit, übers Meer zu entkommen, vorausgesetzt, sie fanden ein Schiff und einen Kapitän, der sie mitnahm. Noch einmal sandte er einen Hilferuf an alle Gist.

In Lorick erhielt nur noch die Armee die Ordnung aufrecht. Die Eskatay würden spätestens diesen Abend in der Hauptstadt eintreffen. York war endlich in Station 11 angekommen, doch die Verbindung zu ihm war abrupt abgebrochen. Und von Tess gab es noch immer keine Spur. Es war zum Verzweifeln.

Da ihm nichts anderes übrig blieb, lief er dem Lastwagen hinterher und zwängte sich in letzter Sekunde durch das sich schließende Tor. Das Fahrzeug schien ein altes Modell zu sein. Der Wassertank war undicht und das Getriebe der Vorderachse gab merkwürdige Geräusche von sich. Hinzu kam, dass der Weg nicht asphaltiert und voller Schlaglöcher war, in denen sich Pfützen gebildet hatten.

Deshalb hatte Hakon am Anfang noch kein Problem, Schritt zu halten. Der Wagen konnte nur Schritttempo fahren. Erst als die Straße besser wurde, drückte der Fahrer den Dampfhebel nach vorne und das Gefährt beschleunigte mit einem asthmatischen Schnaufen.

Bald spürte Hakon, wie er kurzatmig wurde. Immer wieder musste er stehen bleiben und keuchend nach Luft schnappen. Der Wagen erhöhte seinen Vorsprung und nach einer Viertelstunde war nur noch seine Dampfsäule zu sehen. Eine halbe Stunde später war auch diese verschwunden. Hakon hielt an, stützte die Hände auf den Oberschenkeln ab und atmete tief durch. Wenigstens war ihm nicht mehr kalt.

Glücklicherweise war die oberste Schicht des Permafrostbodens aufgetaut, sodass die Reifen des Lastwagens tiefe Furchen hinterließen. So konnte Hakon kaum die Spur verlieren, zumal in dieser Jahreszeit die Sonne nicht unterging.

Hundert Schritte laufen, hundert Schritte gehen – zu mehr war Hakon nicht in der Lage. Der Wind pfiff über die flachen Hügel und kräuselte das Wasser auf den Tümpeln und Seen, die das Schmelzwasser gebildet hatte. Seine Lunge schmerzte und er fühlte sich wie ein alter Mann.

Eigentlich war die Landschaft atemberaubend schön. Das Heidekraut blühte und verwandelte zusammen mit dem Steinbrech die Hügel in ein rosafarbenes Meer. Aber Hakon hatte keinen Sinn für die Natur. Er konzentrierte sich auf die Reifenspuren, die nach einer Meile den Hauptweg verließen und nach Osten führten.

Es war später Nachmittag, als Hakon Station 12 erreichte. Auf den ersten Blick hätte man sie für ein gemütliches kleines Dorf halten können – wäre da nicht der Metallgitterzaun gewesen, der das Gelände vor Ein- und Ausbrüchen sicherte. Hakon legte sich flach auf den Boden und wartete ab. Nichts rührte sich. Niemand hielt sich draußen auf, und das, obwohl die Sonne nun hinter den Wolken hervorgekommen war – in diesen Breiten ein Geschenk, das niemand leichtfertig ausschlug. Er lief zu einem geöffneten Gittertor, das groß genug für einen Lastwagen war und sich quietschend öffnen ließ. Erst jetzt sah er, dass der Zaun an mehreren Stellen eingerissen war. Hakon folgte dem überwucherten Weg zu einem liebevoll gestalteten Dorfplatz. Die Blumen in den bunten Kübeln waren schon lange verdorrt. Auch der farbige Putz an den Häusern blätterte ab. Manche der Fenster waren zerbrochen, zerschlissene Vorhänge wehten im Wind. Was Hakon jedoch am meisten irritierte, war der riesige Spielplatz mit Klettergerüst, Rutsche, Schaukel und Sandkasten. Obwohl der Spielplatz alt war, sah er aus, als sei er noch nie benutzt worden. Hakon trat auf die Veranda eines der Häuser und öffnete vorsichtig die Tür.

Das Wohnzimmer war freundlich eingerichtet, die Möbel in hellen Farben gehalten. An der Wand über dem Sofa hing das Bild eines dramatischen Sonnenuntergangs. Es gab zwei Sessel, einen flachen Tisch und einen Bücherschrank voller Romane. Liebesschnulzen, wie Hakon mit einem Blick feststellte.

Die Küche beherbergte einen Gasherd und einen seltsamen, von innen mit Metall ausgeschlagenen Schrank mit zwei Korbschubladen. Einige Teller standen noch darin. Neben der Küchentür befand sich ein Schalter. Hakon betätigte ihn, aber nichts geschah. Vermutlich gehörte er zu der bunten Schirmlampe, die von der Decke baumelte. Einige Geräte, deren Zweck Hakon nicht erraten konnte, waren über ein Kabel mit Öffnungen in der Wand verbunden.

Neben dem Wohnzimmer befand sich das Schlafzimmer. Das stockfleckige Bett, das dort stand, war breit genug für zwei. Hakon öffnete den Kleiderschrank, in dem aber nur leere Kleiderbügel hingen.

Das Bad war gefliest, hatte ein großes Waschbecken, eine Dusche und eine Wanne, in der sich der Dreck gesammelt hatte, der durch das gekippte Fenster hereingeweht worden war. Die größte Überraschung aber erwartete Hakon am Ende des Korridors.

Es war ein Kinderzimmer, hellblau gestrichen und vollgestopft mit Spielzeug, Büchern und Plüschtieren. In der Ecke stand ein Ohrensessel, dessen dunkelroter Bezug zerrissen war. Über dem Kinderbett hing ein Mobile aus kleinen Sternen, die einen Mond umkreisten. Hakon zog eine der Schubladen auf. Sie war mit Babykleidung gefüllt. In diesem Haus musste eine Familie gelebt haben, und zwar nicht schlecht, verglichen mit dem mageren Komfort, den Hakon sonst kannte.

Hakon schaute sich noch einmal gründlich um, fand aber keine persönlichen Gegenstände. Die Zahnbürsten waren noch verpackt, die Handtücher fein säuberlich zusammengelegt und gestapelt.

In den anderen Häusern war es nicht anders. Man hatte

sie absolut identisch eingerichtet. Sogar die Titel der Bücher, die in den Regalen standen, waren dieselben. Doch was war aus den Bewohnern dieser seltsamen kleinen Siedlung geworden? Hakon erfuhr es, als er hinter den Häusern den Friedhof entdeckte.

Die Gräber waren bis auf eine Tafel, die an die Toten erinnerte, vollkommen schmucklos. Man hatte ausnahmslos Frauen begraben. Ein Vorname, eine sechsstellige Zahl und das Todesdatum, das war alles. Warum hatte man sie hierhergebracht? Und was war mit den Kindern geschehen?

Der Friedhof befand sich auf einem Hügel, von dem aus man in ein weites Tal schauen konnte. Und dort erblickte Hakon die eigentliche Station 12.

Es war ein flacher, relativ kleiner, weiß angestrichener Ziegelbau, der wie das Dorf und das Lager mit Stacheldraht gesichert worden war. Es gab einen Parkplatz, auf dem drei Lastwagen standen. Einer von ihnen musste der aus dem Lager sein. Hinter dem Gebäude ragten vier Ankermasten empor. Dem Abstand und der Höhe nach zu urteilen, konnten dort selbst die größten Luftschiffe anlegen.

Solch eine Anlage benötigte natürlich Personal. Wo war es untergebracht?

Eigentlich gab es nur einen Weg, das herauszufinden. Er musste hingehen und die Station aus der Nähe untersuchen. Die Sache hatte nur einen Haken. Hakon war ein Gist, der Menschen so manipulieren konnte, dass sie ihn nicht sahen, doch seine telepathische Kraft wirkte nur auf kurze Distanz und auf wenige Personen gleichzeitig. Deshalb wandte er sich nach kurzem Zögern um und ging zurück ins Dorf, um sich noch einmal genauer umzusehen. Vielleicht gab es dort auch eine medizinische Station.

Hakon fand das Krankenrevier auf Anhieb. Es war ein eingeschossiger Bau mit einem Flachdach und verschwenderisch großen Fenstern, durch die Hakon einen Blick ins Innere werfen konnte. Er entdeckte nichts außer umgeworfenen Stühlen und geplünderten Schreibtischen. Hakon zog an der Tür, aber im Gegensatz zu den Wohnhäusern war das Hospital verschlossen. Auch beim Umrunden des Gebäudes fand sich keine Einstiegsmöglichkeit. Hakon hatte keine andere Wahl. Er musste eine Scheibe einschlagen. Er hob einen Stein auf, wickelte ihn in seine Jacke und schleuderte das Paket gegen eine der Fensterscheiben, wobei er den anderen Arm schützend vors Gesicht hob. Es gab einen dumpfen Schlag, aber das Glas zersprang nicht.

Hakon war überrascht. Das hatte er noch nie erlebt! Er hob den Stein auf und warf ihn ein weiteres Mal. Außer einem kleinen Kratzer zeigte das grünlich getönte Glas keinerlei Schaden. Vorsichtig strich er mit dem Finger über die Kerbe und fluchte.

Was konnte er jetzt tun? Seine zweite Gabe befähigte ihn dazu, zwei Objekte gegeneinander auszutauschen. Doch sie mussten in etwa die gleiche Masse haben. Tess hätte ihm helfen können. Sie verfügte über Riesenkräfte. Aber sie war nicht da. Weder hier noch in Morland noch sonst wo auf dieser Welt.

Wut und Enttäuschung kochten in ihm hoch. Die Eskatay waren auf dem Vormarsch und die Gist konnten ihnen kaum etwas entgegensetzen. Am liebsten hätte er seine ganze Frustration herausgeschrien. Verdammt! Hakon konnte noch nicht einmal in dieses Gebäude eindringen, wie wollte er sich da mit Begarell messen, der magische Begabungen sammelte wie andere Leute Briefmarken?

Ein hoher Ton sirrte in seinem Kopf, der seinen Schädel zu zerschneiden drohte. Er schwoll an und steigerte sich zu einem Kreischen.

»Genug!«, schrie Hakon und sein Schrei ging in einer Explosion berstenden Glases unter. Er sank auf die Knie und keuchte wie ein Mann, der durch tiefes Wasser getaucht war. Dann blickte er auf.

Die Eingangstür hing nur noch an einer Angel. Ihr Rahmen war verbeult und verdreht, die Scheibe war wie die gesamte Fensterfront in hunderttausend grünlich schimmernde Scherben zersprungen.

Hakon richtete sich mühsam auf und taumelte in das Gebäude. Er schaffte es gerade noch hinter den Empfangstresen, bevor er sich mit einem hässlichen Würgen übergeben musste. Schwer atmend lehnte er sich an die Wand und schloss die Augen. In seinem Geist herrschte Chaos. Hakon wusste, dass Ärger, Wut oder Enttäuschung unberechenbare Reaktionen in ihm hervorrufen konnten. Wenn sich eine Gabe in ihm manifestierte, war es, als habe man ihm auf den Kopf geschlagen. Beim letzten Mal war es nicht ganz so schlimm gewesen, aber nun fühlte er sich hundeelend. Dafür hatte er sich allein mit der Kraft seiner Gedanken den Weg frei gesprengt.

Er versuchte die Schmerzen zu ignorieren und arbeitete sich weiter vor. Neben dem Empfangsraum gab es sechs

Behandlungszimmer. In jedem standen ein Untersuchungsstuhl mit Beinstützen und ein Schrank mit medizinischen Instrumenten, die Hakon nicht kannte. Ein siebter Raum war vermutlich das Krankenarchiv gewesen, aber die Patientenakten waren aus den Schränken entfernt worden. Auf dem Boden lag ein Blatt Papier. Hakon hob es auf und setzte sich auf einen Stuhl. Es war ein Fragebogen für Schwangere!

Begarell machte Jagd auf die Gist. Er verschleppte alle, die im Verdacht standen, magische Fähigkeiten zu besitzen. Hakon wusste, dass der Unterschied zwischen einem Gist und einem Eskatay die Fortpflanzungsfähigkeit war. Konnte es sein, dass hier Experimente durchgeführt wurden, um das Problem mit anderen Mitteln zu lösen? Hakon war kein Arzt, doch er ahnte, dass die beschränkten Mittel der morländischen Medizin bei Weitem nicht dazu ausreichten. Aber dieses Krankenhaus schien ihm alles andere als normal zu sein.

Hakon durchsuchte das Gebäude gründlicher. Er öffnete alle Schubladen und rückte Schränke von den Wänden ab. Verriegelte Türen brach er mittels der ihm neu zugewachsenen Kraft auf. Dabei musste er darauf achten, seine Energie richtig zu dosieren, damit er nicht durch herumfliegende Holzsplitter verletzt wurde.

Den Keller nahm er sich als Letztes vor. Auf den ersten Blick standen hier nur ausrangierte Geräte und angebrochene Kartons, in denen sich Flaschen mit verschiedenen Flüssigkeiten befanden. Auch hier waren keine Dokumente, die einen Hinweis darauf lieferten, welche Arten von medizinischen Versuchen an diesem Ort durchgeführt wurden.

Doch dann entdeckte er eine Tür, die sich von den anderen maßgeblich unterschied. Vorsichtig ließ Hakon seine Hand über sie gleiten. Sie war aus mehrfach lackiertem Metall, wies weder ein Schloss noch eine Klinke auf und war durch schwere Angeln mit einem Rahmen verbunden, der massiv genug war, eine Bombenexplosion zu überstehen. In großen Lettern hatte jemand mit einer Schablone NOTAUSGANG daraufgeschrieben. Hakon stutzte. Ein Notausgang, der sich nur von innen öffnen ließ? Er versuchte, sich den Gebäudegrundriss vorzustellen. Er stand vor der Ostseite des Kellers. Dahinter durfte sich außer dem Permafrostboden eigentlich nichts befinden.

Hakon konzentrierte sich auf die Tür. Zunächst ruckelte sie nur leise. Dann steigerte sich das Vibrieren zu heftigen, unregelmäßigen Stößen, als bemühte sich ein wildes Tier vergeblich auszubrechen.

Hakon atmete aus und die Schläge ließen nach. Dann holte er tief Luft, aber diesmal konzentrierte er sich auf die Bolzen der Türangel. Das Brummen war sonor, wurde aber stetig lauter und höher. Erst brach mit einem lauten Knall der eine, dann der andere Stahlstift. Polternd schlug die Tür auf den Boden. Das Echo hallte noch lange nach. Vor Hakon lag ein Gang, dessen Wände ein grünes Zwielicht abstrahlten. Man hatte zwar im Abstand von wenigen Schritten Lampen an der Decke befestigt, doch sie funktionierten nicht. Der Anstrich sorgte für eine Art Notbeleuchtung. Immerhin konnte Hakon erkennen, dass der Gang schnurgerade ins Dunkel führte. Die Luft roch muffig. Hakon hatte eine Ahnung, wohin dieser flach abfallende Tunnel führte. Ohne lange zu überlegen, lief er los. Eine Viertelstunde später hatte er den Kern von Station 12 erreicht.

Im Gegensatz zum aufgegebenen Krankenhaus ließ sich die Tür auf dieser Seite des Gangs relativ leicht öffnen. Man erwartete wohl keine Gefahr aus dem Untergrund.

Hakon befand sich in einer großen Halle, die früher einmal der Versorgung der Siedlung gedient haben musste. In einer Ecke standen noch die Wracks zweier kleiner Wagen, die Platz für einen Fahrer und sechs Passagiere boten. Daneben rosteten mehrere Anhänger vor sich hin.

Hakon entdeckte einige Spinde, die nicht abgeschlossen waren. Dort fand er auch einen Overall in seiner Größe. Er konnte sich zwar kaum als jemand ausgeben, der hier arbeitete, wollte aber wenigstens die Sträflingskleidung loswerden und sich einmal gründlich waschen.

Hakon drehte den Wasserhahn auf, trank einige Wasser und wusch sich gerade das Gesicht, als er plötzlich Stimmen hörte, die sich näherten. Eilig warf er seine Lagerkleidung hinter ein Fass und quetschte sich dann in einen der leeren Spinde.

Die Tür wurde aufgestoßen, ein Mann und eine Frau in weißen Kitteln stürmten herein.

»Ich mach das nicht mehr mit«, sagte die Frau aufgebracht. Ihr blondes Haar war zu einem Zopf geflochten, auf der Nase trug sie eine Brille, an deren Bügeln eine Schnur befestigt war, die um ihren Hals hing. »Der Kerl ist irre.«

»Vielleicht«, sagte der Mann. Seine grauen Haare waren ebenso kurz wie sein akkurat gestutzter Bart. Wie die Frau mochte er Ende vierzig sein. Er holte aus seiner Jackentasche eine Schachtel hervor und hielt seiner Kollegin einen Zigarillo hin, den sie dankbar annahm. Nachdem er ihr Feuer gegeben hatte, blies sie mit zitterndem Atem den Rauch aus.

»Linda ist tot«, sagte er.

»Wie bitte?«, war die entgeisterte Antwort.

»Sie ist heute Morgen an der Hirnblutung gestorben.«

Die Frau setzte sich langsam auf eine Kiste. »Aber sie war doch erst …«

»Zweiundvierzig«, sagte der Mann.

Die Frau ließ die Schultern hängen, schnippte gedankenverloren die Asche auf den Boden. »Heute sind schon wieder drei neue Versuchspersonen gekommen. Am liebsten würde ich sie zurückschicken.«

Der Mann zuckte mit den Schultern. »Dann tu es, Ludmilla.«

»Erst wenn sie etwas Anständiges zu Essen bekommen haben.« Sie nahm einen weiteren Zug. »Oleg, ich ertrage das nicht mehr! Diese ganzen Experimente sind vollkommen sinnlos. Sinnlos und unmoralisch!«

»Wir wussten doch von vorneherein, worauf wir uns einlassen.«

»Dann erzähl das mal den Frauen auf dem Friedhof«, sagte sie. »Oleg, wir haben unsere Seele an einen Mann verkauft, der um jeden Preis künstliches Leben erschaffen will und dabei über Leichen geht!« Ludmilla warf den Zigarillo auf den Boden und trat ihn aus. »Oh ja, du kannst sagen: Wir haben viel gelernt. Doch woher kommt dieses Wissen? Noch vor zehn Jahren hatten wir keine Ahnung, wie sich der Mensch fortpflanzt. Wir wussten nichts von Zellen und wie sie sich teilen. Die DNA, was war das? Und jetzt codieren wir das Erbmaterial des Menschen neu! Mit Geräten, deren Funktion ich noch nicht einmal ansatzweise verstehe! Wo hat Begarell dieses Wissen her? Und was ist sein Ziel?«

»Braucht die Wissenschaft ein Ziel?«, fragte Oleg. »Oder sollten wir uns nicht vielmehr über das freuen, was wir am Wegesrand finden?«

»Verdammt noch mal, wir pflücken keine Blumen!«, sagte Ludmilla wütend und stand auf. »Linda ist tot. Wir müssen die Arbeit neu organisieren. Und dann schicke ich diese armseligen Gestalten wieder zurück in ihr Lager.« Sie drehte sich zu Oleg um. »Das ist auch noch etwas, worüber wir reden müssen: dieses Lager. Wir sollten es auflösen!«

»Lass es gut sein, Ludmilla«, sagte Oleg. »Du willst zu viel auf einmal.«

Ludmilla schien mit dieser Bemerkung ganz und gar nicht einverstanden zu sein, doch Hakon verstand ihre Antwort nicht mehr, denn beide eilten schon wieder davon. Die Tür hingegen ließen sie offen stehen.

Begarell will um jeden Preis künstliches Leben erschaffen. Hakon ging dieser Satz nicht mehr aus dem Kopf. Auf einmal bekam alles einen Sinn. Darum all die verschiedenen Wissenschaftsstationen! Begarell hatte Zugang zu jahrtausendealtem Wissen, zu dem ihm jedoch der Schlüssel fehlte. Hakon nahm Kontakt mit den anderen Gist auf, um sie auf den neuesten Stand zu bringen. Dass er York noch immer nicht erreichte, erfüllte ihn mit Sorge, denn es war nur eine Frage von Stunden, bis die Eskatay Lorick erreichten und dort Kämpfe ausbrachen.

Hakon hatte zwei Möglichkeiten. Er konnte versuchen, auf eigene Faust Station 12 zu durchsuchen, um so einen Weg zu finden, Begarell zu stoppen. Doch wer sagte ihm, dass er alles Nötige hier unten finden würde? Wäre er allein gewesen, hätte er jetzt alles auf eine Karte gesetzt. Doch er trug Verantwortung für Menschen, die ihm viel bedeuteten. Und er hatte Hagen Lennart ein Versprechen gegeben, das er halten wollte: seine Töchter zu beschützen.

Es hatte keinen Zweck. Hakon musste ins Lager zurückkehren und den Widerstand von dort aus organisieren.

***

Den ganzen Tag hatten sowohl die Todskollen als auch die Wargebrüder damit verbracht, die östlichen Stadtteile Loricks zu sichern, indem sie an strategischen Punkten bewaffnete Posten errichteten, die sich auf den Hausdächern versteckten. Die Gist lieferten ihnen wertvolle Informationen, ohne dabei direkt in Erscheinung zu treten.

»Noch glaubt die Armee, dass ihr Auftrag in der Eindämmung eines Bürgerkriegs besteht«, sagte Elverum. »Das wird sich ändern, wenn die Eskatay in Lorick eintreffen. Dann werden die Streitkräfte vor einer Zerreißprobe stehen, denn Begarell wird seinen Soldaten kaum den Befehl erteilen, auf die eigenen magischen Truppen zu feuern.«

»Entschuldigung, Begarell wird die Armee in diesem Moment kaum noch interessieren«, sagte Helga Varnrode, die jetzt nicht mehr ihr schmutziges Nachthemd, sondern einen Herrenanzug trug. Ihr Gesicht war zwar noch immer verhärmt, aber nach einem ausgiebigen heißen Bad hatte ihre Haut eine etwas gesündere Farbe angenommen. »Ich glaube, Sie unterschätzen die Fähigkeiten der Eskatay gewaltig. Die kann man nicht mit ein paar Gewehren aufhalten. Sobald sie die Macht in Lorick übernommen haben, ist Begarell auf menschliche Mitstreiter nicht mehr angewiesen.«

»Die Soldaten werden aber vorher nicht zu uns überlaufen«, sagte Elverum. »Sie haben einen Eid geleistet und glauben, dass Begarell ihr gewähltes Staatsoberhaupt und ein Mensch wie sie selbst ist. Nur die Einheiten, die in Morvangar auf dem Weg nach Norden mit den Kindern Zwischenstation gemacht haben, wissen, dass ihr Präsident mit den Eskatay paktiert.«

»Dann müssen wir die Streitkräfte in Lorick vorher vom Gegenteil überzeugen«, sagte Lennart.

»Womit? Mit Flugblättern?«, fragte Elverum. »Das hat schon die Armee der Morgenröte versucht und ist kläglich gescheitert.«

»Nun, sie ist ja jetzt von neuem Kampfgeist beseelt«, sagte Lennart zynisch.

»Gibt es einen Beweis, mit dem wir Begarell als Eskatay entlarven können?«, fragte Gornyak, dem dieser fruchtlose Disput langsam auf die Nerven zu gehen schien.

»Nein, den gibt es nicht«, gab Lennart zu.

»Dann sollten wir uns eine andere Strategie überlegen. Ein Angriff auf die Streitkräfte ist nicht ratsam, schließlich wollen wir unseren zukünftigen Verbündeten nicht schwächen. Also bleibt uns nur übrig, gegen die Eskatay ins Gefecht zu ziehen.«

»Mithilfe der Gist?«, sagte Helga Varnrode. »Vergessen Sie's.«

»Warum?«, knurrte Gornyak, der langsam die Geduld verlor.

»Wenn den Eskatay ein Gist in die Hände fällt, hat Begarell endlich eines seiner wichtigsten Ziele erreicht«, erklärte Lennart. »Es gibt zwei Gründe, warum er die Blumen nicht flächendeckend einsetzt. Zum einen kann er sie nicht in den nötigen Mengen produzieren. Und zum anderen muss er aufpassen, dass er nicht alle Menschen tötet, sonst hat er keine Rekrutierungsmasse mehr. Die Eskatay können sich nicht fortpflanzen. Wenn ihnen jetzt ein Gist in die Hände fällt, wird Begarell wahrscheinlich sehr schnell herausfinden, wie er diesen kleinen, aber entscheidenden Mangel beheben kann.«

Gornyak schlug mit der flachen Hand auf den Tisch. »Was taugen uns Verbündete, wenn sie zu feige zum Kämpfen sind? Da haben dieser Egino und seine Bande doch erheblich mehr Wert für uns.«

Helga Varnrode zuckte mit den Schultern. »Wenn Sie das glauben – bitte!«

»Gornyak hat Recht«, sagte Lennart. »Die Gist sind keine große Hilfe für uns, wenn sie sich nicht den Eskatay entgegenstellen.«

»Ganz im Ernst, dieselbe Diskussion habe ich an einem anderen Ort mit einem anderen Gist schon einmal geführt«, sagte Helga. »Eigentlich sind mir die Menschen egal. Mein ganzes Leben lang habe ich mich vor ihnen versteckt. Ich bin ihnen nichts schuldig.«

»Sie verachten uns«, stellte Lennart fest.

»Zutiefst«, sagte Helga Varnrode. »Seht den Tatsachen ins Gesicht: Ihr seid ein Auslaufmodell.«

Wutentbrannt schrie Gornyak sie an: »Das reicht. Raus mit dir!«

»Nein«, sagte Helga Varnrode ungerührt.

Tallak sprang auf, zog seine Pistole – und brach augenblicklich schlafend zusammen.

»Ihr habt noch immer nicht verstanden, welche Stunde euch geschlagen hat«, fuhr Helga Varnrode ungerührt fort. »Dies sind die letzten Tage der Menschheit.«

Gornyak fuhr hoch und wollte der Frau an die Kehle gehen, doch Helga Varnrode wehrte den Angriff ohne jede Anstrengung ab. Sie seufzte müde, als sie den Anführer der Wargebrüder wieder auf seinen Stuhl zurückdrückte. Makarow war aufgestanden, setzte sich aber wieder, als er dem Gist in die Augen blickte.

»Mein lieber Gornyak, ich habe in meinem Leben schon einige Männer kennengelernt, Gist und gewöhnliche Sterbliche. Viele waren verdammt armselige Exemplare ihrer Gattung. Ihr unterbietet sie alle.«

»Und wieso gehst du dann nicht einfach?«, keuchte Gornyak.

»Weil ich es einem Jungen versprochen habe, der noch immer an die Menschen glaubt. Und weil es Zeit ist, dass ich mein Leben endlich wieder in die eigene Hand nehme«, sagte Helga Varnrode. »Ich kann warten, bis mich die Eskatay finden. Oder ich kann versuchen einen letzten Rest von Würde zu bewahren. Wenn die Zeit zum Kämpfen gekommen ist, werde ich kämpfen. Doch diese Entscheidung treffe ich, nicht du.«

»Gut«, sagte Lennart. »Wenn wir die Eskatay nicht direkt angreifen können, sollten wir uns einen anderen Plan zurechtlegen. Wie wäre es, wenn wir uns auf Begarell konzentrieren?«

»Ah, endlich jemand, der seinen Verstand benutzt«, sagte Helga Varnrode und klatschte müde in die Hände. »In der Tat: Wenn wir Begarell töten, stellen auch die Eskatay keine Gefahr mehr für uns dar. Im Moment sind sie nur seine Instrumente. Und ich glaube, sie sind es nicht freiwillig.«

»Das Dumme ist nur, dass wir nicht wissen, wo er sich gerade aufhält«, sagte Makarow. »Er hat das Parlament aufgelöst, die Opposition verhaften lassen und die Regierungsgeschäfte an Lindenberck übergeben. Der muss aber nicht viel tun, außer auf die Einhaltung der Dekrete zu achten, die Begarell kurz vor seiner Abreise noch unterzeichnet hat. Nach dem, was mir meine Quelle berichtet hat, war es eine denkwürdige Sitzung, bei der Anders Magnusson als Eskatay entlarvt und erschossen wurde«, sagte Makarow.

»Magnusson ist tot?« Lennart blickte Elverum überrascht an.

»Begarell soll gesagt haben, er hätte Beweise, dass die komplette Opposition von den Eskatay unterwandert sei und er sie deswegen internieren müsse.«

Helga Varnrode lachte auf. »Als ob man einen Eskatay einsperren könnte!«

»Jedenfalls ist Begarell in Begleitung mehrerer Soldaten an Bord seines Luftschiffes mit unbekanntem Ziel abgereist.«

Elverum verzog unbehaglich das Gesicht.

»Aber wenn er ein Eskatay ist, wieso setzt er nicht eine seiner Gaben ein?«, fragte Makarow.

»Weil er immer noch den Schein wahren muss«, sagte Helga. »In Lorick waren alle Augen auf ihn gerichtet. Ich könnte wetten, dass er sich mittlerweile seiner Eskorte entledigt hat, damit er seine Pläne, wie immer die auch aussehen mögen, unbeobachtet verfolgen kann.«

»Was ist mit Hakon?«, fragte Lennart. »Hat er eine Idee?«

»Mein lieber Lennart, wie stellen Sie sich das vor?«, fragte Helga. »Dass ich einfach bei ihm anklopfe und frage, wie es ihm geht und was er gerade macht? Es gibt eine Verbindung zwischen uns, doch wird sie von ihm aufrechterhalten, nicht von mir. Er bestimmt die Regeln der Kommunikation, sonst würden ihn die zweiundneunzig anderen Gist in den Wahnsinn treiben. Zurzeit befindet er sich in Horvik, wo Begarell eine zwölfte Wissenschaftsstation betreibt.«

»Dort, wo auch meine Kinder sind?«, fragte Lennart.

Helga nickte. »Hakons Familie, die ebenfalls dorthin gebracht wurde, kümmert sich um Maura und Melina.«

»Also sind wir kein Stück weitergekommen«, sagte Makarow ernst.

Gornyak stand auf. »Wenn du möchtest, dass etwas richtig gemacht wird, mach es selbst.« Er wandte sich an Helga. »Diese Unterhaltung war sehr aufschlussreich. Sie hat mir gezeigt, dass die Menschen für sich selbst kämpfen müssen. Niemand wird das für uns übernehmen, schon gar nicht die Gist. Tallak?«

Der Wargebruder stand auf. »Ja?«

»Hol diesen Egino und seine Armee der Morgenröte. Wir greifen an. Elverum, begleiten Sie uns?«

»Ja. Ich werde einige Kollegen aufsuchen und ihnen die Situation erklären.«

»Makarow?«

»Natürlich. Ich habe das Gerede auch langsam satt.«

»Dann los.«

»Moment«, sagte Helga Varnrode und hob die Hand. »Was ist mit Hagen Lennart?«

»Was soll mit ihm sein? Er ist ein Wargebruder. Er untersteht meinem Befehl.«

»Dann werde ich ihn begleiten.«

»Warum?«, fragte Lennart.

»Weil Hakon möchte, dass zwei Kinder ihren Vater nicht verlieren.«

***

15. Juli 2003

In dieser Nacht hatte ich den verrücktesten Traum meines Lebens – nur dass es kein Traum war. Ich betrat im Schlaf ein imposantes Haus, das mich an das Hotel erinnerte, in dem wir vor einem Jahr die Neujahrsnacht verbracht hatten. Ich bin sicher, dass Nora sich davon inspirieren ließ, jedenfalls hatte ich das Gefühl, heimzukehren, als ich durch die hohe Drehtür die Lobby des Grand Hotel betrat.

»Und? Wie gefällt es dir?«, fragte mich Nora, die hinter dem Tresen der Rezeption stand. Sie trug ein dunkles Kostüm, darunter eine weiße Bluse mit rotem Paisley-Halstuch.

»Du siehst beeindruckend aus«, sagte ich.

»Das war meine Absicht.« Sie drehte das Empfangsbuch um und hielt mir einen Füllfederhalter hin. »Du musst dich anmelden, dann bekommst du auch ein Zimmer.«

Ich füllte die zweite Spalte aus. In die erste hatte sich Nora bereits eingetragen.

»Ein dickes Buch«, sagte ich, als ich fertig war. »Erwartest du noch viele Gäste?«

»Nur die, die zu unserem erlauchten Kreis gehören.«

Ich sah mich mit gebührender Bewunderung um. »Alle Achtung. Du hast dir richtig Mühe gegeben.«

»Danke.«

»Wo bin ich hier? In deinem Kopf?«

Nora schaute mich an, als hätte ich den Verstand verloren. Dann lachte sie so laut, dass ich sie verwirrt anblickte.

»Habe ich was Falsches gesagt?«, fragte ich.

»Andre, ich erlaube dir ja einiges. Aber in meinen Kopf lasse ich dich nicht.«

»Wir hatten eine Verbindung, schon vergessen?«, sagte ich. »Wir waren eins. Ich weiß, wie du denkst, und du weißt, was ich fühle.«
»Lass es mich so ausdrücken: Du durftest mein Buch lesen, aber nicht darin schreiben. Wenn ich schlafe, sehe ich viele andere Welten. Diese ist eine von ihnen. Sie ist klein und nur ich habe den Schlüssel zu ihr.«
»Also ist sie real?«
»Mit Einschränkungen«, sagte Nora. »Alles, was du hier zu dir nimmst, macht dich nicht satt. Dein Körper liegt noch im Bett deiner Unterkunft im Seuchenzentrum. Wenn dir dort etwas zustößt, stirbst du auch hier.«
»Und umgekehrt?«
»Niemand kann dir hier etwas antun. Du kannst dich nicht verletzen und keiner kann dich töten.«
Sie trat hinter der Rezeption hervor und ging zu einer imposant bestückten Bar. »Einen Mint Julep?«
»Du hast dem Zeug noch immer nicht abgeschworen«, stellte ich fest.
»Warum sollte ich? Ich finde, jeder sollte seinem bevorzugten Gift frönen dürfen.« Sie hielt mir ein volles Glas entgegen. »Cheers.«
»Cheers«, sagte ich und trank. Augenblicklich verzog ich das Gesicht. Es war zwar schon einige Zeit her, dass ich diesen Cocktail getrunken hatte, aber ich hatte ihn anders in Erinnerung.
»Er schmeckt ein wenig seifig, ich gebe es zu«, sagte Nora und kippte ihren Mint Julep in einen Blumenkübel. »Es ist sehr schwierig, an einem Ort wie diesem den richtigen

Bourbon zu kreieren. Aber ich denke, wir haben genug Zeit zum Experimentieren.«

»Wieso wir?«, fragte ich.

»Wie ich bereits sagte, ist dies nicht exklusiv meine Welt. Jeder von der Blume Infizierte darf sich hier so einrichten, wie er es mag.«

»Wenn mir also diese Pflanze nicht gefällt«, ich zeigte auf den Drachenbaum, der neben der Drehtür stand, »dann kann ich sie verschwinden lassen?«

»Verschwinden lassen. Verändern. Was du willst.«

»Wie tue ich das?«

»Stell`s dir einfach vor und wünsch es dir«, sagte sie lächelnd und schaute mich dabei wie ein verliebter Teenager an. Auch sonst kam sie mir auf einmal erstaunlich jung vor.

»Muss ich dabei die Augen schließen?«, fragte ich.

Sie schüttelte den Kopf. Also streckte ich wie ein Magier die Hand aus und sagte mit tiefer Stimme: »Drachenbaum, verwandle dich in ein Rosenspalier!«

Ich muss ein ziemlich dämliches Gesicht gemacht haben, denn Nora lachte, als auf einmal wirklich rosa Rosen den Eingang umrankten. Ich schnupperte an einer der Blüten.

»Sie riechen sogar!«, sagte ich ehrlich überrascht.

»Das will ich hoffen, mein lieber Andre.«

Ich nahm Nora in die Arme, zog sie an mich und küsste sie.

»Du bist der erstaunlichste Mensch, den ich kenne.«

»Ich weiß. Und ich weiß auch, woran du gerade denkst. Aber daraus wird nichts, Schatz. Die Gäste kommen gleich.«

Und sie kamen tatsächlich. Die meisten waren so erstaunt

wie ich, und ihr Staunen wuchs, als Nora ihnen eine kleine Einführung in die Regeln des Grand Hotels gab.
»Und wir können hier alles verändern?«, fragte Oksana.
»Alles.«
»Auch unser Aussehen?«
»Ihr könnt euch jünger machen, wenn ihr das wollt. Aber was hätte das für einen Sinn? Keiner von euch ist älter als einundzwanzig«, sagte Nora.
»Aber du hast ein wenig an der Uhr gedreht, nicht wahr?«, fragte ich.
»Vielleicht«, sagte Nora unter zartem Erröten.
»Ein schöner Ort«, sagte Wassili Aleximow, ein junger Bursche aus Omsk. »Doch was sollen wir hier?«
»Miteinander sprechen. Wir benötigen einen Platz, einen realen Ort, an dem wir uns treffen können, ohne dass Guselka oder wer auch immer Wind davon bekommt«, sagte Nora und nahm in einem Sessel Platz. »Denn es gibt einen weiteren Grund, weshalb wir uns hier eingefunden haben: Wir müssen untertauchen.«
Oksana schlug sich mit der Hand auf den Schenkel. »Verdammt, hab ich's doch gewusst. Sie wollen uns aus dem Weg räumen, nicht wahr?«
»Die Gefahr besteht«, gab ich zu.
Ilja musterte mich und Nora misstrauisch. »Ihr beide habt schon einen Plan geschmiedet.«
»Was heißt hier ›einen Plan‹?«, entgegnete ich gereizt.
»Versucht ihr uns auszuschließen?«, fragte er kalt. Bis zu diesem Zeitpunkt hatte ich immer gedacht, ich könnte Woronesch nicht leiden. Aber das stimmte nicht. Ich ver-

abscheute ihn. Er gehört zu denen, die wissen, dass sie Versager sind, und die sich deswegen umso lauter in den Vordergrund spielen.

»Wenn wir euch ausschließen wollten, hätte ich nicht diesen Nexus für uns alle geöffnet«, sagte Nora. »Abgesehen davon wäre es ganz hilfreich, wenn du dich nicht ständig wie ein zu kurz gekommenes Kind aufführen würdest.«

Das saß. Ilja schwieg. Oksana legte tröstend eine Hand auf sein Bein und Nora fuhr mit ihrer Ansprache fort. »Wir benötigen nicht viel«, sagte sie. »Nur die Blumen. Sobald wir sie haben, verschwinden wir nach Kiruna in Schweden.«

»Einige von uns können fliegen«, sagte ich. »Ilja ist ein Springer. Ich denke, wenn er die Koordinaten kennt, sollte er keine Probleme haben, einen von uns mitzunehmen.«

»Die Koordinaten werden mir nicht helfen«, sagte Ilja kleinlaut. »Ich kann nur Orte aufsuchen, an denen ich schon einmal war.«

»Na wunderbar«, brummte ich.

»Das sollte alles kein Problem sein«, sagte Nora. »Wassili wird mit Ilja alle nötigen Orte aufsuchen, die für uns wichtig sind oder werden könnten.«

»Du willst die Blumen weiter erforschen«, meinte Wassili. »Und zwar ohne den NKWD.«

»Ich will vor allen Dingen herausfinden, warum manche bei der Infektion sterben und manche nicht«, sagte ich. »Vielleicht gibt es weitere Nebenwirkungen, von denen wir noch nichts wissen.«

»Und woher nehmen wir die Mittel für unsere Flucht?«, fragte Wassili. »Wenn du wirklich so etwas wie ein geheimes Forschungslabor einrichten willst, kostet das eine ganz schöne Stange Geld.«

Nora und ich wechselten einen kurzen Blick. Daran hatten wir in der Tat nicht gedacht. »Das sollte kein Problem sein.«, sagte ich vorsichtig.

»Aha«, meinte Ilja nur. »Du willst es stehlen. Von wem?«

»Von denen, die uns ohnehin etwas schuldig sind!«, sagte Wassili. »Von Guselka und seiner Politbürobande.«

»Das Seuchenzentrum hat keine Bank«, warf Ilja ein. »Außerdem ist der Rubel im Ausland nicht besonders viel wert.«

»Es gibt in Moskau zwei Devisenbanken«, sagte Wassili. »Denen könnten wir einen Besuch abstatten.«

»Verdammt, lass Andre doch antworten!«, entfuhr es Ilja wütend.

»Warum? Es ist doch offensichtlich, dass er keinen Plan hat!«, antwortete Wassili. »Und ist das schlimm? Nein, ist es nicht. Deshalb sitzen wir doch hier beisammen. Damit wir gemeinsam überlegen können, was als Nächstes zu tun ist.«

»Er und Nora tun so, als seien sie unsere Chefs«, sagte Ilja. Noch beherrschte er sich, aber ich spürte, wie schwer ihm das fiel.

»Sind sie auch nicht. Ich lasse mir weder von ihnen noch von dir etwas sagen«, entgegnete Wassili ruhig. »Selbst wenn das hier ein ziemlich bürgerliches Hotel ist, das uns Nora zur Verfügung stellt, sind wir immer noch ein Kollektiv. Also halt endlich die Klappe und hör zur Abwechslung einfach mal zu.«

»Wassili hat Recht«, sagte Nora. »Wir müssen zusammenarbeiten. Sonst wird uns Guselka zur Strecke bringen.«
»Also gut«, sagte Oksana. »Aber damit ist noch immer nicht die Frage geklärt, wie wir an das nötige Geld kommen.«
»Ich bin kein Hacker, ich kenne mich nicht mit Computern aus, sonst könnten wir auf elektronischem Wege eine Bank überfallen«, sagte ich. »Wir brauchen also Bares, wenn möglich Dollar, D-Mark oder Yen.«
»Die Devisenbank«, sagte Wassili, um erneut das richtige Strichwort zu geben.
»Die Devisenbank. Da käme ich rein und wieder raus.«
»Und du hättest keine Probleme, etwas mitzunehmen?«, fragte Oksana. »Soweit ich mich erinnere, musst du dich vorher sogar ausziehen, da sich deine Kleidung nicht mitverwandelt.«
»Das ist kein Problem, denn ich bin in der Lage, den Stahl der Tresortür in alles Mögliche zu transformieren«, sagte ich. »Sogar in einen rosa Duschvorhang.«
»Gut«, sagte Wassili. »Gehen wir einmal davon aus, dass der Bankraub wirklich ein Kinderspiel wird. Dann bleiben immer noch zwei Probleme: Durch die Art, wie das Geld verschwindet, werden wir uns verraten. Man wird sehr schnell auf uns kommen.«
»Wir müssen bei unserer Flucht einen engen Zeitplan einhalten, der viel Disziplin verlangt«, sagte ich. »Sobald wir das Geld haben, müssen wir uns die Blumen schnappen und alle verschwinden. Wenn es geht, spurlos.«
»Damit wären wir beim zweiten Punkt«, sagte Wassili. »Wie sollen wir so schnell nach Kiruna kommen?«

»Ich bin ein Springer«, sagte Ilja. »Und im Gegensatz zu Andre kann ich jemanden mitnehmen. Das wird Oksana sein.«

»Nein«, sagte Nora. »Du wirst mich mitnehmen.«

»Warum sollte ich das tun?«, sagte Ilja.

»Weil ich für uns alle ein Tor nach Kiruna öffnen werde. Das geht aber nur, wenn ich den Ankerpunkt für den Ausgang vor Ort festlege. Danach wird alles sehr schnell gehen. Hoffe ich.«

1. August 2003

Es war ein Wettlauf gegen die Zeit, minutiös geplant und ohne Fehlertoleranz. Um 16.55 Uhr, nachdem von Nora im Garten des Seuchenzentrums das Tor definiert worden war, sprang Ilja mit Nora nach Kiruna, damit sie den Ausgang festlegen konnte. Der ganze Vorgang dauerte genau fünf Minuten. Um Punkt 17 Uhr drang ich mit Ilja in die Bank ein und raubte vier Millionen Dollar in Hundert-Dollar-Noten. Das ergab vier handliche, aber verdammt schwere Koffer. Wir sprangen zurück ins Seuchenzentrum. Es war genau 17.15 Uhr. In der Devisenbank schrillte wohl inzwischen der Alarm. Ich hatte die Wände dort zurückverwandelt, dennoch ließen sich auf die Schnelle nicht alle Spuren beseitigen. Man würde sehr schnell wissen, dass wir es gewesen waren. Nora setzte sich mit Wassili, Oksana und den anderen Eskatay nach Kiruna ab. Sie nahmen das Geld mit. Das Tor wurde geschlossen. Dann lag alles an Ilja und mir. Um 17.20 Uhr drangen wir von hinten in den Sicherheitsbereich ein. Die Wachen schossen, trafen mich aber nicht. Die Kugeln gingen durch mich hindurch. Ilja setzte die Männer außer Gefecht und tötete sie. Ich war fassungslos, schrie ihn an, hätte ihn am liebsten erwürgt, doch wir konnten nicht mehr umkehren. Ich öffnete die Panzerglaskammer, nahm die Plastikbehälter und sprang mit Ilja nach Kiruna.

2. August 2003

Mit dem Tod der Wachen haben wir unsere Unschuld verloren. Wir waren alle sehr niedergeschlagen, mit Ausnahme von Ilja und Oksana. Wir hatten uns in einer leer stehenden Jagdhütte zwanzig Meilen östlich von Kiruna einquartiert. Es war eng und die Stimmung war explosiv.

Nora kochte. »Was hast du dir dabei gedacht?«, fuhr sie Ilja an.

»Sie wollten nicht aus dem Weg gehen, also was sollte ich tun?« Er stieß Oksana von seinem Schoß. »Meine Güte, ihr seid solche moralischen Arschlöcher! Hätte ich ihnen ein Schlaflied singen sollen? Die ganze Nummer lief doch schon! Es gab kein Zurück mehr!« Ilja blickte in die Runde und schnaubte verächtlich. »Ihr armseligen Figuren! In Wirklichkeit seid ihr dankbar und erleichtert. Ihr habt, was ihr wolltet. Das Geld. Die Blumen. Und einen Sündenbock, über den ihr euch entrüsten könnt.« Er spuckte aus, knallte die leere Flasche Bier auf den Tisch und stürmte hinaus. Oksana folgte ihm.

»Was für ein Scheißkerl!«, sagte Nora.

»Weil er die Soldaten gegrillt hat?«, fragte Wassili.

»Nein, weil er Recht hat«, antwortete Nora.

4. August 2003

Hatte die Welt schon bei der Pressekonferenz unsere Gesichter gesehen, so sind wir nun so bekannt wie bunte Hunde. Wir haben nicht nur eine Bank überfallen, sondern uns auch einfach mit unbekanntem Ziel abgesetzt. Manche munkeln, unser Versteck läge irgendwo im brasilianischen Urwald oder sonst wo in Südamerika. Andere sind davon überzeugt, dass unsere Aktion eine gut geplante Vertuschungsaktion der sowjetischen Regierung gewesen sei. Wie auch immer: In Moskau ist die Hölle los. Das Politbüro tobt, der NKWD rotiert und Guselka wird vermutlich bei einer Flasche Wodka über den Lauf der Welt philosophieren. Immerhin hat er alles verloren: uns, die Blumen, seinen Job und, was viel schmerzlicher ist, seine Würde.

Entgegen unseren ersten Überlegungen ziehen wir nicht in die Stadt, sondern noch tiefer in den Wald. Jeder setzt seine Gaben ein, um in möglichst kurzer Zeit eine Unterkunft zu errichten, die etwas komfortabler als die Jagdhütte ist.

6. August 2003

Auch wenn wir die Gesetze der Physik beugen können, ist die Arbeit eine einzige Strapaze. Die Mücken treiben uns in den Wahnsinn. Keiner von uns hat in den letzten beiden Nächten besonders gut geschlafen. Jeder rechnet damit, dass im nächsten Augenblick schwarze Hubschrauber über uns kreisen oder Spezialeinheiten des Innenministeriums aus den Büschen springen.

Wassili, der früher mal Automechaniker war, hat für Nora

ein Auto gestohlen, damit sie in Kiruna die wichtigsten Besorgungen machen kann. Sie ist die Einzige von uns, die sich nicht verkleiden muss, damit sie nicht erkannt wird. Wenn sie will, kann sie den Menschen vorgaukeln, sie sei ein rosa Elefant.

7. August 2003

Unser einziger Kontakt zur Zivilisation ist eines dieser kleinen Kofferradios, deren Akku man mit einer Kurbel aufladen kann. Zu jeder vollen Stunde sitzen wir vor dem Apparat und hören Nachrichten. Der Völkerbund ist zu einer Krisensitzung einberufen worden und hat die Sowjetunion auf die Anklagebank gesetzt. Ich bin mir sicher, dass sie sich das auf Dauer nicht gefallen lassen wird.

12. August 2003

Die Häuser sind großzügig geschnitten, aber eingeschossig und erinnern an die verzierten Giebelhäuser, wie ich sie aus der Umgebung von Jaroslawl, der Stadt meiner Kindheit, kenne. Sie passen zwar nicht so ganz in die samische Landschaft, aber sie vermittelten uns ein wenig Heimatgefühl inmitten dieser gebirgigen und schwer zugänglichen Waldlandschaft.
Wir haben entschieden, dass wir uns in den nächsten Tagen zusammensetzen, um über weitere Schritte zu beratschlagen. Vor allen Dingen müssen wir ein Behältnis für die Blumen bauen. Alle sind zufrieden. Ferienstimmung macht sich breit.

16. August 2003

Eine knappe Woche lang haben wir nach einem passenden Versteck für die Blumen gesucht und sind dabei auf das Akka-Massiv gestoßen, keine hundertzwanzig Kilometer von Kiruna entfernt. Es ist so entlegen, dass es nur mit einem Hubschrauber zu erreichen ist. Das heißt, wenn man nicht auf eine andere Weise fliegen kann.

Wir haben lange überlegt, ob wir unser kleines Dorf ebenfalls dorthin verlegen sollen, uns dann aber anders entschieden. Entfernungen spielen für uns keine Rolle. Außerdem hätten wir sonst unsere Häuser wieder neu aufbauen müssen.

2. September 2003

Die Arbeiten haben begonnen. Für unsere kleine wissenschaftliche Einrichtung haben wir uns den Stortoppen ausgesucht, die höchste Erhebung des Akka-Massivs. Die Arbeit des Vortriebs bleibt in erster Linie an mir hängen, da ich als Einziger in der Lage bin, den massiven Fels in etwas zu verwandeln, was sich leichter abtransportieren lässt. Wasser zum Beispiel. Anfänglich war es nur ein Experiment. Ilja wollte schon Dynamit besorgen, als ich begann, mich in das Innere des Berges voranzuarbeiten. Am ersten Tag schaffte ich nur einen Meter und war am Abend vollkommen erschöpft. Ich wollte schon aufgeben und Ilja den Vortritt lassen, aber Nora überzeugte mich davon, es am nächsten Tag noch einmal zu versuchen.

»Wenn es bei dir so ist wie bei mir, brauchst du nur etwas Übung«, sagte sie und massierte mir dabei den Rücken.

»Noch ein Stück weiter oben«, ächzte ich und machte einen Katzenbuckel. Ich seufzte, als sie die richtige Stelle bearbeitete. Den Tag mit ausgestreckten Armen zu verbringen, ging in die Schultern.

»Heute hast du zehn Kubikmeter abgetragen, morgen werden es hundert sein. Und übermorgen?«

»Übermorgen werde ich die Welt aus den Angeln heben«, krächzte ich, als ich mich auf den Rücken drehte. Es war spät am Abend und im Haus brannten zahlreiche Kerzen. Nora hatte sich vorgenommen, alles so romantisch wie möglich zu gestalten und so jeden Gedanken an Ilja und Oksana zu verbannen. Aus einer kleinen Anlage war »Lament« von Michal Jacaszek zu hören. Die Musik erfüllte den Raum mit einer bittersüßen Melancholie.

»Übermorgen werden wir vielleicht schon nicht mehr zusammen sein«, flüsterte sie mir traurig ins Ohr.

Ich schaute sie verwirrt an. »Warum?«, fragte ich ängstlich. »Hast du mich satt?«

Sie küsste meine Nasenspitze. »Nein, du Bauerntrampel. Natürlich habe ich dich nicht satt.«

»Aber?«, bohrte ich weiter.

Sie stand auf und zündete sich eine Zigarette an. »Ich kann es dir nicht erklären.«

»Versuch es«, sagte ich verzweifelt. »Du wirst sehen, auch ein Bauerntrampel aus Jaroslawl ist manchmal zu erstaunlichen Einsichten fähig.«

Nora rang um die richtigen Worte. »Ich sehe mehrere Wege«, sagte sie endlich. »Wege, die alle in einer Katastrophe münden.«

»Ich verstehe nicht, was du meinst«, gab ich zu. »Sind es deine Träume?«
»Ich habe dir schon einmal gesagt, dass es keine Träume sind«, entgegnete sie wütend.
»Dann eben Visionen oder wie auch immer du sie nennen willst«, sagte ich. »Sag mir, von was für einer Katastrophe du sprichst!«
»Ich rede vom Ende der Welt!«, platzte sie heraus. »Von der Zerstörung all dessen, was wir kennen! Und egal welche Anstrengungen wir unternehmen, dieser Untergang wird kommen.«
»Wann?«, fragte ich geschockt.
»Bald. In diesem Jahr. Wenn wir Glück haben, im Jahr darauf«, flüsterte sie.
»Wenn wir Glück haben?« Ich lachte trocken und setzte mich auf. »Wie wird es vor sich gehen?«
»Durch die einzigen Waffen, die uns schaden können.«
»Atombomben.« Die Explosionen würden einige von uns vielleicht überstehen, aber nicht den elektromagnetischen Impuls, der mit ihnen einhergeht. Von der radioaktiven Strahlung ganz zu schweigen. »Wie lange hast du diese Visionen schon?«
»Seit einigen Tagen. Erst war es nur eine Ahnung, aber dann wurden die Bilder immer deutlicher«, sagte Nora.
»Vielleicht irrst du dich ja«, sagte ich, obwohl ich spürte, dass dies nicht mehr als ein frommer Wunsch war.
»Der Lauf der Dinge würde sich nur ändern, wenn es die Eskatay nicht mehr gäbe.« Noras Stimme war nur noch ein Flüstern.

»Wir müssten uns umbringen und die Blumen zerstören«, entgegnete ich und spürte, wie sich meine Nackenhaare sträubten.
»Und selbst dann käme es wahrscheinlich noch zu einem weltweiten Krieg, weil niemand den Beweis antreten könnte, dass wir tatsächlich nicht mehr existieren«, sagte Nora. »Guselka hatte Recht. Wir hätten niemals an die Öffentlichkeit treten dürfen.«
»Falsch«, entgegnete ich wütend. »Er hätte niemanden mehr infizieren dürfen. Eine Eliteeinheit aus Eskatay!« Ich schüttelte den Kopf. »Es war doch von Anfang an klar, dass kein normaler Mensch Typen wie Ilja Woronesch kontrollieren kann!«
»Das hast du genau richtig formuliert«, sagte Nora. »Kein normaler Mensch.«
Ich stutzte. »Du meinst, wir sollen die Dinge in die Hand nehmen? Heute Ilja, morgen Oksana. Und übermorgen? Vielleicht Wassili, weil er Mundgeruch hat? Willst du etwa entscheiden, wer leben darf und wer sterben muss?«
Nora schwieg.
»Behalte diese Idee für dich, hast du verstanden?«, sagte ich. »Wir Eskatay müssen zusammenhalten, und das geht nur, wenn wir einander vertrauen!«
»Ilja läuft uns doch jetzt schon aus dem Ruder.«
»Dann müssen wir eine andere Möglichkeit der Kontrolle finden«, sagte ich.
»Bitte. Ich bin offen für Vorschläge.«
»Ich habe keine«, antwortete ich hilflos.
»Dann hör auf, mich so schulmeisterlich zu behandeln«,

sagte Nora kühl. Sie drückte ihre Zigarette aus, wandte sich ab und ging zu Bett.
So kam es, dass ich diese Nacht wohl auf der Couch verbringen werde. Ich sitze über meinem Tagebuch und lasse mir Noras Worte noch einmal durch den Kopf gehen. Wenn sie Angst vor der Zukunft hat, dann ist diese Angst berechtigt. Von allen Eskatay ist sie diejenige mit den wunderlichsten Gaben. Zum ersten Mal packt auch mich die Furcht.

3. September 2003

Glücklicherweise sind wir beide nicht nachtragend. Noch vor dem Frühstück hatten wir uns versöhnt und den Entschluss gefasst, den anderen Eskatay von Noras Visionen zu erzählen.
Alle schwiegen betroffen. Selbst Ilja und Oksana hielten für fünf Minuten den Mund.
»Und du hast wirklich keine Ahnung, wann es geschehen wird?«, fragte Wassili. Er war wie alle anderen auch zutiefst geschockt. Nora schüttelte den Kopf.
»Wie wird es beginnen?«, fragte Ilja. Auch er war auf einmal recht kleinlaut.
»Wir sind der Grund«, sagte Nora. »Ich weiß noch nicht, welche Rolle wir spielen werden, aber wenn es uns nicht gäbe, würden die Dinge einen anderen Verlauf nehmen.«
»Sollen wir uns jetzt umbringen?«, fragte Ilja irritiert.
Nora lachte freudlos. »Auch wenn wir uns opfern würden, gäbe es keine Garantie dafür, dass wir den Lauf der Ereignisse verändern könnten.«

»Wie müssen wir uns diesen Krieg vorstellen?« Wassilis Stimme war nur noch ein raues Flüstern.
»Innerhalb der ersten vierundzwanzig Stunden werden so gut wie alle nuklearen Sprengkörper gezündet. Ihre Ziele sind die großen Städte. Nichts wird mehr von ihnen übrig bleiben. Knapp fünfhundert Millionen Menschen werden sterben. Das sind die, die Glück haben. Die Überlebenden werden Zeugen, wie sich für Monate der Himmel verdunkelt und die Temperaturen um zwanzig Grad fallen. Für ein Jahr, vielleicht auch zwei, wird es keine Ernte geben.«
»Wie viele Menschen werden verhungern?«
»Anderthalb Milliarden Menschen. Einhundert- oder zweihunderttausend werden überleben.«
»Zweihunderttausend von drei Milliarden?«, sagte Oksana und schlug die Hand vor den Mund.
»Und wir können es nicht verhindern?«, fragte Ilja.
»Ich glaube nicht. Die Ereignisse sind in dem Moment ins Rollen gekommen, als sich die erste Blume in der Spurendriftkammer materialisierte.«
Alle schwiegen betroffen.
Mit Ausnahme von Ilja.
»Tut mir leid, das akzeptiere ich nicht«, sagte er. »Ich glaube nicht, dass mein Schicksal in Stein gemeißelt ist! Ich werde kämpfen.«
Ich sprang auf. »Gegen wen? Gegen die ganze Welt?«
»Andre, bist du denn so blind?«, schrie er mich an. »Sie wollen uns töten!«
»Das wissen wir doch nicht! Du hast Nora doch gehört.«
Ilja lachte gehässig. »Nichts gegen deine Freundin. Ich

glaube ohne Weiteres, dass sie einen Blick in die Zukunft geworfen hat. Aber ich lasse mich nicht zur Schlachtbank führen!«

»Wenn du jetzt etwas tust, werden sie herausfinden, wo wir sind«, sagte ich.

»Dann sollten wir uns verteilen. Ich werde jedenfalls nicht hierbleiben und warten, bis es losgeht.« Er packte Oksana am Handgelenk und zerrte sie mit hinaus.

Wassili rieb sich die Stirn.

»Was?«, fuhr ich ihn an, denn es war offensichtlich, dass er etwas sagen wollte.

»Er hat Recht«, platzte er heraus. »Ilja hat verdammt noch mal Recht! Wenn man uns hier findet, sind wir alle tot.«

»Na gut«, sagte ich. »Dann pack du auch deine Sachen und verschwinde von hier.« Ich erhob meine Stimme. »Das gilt auch für die anderen. Wir haben eine Verantwortung gegenüber den Menschen! Wir können die Blumen nicht mehr aus der Welt schaffen.«

Wassili stand auf und ging. Drei weitere Eskatay folgten ihm.

»Wenn wir herausfinden, unter welchen Bedingungen die Sporen tödlich sind, können wir vielleicht ein Gegenmittel herstellen«, fuhr ich unbeeindruckt fort.

Nora legte ihre Hand auf meinen Arm. »Andre …«

»Ich bin der festen Überzeugung, dass diese Blumen ein Segen für die Menschheit sein werden!« Meine Stimme überschlug sich.

»Andre, bitte.«

»Wir sollten sie nicht als Fluch, sondern als Segen betrachten. Wir befinden uns auf der Überholspur der Evolution! Wir …«

»Andre, es reicht!«

Erst jetzt bemerkte ich die verstörten Blicke, die auf mich gerichtet waren. In meinem Kopf summte es.

»Entschuldigung«, stammelte ich. »Tut mir leid …«

Plötzlich wurde die Tür aufgerissen. Es war Wassili und sein erschrockener Blick verhieß nichts Gutes.

»Ilja und Oksana sind weg«, sagte er.

Nora zuckte mit den Schultern. »Sie hatten es angedroht.«

»Aber sie haben etwas mitgenommen«, sagte Wassili und schluckte. »Sechs der Blumen fehlen.«

Ich muss zugeben, dass mich die schlechte Nachricht nicht so überraschte wie die anderen. Und ich glaube, auch Nora hatte insgeheim damit gerechnet, dass Ilja nur zu seinen eigenen Bedingungen die Gruppe verlassen würde. Wir streckten sofort unsere Fühler aus, um ihn und seine Freundin aufzuspüren, aber es hatte keinen Zweck. Irgendwie gelingt es Oksana, sich und Ilja vor uns zu verbergen. Und natürlich sind sie auch nicht im Grand Hotel aufgetaucht.

4. September 2003

Niemand hat in dieser Nacht gut geschlafen. Die Sorge um die Monate, die vor uns liegen, ist einfach zu groß. Wassili und die drei anderen haben es sich nach Iljas Verschwinden anders überlegt. Sie bleiben.

Wir frühstückten alle gemeinsam. Es war alles andere als eine heitere Runde, die sich da um Noras großen

Küchentisch versammelt hatte. Alle drückten sich um die Frage, die uns beschäftigte. Es war Wassili, der sie schließlich aussprach. »Wie geht es jetzt weiter?«

Nora schenkte ihm noch etwas Kaffee nach. »Ich muss zugeben, dass ich die Bedrohung ganz zu Anfang vollkommen unterschätzt habe. Ich dachte wirklich, wir wären hier oben im Norden einigermaßen sicher. Der Meinung bin ich mittlerweile nicht mehr.«

»Also stimmst du mit Ilja überein?«, fragte ich.

»Ja. Ich finde, wir sollten uns trennen und irgendwo untertauchen.«

Wassili und die anderen Eskatay schwiegen, einige nickten zustimmend.

»Wir haben das Grand Hotel. Darüber können wir doch Kontakt halten«, sagte Irina Efrimowskaya, eine ehemalige Kampfpilotin. Sie meldet sich selten zu Wort. Wenn sie es tut, hat sie wirklich etwas zu sagen.

»Aber dann können wir uns immer nur im Schlaf treffen«, gab Wassili zu bedenken.

Irina hob die Schultern. »Besser als nichts«, sagte sie.

»Wir können uns gegenseitig Nachrichten hinterlassen«, sagte Nora. »Das sollte kein Problem sein.«

»Und wenn einem von uns etwas zustößt?«, fragte Wassili.

»Bevor du uns eine Botschaft zukommen lassen kannst? Dann kann man nur von Pech sprechen«, sagte Nora. »Deswegen sollten wir einander immer auf dem Laufenden halten.«

»Womit wir beim Thema wären«, sagte ich und die anderen

müssen mir meine Bauchschmerzen angemerkt haben. »Bis jetzt hatten wir die Kontrolle über die Blumen. Das hat sich geändert. Ich finde, wir sollten Guselka davon in Kenntnis setzen.«

»Ilja würde dich für diesen Vorschlag einen Verräter nennen«, sagte Wassili.

»Aber Ilja ist nicht mehr da«, sagte Nora und ergriff meine Hand, die ich dankbar drückte. Dafür liebe ich sie. Im entscheidenden Moment steht sie immer auf meiner Seite. »Und ohne ihn hätten wir das Problem nicht.«

»Aber damit würden wir eingestehen, dass wir unsere Probleme nicht selbst lösen können!«, sagte Wassili.

»Entschuldigung, aber diese Art von Stolz können wir uns im Moment nun wirklich nicht leisten«, erwiderte ich.

»Gehen wir ein Risiko dabei ein?«, fragte Irina.

Ich schaute Nora an. »Existieren die Ankerpunkte noch?«

»Im Seuchenzentrum? Natürlich.«

»Dann werde ich gehen«, sagte ich. »Mir können sie nichts anhaben.«

»Ich würde gerne vorher abreisen«, sagte Wassili. »Versteh mich nicht falsch, aber bevor hier noch etwas passiert, will ich an einem anderen Ort sein.«

»Natürlich«, sagte ich. »Sonst noch jemand, der gehen will?«

Bis auf Nora hoben alle die Hand.

Ich seufzte. »Damit ist das Ende unserer kleinen Landkommune wohl beschlossene Sache.«

***

Die Sonne ging unter, als sie zusammen mit Egino und seiner neuen Armee der Morgenröte den Hafen von Lorick erreichten. Der östliche Bezirk am südlichen Midnarufer, der zwischen Süderborg und Tyndall lag, wurde noch immer von den Boxvereinen kontrolliert. Gornyak hatte seinen Plan, arme Familien kostenlos mit Nahrungsmitteln zu versorgen und die Straßen sicher zu machen, erfolgreich in die Tat umgesetzt. Die Boxvereine erhielten jede Unterstützung, die sie benötigten. Lennart musste sich eingestehen, dass Wargebrüder und Todskollen dabei schneller und effektiver als jede städtische Behörde vorgingen, die an Gesetze, Vorschriften und Regeln gebunden war.

Der Zunftmeister der Hafenarbeiter begrüßte Halldor mit einem kräftigen Handschlag. Drei Ruderboote, die jeweils zwölf Männer und ihre Ausrüstung fassten, hatte er vorbereitet. Zunächst wollte Halldor eine Barkasse benutzen, hatte die Idee aber sogleich wieder verworfen, da der Motor für eine geheime Operation wie diese zu laut gewesen wäre. Also benutzten die Männer ihre Muskelkraft.

Egino Fleming waren Gornyaks Schmeicheleien so zu Kopf gestiegen, dass Selbstbewusstsein und Arroganz bei ihm kaum mehr zu unterscheiden waren. Er und seine Armee der Morgenröte trugen geladene Gewehre und in ihren Rucksäcken waren Munition, Granaten und Sprengstoff. Sie sprachen kein Wort. Weder mit Lennart oder Elverum noch mit einem der Wargebrüder, die an der Aktion beteiligt waren. Einzig Halldor akzeptierten sie als Anführer, aber nur, weil er direkt Gornyak unterstand. Die neue Armee der Morgenröte war in Eginos Augen die Speerspitze einer

Revolution, die das hehrste aller Ziele verfolgte: die Freiheit der Menschheit mit allen Mitteln zu verteidigen. Dass die Truppe eher eine Bande nichtsnutziger Straßenkinder war, die Gornyak für seine Zwecke missbrauchte, kam Egino nicht in den Sinn. Elverum hatte mit ihm zu reden versucht, war aber auf taube Ohren gestoßen, denn er war ein Polizist und galt Egino damit automatisch als Feind der neuen Ordnung. Lennart war es nicht besser ergangen.

Egino bestand nicht nur darauf, ein Boot für sich und seine Armee zu reservieren, er wollte auch den kleinen Verband anführen. Wenigstens das konnte ihm Halldor gerade noch ausreden. Das Übersetzen zur anderen Midnarseite war ohnehin schon gefährlich genug, da mussten nicht auch noch ein paar grüne Jungs mit ihrem Kampfgeschrei die Aufmerksamkeit der Armeeposten auf sich lenken.

Helga Varnrode, die zusammen mit Lennart, Elverum und Halldor im vordersten Boot saß, wurde immer nervöser.

»Sie sind da«, flüsterte sie. »Der Zug mit den Eskatay ist in die Zentralstation eingefahren.«

»Ist es zu Kämpfen gekommen?«, fragte Elverum.

»Noch nicht«, antwortete Helga. »Sie verhalten sich unauffällig und verteilen sich in der Stadt. Die Kiste mit den Blumen …«

»Was ist mit ihr?«, fragte Lennart.

Helga rieb sich die Stirn und kniff die Augen zusammen. »Sie bringen sie fort. An einen unbekannten Ort. Julius folgt ihnen und behält sie im Auge.«

»Wer ist Julius?«

»Julius Schöpping«, sagte Helga. »Er ist ein Gist wie ich.«

Sie ruderten so leise wie möglich durch die Dunkelheit, ein schwieriges Unterfangen, denn die Strömung, gegen die sie ankämpfen mussten, war kräftiger als gedacht. Halldor saß am Bug und hielt Ausschau.

»Ich verstehe das nicht«, murmelte er. »Normalerweise müsste das Regierungsviertel schwer bewacht sein, aber ich sehe keinen einzigen Wachposten.« Er drehte sich zu Lennart um. »Wir rudern weiter.«

»Nein, wir gehen an Land«, sagte Egino. »Das Parlament ist doch ein besseres Ziel als Moritzburg. Die Geldsäcke laufen uns schon nicht davon.«

»Und ich sage, wir rudern weiter«, sagte Halldor. »Hier ist es mir zu ruhig.«

Egino hörte nicht auf den Wargebruder und steuerte einen Steg an, der eigentlich Ausflugsdampfern vorbehalten war. Er kletterte aus dem Boot, lief geduckt zur Promenade und versteckte sich hinter einem Kassenhäuschen. Der Rest seiner Truppe folgte ihm ohne Zögern.

Lennart sprang auf, wurde aber von Halldor wieder nach unten gerissen. »Haben jetzt alle den Verstand verloren?«, fluchte er.

»Egino rennt doch in den sicheren Tod. Wir müssen ihn aufhalten!«

»Ich bin nicht sein Kindermädchen«, sagte Halldor. »Lass uns abwarten, was geschieht.« Er gab dem anderen Boot durch Zeichen zu verstehen, dass die Besatzung dichter an die Hafenmauer heranrudern sollte, um dort Deckung zu suchen. Lennart schwang sich auf den Anleger, damit er besser sehen konnte, was Egino vorhatte.

Die Gruppe, die sich als Armee bezeichnete, ließ es an jeder militärischen Voraussicht fehlen. Als wäre er der neue Herr dieser Stadt, marschierte Egino mit herausfordernder Gleichgültigkeit über die Uferpromenade zum Portal des Parlamentsgebäudes.

»Alles Pose, aber kein Hirn«, sagte eine Stimme hinter Lennart. Er fuhr zusammen und wirbelte herum. Hinter ihm hockte Helga und schüttelte den Kopf. »Dummheit mag zwar manchmal das Vorrecht der Jugend sein, aber dieser Kerl nutzt dieses Privileg über Gebühr aus.«

»Haben die Streitkräfte wirklich das Regierungsviertel aufgegeben?«, fragte Lennart.

»Wer weiß. Ich habe zwar viele Gaben, aber Hellsichtigkeit gehört nicht dazu«, sagte Helga Varnrode.

Egino stand jetzt auf der obersten Stufe des Parlamentsgebäudes und zog an der schweren Tür. Zu seinem Erstaunen ließ sie sich öffnen. Er hielt sie auf und seine Kameraden stürmten hinein.

Lennart wartete ungeduldig ab und ließ den Blick über die Uferpromenade schweifen. Nichts regte sich. Noch nicht einmal ein streunender Hund lief über die Straße. Dann war ein knatterndes Geräusch zu hören. Bald wurde es so leise, dass Lennart es nicht wahrnahm. Dann wurde es lauter, danach ertönten laute Böller. Es klang wie ein Feuerwerk am Nationalfeiertag.

»Die Eskatay haben ihre Maske fallen lassen und greifen die Kasernen an«, sagte Helga mit seltsam entrücktem Blick. »Julius sagt, dass sie sich aufgeteilt haben. Jeweils vier Eskatay mit sich ergänzenden Gaben schwärmen aus, um so viele

Menschen wie möglich zu infizieren.« Ihr Blick wurde wieder klar. »Die Ereignisse überschlagen sich. Es hat keinen Zweck mehr, den Widerstand zu organisieren. Wenn ich an Gornyaks Stelle wäre, würde ich mich jetzt schleunigst verkriechen.«

»Das wird er nicht tun«, sagte Halldor, der nun ebenfalls das Boot verlassen hatte. »In dem Punkt sind wir uns sehr ähnlich. Auch wenn das Gefecht aussichtslos sein sollte, ich werde mich ihm stellen.«

»Um nach der Verwandlung gegen die eigenen Freunde und Kameraden zu kämpfen? Vorausgesetzt natürlich, die Infektion nimmt kein tödliches Ende«, sagte Helga. »Aber vielleicht haben Sie auch Glück und man lässt Sie nicht an einer der Blumen riechen. Dann wird man Sie, wenn dies hier alles vorüber ist, zusammen mit ein paar Frauen in ein Lager stecken. Da dürfen Sie zeigen, was für ein toller Mann Sie sind. Hoffen Sie aber nur nicht, eine glückliche Familie gründen zu können, denn wenn Ihre Kinder alt genug sind, wird man sie Ihnen wegnehmen.«

Halldor packte Helga an der Kehle. Sein Gesicht war weiß. Seine Augen traten aus den Höhlen, während er zudrückte. Helga Varnrode zeigte sich unbeeindruckt von diesem Akt roher Gewalt.

»Ich bin nur der Überbringer der schlechten Nachricht«, keuchte sie. »Lassen Sie mich auf der Stelle los, sonst schicke ich Sie schlafen.«

Es dauerte einen Moment, bis Halldor die Fassung wiedererlangt hatte. Schließlich ließ er Helga los. »Entschuldigung«, presste er hervor.

»Ist schon in Ordnung«, sagte Helga Varnrode. »Glauben Sie mir, ich fühle mich im Angesicht des Todes kaum besser als Sie.«

Plötzlich wurde die Tür des Parlamentsgebäudes aufgestoßen und Egino eilte mit seinen Kampfgefährten johlend und lachend die Treppe hinunter. Ihre Rucksäcke hatten sie nicht mehr dabei.

»In Deckung!«, schrie Egino. »Wir haben das Gas aufgedreht. Gleich fliegt hier alles in die …«

Er konnte seinen Satz nicht mehr vollenden, denn eine Reihe gewaltiger Detonationen zerschmetterte erst die Fenster und brachte das Dach zum Einsturz. Der letzte Schlag war so mächtig, dass er das Gebäude förmlich auseinanderriss. Eines der Boote wurde von einem herumfliegenden Trümmerteil getroffen und sank.

Lennart war plötzlich fast taub. Außer einem lauten Pfeifen und dem eigenen Atem hörte er nichts mehr. Er musste husten und ein stechender Schmerz fuhr ihm in die Seite. Jemand half ihm auf die Beine. Es war Helga Varnrode. Auch sie war von der Explosion überrascht worden, aber im Gegensatz zu Egino und seinen Mitstreitern lebte sie noch. Elverum lag auf dem Boden. Ein rotes Rinnsal lief aus seinen Ohren. Lennart beugte sich zu ihm hinab und wäre dabei fast über einen Ziegelstein gestürzt. Er drehte den Polizisten auf die Seite, aber es war nicht zu erkennen, ob Elverum noch lebte. Halldor Schartess war von einem Balken am Bein getroffen worden. Auch er blutete aus mehreren Wunden. Tallak war tot, dazu bedurfte es noch nicht einmal eines zweiten Blickes. Lennart hielt sich die Seite und hustete erneut. Helga fasste ihn an der Schulter an und zeigte hektisch auf eine Gruppe von Menschen, die sich ihnen näherten. Sie fasste sich an die Schläfen und schloss die Augen. Wie Marionetten, deren Fäden man durchtrennt hat, brachen sie zusammen und blieben reglos liegen. Sie sagte etwas, das Lennart bei all dem Pfeifen und Dröhnen in seinem Kopf nicht verstehen konnte, und nahm ihn in die Arme – und das ziemlich fest. Lennart wollte sich aus ihrem Griff befreien, aber da hatte er schon keinen Boden mehr unter den Füßen. Er flog. Als er das bemerkte, klammerte er sich umso stärker an Helga fest. Der Flug dauerte nicht lange. Helga steuerte ein Haus im Regierungsviertel an, das im Gegensatz zu den anderen Gebäuden noch erleuchtet war. Lennart erkannte es wieder. Es war das Exzelsior, das beste und teuerste Hotel der Stadt, in dem normalerweise Staatsgäste untergebracht wurden.

Sie landeten in einer schmalen Seitengasse und eilten zum Haupteingang. In der Lobby saßen verstörte Gäste auf ihren Koffern. Beim Eintritt der beiden sprangen sie auf und bedrängten Lennart mit Fragen. Er hörte jedoch noch immer kaum etwas. Helga wehrte die Leute ungeduldig ab und zog ihn zur Rezeption, wo sie den Empfangschef ansprach. Der Mann blickte von seinen Büchern auf und zeigte auf einen kleinen Nebenraum, der wohl zur Kofferaufbewahrung diente. Unbeirrt zerrte Helga Varnrode Lennart hinter sich her, und noch immer verstand er nicht, was überhaupt vor sich ging. In dem kleinen Raum war ein Portier damit beschäftigt, die Unordnung zu beseitigen, damit die Koffer aus der Eingangshalle hier abgestellt werden konnten.

Helga Varnrode redete auf den Mann ein, der zunächst energisch den Kopf schüttelte und dann, als Helga nicht lockerließ, schicksalsergeben die Schultern hängen ließ. Er ging fort, nur um kurz darauf mit einem Atlas, einem Blatt Papier und einem Stift zurückzukehren. Helga schaute im Index nach und öffnete dann die Seite, auf der eine Karte von Morvangar abgebildet war. Lennart verstand noch immer kein Wort. Das enervierende Pfeifen hatte nachgelassen, der Druck in seinem Kopf aber war geblieben. Der Portier kritzelte etwas auf einen Zettel und schob ihn Lennart zu.

Mein Name ist Armand und ich werde Sie zu Ihren Kindern nach Horvik bringen.

»Wann?«, fragte Lennart.

Armand schrieb nur ein Wort auf den Zettel. Lennart konnte es lesen, obwohl es auf dem Kopf stand. Es lautete: *Jetzt.*

***

5. September 2003

Irina war die Letzte, die mit unbekanntem Ziel abreiste. Niemand fragte nach den Blumen, die noch in unserer Obhut waren. Keiner wollte mehr etwas mit ihnen zu tun haben. Wassili nahm sich vor, seine Fähigkeiten nur noch dann zu nutzen, wenn er keine andere Wahl mehr hatte. Ansonsten wollte er ein ganz normales Leben irgendwo in Kanada führen. Vielleicht eine Frau finden, heiraten, Kinder kriegen. Ich wünschte ihm dabei viel Glück. Am Ende blieben nur Nora und ich zurück. Irgendwie hatten wir das Gefühl, dass ein wichtiger Abschnitt unseres Lebens gerade sein Ende gefunden hatte.

»Diese Welt wird untergehen und wir sind schuld daran«, sagte Nora.

Was sollte ich darauf sagen? Im Grunde gebe ich ihr Recht, auch wenn ich glaube, dass es eine Verkettung unglücklicher Umstände war. Aber wir sind die Einzigen, die es hätten verhindern können. Nur dass uns damals die Weitsicht fehlte. Aber selbst wenn wir die Schatten zukünftiger Ereignisse erkannt hätten, wären wir auch den richtigen Weg bis zur letzten Konsequenz gegangen? Wir hätten alles daransetzen müssen, die Blumen zu vernichten, um schließlich unserem eigenen Leben ein Ende zu setzen. Doch nun war der Geist aus der Flasche entwichen. Keine Macht der Welt konnte das rückgängig machen.

»Wir müssen Guselka einweihen«, sagte ich. »Alleine haben wir keine Chance, das Schlimmste zu verhindern.«

Nora lachte resigniert. »Was immer wir auch tun, am Ende steht die Katastrophe.«

Ich packte Nora an den Schultern und schüttelte sie. »In einem Punkt stimme ich mit Ilja überein: Kampflos werde ich mich nicht in mein Schicksal fügen.«
»Andre, ich bin müde«, jammerte sie.
Nora schläft noch immer mindestens vierzehn Stunden am Tag. Manchmal, wenn sie zu viel arbeitet, kommt es vor, dass sie mitten in einer Unterhaltung einschläft. Ich glaube, in der Medizin nennt man das Narkolepsie. Auto fahren ist für sie extrem gefährlich. Vor einem Monat hat sie das endlich eingesehen und sich seitdem nicht mehr hinters Steuer gesetzt.
»Dann schlaf«, sagte ich. »Leg dich hin. Und wenn du wieder wach bist, reisen wir nach Dubna.«

6. September 2003

Guselka im Seuchenzentrum einen Besuch abzustatten, war zu gefährlich. Ich wusste aber, dass der NKWD-Mann nicht allzu weit davon entfernt, am Wolgastausee, eine Datscha besaß. Es dauerte eine Weile, bis wir das Bewegungsmuster der Wachen durchschauten und uns an ihnen vorbeischleichen konnten. Ich drang in das Haus ein und öffnete eine Hintertür, durch die ich Nora hereinließ.
Guselka lebte nicht schlecht. Als hochrangiger Offizier des Geheimdienstes verdiente er so viel, dass er sich nicht nur ein großzügiges, von Birken bewachsenes Grundstück leisten konnte. Auch das Haus war rustikal und geschmackvoll eingerichtet. Wir bedienten uns schamlos aus dem Kühlschrank und setzten uns ins Wohnzimmer, wo wir auf ihn warteten.

Gegen Mitternacht hörten wir, wie die Haustür aufgeschlossen wurde und Guselka sich von seiner Leibwache verabschiedete. Ohne das Licht einzuschalten, betrat er das Haus. Er stellte die Tasche ab und ging zu einem kleinen Schrank, um sich einen Wodka einzuschenken.

»Leider fehlt mir der Bourbon, um einen anständigen Mint Julep zu mixen, aber ich glaube, Andre trinkt noch immer gerne einen vernünftigen Starka«, sagte Guselka. »Oder täusche ich mich da?«

»Woher wissen Sie denn, dass wir da sind?«, fragte ich im Dunkeln.

»Ich wäre ein schlechter Agent, wenn ich das nicht bemerkt hätte«, sagte er und schenkte außer dem seinen zwei weitere Gläser ein. Er stellte sie auf den Tisch und ließ sich in einen Sessel fallen. »Außerdem hatte ich gehofft, dass Sie mich irgendwann aufsuchen.«

»Lassen Sie deswegen Ihr Grundstück nur von vier Männern bewachen?«, fragte ich.

Guselka grinste und leerte sein Glas in einem Zug. »Ich glaube, ich habe Ihnen beiden noch nicht zu Ihrem Coup gratuliert. Alle Achtung, das war auch mit Ihren Gaben eine Meisterleistung.«

»Es tut mir leid wegen des Mannes, der getötet wurde.«

»Ilja Woronesch ist ein Psychopath. Wenn es nach mir gegangen wäre, hätte ich ihn nicht infiziert.«

»Wir brauchen Ihre Hilfe«, sagte Nora. »Woronesch hat sich mit Oksana Alelujewa abgesetzt und einige der Blumen mitgenommen.«

Guselka erstarrte. Für einen Moment sah es so aus, als

wäre alles Leben aus ihm gewichen. Doch dann zwang er sich zu einem Lächeln und stand auf. »Sie haben schon gegessen?«

»Woher wissen Sie das«, fragte ich, nun wirklich überrascht.

»Der Geruch des Schinkens hängt noch in der Luft und ich habe eine sehr feine Nase.«

Die hatte er allerdings.

»Ich habe noch eine Okroschka, die für uns drei reichen müsste. Also, wie sieht es aus?«

Nora stand auf. »Ich helfe Ihnen.«

Gemeinsam gingen wir in die Küche. Guselka schaltete das Licht nicht ein.

»Tiefe Teller stehen in dem Schrank dort oben, Besteck ist in der Schublade.« Ich deckte den Tisch, während Nora ein Brot in Scheiben schnitt. »Was möchten Sie trinken? Ich habe hier noch drei kalte Biere.«

»Gerne«, sagte ich und öffnete eine Flasche mit einem Messergriff. Nora lehnte ab. Wir setzten uns an den Tisch und aßen schweigend.

»Wann haben Sie das letzte Mal Nachrichten gehört?«, fragte Guselka unvermittelt zwischen zwei Löffeln.

»Gestern Abend«, sagte Nora.

»Und wie schätzen Sie die Weltlage ein?«

»Angespannt«, erwiderte ich. »Der Westen hat Angst. Er möchte, dass wir alle unsere Forschungsergebnisse veröffentlichen. Der Völkerbund ist zu einer weiteren Dringlichkeitssitzung einberufen worden. Es gibt hitzige Debatten. Manche fordern Sanktionen gegen uns.«

»Die Lage ist noch viel dramatischer«, sagte Guselka. »Die USA haben Defcon 2 ausgerufen. Die Falken in der Limbaugh-Administration fordern einen Präventivschlag gegen die Sowjetunion, und der Präsident ist kurz davor, unsere Forschungseinrichtungen bombardieren zu lassen.«

»Ich dachte, Rush Limbaugh sei ein Isolationist, der sich aus der Weltpolitik heraushält«, sagte ich.

»Aber nur so lange er aus einer Position der Stärke heraus handeln kann. Die sieht er jetzt bedroht«, sagte Guselka. »Vor zwei Tagen gab es einen Zwischenfall in der Nordsee. Ein amerikanisches und ein sowjetisches U-Boot spielten Katz und Maus. Dabei kam es zu einer Kollision. Beide sind gesunken, und nun hindert eine Seite die andere daran, die havarierten U-Boote zu heben, da sie ihre militärischen Geheimnisse bedroht sehen.«

»Und die Besatzungen?«, fragte Nora.

»Leben noch. Aber es ist nur eine Frage der Zeit, bis die Mannschaft der Dserschinski an Unterkühlung gestorben oder erstickt ist.«

»Aber wieso wird darüber nicht berichtet?«, fragte ich.

»Wegen der strengen Nachrichtensperre, die das Politbüro in seltener Eintracht mit dem Weißen Haus verhängt hat«, sagte Guselka. »Die Lage ist hochexplosiv. Und jetzt erzählen Sie mir, dass Woronesch mit einer Handvoll Blumen untergetaucht ist. Wissen Sie, was es bedeutet, wenn er und diese Oksana aktiv werden? Womöglich in einer amerikanischen Großstadt?«

»Wie sind unsere Beziehungen zu den Amerikanern?«, fragte Nora.

»Sagte ich doch. Beschissen.«

»Und gibt es eine andere, inoffizielle Möglichkeit, wie wir mit ihnen in Kontakt treten können?«

»Über die schwedische Regierung vielleicht noch. Premierminister Pertoft ist der Einzige, der noch mit Limbaugh reden kann und sich ganz gut mit Ruzkoi versteht.«

»Vielleicht gibt es auch einen anderen Weg, Woronesch und die Eskatay zu stoppen«, sagte Nora. »Erinnern Sie sich noch an unsere Untersuchungen im Magnet-Resonanz-Tomografen?«

»Ja. Sie beide hätten die Untersuchung fast nicht überlebt.«

»Elektromagnetische Strahlung zerstört die Blumen und tötet die Eskatay«, sagte Nora.

»Das wissen wir bereits. Wie wollen Sie diese Strahlung denn flächendeckend einsetzen?«

Nora sah Guselka an, als fordere sie ihn auf, den eigenen Verstand zu benutzen.

»Sie sind doch verrückt!«, fuhr er sie an, als ihm dämmerte, worauf sie hinauswollte. »Einen nuklearen elektromagnetischen Puls können Sie nur erzeugen, wenn Sie in einhundert Kilometer Höhe eine Atombombe oder eine Wasserstoffbombe zünden.«

»Nicht eine«, korrigierte ihn Nora. »Mehrere. Ich kann zwar spüren, wie viele Eskatay es gibt, aber ich kann nicht sagen, wo sie sich aufhalten. Wir müssten also versuchen, eine möglichst große Fläche zu bestrahlen, damit wir eine hundertprozentige Wirkung erzielen.«

»Alle ungeschützten elektronischen oder mit Strom betriebenen Geräte würde man damit zerstören!«, sagte Guselka.

»Ich weiß.«

»Das wäre ein großes Opfer«, sagte Guselka.

»Die Alternative wäre das hier.« Ohne Vorwarnung ergriff sie seine Hand. Guselkas Körper verkrampfte sich, als hätte er einen epileptischen Anfall.

»Nora!«, rief ich. »Was tust du da?«

Guselka zitterte jetzt am ganzen Leib. Schaum trat vor seinen Mund, die Augen waren so nach oben verdreht, dass nur noch das Weiße zu sehen war.

»Nora, hör auf!«

Aber Nora ließ nicht los. Im Gegenteil, sie griff noch fester zu. Guselka verlor jegliche Kontrolle über sich. Heftig zuckend trat er gegen den Tisch. Die Bierflaschen kippten um. Ein leerer Suppenteller fiel auf den gekachelten Küchenboden und zersprang.

»Nora!«

Sie ließ los. Guselka glitt kraftlos vom Stuhl. Ich sprang auf und konnte ihn im letzten Moment auffangen.

»Verdammt, was soll das?«, fuhr ich Nora an. »Willst du ihn umbringen?«

»Guselka wird es überleben, glaub mir«, sagte sie erschöpft. »Er musste sehen, was ich gesehen habe, sonst hätte er mich nicht verstanden.«

Ich packte ihn unter den Armen und zog ihn ins Wohnzimmer, wo ich ihn auf die Couch legte. Nora wollte mir helfen, aber ich wehrte sie ab. »Fass ihn nicht an!«

Nora hob beschwichtigend die Hände. »Ist ja schon gut.«

Ich öffnete sein Hemd und wischte ihm den Mund ab. Langsam kam er wieder zu sich, doch der Schock über das Gesehene spiegelte sich noch immer in seinen Augen. Er öffnete den Mund, um etwas zu sagen, brachte aber nur ein trockenes Krächzen hervor. Nora eilte in die Küche und holte ihm ein Glas Wasser, das er hastig leerte. Langsam kehrte wieder etwas Farbe in sein Gesicht zurück.

»Und was halten Sie jetzt von meinem Vorschlag?«, fragte sie.

Guselka nickte stumm. »Es ist eine Verzweiflungstat, die wir nicht alleine begehen können«, sagte er. »Wir müssen mit allen reden. Den Amerikanern, den Europäern, den Afrikanern, den Chinesen und den Indern. Mit jedem, der im Besitz einer Atombombe ist.«

»Das sehe ich genauso«, sagte Nora.

»Und dennoch ist der Ausgang einer solch beispiellosen Operation ungewiss«, meinte er niedergeschlagen.

»Deswegen müssen wir uns auf das Schlimmste vorbereiten«, sagte Nora. »Falls es dazu kommt, dass die Welt in einem nuklearen Inferno untergeht, müssen wir an unsere Kinder denken. Deswegen errichten wir in der Nähe von Kiruna ein Archiv, in dem das gesamte Wissen der Menschheit, auch das Wissen über die Eskatay, gesammelt und konserviert werden soll.«

»Warum in Schweden?«

»Die Frage ist falsch gestellt. Sie sollte eher lauten: Warum nicht in der Sowjetunion? Ich glaube, die Antwort können Sie sich selbst geben. Schweden ist neutral.«

»Wir müssen Premier Pertoft von Ihrem Vorhaben unterrichten«, sagte Guselka. »Immerhin errichten Sie die Anlage auf schwedischem Hoheitsgebiet. Wenn er herausfindet, was Sie hinter seinem Rücken treiben, wird er das als einen Akt kriegerischer Aggression betrachten.«

»Ohne staatliche Unterstützung werden wir nicht weit kommen«, pflichtete ich Guselka bei. »Und ohne wechselseitiges Vertrauen ist das ganze Projekt zum Scheitern verurteilt. Wir benötigen einen ehrlichen Makler. Ruzkoi oder Limbaugh können das niemals sein.«

»Wie gut sind Ihre Kontakte zu Pertoft?«, fragte Nora.

»Wir haben uns einmal auf einer Sicherheitskonferenz in Helsinki kennengelernt, als er noch Verteidigungsminister war. Pertoft war ein sehr angenehmer Gesprächspartner«, sagte Guselka. »Er handelt stets sachbezogen und ist keiner Ideologie verpflichtet. Ich könnte Kontakt mit ihm aufnehmen.«

»Würden Sie das tun?«

»Habe ich eine andere Wahl?«, erwiderte Guselka. »Ich glaube, wir müssen jede Parteilichkeit über Bord werfen, wenn wir überleben wollen.«

10. September 2003

Guselkas Kontakte sind wirklich hervorragend. Heute Früh sind wir nach Uppsala gereist, wo Premierminister Pertoft die Ehrendoktorwürde verliehen wurde. Im Anschluss an die Zeremonie gab es einen Empfang in der Carolina Rediviva, zu dem wir eingeladen waren. Zehn Minuten hatten wir Zeit, um im Büro des Bibliotheksleiters mit Pertoft zu reden.

Nora berichtete ihm in allen Einzelheiten, was sich seit unserer Pressekonferenz zugetragen hatte, verzichtete aber darauf, dieselben Mittel wie bei Guselka anzuwenden. Pertoft zuckte einmal kurz zusammen, als wir ihm von unserer Anlage im Akka-Massiv berichteten, ansonsten hörte er ruhig zu. Guselka überreichte ihm eine Mappe, die alle wesentlichen Informationen über die Blumen und die Eskatay enthielt.

Pertoft setzte sich in den Stuhl des Bibliotheksleiters und studierte die Akten sehr gründlich. Niemand sagte ein Wort. Als eine Frau an der Tür klopfte und wissen wollte, wann der Premier zu den Gästen stoßen würde, bat er freundlich, man möge ihn noch einmal für eine halbe Stunde entschuldigen. Nachdem die Tür wieder geschlossen war, blickte er lange zum Fenster hinaus.

»Lews Einschätzung deckt sich weitgehend mit den Erkenntnissen unseres Geheimdienstes«, sagte er schließlich. »Aber dass die Situation so dramatisch ist …« Er schwieg betroffen.

»Wir müssen schnell handeln«, sagte Nora. »Noch hat Woronesch niemanden mit den Blumen infiziert. Das würde ich wissen. Aber er plant eine große Aktion, dessen bin ich mir sicher.«

»Und Sie schlagen tatsächlich vor, einen weltweiten EMP auszulösen?«, sagte Pertoft.

Nora blickte ihn ernst an.

»Ja. Ich weiß, die Vorstellung ist ungeheuerlich, aber ich befürchte, wir haben keine andere Wahl.«

»Nehmen wir einmal an, ich würde Ihren irrwitzigen Vorschlag tatsächlich als ernsthafte Möglichkeit in Betracht ziehen: Wie sollte ich Ihrer Meinung nach den Rest der Welt davon überzeugen, in den höheren Schichten der Atmosphäre mehrere Atombomben zu zünden?«

Nora wollte etwas darauf antworten, aber Pertoft hob die Hand. »Die meisten Atommächte sind Demokratien. Der Einsatz dieser Waffen muss von den jeweiligen Parlamenten abgesegnet werden. Glauben Sie wirklich, das könnte im Geheimen geschehen? Wir leben in einer Welt, wo auf globale Probleme noch immer national geantwortet wird. Der Völkerbund ist keine Weltregierung. Das kann man bedauern, aber es ist die Realität. Wir hätten nur eine Chance, wenn die Amerikaner und die Sowjetunion gemeinsam die Initiative ergreifen würden.«

»Das ist illusorisch!«, sagte ich.

»Richtig«, stimmte mir Pertoft zu. »Vielleicht finden Sie ja eine Möglichkeit, diesen Woronesch und seine Freundin zur Strecke zu bringen?«

»Noch einmal: Ich weiß, dass er noch lebt, aber nicht, wo er sich aufhält«, sagte Nora.

»Sie spüren ihn, nicht wahr?«, sagte Pertoft.

»Ja.«

»Ich weiß nicht, wie das bei Ihnen funktioniert, aber können Sie seine Gedanken lesen?«

Nora schüttelte bestimmt den Kopf.

»Nein, nicht auf diese Entfernung.«

Pertoft kratzte sich an der Nase. »Ich versuche jetzt, mich in die Situation von Ilja Woronesch zu versetzen. Die Gabe, die ich besitze, macht mich zu einem mächtigen Menschen.

Ich kann von einem Ort zum anderen springen, Dinge allein durch die Kraft meiner Gedanken in Brand setzen und noch einiges mehr. Was für ein Interesse sollte ich haben, weitere Menschen mit der Blume anzustecken? Warum sollte ich meine Macht teilen?«

»Sie unterstellen gerade Woronesch das Verhalten eines normalen Menschen. Aber Woronesch ist nicht normal«, sagte Guselka. »Es mag zwar widersprüchlich klingen, aber er hat auf seine Art das Wohl der Menschheit im Sinn. Alle sollen von den Segnungen dieser Blume profitieren. Er will eine neue Weltordnung, natürlich zu seinen Bedingungen.«

»Woronesch hat eine Mission?«, fragte Pertoft erstaunt.

»Ja. Wenn es ihm nur um Geld oder Macht ginge, wären unsere Sorgen ein wenig kleiner. Dann würde er uns mit den Blumen erpressen.«

»Doch damit ist nicht zu rechnen.«

»Nein, das glaube ich nicht«, sagte Guselka.

Es klopfte erneut und die Frau, die schon zuvor nach dem Premier gefragt hatte, steckte ihren Kopf durch den Türspalt.

»Entschuldigung, aber der Rektor fragt …«

»Sagen Sie dem Rektor, dass er mich mal kann!«, fuhr Pertoft die Frau an. Sie zuckte zusammen und der Premier seufzte müde. »Nein, sagen Sie das nicht. Es dauert noch ein wenig.«

Die Frau musterte uns misstrauisch und zog dann wieder die Tür zu.

»Es tut mir leid«, sagte Pertoft zu Guselka. »Aber ich würde meine Glaubwürdigkeit aufs Spiel setzen, wenn ich einen weltweiten Atomschlag forderte. Im Moment befinden wir uns noch in einem Stadium, in dem die – wie nennen Sie sie? – die Eskatay die Dinge alleine regeln müssen. Was nicht heißt, dass ich Ihnen meine Unterstützung verweigere. Wie weit sind Sie mit Ihrer Anlage im Akka-Massiv?«

»Wir haben gerade erst mit dem Bau begonnen.«

»Ich werde diesem Vorhaben den Segen der Regierung geben. Dazu werde ich das Informationsbyrån, unseren Geheimdienst, in die Sache einweihen müssen. Sie beide werden jedoch nach außen weiter verdeckt operieren. Wenn der Rest der Welt erfährt, dass zwei Eskatay für den schwedischen Staat arbeiten, ist der Teufel los.«

»Hat Schweden so etwas wie einen zentralen Lagerungsort für nationale Kulturgüter?«, fragte Nora.

»Nein«, sagte Pertoft.

»Darf ich Ihnen vorschlagen, dafür unseren Bunker im Stortoppen zu nutzen?«, fragte ich. »Das Innere des Akka-Massivs dürfte jeden Atomschlag überstehen, deswegen wollen wir dort unsere Forschungsanlage errichten.«

»Wissen Sie, dass Sie beide mir eine Heidenangst einjagen?«, sagte Pertoft. »Ich werde den Vorschlag prüfen, aber das sollte kein Problem sein. Wenn jemand Fragen stellt, was wir in Lappland treiben, können wir ihm wenigstens sagen, wir bauen ein atombombensicheres Archiv.«

14. September 2003

Die Arbeiten im Stortoppen gehen zügig voran. Wofür ein Bautrupp mit etlichen Tonnen Dynamit vermutlich Jahre

brauchen würde, das gelingt uns in wenigen Wochen. Nora hatte Recht. Je öfter ich meine Gaben einsetze, desto stärker werden sie.
Und nicht nur das, andere kommen hinzu! Heute Morgen, als mir eine Teetasse aus der Hand gefallen ist, habe ich festgestellt, dass ich die Telekinese beherrsche. Nur durch die Kraft meiner Gedanken konnte ich verhindern, dass die Tasse auf dem Boden zerschellte.
Nora bereitet mir Sorgen. Sie leidet weiterhin an chronischer Müdigkeit. Immer wieder schläft sie plötzlich ein.
Guselka hat sich zu einem hervorragenden Doppelagenten entwickelt. Es gelang ihm tatsächlich, die kompletten Forschungsergebnisse zu kopieren und aus Dubna herauszuschaffen. Noch arbeitet er für den NKWD, aber wir haben vereinbart, ihn zu holen, wenn die Lage zu gefährlich für ihn wird.
Pertoft hält Wort und hat uns die Nummer seines Mobiltelefons gegeben, die außer seiner Büroleiterin niemand kennt. Zum ersten Mal seit Langem verspüre ich ein wenig Hoffnung.

16. September 2003

Guselka befürchtet, dass man ihm langsam auf die Schliche kommt. Er wird nervös. Ich weiß, was in der Sowjetunion mit feindlichen Spionen geschieht. Wenn sie Glück haben, werden sie hingerichtet. Wenn sie Pech haben, werden sie nach Sibirien in ein Straflager geschickt. Das Risiko ist zu groß. Morgen hole ich ihn heraus.

17. September 2004

Seit heute ist Guselka offiziell ein Überläufer. Das Informationsbyrån freut sich schon auf die Zusammenarbeit mit ihm, obwohl ich bezweifle, dass Guselka sehr auskunftsfreudig sein wird. Das verstieße wohl gegen seinen Ehrenkodex als Geheimdienstler.

Sein Verschwinden dürfte zu neuen Spannungen zwischen der Sowjetunion und den USA führen. Ich anstelle des NKWD würde auch vermuten, dass Guselka sich nach Nordamerika abgesetzt hat.

Ich reise wieder zurück zum Stortoppen, um mit meiner Arbeit fortzufahren.

12. Oktober 2003

Ich kann kaum den Stift halten, so erschöpft bin ich. Nach über einem Monat Arbeit ist der Rohbau der Forschungsanlage fertiggestellt. Sie soll in einer großen Halle Platz finden, die nicht von Trägern gestützt werden muss. Das Resultat ist eine selbsttragende Kuppel, die so groß ist, dass sogar das römische Pantheon hineinpassen würde. Morgen werde ich Pertoft anrufen und ihm sagen, dass er seine Leute herschicken kann.

Ich freue mich schon auf mein Bett. Wenn ich schlafe, werde ich im Grand Hotel endlich Nora wiedersehen.

13. Oktober

Im Grand Hotel waren wir beide die einzigen Gäste. Nora saß die meiste Zeit mit geschlossenen Augen in einem Sessel und suchte Ilja und Oksana.

Einmal fragte ich sie, ob sie schlafe, doch sie sagte mir, dass es nicht möglich sei, im Schlaf zu schlafen.

»Ich bin fertig«, sagte ich. »Nächste Woche sind wir nicht mehr allein. Dann wird das schwedische Nationalarchiv mit dem Umzug beginnen.«

Nora öffnete ein Auge und blinzelte mich an. »Es tut mir leid, dass ich so wenig Zeit für dich habe.«

»Mir tut es leid, dass du die ganze Zeit so müde bist«, sagte ich. »Sobald das Labor eingerichtet ist, suchen wir nach einem Mittel gegen deine Erschöpfung. Glücklicherweise haben wir noch das Grand Hotel, sonst würden wir uns ja gar nicht mehr sehen.«

»Ich kann machen, was ich will, ich finde nicht heraus, wo sich die beiden verstecken«, sagte Nora.

»Also werden wir warten müssen, bis sie sich rühren.«

»Und genau das treibt mich in den Wahnsinn«, sagte Nora und fluchte. »Woronesch spielt mit uns. Ich bin sicher, dass er etwas Großes ausheckt.«

14. Oktober 2003

Heute kam das Vorauskommando von Pertofts Bautrupp, um die Lage zu begutachten. »Bautrupp« ist vielleicht die falsche Bezeichnung für diese Männer, die mit Sicherheit im Sold des Informationsbyrån stehen. Die Anlage im Stortoppen dürfte bei jedem, der sie zum ersten Mal sieht, eine Reihe von Fragen aufwerfen: Wo befinden sich die Arbeiter und die Maschinen, die sich in den Berg hineingefressen haben? Was ist mit dem Abraum dieser Höhle geschehen? Und wer sind der Mann und die Frau, die dieses Vorauskommando begrüßen? Der Leiter der Gruppe stellte all diese Fragen nicht. Jeder, der eins und eins zusammenzählen kann, weiß, wer wir sind. Außerdem haben Nora und ich unser Äußeres nicht verändert. Unsere Gesichter sind bekannt.

Zuerst muss aber am Fuß des Akka-Massivs eine provisorische Landebahn errichtet werden, damit die schweren Transportmaschinen vom Typ LC-130 Hercules starten und landen können. Pertoft hat zwei der acht Maschinen dem Geheimdienst zur Verfügung gestellt, damit das erforderliche schwere Baugerät in den Norden geflogen werden kann. Denn meine Fähigkeiten entwickeln sich zwar beständig weiter, doch noch bin ich nicht in der Lage, so komplexe Materialien wie Beton herzustellen. Und diesen benötigen wir, um die Versorgungstunnel auszugießen. Morgen werde ich mit der Landebahn beginnen. In einer Woche müsste ich damit fertig sein.

Nora macht mir immer mehr Sorgen. Ihre enormen Gaben lassen sich nicht mit meinen erbärmlichen Fähigkeiten vergleichen, und ich glaube, dass ihr Körper den permanenten Veränderungen auf Dauer nicht gewachsen ist. Sie schläft wieder zwanzig Stunden am Tag.

24. Oktober 2003

Heute ist im dichten Schneetreiben die erste Hercules gelandet. Guselka war mit an Bord und er hatte ein besonderes Geschenk im Gepäck.

»Bei meinen letzten Untersuchungen in Dubna habe ich festgestellt, dass Noras Hirnstoffwechsel nicht mehr ein-

wandfrei funktioniert und dass sich dieser Zustand aufgrund der rapiden Veränderungen noch verschärfen wird«, sagte Guselka, als er sich in unserem Wohncontainer an den Tisch setzte.
Ich hängte seine Daunenjacke an einen Haken bei der Tür. Draußen trieben noch immer Schneeflocken am Fenster vorbei. Mittlerweile war es so kalt, dass sie liegen blieben. Morgen würde die Landschaft von einer geschlossenen Schneedecke überzogen sein. Ich mache mir Sorgen um die Bauarbeiten, denn ich weiß, dass der Beton bei Minusgraden nicht abbindet. Doch das war zweitrangig, als Guselka seine Tasche öffnete, um eine kleine Flasche auf den Tisch zu stellen.
»Das ist Modafinil. Es wird bei Patienten mit Narkolepsie eingesetzt«, sagte Guselka strahlend.
»Glauben Sie wirklich, dass Nora an einer simplen Schlafstörung leidet?«, fragte ich und erhitzte etwas Wasser mit einem Tauchsieder.
»Na, so simpel ist eine Narkolepsie auch nicht«, sagte Guselka und er klang fast ein wenig beleidigt, weil ich seine Begeisterung nicht teilte. »Meist geht sie mit einem chronischen Erschöpfungssyndrom einher.«
»Was sind die Nebenwirkungen?«
Guselka las den Beipackzettel. »Es greift die Leber an.«
Ich musste lachen. »Wollen wir das hier nicht lieber einen Arzt machen lassen?«
»Ich bin Arzt, schon vergessen?«, entgegnete Guselka schnippisch.
Ich stellte ihm eine Tasse Tee hin und nahm neben ihm

Platz. »Entschuldigen Sie«, sagte ich und rieb mir die Augen. »Manchmal glaube ich, ich könnte auch so ein Mittel gebrauchen.«

»Keine Angst. Sie müssen nur mal richtig ausschlafen.«

Ich nahm das Fläschchen mit den Tabletten an mich und betrachtete es.

»Also gut, probieren wir es«, sagte ich schließlich.

»Können wir sie wecken?«, fragte Guselka.

Ich stand auf und setzte mich zu Nora ans Bett.

»Nora? Nora, wach auf«, flüsterte ich. Guselka löste zwei Tabletten in einem Glas Wasser auf.

Nora lag kraftlos wie eine Puppe im Bett und murmelte etwas vor sich hin.

»Nora, wach bitte auf«, sagte ich eindringlich und rüttelte sie am Arm. Sie stieß mich mit einer matten Bewegung fort.

»Lass mich«, murmelte sie schwerzüngig.

Ich legte meinen Arm um ihre Schulter und richtete sie auf. Der Kopf fiel schwer auf ihre Brust. Guselka reichte mir das Glas.

»Hier. Trink das!«

Nora wandte träge den Kopf ab. »Ich will nicht.«

»Du musst.« Ich hielt ihr das Glas an die Lippen.

»Nein ...«

Ich sah Guselka Hilfe suchend an. Er fasste ihr Kinn und zwang sie, den Mund zu öffnen. Ich rührte das Glas noch einmal um, da sich das Mittel so gut wie gar nicht auflöste. Sie schluckte, hustete und schluckte erneut. Dann war das Glas leer und ich bettete sie wieder auf ihr Kissen.

Wir warteten ungefähr eine halbe Stunde. Die Wirkung des Mittels war erstaunlich. Nora schlug blinzelnd die Augen auf und blickte sich verwirrt um.

»Wie geht es dir?«, fragte ich sie und strich ihr eine Strähne pechschwarzen Haars aus dem bleichen Gesicht.

»Besser«, sagte sie.

»Hast du Hunger?«, fragte ich. Sie nickte.

»In dem Kasten müsste noch ein halbes Brot sein«, sagte ich zu Guselka. »Wurst und Butter finden Sie im Kühlschrank.« Er machte sich an die Arbeit.

Nora setzte sich auf und holte tief Luft. »Ich bin wach«, sagte sie erstaunt. »Und fühle mich so frisch wie seit dem Kontakt mit der Blume nicht mehr. Was habt ihr mir gegeben?«

»Ein Psychostimulans namens Modafinil«, sagte Guselka und drückte ihr ein üppig belegtes Sandwich in die Hand, in das sie beherzt biss. »Wir sollten genau beobachten, wie Sie darauf reagieren, aber ich glaube, wir haben das Richtige gegen Ihre Erschöpfung gefunden.«

»Haben Sie noch mehr davon mitgebracht?«, fragte ich.

»Genug für eine sehr lange Zeit.«

Nora schloss die Augen und stöhnte wohlig. »Ich fühle mich wie Dornröschen, das endlich wachgeküsst worden ist.«

»Woronesch hat sich gemeldet«, sagte Guselka unvermittelt.

»Was? Hat er bei Ihnen angerufen?«, fragte ich ungläubig.

»Nein, das nicht. Aber das Informationsbyrån hat einige beunruhigende Nachrichten gesammelt. In Südafrika wurden zwei Rhodiumminen ausgeraubt. Zwei Tonnen des Edelmetalls sind verschwunden und bisher nicht wieder aufgetaucht. Noch nicht einmal auf dem Schwarzmarkt.«

»Zwei Tonnen«, sagte ich nachdenklich. »Die schafft man nicht so einfach weg. Dazu benötigt man einen Lastwagen.«

»Der wurde bei den Überfällen nachweislich nicht benutzt«, sagte Guselka.

»Dann war es Ilja«, sagte Nora. Sie legte das Brot beiseite. »Verdammt!«

»Also geht es los«, sagte ich. »Er will die Blumen vermehren.«

»Zwei Tonnen«, sagte Nora erneut, als wollte sie sich ein genaues Bild von der Menge machen.

»Das entspricht ungefähr zweihunderttausend Blumen«, sagte Guselka. »Ich habe es bereits hochgerechnet.«

Nora schaute mich an. »Wie würdest du vorgehen, wenn du an seiner Stelle wärst?«

»Ich würde Menschen suchen, die besonders viel Kontakt zu anderen haben: Ärzte, Krankenschwestern, Postboten. Ihnen würde ich jeweils einige Blumen mitgeben.«

»Du würdest keine Entscheidungsträger nehmen?«

Ich schüttelte den Kopf. »Das fällt auf. Wenn der Reihe nach hohe Politiker aus unerfindlichen Gründen sterben, würde das Wellen schlagen. Die allgemeine Stimmung ist ohnehin schon aufgeheizt.«

»Andre hat Recht«, sagte Guselka. »Woronesch hat nur zwei Möglichkeiten: Entweder greift er an, indem er mit einem Schlag alle zweihunderttausend Blumen verteilt.

Oder er arbeitet sich langsam vor.« Er rieb sich die rot geränderten Augen. »Keines dieser Szenarien ist sonderlich beruhigend.«

***

»Also gibt es ein Mittel gegen diese Norka… Narka…«, fragte Tess.

»Narkolepsie«, sagte Andre. »Ja, das gibt es in der Tat. Modafinil hat sich bei Nora als sehr wirksam erwiesen.«

Die Nachmittagssonne brannte unerbittlich vom Himmel, als sie hinter dem Haus das Kartoffelfeld bestellten. Selbst Porter, der sonst unermüdlich durch die Hügel streifte, hatte sich in den Schatten eines Apfelbaumes gelegt.

Tess wagte kaum zu fragen. »Haben Sie noch etwas von dem Mittel?«

»Nicht mehr viel, aber genug, um es zu reproduzieren.«

Mit einem Satz war Tess bei Andre. »Warum sagen Sie mir das erst jetzt?«, schrie sie ihn an und trommelte mit ihren Fäusten gegen seine Brust. Erstaunlicherweise schien es ihm nichts auszumachen.

»Beruhige dich«, sagte er und umklammerte ihre Handgelenke. »Bis vor einigen Tagen hast du noch nicht einmal gewusst, dass es überhaupt eine Möglichkeit für dich gibt zurückzukehren.«

»Aber wenn Sie mir früher von diesem Modafinil erzählt hätten, wären mir die Übungseinheiten leichtergefallen«, sagte Tess. »Ich hätte mich mehr angestrengt!«

Andre schwieg.

»Ich will auf der Stelle wissen, ob ich in der Zeit zurückspringen kann«, sagte Tess. »Auf der Stelle!«

»Siehst du? Das meine ich. Du bist zu ungeduldig. Hast du auch nur die leiseste Ahnung, was geschieht, wenn bei diesem Versuch etwas schiefgeht?«

»Dann sagen Sie es mir«, forderte Tess ihn trotzig auf.«

»Ein Beispiel: Du springst um fünf Minuten zurück in die Vergangenheit, begegnest dir selbst und kannst dein zweites Ich davon überzeugen, nicht diese fünf Minuten in die Vergangenheit zurückzuspringen. Mit wem hast du dann gesprochen, wenn du diese Reise nie unternommen hast?«

»Das verstehe ich nicht«, sagte Tess.

»Man nennt so was ein Paradox. Ich reise zurück in die Vergangenheit und bringe meinen Großvater um. Wenn mein Großvater tot ist, werde ich nicht geboren. Wenn ich nie geboren werde, kann ich nicht in die Vergangenheit reisen, um meinen Großvater zu töten. Also werde ich doch geboren und kann ihn trotzdem töten.«

Tess wurde ganz schwindelig bei dieser Vorstellung. »Das ist ja wie ein Hund, der nach seinem eigenen Schwanz schnappt.«

»So könnte man es auch ausdrücken«, sagte Andre. »Du wirst deine Gabe erst ausprobieren können, wenn der richtige Moment dafür gekommen ist.«

***

Hakon war wieder in das verlassene Dorf zurückgekehrt. Auf dem verwaisten Spielplatz setzte er sich auf die rostige

Schaukel und ließ deprimiert die Beine baumeln. Was für ein Gedanke, die Station im Alleingang erobern zu wollen! Begarell wollte die Zahl seiner magischen Mitstreiter offenbar um jeden Preis erhöhen und war bereit, dafür das Leben unschuldiger Frauen und Kinder aufs Spiel zu setzen. Doch was half dieses Wissen im Kampf gegen die Eskatay? Zeigte es eine Schwachstelle auf? Nein. Half es ihm, Unschuldige zu beschützen? Nur, wenn er wieder ins Lager zurückkehrte, einen Aufstand organisierte und die Wachen entwaffnete.

Hakon stieß sich vom Boden ab und schwang sich in die Höhe.

Bisher war es ihm auch in hoffnungslosen Situationen stets gelungen, einen Ausweg zu finden. Und wenn ihm seine magischen Fähigkeiten nicht mehr weiterhalfen, konnte er immer auf sein Glück vertrauen. Doch das hatte ihn nun verlassen, zusammen mit seinem Selbstvertrauen.

Die Eskatay übernahmen Lorick, Straße für Straße, Haus für Haus. Aber noch immer konnte er die Gist nicht dazu bewegen, in die Auseinandersetzungen einzugreifen. Zu groß war ihre Angst, Begarell in die Hände zu fallen. Und wenn er ehrlich war, verstand er sie. Es war ein aussichtsloser Kampf, der sich noch auf Morland beschränkte, aber jeden Moment in die Nachbarstaaten überschwappen konnte. Bald würde Begarell genug Gefolgsleute haben, um auch andere Länder zu erobern.

Dass Tess nun schon so lange verschollen war, schien ihm auf ihren Tod hinzudeuten. Und dass er jeden Kontakt zu York verloren hatte, konnte nur heißen, dass Mersbeck sie alle getäuscht hatte. Dann hatte Begarell endlich seinen Gist.

Hakon mochte sich nicht vorstellen, was sein Freund in diesem Moment erdulden musste.

Hakon ließ die Schaukel auspendeln und bremste mit den Füßen ab. Der Kampf war so gut wie aussichtslos. Aber wenn sie ihn verlieren sollten, dann als freie Menschen.

Hakon kehrte ins Lager zurück. Er machte sich nicht die Mühe, sein Äußeres zu verändern, als er vor dem großen Tor aus Stacheldraht stand. Die arktische Sommernacht, die diesen Namen eigentlich nicht verdiente, tauchte die Baracken wie zum Hohn in weiches Dämmerlicht.

Hakon stemmte die Hände in die Hüften und blickte zum Wachturm hinauf.

»He«, rief er. »Lasst mich rein.«

Der Kopf eines Soldaten erschien.

»Was willst du? Und wo kommst du her?«

»Ich habe einen Spaziergang gemacht und möchte jetzt ins Bett.«

Der Soldat schwieg einen Moment verdutzt. »Bist du ein Gefangener?«

Erst jetzt fiel Hakon auf, dass er nicht mehr seine Sträflingskleidung, sondern einen Arbeitsanzug der Station 12 trug. »Ja, ich bin ein Gefangener.«

Die Wache blies auf einer Pfeife. Sekunden später stürmten fünf seiner Kameraden aus der Wachstube. Hakon musste grinsen, als sie ihm mit vorgehaltenen Waffen das Tor öffneten. Er setzte seine Gabe der Willenskontrolle ein.

»Du da«, sagte Hakon und deutete auf den Soldaten, der am weitesten von ihm entfernt war. »Schieß in die Luft.«

Ein Schuss knallte und verlor sich in der Nacht, die keine

war. Nun kamen auch die Soldaten aus den Schlafunterkünften herbeigerannt. Jeder von ihnen trug sein Gewehr.

»Wie viele Soldaten sind hier stationiert?«, fragte er den Mann, der neben ihm stand.

»Zweiundsiebzig«, kam die entrückte Antwort.

Hakon reckte den Hals, damit er besser sehen konnte. Da fehlten noch welche. »Gibt es hier irgendwo eine Alarmglocke?«

»Wir haben keine Glocke, nur eine Sirene«, sagte der Mann mit der Automatenstimme eines Schlafwandlers und zeigte auf ein Horn, das an einem Baumstumpf befestigt war.

Hakon drehte an der Kurbel. Der schneidende Ton der Sirene brachte auch noch die letzten Wachen auf den Platz. Die Gefangenen blieben, wie Hakon erwartet hatte, in ihren Baracken. Hakon ließ die Kurbel los und drehte sich zu den Soldaten um. Er befahl ihnen, ihre Waffen auf einen Haufen zu legen.

Jetzt traten auch die Gefangenen aus ihren Baracken. Nadja und Vera trugen die schlafenden Zwillinge auf dem Arm. Boleslav rieb sich die Augen und zog sich seine Sträflingsjacke an.

»Vater!«, rief er. »Verteil die Waffen und sperr die Soldaten ein. Mutter?«

»Ja, mein Junge?« Ihr Gesicht glühte geradezu vor Stolz.

»Brecht die Vorratskammer auf und verteilt die Lebensmittel an die Gefangenen.«

Die Soldaten ließen sich widerstandslos zur Gefängnisbaracke führen.

»Niemandem wird etwas getan«, rief Hakon. »Auch wenn

der ein oder andere von euch an Rache denken sollte: Wir müssen diese Männer mit Respekt behandeln. Wir sind jetzt auf ihre Hilfe angewiesen.«

Er eilte quer über den Platz zur Kommandantur. Boleslav holte ihn bei den Treppen ein und hielt ihn am Arm fest.

»Was ist geschehen?«

»Nach Morvangar ist jetzt auch Lorick gefallen«, erklärte Hakon. »Wir müssen den Widerstand organisieren.«

»Wie schlimm steht es?«

Hakon lächelte nur grimmig. Boleslav verstand. Er pfiff auf den Fingern und winkte seine Leute zu sich heran, um die Aufgaben zu verteilen.

General Karamyschewo und Oberst Hallstad schliefen den Schlaf der Gerechten. Der schale Dunst eines abendlichen Gelages hing noch in der Luft, als Hakon ihre Hütte betrat. Nichts hatte sie aufwecken können. Weder der Schuss noch das Heulen der Sirene. Hakon betrachtete die leeren Branntweinflaschen, dann sammelte er die Pistolen ein, die in ihren Holstern an einem Haken hingen.

»Aufstehen«, rief er und trat mit dem Fuß gegen die Sessel. Die beiden Männer fuhren hoch und blickten sich verwirrt um. Als sie Hakon sahen, sprangen sie auf. Karamyschewo wollte nach seiner Waffe greifen. Er fand sie natürlich nicht, denn Hakon hielt sie in die Höhe.

»Suchen Sie hiernach?«, fragte er.

»Was willst du?«, knurrte der General.

»Mit Ihnen reden«, sagte Hakon.

»Ich wüsste aber nicht, worüber wir beide uns unterhalten sollten.«

»Nun, zum Beispiel darüber, dass Sie in den letzten Jahren einem Mann gedient haben, der Morland und die ganze Welt an den Rand des Abgrunds geführt hat«, sagte Hakon und warf den beiden Offizieren ihre Waffen wieder zu. »Und dass wir Ihre Hilfe benötigen, wenn wir die nächsten Tage und Wochen überleben wollen.«

***

26. Oktober 2003

Wir sind nach Stockholm gereist, um den Premierminister von den neuesten Entwicklungen zu unterrichten. Nora sieht mit ihrer blonden Perücke wie die Unschuld vom Lande aus, mich entstellen ein dicker Vollbart und ein umgeschnallter Theaterbauch, über den sich ein schwarzer Anzug spannt.

Die Arbeiten gehen zügig voran. Ich habe begonnen, eine breite Schneise den Stortoppen hinauf freizulegen, sodass der Trupp die angelieferten schweren Baumaschinen zur Anlage hochfahren kann.

Wir trafen Pertoft am Rande einer Veranstaltung in der Svensk Näringsliv, dem schwedischen Wirtschaftsverband. Die Zeit war knapp, deswegen kam der Premier ohne Umschweife auf den Punkt.

»Ich habe mit den Amerikanern und den Russen gesprochen«, sagte Pertoft. Unter seiner Solariumbräune wirkte der Premier blass und übermüdet. »Um es kurz zu machen, das Ergebnis war eine Katastrophe. Die Amerikaner glauben immer noch, dass die Eskatay in Russland sind. Die Russen wiederum bezichtigen Limbaugh der Kriegstreiberei. Jedenfalls sind beide nicht zu direkten Gesprächen bereit. Ich bin ehrlich gesagt mit meinem Latein am Ende.«

»Und wenn wir direkt mit den Amerikanern sprechen?«, schlug ich vor.

»Vergessen Sie's, das habe ich bereits vorgeschlagen. Limbaugh verhandelt nicht mit Terroristen.«

»Wir sind keine Terroristen«, entfuhr es Nora wütend.

»Außerdem würden Sie von dieser Reise nicht lebend zurückkehren«, sagte Pertoft. »Beide Seiten wissen, was Ihre Achillesferse ist. Man wird Sie töten, nur um zu beweisen, dass die Regierung alles im Griff hat.«
»Die Dinge gehen ihren Gang«, erwiderte ich niedergeschlagen.
»Und uns gehen die Möglichkeiten aus«, sagte Pertoft. »Sie müssen unbedingt Woronesch finden. Reden Sie mit ihm. Überzeugen Sie ihn davon, dass er mehr als nur sein Leben aufs Spiel setzt. Wie weit sind Sie mit der Anlage in Lappland?«
»Die Männer, die Sie uns geschickt haben, leisten hervorragende Arbeit. Vor allen Dingen stellen sie keine Fragen«, sagte ich.
»So soll es sein«, sagte der Premier. »Wann können wir die ersten Geräte liefern?«
»Wenn nichts Unvorhergesehenes mehr geschieht, in zwei Wochen.«
»Zwei Wochen«, wiederholte Pertoft nachdenklich. »Gut. Wir bleiben in Kontakt.«
Als wir die Svensk Näringsliv verließen, schien die Sonne von einem makellosen Herbsthimmel. Der Tag war zu schön, als dass wir sofort wieder in den Norden aufbrechen wollten, wo es kalt und unwirtlich war. Wir beschlossen also, den Nachmittag in Södermalm zu verbringen, um dort ein wenig bummeln zu gehen. Eingehüllt in Decken, tranken wir vor einem Café in der Östgötagatan einen Espresso und fühlten uns wie ein ganz normales Paar, das sich zu einem Rendezvous verabredet hatte. Ein Labrador ohne

Halsband strolchte zu uns herüber, schnüffelte an Noras Hand. Sie gab ihm den Keks, der zusammen mit dem Kaffee serviert worden war. Als er sah, dass ich meinen schon aufgegessen hatte, trottete er weiter.
»Du glaubst gar nicht, wie ich dieses Tier beneide«, sagte Nora. »Es hat keine großartigen Ansprüche ans Dasein und lebt von dem, was ihm zufliegt.«
»Gott, du solltest dich mal hören«, sagte ich belustigt. »Du klingst wie eine alte Dame, die den Tod vor Augen hat.«
Nora sah mich vorwurfsvoll an. »Manchmal bist du ein gefühlloser Klotz, Andre Jesion.«
»Wir könnten uns gemeinsam ein Hotel suchen, dann kann ich dir zeigen, wie gefühllos ich sein kann«, sagte ich mit einem anzüglichen Lächeln.
Nora wollte etwas darauf erwidern, als wir plötzlich das Quietschen von Bremsen hörten, gefolgt von einem dumpfen Schlag.
»Das war ein Unfall!«, rief Nora und schlug die Decke beiseite. Ich stellte die Tasse ab und folgte ihr, so schnell ich konnte.
Der Fahrer eines Saab stand fassungslos vor seinem Wagen. Der Kühlergrill war eingedrückt und die Stoßstange hing halb herab. Ansonsten hatte das Fahrzeug nicht viel abbekommen. Das konnte man vom Opfer dieses Unfalls nicht behaupten: Unter dem Körper des Labradors breitete sich eine Blutlache aus, sein Kopf war stark verdreht, zweifellos war sein Genick gebrochen.
»Das ist der Hund, der vorhin an unserem Tisch war.« Nora war den Tränen nahe.

»Hören Sie, ist das Ihr Köter?«, fuhr sie der Besitzer des Autos fassungslos an. »Können Sie mir mal sagen, warum er nicht angeleint war? Verdammt, das Tier hat ja noch nicht einmal ein Halsband! Das ist vollkommen unverantwortlich!«

»Halt einfach den Mund!« Sie beugte sich über den Hund und strich ihm vorsichtig über den Kopf. Dann weinte sie wie ein Kind, das seinen besten Freund verloren hat.

»Komm, Nora«, sagte ich. »Du kannst ihm nicht helfen. Lass uns gehen.«

Sie schlug meine Hand aus, setzte sich nieder und schlang die Arme um den toten Hund.

»Ich kenne Sie doch irgendwoher«, sagte der Fahrer des Saab. »Waren Sie mal im Fernsehen?« Er wollte sie an der Schulter fassen und packte dabei versehentlich eine Strähne des falschen blonden Haars. Nora drehte sich reflexartig herum und die Perücke fiel herunter.

Mittlerweile hatte sich eine Menschentraube um uns herum gebildet. Eine Frau wollte Nora helfen, aber ich wies sie mit wenig freundlichen Worten ab.

»Gehören Sie nicht zu den Russen, die übermenschliche Kräfte haben?«, fragte der Mann, der noch immer die Perücke in der Hand hielt. »Natürlich! Sie gehören zu diesen Eskatay! Oh mein Gott! Sie sind in Schweden!« Er wandte sich an die Schaulustigen, die erst gar nicht zu verstehen schienen, wovon der Kerl redete. »Die Eskatay! Sie greifen uns an!«

Jetzt zückten die Ersten ihre Mobiltelefone und machten Bilder von uns. Es war eine Katastrophe.

»Lass uns sofort von hier verschwinden«, raunte ich Nora zu.

»Und zwar so unauffällig wie möglich!« Das war natürlich absurd. Vor allen Dingen, weil kurz darauf das Unglaubliche geschah, das die Stimmung vollends kippen ließ.

Der tote Hund in Noras Armen begann zu winseln. Erst so leise, dass nur ich es hören konnte. Dann strampelte er mit den Läufen und hob den blutbeschmierten Kopf, um Noras Gesicht abzulecken.

Ich muss zugeben, dass auch ich im ersten Moment ziemlich geschockt war. Nora hat viele Gaben, aber einen Hund von den Toten zu erwecken, das sprengt selbst meine Vorstellungskraft. So gesehen war die Reaktion der Menschen, die um uns herumstanden, vollkommen nachvollziehbar. Sie schrien und rannten davon.

Nora schob den Hund von sich, rappelte sich auf und wir liefen, so schnell wir konnten, zum Auto zurück. Der Hund folgte uns wie selbstverständlich. Nora setzte sich mit ihm auf die Rückbank, während ich mich hinter das Steuer schwang und das Navigationsgerät aktivierte.

»Was hast du dir dabei gedacht!«, fuhr ich sie an. »Hast du eine Vorstellung, was los sein wird, wenn diese Bilder erst in den Abendnachrichten sind?«

Nora griff sich an den Kopf. »Hast du meine Perücke?«

Ich fluchte und schlug mit der Hand auf das Lenkrad. Der Hund zuckte zusammen und knurrte leise.

»Ganz ruhig«, gurrte Nora und kraulte ihn hinterm Ohr.

»Der Hund war tot!«, schrie ich fassungslos. Meine Stimme musste sich überschlagen haben, denn das Tier begann, aufgeregt zu bellen.

»Ich weiß. Und nun lebt er wieder. Ist das nicht unglaublich?«, sagte Nora. »Natürlich braucht er einen Namen.« Sie strich dem Hund über die Brust. »Hm, wahrscheinlich hast du schon einen, aber den kannst du uns leider nicht verraten. Also bekommst du von mir einen neuen. Wie wäre es denn mit ... Porter?«

»Porter?«, fragte ich ungläubig.

»So hieß mein Physikdozent an der Moskauer Uni. Ein netter Kerl, der immer in Tweedjacke und Rollkragenpullover herumlief. Brite durch und durch. Ich finde, die beiden sind sich ähnlich.«

Ich wollte schon fragen, ob ihr Dozent auch von einem Saab überfahren worden war, hielt aber den Mund. Die Dinge waren ohnehin schon kompliziert genug.

27. Oktober 2003

Nora hat einen toten Hund wieder zum Leben erweckt.

Immer wieder geht mir dieser Satz durch den Kopf. Erst langsam werde ich mir der Tragweite der gestrigen Ereignisse bewusst. Während ich diese Zeilen schreibe, schaue ich zum Fenster hinaus und sehe die beiden miteinander herumtollen. Nora wirft einen Stock und Porter bringt ihn zurück. Sie werden nicht müde, obwohl sie schon seit einer Stunde mit diesem Spiel beschäftigt sind.

Nora hat einen toten Hund wieder zum Leben erweckt.

Und er war wirklich tot! Zum ersten Mal habe ich Angst vor Nora. Nicht vor ihren Fähigkeiten, sondern vor dem, was sie aus ihr machen könnten.

Als Yulia Plakinowa über der Bluterlöser-Kirche in Leningrad schwebte, hatten nicht wenige in ihr einen Engel gesehen.

Was würden die Menschen erst sagen, wenn sie von Porters wundersamer Auferstehung erfuhren?

28. Oktober 2003

Ilja und Oksana. Ich kann nicht einmal ihre Namen schreiben, ohne dass mir übel dabei wird. Heute Nacht haben wir sie getroffen, und noch nie in meinem Leben habe ich es so sehr bedauert, dass man im Grand Hotel keinem Menschen etwas antun kann.

Sie traten durch die Drehtür, als wäre nach all den Monaten ein Besuch an diesem Ort die natürlichste Sache der Welt. Beide strahlten übers ganze Gesicht, als sie uns sahen.

»Andre!«, rief Ilja, als würde er einen alten Freund begrüßen. »Wir haben uns lange nicht gesehen!«

Oksana blickte sich um. »Wo sind denn die anderen?«, fragte sie mit gespieltem Erstaunen.

»Wir wissen, was ihr vorhabt«, sagte ich, ohne auf diese Provokation einzugehen.

»Das glaube ich nicht«, sagte Woronesch und setzte sich neben Nora auf die Couch.

»Warum seid ihr gekommen?«, fragte sie.

»Wir wollten wissen, wie es euch geht. Was macht Guselka? Wie ich höre, hat er den NKWD mit unbekanntem Ziel verlassen.«

»Ich denke, er wird schon ein neues Betätigungsfeld gefunden haben«, sagte ich. »Er ist ein Mann mit vielen Gaben.«

»Die die Amerikaner bestimmt zu schätzen wissen«, sagte Ilja. »Wir sind hier, um euch ein Angebot zu machen.«

»Uns? Ein Angebot?« Ich schnaubte verächtlich.
»Schieß los«, sagte Nora.
»Es ist uns gelungen, die Anzahl der Blumen drastisch zu erhöhen.«
»Um zweihunderttausend Stück«, sagte ich.
»Ja, ungefähr. Andre, du überraschst mich.«
»Wenn zwei Tonnen Rhodium gestohlen werden, fällt das auf«, sagte ich.
»Ah, der Herr liest Zeitung. Die Aquarius-Minen in Südafrika haben es uns aber auch sehr leicht gemacht. Das Gelände war kaum bewacht.«
»Euer Angebot, wie sieht es aus?«, drängte Nora.
»Oksana und ich haben gründlich über die Bedeutung der Blumen nachgedacht«, sagte Ilja. »Im Gegensatz zu euch betrachten wir die Fähigkeiten, die man durch eine Infektion erwirbt, nicht als Fluch, sondern als Segen. Es ist ja beinahe so, als würde die menschliche Evolution einen gewaltigen Sprung machen.«
Das waren bei unserer letzten Zusammenkunft auch meine Worte gewesen. Aus Iljas Mund klangen sie wie Hohn.
»Weiter«, sagte Nora.
»Zuerst haben wir daran gedacht, die Menschheit zu ihrem Glück zu zwingen«, sagte Oksana. »Doch dann hätten Unschuldige ihr Leben lassen müssen.«
»Also haben wir uns nach reiflicher Überlegung dazu entschlossen, die Blumen mit der Welt zu teilen«, sagte Ilja.
»Unter welchen Bedingungen?«, fragte ich.
»Wir müssen erst einen Weg finden, wie wir die Nebenwirkungen einer Infektion beseitigen können.«

»Welche da sind?«
»Na ja, die eine Hälfte der Infizierten stirbt. Und die andere wird unfruchtbar.«
Verwirrt blickte ich Nora an. »Unfruchtbarkeit?«
»Na, jetzt komm!«, sagte Ilja. »Du willst mir doch nicht erzählen, dass ihr zwei noch nicht miteinander …«
»Was Nora und ich tun, geht dich gar nichts an«, unterbrach ich Ilja barsch.
»Wir haben es auch nur durch einen Zufall herausgefunden«, sagte Ilja beschwichtigend. »Es scheint daran zu liegen, dass diese Sporen unsere Keimdrüsen verändert haben.«
Ich war völlig durcheinander. »Ihr wollt mit uns zusammenarbeiten, um diese beiden Probleme zu lösen?«
»Ja, damit später alle Menschen von den ungeheuren Möglichkeiten profitieren können, die die Blumen bieten«, sagte Ilja.
»Zu welchen Bedingungen?«, fragte Nora.
Ilja zuckte mit den Schultern. »Zu keinen.«
»Und was geschieht mit den Menschen, die lieber so bleiben wollen, wie sie sind?«
»Es wäre die Entscheidung eines jeden Einzelnen, ob er ein Eskatay werden möchte oder nicht«, sagte Oksana. »Aber ich glaube, es werden nicht allzu viele dieses Angebot ausschlagen. Sie würden sehr schnell erkennen, dass sie dann Menschen zweiter Klasse wären.«
»Die bestehende Ordnung bräche zusammen«, sagte Nora.
»Das ist Iljas Absicht«, sagte ich zu ihr.
»Wir streben eine Welt an, in der jeder Eskatay wirklich und

wahrhaftig frei wäre. In unserer Welt herrschen wenige über viele, weil die Macht ungleichmäßig verteilt ist. Das würde sich ändern.«

»Du bist ein Traumtänzer!«, sagte ich mit einem bitteren Lachen. »Du meinst, nur weil wir alle ein paar besondere Fähigkeiten haben, wären wir plötzlich ein einig Volk von Brüdern?«

»Nun haben wir erstmals die Chance, es auszuprobieren«, sagte Ilja.

»Und was geschieht mit denjenigen, die an deinem Experiment nicht teilnehmen möchten? Willst du sie auf eine entlegene Insel in ein Reservat stecken?«, fragte ich wütend. »Oder willst du sie mit Gewalt zu ihrem Glück zwingen?«

Ilja presste die Lippen aufeinander.

Oksana stand auf. »Komm. Ich sagte dir doch, dass es ein Fehler war hierherzukommen.«

»Weißt du was?«, schrie ich ihn an. »Ich werde dir den Gefallen tun und an gegebener Stelle deine Ideen unterbreiten. Aber nur, damit Noras Vorschlag in die Tat umgesetzt wird.«

»Andre, halt den Mund!«, rief Nora erschrocken.

»Ein paar in der Atmosphäre gezündete EMP-Bomben, und das Thema Eskatay hat sich ein für alle Mal erledigt!«

Nora sah erschüttert zu Boden. Ein triumphierendes Lächeln umspielte Iljas Mund. Er stand auf, ergriff Oksanas Hand und verneigte sich leicht. Ohne ein weiteres Wort verließen sie das Grand Hotel.

Erst jetzt wurde mir klar, wozu mich die Wut auf diese

beiden Schwachköpfe verleitet hatte. Ich hatte unsere Pläne verraten. Noras allerletztes Mittel war keines mehr.
Ich ließ mich in einen Sessel fallen und vergrub das Gesicht in den Händen. »Oh Gott«, murmelte ich. »Es tut mir leid.«
»Ich muss Pertoft anrufen«, sagte sie zu sich selbst. »Er soll alle Atommächte warnen, dass Ilja die Kontrolle über ihr nukleares Arsenal erlangen will.«

1. November 2003

Woronesch hat in der Tat keine Zeit verloren und in den letzten drei Tagen zwei Dutzend Raketensilos in den USA, der Sowjetunion und Indien übernommen. Die Zahl der Eskatay stieg dabei schlagartig auf hundertzwanzig. Oksana hilft Ilja dabei, sie mit ihren telepathischen Fähigkeiten zu kontrollieren. Jetzt weiß ich auch, warum er mit dieser unsäglichen Frau zusammen ist: Er benötigt sie, um sein eigenes kleines Kollektiv zusammenhalten.
Die Schuld nagt fürchterlich an mir. Nora hat seit dem Vorfall kein Wort mehr mit mir gesprochen und ich kann sie verstehen.
Guselka ist da bei Weitem gelassener. »Sehen wir es einmal von der positiven Seite«, sagte er, als er mit Nora und mir den Aufbau der elektromagnetischen Eindämmungsfelder im Inneren der Kuppel beaufsichtigte. »Wir haben jetzt endlich klare Verhältnisse. Eine atomare Bedrohung ist etwas, mit dem Betonköpfe wie Limbaugh und Ruzkoi etwas anfangen können. Das passt in ihre Vorstellungswelt. Und sie haben endlich einen gemeinsamen Feind. Zum ersten Mal seit Jahren reden die beiden direkt miteinander, und nach

allem, was man sich so erzählt, sollen sie sich sogar ganz gut verstehen. Die ersten Abschussbasen wurden bereits elektromagnetisch gesichert.«

»Da fühle ich mich ja gleich viel sicherer«, erwiderte ich zynisch.

»Dazu haben Sie auch allen Anlass. Wir errichten gerade ein Gleichgewicht des Schreckens. Noch diese Woche wird ein Beistandsabkommen zwischen der Sowjetunion und den USA unterzeichnet. Woronesch wird spätestens dann wissen, worauf er sich eingelassen hat.«

»Aber wer zuerst schießt, stirbt als Zweiter«, sagte Nora. »Ilja wird nicht zögern, sein komplettes Arsenal abzufeuern, sobald einer der beiden Präsidenten den roten Knopf drückt. Außerdem sollten sich Ruzkoi und Limbaugh nicht so sicher sein, dass jede ihrer Raketen auch das vorgesehene Ziel trifft. Ich könnte mir vorstellen, dass einige der Eskatay in der Lage sind, die Flugbahn zu verändern.«

»Jedenfalls haben wir erst einmal Zeit gewonnen«, sagte Guselka versöhnlich. »Vielleicht finden wir ja hier einen Weg, wie Ilja und Oksana zu stoppen sind.«

»Machen Sie sich keine großen Hoffnungen«, sagte Nora. »Die Uhr tickt und bis jetzt haben wir sie nicht anhalten können.«

14. November 2003

Heute hat man die letzten Fässer in den Tunnel eingefahren. Dann wurde er mit einem Tor verschlossen, das ich aus Wolframcarbid und Cobalt gesintert habe. Dieses Material ist so hart, dass es nur mit einem Diamanten geschnitten

werden kann. Bei der Schließung des Schachtes war auch Premier Pertoft zugegen, der zuvor den Rest der Anlage besichtigt hatte.
»Ich bin begeistert«, sagte er, als er mit der Hand über das Tor strich. »Wenn alle unsere Projekte in dieser Geschwindigkeit vollendet würden, hätte Schweden ein finanzielles Problem weniger. Darf ich fragen, wo sich die Blumen befinden?«
»Wir haben alle bis auf eine zerstört«, sagte Nora. »Das schien uns der sicherste Weg zu sein, die Gefahren einer unkontrollierten Verbreitung zu reduzieren. Das einzig verbliebene Exemplar nutzen wir zu Forschungszwecken. Die dafür errichtete Laboreinrichtung befindet sich im Hochsicherheitsbereich unter der Kuppel. Wollen Sie sie sehen?«
»Ich bitte darum«, sagte Pertoft. »Schließlich muss ich ja wissen, was Sie mit unseren Steuergeldern gemacht haben.«
Der Kern des Hochsicherheitslabors war eine Kammer aus mehrfach geschichtetem Verbundglas, in der die letzte Blume auf einem Postament lag.
»Wieso leuchtet sie so blau?«, fragte Pertoft in einer Mischung aus Faszination, Angst und Abscheu.
»Wir vermuten, dass sie dieses Licht ausstrahlt, damit sie im Dunkeln besser gefunden wird«, sagte Nora.
»Woher kommt sie?«, fragte Pertoft.
»Wir wissen es nicht«, sagte Nora.
»Ist sie ein Lebewesen oder wurde sie künstlich geschaffen?«

»Auch das wissen wir nicht. Wir haben eines der zerstörten Exemplare genauer untersucht. Demnach bestehen zumindest ihre Überreste aus reinem Kohlenstoff.«
»Das klingt nicht sonderlich spektakulär«, sagte Pertoft und starrte die Blume an. »Es geht etwas Hypnotisierendes von ihr aus.« Er schwieg, dann wandte er sich von dem geheimnisvollen Gebilde ab. »Gut. Tun Sie Ihr Bestes. Ich verlasse mich auf Sie.«

15. November 2003

Heute war Noras Geburtstag und alle kamen: Guselka, Wassili, Irina und ein paar der Eskatay, die nicht zu Ilja übergelaufen sind. Wir saßen in unserem Wohncontainer bei Kaffee und Kuchen. Die Stimmung war von einer gequälten Heiterkeit, denn eigentlich gab es keinen Grund zum Feiern.
Die Situation hat sich dramatisch zugespitzt. Ilja und Oksana übernahmen eine Raketenbasis nach der anderen, während wir Marmorkuchen aßen und löslichen Cappuccino tranken. Nora legte ihre Geschenke auf den Tisch, packte sie aber nicht aus. Stattdessen saßen wir vor dem Radio und hörten Nachrichten, die im Halbstundenrhythmus gesendet wurden.
Überall auf der Welt fanden Demonstrationen statt. In Stockholm sind fünfhunderttausend Menschen auf die Straße gegangen, in Berlin, Paris und London jeweils vier Millionen. Ihr Erkennungszeichen sind schwarz bemalte Hände, die sie in die Luft recken. Selbst in Moskau, New York und Peking haben sich die Menschen versammelt.

Gottesdienste wurden abgehalten, der Flugverkehr wurde eingestellt. Es ist, als hielte die Welt den Atem an.
Nora weinte unentwegt und wich nicht von meiner Seite. Unser Streit war vergessen. Selbst Porter schien zu spüren, dass in diesen Stunden etwas Entscheidendes geschah.
»Versprich mir, dass du dich um ihn kümmerst, wenn es so weit ist«, sagte Nora.
»Gibst du dich etwa auf?«, fragte ich entrüstet. Statt mir darauf zu antworten, gab sie mir unter Tränen einen langen Kuss. Guselka machte ein Zeichen und die Gäste gingen vor die Tür. Nora strich mir über die Wange und flüsterte mir ins Ohr, dass sie mich immer lieben würde und dass ich ihr nicht böse sein soll.
»Warum sollte ich dir böse sein?« Der Kloß in meinem Hals schnürte mir die Luft ab.
»Weil du mich für das hassen könntest, was ich wahrscheinlich tun muss.«
Ihr Blick, in der eine Art kindlicher Verlorenheit lag, wird mich mein ganzes Leben lang begleiten. »Wann wird es geschehen?«
»Heute«, flüsterte sie. »Wir sollten die Nacht in der Anlage verbringen.«
»Haben wir noch Zeit für uns?«, fragte ich.
»Ja.« Sie lächelte unter Tränen.
Ich schloss die Tür ab und sie zog die Vorhänge zu. Niemand störte uns.

Guselka löste auf Noras Anweisung um 23 Uhr den Alarm aus. Ohne Hast gingen wir zusammen mit den

Wissenschaftlern in einer stummen Prozession den Berg hinauf. Nora und ich bildeten den Schluss.
»Es beginnt«, sagte Nora. »Ilja hat die Blumen entfesselt. Die Zahl der Eskatay steigt sprunghaft an.«
»Wie viele sind es?«
»Ich weiß es nicht. Knapp dreißigtausend. Ilja hat die Blumen überall auf der Welt verteilt. Nach den Raketenbasen konzentriert er sich jetzt auf die Armee. Oksana muss eine unglaubliche Macht entwickelt haben, denn es scheint, als folgten alle Eskatay ihrem Befehl.« Sie beschleunigte ihre Schritte und trieb die anderen zur Eile an. Ich war der Letzte, der den Versorgungstunnel betrat, und verriegelte die Tür von innen.
Guselka gab Anweisungen, wie die Anlage zu sichern war. Wassili hatte einen tragbaren Fernseher auf den Tisch gestellt. Jeder Sender hatte sein Programm unterbrochen und brachte nur noch Berichte aus den Hauptstädten, wo die Menschen sowohl gegen die Eskatay als auch gegen das Verhalten der Amerikaner und der Sowjets protestierten. Nora saß abseits auf einem Stuhl und kraulte Porter hinterm Ohr. Sie wusste, was geschah, und brauchte es nicht im Fernsehen zu verfolgen.
Plötzlich überschlugen sich die Meldungen. In der Sowjetunion war von einem U-Boot die erste Atomrakete abgeschossen worden. Niemand kannte ihr Ziel, bis nach einer Viertelstunde die Nachrichtenagenturen bestätigten, dass der Sprengkopf in fünfundsiebzig Kilometer Höhe über Tschelyabinsk detoniert war. Die Antwort ließ nicht lange auf sich warten. Irgendwo im Ural wurde der nächste

Raketenstart gemeldet. Ihr Ziel war Murmansk, wo die Nordmeerflotte vor Anker lag.

»Noch gehen sie nicht aufs Ganze«, sagte Guselka. Ihm stand der Schweiß auf der Stirn. »Hätte Ilja Moskau zerstört, bräche jetzt die Hölle los.«

Die dritte Rakete stieg auf, diesmal vom Vandenberg-Luftwaffenstützpunkt in Kalifornien. Die EMP-Bombe detonierte vier Minuten später über Riverside in Iowa. Es war ein Schlagabtausch mit genau berechneten Mitteln, bei dem die eine Seite darauf wartete, dass die andere die Nerven verlor. Ich fühlte mich an eine Sportveranstaltung erinnert, nur dass es hier um Leben und Tod ging.

Der Start der vierten Rakete kam von Cheyenne Mountain, das unter Iljas Kontrolle stand.

»Solange die Abschüsse im eigenen Land stattfinden, wird der Konflikt nicht eskalieren«, sagte Guselka. »Die Amerikaner werden genau wie die Russen nicht ihre eigenen Städte in Schutt und Asche legen.«

Die Abschüsse nahmen kein Ende. Im Abstand von einer Viertelstunde meldeten die Nachrichtenagenturen neue Raketenstarts.

»Das wird Ilja nicht mehr lange durchhalten«, sagte Guselka. »Ihm gehen bald die Eskatay und die Sprengköpfe aus.«

Kaum hatte er das gesagt, als ein Reporter, der vor dem Pentagon stand, fassungslos bestätigte, dass die Sowjets auf einen Schlag zweihundertfünfzig Interkontinentalraketen gestartet hatten.

»Ich hoffe, dass sie nur mit EMP-Bomben bestückt sind«, sagte Wassili.

»So viele haben wir nicht«, sagte Guselka. Er war kreidebleich. »Das werden reguläre Nuklearsprengköpfe sein.«
»Oh mein Gott«, sagte Wassili. Dann verschwand das Bild auf dem Fernsehschirm. Hastig suchte er nach einem neuen Sender. Doch kaum hatte er einen gefunden, löste er sich in einem Rauschen auf. Die wenigen Bilder, die wir noch empfangen konnten, zeigten in Panik geratene Menschen, deren Gestalten sich in einem Blitz auflösten. Der einzige Sender, den wir noch hereinbekamen, war das Lokalfernsehen von Kiruna. Zu keiner der größeren Städte gab es Kontakt. Die Telefonverbindungen waren unterbrochen. Die Rechner unserer Anlage waren über Satellit mit dem Internet verbunden, doch es gab keinen Server mehr, in den sie sich einwählen konnten. Dann spürten wir einen dumpfen Schlag. Die Übertragung aus Kiruna brach zusammen. Noch ein Schlag. Wieder ein Schlag. Die Detonationen kamen näher. Nora stand neben mir und ergriff meine Hand.
»Wenn ich es dir sage, wirst du mit Porter springen«, sagte sie. »Hast du mich verstanden?«
»Ich verstehe nicht, was du meinst.«
»Das wirst du, wenn es so weit ist.«
Wieder ein Schlag. Das Licht flackerte und von der Decke der Kuppel fielen faustgroße Gesteinsbrocken auf uns herab. Einer der Wissenschaftler wurde am Kopf getroffen und brach blutüberströmt zusammen. Dann war es plötzlich totenstill. Das Licht hatte einen Moment geflackert, aber die Notstromaggregate waren wie erhofft angesprungen.
»Es hat aufgehört«, sagte Wassili.

Guselka setzte sich erschöpft auf einen Stuhl und rieb sich die Augen. »Nein, es hat gerade erst begonnen.«

»Was hat gerade erst begonnen?«, fragte Irina irritiert.

»Unser Kampf ums Überleben. Wir dürfen die Türen nicht öffnen. Für eine sehr lange Zeit. Draußen ist alles radioaktiv verstrahlt.«

Es gab einen dumpfen Schlag und wir wirbelten herum. Aus dem Nichts war ein mit Wunden übersäter Körper erschienen, der nun reglos auf dem Boden lag. Ich erkannte ihn sofort. Es war Ilja.

»Du Hund!«, schrie ich ihn an und zerrte ihn auf die Beine. »Was hast du uns angetan? Was hast du uns angetan?«

Er stieß mich von sich und ich flog quer durch den Saal. Porter bellte und fletschte die Zähne. Nora hatte die Hände in sein Fell gekrallt, um ihn festzuhalten.

»Es war nicht meine Schuld«, wimmerte er. »Sie haben die Raketen auf einen Schlag gestartet. Was hätte ich tun sollen?«

»Aufgeben zum Beispiel«, sagte Wassili. Sein Gesicht war vom Hass entstellt. »Um der Welt den Untergang zu ersparen.«

»Oksana ist tot!« Ilja heulte nun wie ein kleines Kind.

»Du hast zwei Milliarden Menschen auf dem Gewissen.« Wassili stürzte sich auf ihn. Ilja streckte seine Hand aus und schrie etwas Unverständliches. Wassili brach tot zusammen. Dann ging er auf Irina los. Guselka zog eine Pistole und schoss. Ilja teleportierte sich ein Stück zur Seite. Die Kugel schlug neben ihm in der Wand ein. Er hob beide Hände, als wollte er etwas anschieben. Ein Feuerball wuchs heran, schnellte davon, traf Guselka und schlug in dem Tor ein, hinter dem sich das Archiv befand. Die Wucht war so gewaltig, dass das Metall wie von einer riesigen Faust eingedrückt wurde. Irina warf sich ihm in den Weg. Auch sie starb mitten in der Bewegung. Ich riss einen gewaltigen Felsen aus dem Dach der Kuppel und ließ ihn auf Ilja fallen.

Nora breitete die Arme aus. Ein Wirbel entstand, als ob die Feuchtigkeit der Luft in einem Sturm kondensierte. »Nimm Porter und spring!«

Ich rührte mich nicht. Ein schrilles, hohes Kreischen ertönte und wurde immer lauter. Der Fels zerfiel zu Staub und Ilja stand auf.

»Jetzt!«, schrie Nora.

»Niemals! Ich lass dich nicht alleine.«

»Du hast es mir versprochen!«

Ilja holte erneut aus, nur dass diesmal ein gleißender Blitz seine Hände verließ. Nora stellte sich schützend vor mich. Sie schrie auf, als das Licht ihre Augen blendete.

»Spring!«

Wieder holte Ilja aus. Ich schnappte mir den Hund und ließ mich rückwärts durch den Wirbel fallen. Das Letzte, was ich sah, war eine gigantische Explosion.

Dann zwitscherten die Vögel.

***

»So kam ich in dieser Welt an. Ich hatte nichts bei mir außer Porter, den Kleidern, die ich am Leib trug, und meinem Tagebuch«, sagte Andre. »Ich habe mir vorgenommen, es erst dann weiterzuführen, wenn ich Nora wieder in die Arme schließen kann.«

»Sie glaubten wirklich, dass Nora das Inferno überlebt hat?«, fragte Tess ungläubig.

Sie standen auf der Anhöhe unter dem Baum, der auch in Noras Garten wuchs.

Andre zuckte mit den Schultern. »Wenn nicht sie, wer dann? Du bist der Beweis dafür, dass sie noch lebt.«

»Aber wenn sie das Tor in diese Welt die ganze Zeit offen gehalten hat, warum ist sie Ihnen nicht gefolgt?«

»Vielleicht hatte sie es vor, keine Ahnung. Aber so, wie ich sie kenne, war ihr Pflichtgefühl den Überlebenden gegenüber größer als ihre Liebe zu mir. Wir, Nora und ich, tragen die Schuld am Untergang der alten Welt. Als wir erkannten, wie gefährlich diese Blume war, hätten wir sie zerstören müssen.« Andre schwieg und strich Porter übers Fell. »Mein Anteil an dieser Schuld ist besonders groß. Wäre ich Ilja gegenüber nicht so geschwätzig gewesen …«

Er brach im Satz ab, zwang sich zu einem Lächeln und holte aus seiner Jackentasche ein braunes Fläschchen. »Hier. Das wirst du brauchen.«

»Und wie komme ich jetzt zurück?«

»Ich glaube, dass dieser Baum ein Ankerpunkt ist. Wir müssen experimentieren. Folge deiner Intuition. Du hast in den letzten Tagen und Wochen so viele neue Fähigkeiten erworben, dass du wissen müsstest, was zu tun ist.«

Tess sah Andre an, als hätte er den Verstand verloren.

»Na los, berühre den Baum und zeig, was du gelernt hast!«

Er trat einen Schritt zurück und verschränkte die Arme vor der Brust. Porter setzte sich und legte den Kopf schief.

Tess streckte die Hand aus und berührte die Rinde des Baums. Sie fühlte sich genauso an, wie sie es erwartet hatte.

»Also gut«, murmelte Tess und schloss die Augen. Vielleicht war es wirklich nur eine Frage der Fantasie. Mithilfe von Andre hatte sie ihre mentalen Fähigkeiten trainiert. Sie würden ihr erlauben, den Strom der Zeit zu kontrollieren. Das hatte sie zumindest gehofft. Aber jetzt wusste sie nicht, was sie tun sollte. »Das hat keinen Zweck«, sagte sie wütend und öffnete die Augen.

Andre war nicht mehr da. Die ganze Landschaft hatte sich verändert. Tess stand noch immer unter der Esche, doch der Hügel war verschwunden. Sie drehte sich um. In der Ferne glitzerte das silberne Band eines Flusses.

»Die Midnar«, flüsterte Tess. »Ich bin wieder zu Hause!«

Das stimmte nicht ganz, denn Lorick war verschwunden. Nur einzelne Ruinen ragten über die Wipfel der Wälder, die sich nun von Horizont zu Horizont ausbreiteten. Kein Mensch war zu sehen.

Beim Gehen stieß Tess mit dem Fuß gegen einen Haufen Ziegelsteine. Das mussten die Überreste von Noras Haus sein. Hatte Andre mit seiner Vermutung Recht gehabt? Es gab nur einen Weg, um das herauszufinden. Sie musste den Fluss der Zeit umkehren.

Tess berührte wieder den Baum, doch diesmal hielt sie die Augen geöffnet.

Es begann langsam. Erst blühten verwelkte Blumen auf, verwandelten sich in Knospen, um in grüne Zweige zurückzukriechen. Büsche schrumpften ebenso wie Bäume. Nur die Esche, die sie berührte, veränderte sich nicht. Wie durch Zauberhand setzten sich die Backsteine erst zu Wänden, dann zu einem Haus zusammen. Glasscheiben sprangen in die Fenster, das Unkraut kroch in die Erde und für einen kurzen Moment sah Tess einen Schatten von der Mauer ins Haus huschen. Sie bremste ab, versteckte sich hinter einer Werkzeugkiste und wartete ab. Es dauerte nicht lange, da hörte sie etwas in der Küche. Tess machte sich so klein sie konnte. Sie hatte Andres Warnung nicht vergessen. Wenn ihr anderes Ich sie jetzt entdeckte, war alles vorbei.

Dann sah sie die Tess, die sie selbst noch vor einigen Wochen gewesen war. Eine Tess, die keine Ahnung gehabt hatte von der wahren Macht ihrer Gaben und nicht in der Lage gewesen war, Nora zu retten.

Äußerlich hatte sie sich nicht verändert, wenn man einmal von der Kleidung absah. Aber sie wusste, dass sie bei Andre in eine gute Schule gegangen war. Ihr Alter Ego blieb einen Augenblick unentschlossen vor der Mauer stehen, dann kletterte es hinüber.

Das war der Moment, auf den Tess gewartet hatte. Sie eilte in die Küche, füllte ein Glas mit Wasser und rührte einen Teelöffel des weißen Pulvers hinein. Wie erwartet löste es sich nicht auf, weswegen sie den Löffel im Glas beließ. So schnell sie konnte, lief sie die Treppe hinauf in das kleine Zimmer unter der Dachschräge.

Nora lag noch immer im Bett. Ihr Atem ging langsam und gleichmäßig. Tess musste lächeln, als sie sich auf die Bettkante setzte. Sie rührte noch einmal die Flüssigkeit um und flößte sie ihrer Freundin ein. Nora hustete ein-, zweimal, schluckte aber alles hinunter.

Tess setzte sich in einen Lehnstuhl, auf den Nora normalerweise ihre Kleidung legte, und betrachtete die alte Frau. Sie hatte Nora in vielen Gestalten gesehen, aber so wie Andre sie kannte, war sie Tess besonders nah gewesen. Selbst jetzt, da Nora schlafend vor ihr lag, konnte sie in dem faltigen Gesicht mit dem beinahe zahnlosen Kiefer das Antlitz jenes jungen Mädchens erkennen, das Tess wie eine Schwester liebte. Sie ergriff die knochige Hand und weinte.

»Warum bist du so traurig?«, flüsternde eine zitternde Stimme. Nora hatte die Augen aufgeschlagen und blickte Tess liebevoll an.

»Weil ich gesehen habe, was diese Welt verloren hat«, sagte Tess und lächelte, obwohl ihr zum Weinen zumute war.

Noras Blick fiel auf die braune Flasche. »Du bist über die Mauer geklettert und hast es zurückgeschafft?«

»Andre hat mir geholfen«, sagte Tess und hoffte, dass Nora ihre Tränen nicht sah. »Sie sind eine außergewöhnliche Frau.«

Nora hob die Augenbrauen. »Oh Tess, wer bin ich gegen dich. Dir ist etwas gelungen, von dem ich nur träumen kann.«

Tess wollte etwas erwidern, als sie plötzlich innehielt. Auch Nora lauschte in sich hinein.

»Hakon«, sagte sie nur.

»Ja. Doch ich verstehe die Bilder nicht, die er uns schickt«, sagte Tess.

Nora schlug die Decke auf und sprang aus dem Bett. »Aber ich. Es tut mir leid, aber du musst noch einmal eine Reise machen – mit mir.«

***

Es kostete Hakon und seine Familie reichlich Mühe, die Gefangenen daran zu hindern, Karamyschewo und Hallstadt am nächsten Balken aufzuknüpfen. Zu ihrer eigenen Sicherheit hatte er die Soldaten im Gefängnis gelassen. Dass er den beiden Offizieren die Pistolen zurückgegeben hatte, war nur eine Geste guten Willens gewesen. Die beiden hatten gegen die Lagerinsassen, die nun im Besitz aller Waffen waren, keine Chance, und das wussten sie auch. Nach einer drastischen Schilderung der Ereignisse hatten die beiden Männer verstanden, dass Hakon sie als Verbündete gegen die Eskatay wollte. Karamyschewo hatte zwar aus Lorick erfahren, dass die Eskatay die Regierung unterwandert hatten, doch wusste er nichts vom Fall Morvangars.

Das änderte sich, als Armand mit Hagen Lennart eintraf. Hakon stellte erschrocken fest, dass der Mann, der einst im Dienst von Anders Magnusson im Dezernat für Kapitalverbrechen gearbeitet hatte, sich in den wenigen Wochen verändert hatte. Hagen Lennart hatte einen dunklen Weg gewählt, um seine Kinder zu retten. Und er hatte einen hohen Preis gezahlt. Hakon spürte, welch große Last auf Lennarts Gewissen lag. Als sich ihre Blicke trafen, erschauderte er ob der Kälte, die von Lennart ausging. Hakon begrüßte Armand mit einem Handschlag.

»Lorick ist gefallen«, sagte der Mann, den Hakon aus seinen Besuchen im Grand Hotel kannte. »Begarell lässt systematisch immer mehr Menschen infizieren. Und er nimmt keine Rücksicht. Wenn nicht ein Wunder geschieht, wird dieses Land untergehen. Und mit ihm unsere Welt.«

»Ich weiß«, antwortete Hakon. »Wie lange werden Sie hierbleiben?«

»Wenn es nach mir ginge, so lange wie möglich. Aber ich kann die anderen Gist nicht alleine lassen.«

Hakon nickte und wünschte Armand alles Gute, bevor dieser einen Sprung machte, um nach Lorick zurückzukehren. Hakon wandte sich nun Hagen Lennart zu.

»Ich freue mich, Sie wohlauf zu sehen«, sagte Hakon und hoffte, dass diese Worte für Lennart genauso aufrichtig klangen, wie sie gemeint waren. Doch der Mann ignorierte die dargebotene Hand.

»Wo sind sie?«, fragte Lennart nur. »Wo sind meine Töchter?«

Hakon konnte sich die Auskunft sparen. Zwei spitze Schreie verkündeten, dass Maura und Melina ihren Vater bereits entdeckt hatten. Mit ausgebreiteten Armen stürzten sie auf ihn zu und rissen ihn fast zu Boden, als sie an ihm hochsprangen.

»Wenigstens drei Menschen, die heute ihr Glück gefunden haben«, sagte Nadja mit brüchiger Stimme. Auch ihr ging dieses Wiedersehen nahe. »Ein wenig Hoffnung in dieser dunklen Zeit. Davon könnten wir mehr gebrauchen.«

Hakon wollte antworten, doch er stockte. Im Chor der Gist, der sein Bewusstsein erfüllte, waren zwei neue Stimmen zu hören. Stimmen, mit denen er nicht mehr gerechnet hatte.

»Hakon?«, fragte Nadja erschrocken. »Was ist? Geht es dir nicht gut?«

»Doch«, sagte er und lachte befreit. »So gut wie schon lange nicht mehr. Tess und Nora sind zurück. Und sie sind auf dem Weg hierher!«

***

York öffnete die Augen. Es war alles andere als ein angenehmes Erwachen. Ein scharfer, alkoholähnlicher Geruch lag in der Luft. Er konnte weder seine Beine noch seine Arme bewegen. Begarell hatte sie mit Gurten auf einer Liege fixiert, die in der Mitte eines weißen, hell erleuchteten Raumes stand. York wollte den Kopf heben, doch es war unmöglich, denn dieser war in einen Halter eingespannt. Aus den Augenwinkeln konnte York eine Reihe erleuchteter Paneele sehen, vor denen ambrotypische Folien angebracht waren, die einen seltsam durchsichtigen Schädel in vier verschiedenen Ansichten zeigten. Bei allen Aufnahmen war ein Bereich des Gehirns farbig markiert, sodass sich dessen Position innerhalb des Schädels exakt bestimmen ließ. Yorks Herz begann wild zu schlagen, als ihm klar wurde, dass diese Aufnahmen seinen eigenen Kopf zeigten.

»Ah, du bist wieder bei Bewusstsein!«, sagte eine Stimme hinter ihm. Begarells Kopf schob sich in Yorks Gesichtsfeld. Er trug eine grüne Kappe und einen weißen Mundschutz. »Sehr schön, dann können wir ja beginnen. Weißt du, es ist wichtig, dass du wach bist, wenn ich die Punktion durchführe.«

York versuchte sich loszureißen, aber er konnte noch nicht einmal den kleinen Finger rühren. Sein Körper war vollkommen gelähmt.

»Warum kann ich mich nicht bewegen?«, schrie er.

»Weil ich dir ein Betäubungsmittel in den Hirnwasserraum injiziert habe. Es ist eine reine Vorsichtsmaßnahme, denn der Eingriff, den ich an dir vornehmen werde, ist bestenfalls etwas unangenehm, aber nicht schmerzhaft.«

York bekam auf einmal Todesangst. Er versuchte zu springen, aber Begarell hatte seine Fähigkeiten neutralisiert.

»Du fühlst dich hilflos und ausgeliefert, nicht wahr?«, sagte Begarell. »Glaub mir, ich kenne dieses Gefühl und weiß, dass es nicht schön ist.«

»Was haben Sie mit mir vor?«, rief York.

»Das Gehirn eines Eskatay unterscheidet sich in einigen wesentlichen Punkten von dem eines Menschen. Diese Veränderungen sind das Resultat der Infektion durch die Sporen einer Blume. Man kann sie auf einem Durchleuchtungsbild ganz deutlich erkennen. Bist du in der Lage, mir so weit zu folgen?«

Yorks Augen waren weit aufgerissen, er glaubte, gleich die Besinnung zu verlieren.

»Mein Verdacht war, dass sich auch die Gehirne von Gist und Eskatay unterscheiden. Ich habe einige Zeit warten müssen, bis sich mir die Gelegenheit bot, diese Vermutung zu überprüfen. Jedenfalls liefern die Bilder, die ich von deinem Gehirn machen konnte, einen ersten Hinweis darauf. Du weißt ja, dass wir Eskatay ein Fortpflanzungsproblem haben. Nun, ich hoffe sehr, ich werde es heute mit deiner Hilfe lösen können. Entspann dich einfach. Es wird nicht lange dauern.«

York spürte, wie etwas in seine Kopfhaut stach. Dann sprang ein Bohrer an, doch York fühlte nur einen leichten Schmerz. Plötzlich schien sein ganzer Kopf zu vibrieren, er konnte nur noch verschwommen sehen. Er stöhnte auf.

»Ich weiß«, sagte Begarell konzentriert. »Das ist bestimmt sehr unangenehm. Aber ich bin gleich fertig. Du hast Glück. Noch vor einem Jahr hättest du den Eingriff nicht überlebt. Das nennt man wohl technischen Fortschritt.« Es gab einen leichten Ruck. Der Bohrer wurde wieder herausgezogen. »So. Das war doch gar nicht schlimm. Der Rest ist ein Kinderspiel.«

»Warum tun Sie mir das an?«, wimmerte York.

»Das ist eine lange Geschichte und sie beginnt mit einem Verrat«, sagte Begarell. »Damals lebte ich mit meiner Familie nicht weit von hier in einer kleinen Bergbausiedlung, die der Morstal-Gesellschaft gehörte. Morstal müsstest du kennen. Dein Lehrer, Herr Diffring, hat dir bestimmt etwas über die Bergbaugesellschaft erzählt. Damals hatte sie die Macht in Morland. Ihr Vorstand Johann Weiksell konnte ganze Regierungen kaufen. Irgendwann musste er zu dem Schluss gekommen sein, dass sich der Bergbau in Horvik nicht mehr lohnte. Deswegen schickte er keine Versorgungszüge mehr. Zu dumm, dass hier oben noch einige Menschen lebten. Männer. Frauen. Und Kinder.«

York spürte, wie etwas festgeschraubt wurde. Dann baute

sich in seinem Kopf kalter Druck auf, der aber gleich wieder nachließ.

»Man hatte wohl gehofft, dass ein langer, harter Winter das Problem auf natürliche Weise lösen würde. Also brachen wir auf und verließen Horvik, damit wenigstens die Kinder überlebten. Drei Tage kamen wir gut voran, dann mussten wir die ersten Berge überqueren. Ich suchte nach einem Pass. In der Zwischenzeit überfiel ein Rudel Wölfe das Lager und tötete alle Menschen dort – auch Agnetha, meine Tochter.«

Dies alles berichtete Begarell mit vollkommen unbewegter Stimme.

»Erst spielte ich mit dem Gedanken, mich umzubringen, aber dann siegte mein Hass auf jene, die für den Tod meiner Frau und meines Kindes verantwortlich waren. Ich kämpfte mich durch die Berge, und als ein Sturm über mir hereinbrach, fand ich den Eingang zu einer riesigen Höhle. Darin stieß ich auf die Blume.«

York verspürte tatsächlich keinen Schmerz, aber er roch plötzlich Zimt, und zwar so intensiv, dass ihm schlecht davon wurde.

»Die Sonde ruft wahrscheinlich Halluzinationen hervor«, sagte Begarell. »Lass dich davon nicht verwirren.« Metall klapperte, dann war ein Surren zu hören. »Als ich von dem Gebilde infiziert worden war, glaubte ich sterben zu müssen. Doch nach dem Erwachen ahnte ich, dass ich mich lediglich verändert hatte. Bei einem Sturz hatte ich mir das Fußgelenk gebrochen, war aber in der Lage, es selber zu heilen. Ich fühlte mich stärker als je zuvor und konnte der Kälte besser trotzen. Dennoch überschätzte ich mich und wäre auf dem

Heimweg nach Lorick beinahe gestorben, wenn ich nicht von einem Mann namens Swann gerettet worden wäre. Ich ließ ihn zum Dank an der Blume riechen. Swann wurde zu einem Telepathen und etwas Seltsames geschah. Seine Gabe ging auch auf mich über. Wir beide bildeten den Kern eines Kollektivs, das später auf zwölf Personen anwachsen sollte. Wir versuchten weitere Menschen zu infizieren und mussten feststellen, dass nicht jeder diese Sporen vertrug. Ungefähr die Hälfte aller Infizierten starb, die andere verwandelte sich und übertrug ihre Gaben ebenfalls auf mich. Diese Fähigkeiten waren so verschieden wie die Eskatay, die sie entwickelt hatten. Noch waren es wenige. Aber mit einer steigenden Anzahl Infizierter erhöhte sich auch die Wahrscheinlichkeit, dass jemand neben Telepathie und Levitation auch ganz besondere Fähigkeiten, die sogenannten Schlüsselgaben, entwickelte.«

Begarell zog die Sonde aus Yorks Kopf und ging damit zu einem metallischen Kasten, der wie ein kleiner Backofen aussah. York vermutete, dass das Gerät zur Untersuchung der Zellprobe diente, die Begarell ihm soeben entnommen hatte.

»Noch im selben Winter kehrte ich an den Ort der Katastrophe zurück«, sagte Begarell. »Dort barg ich die Leiche meiner Tochter, um sie an einen sicheren Ort ins ewige Eis der Polarregion zu bringen. Dann machte ich mich daran, die Staatsführung zu übernehmen.«

Begarell betätigte einige Knöpfe und die Vorrichtung erwachte zum Leben. Sichtlich zufrieden entfernte er den Mundschutz, wusch sich die Hände und setzte sich neben

York auf einen Stuhl, wo er einen kurzen Blick auf seine Taschenuhr warf.

»Doch es traten Schwierigkeiten auf. Ich musste die Blumen vermehren, wusste aber nicht wie, bis Mersbeck auf die Idee mit dem Rhodium kam. Doch die anderen Probleme ließen sich nicht lösen: Weiterhin starben fünfzig Prozent der Infizierten. Der Rest wurde unfruchtbar. Damals begann ich, mich mit morländischer Geschichte zu beschäftigen. Vor sechstausend Jahren hatte ein Krieg diese Welt heimgesucht, den viele für eine bloße Legende halten. Eine Legende, die ihren Schrecken bis heute nicht verloren hat. Verschiedene archäologische Funde deuteten darauf hin, dass der Kampf zwischen Menschen und Eskatay wirklich stattgefunden hatte. Und so fragte ich mich: Wenn Teile der Menschheit diesen fürchterlichen Krieg überlebt hatten, was war dann aus den magisch Begabten geworden? Eine Reihe alter Aufzeichnungen ließen in mir den Verdacht aufkeimen, dass die Magie nicht völlig ausgemerzt war. Noch vor fünfzig Jahren lebte in der Grusina eine Frau mit ihrer Tochter. Von dieser Frau erzählt man sich Abenteuerliches: dass sie fliegen konnte, Männer behexen und dergleichen mehr. Eines Nachts hatte sich ein Mob vor ihrem kleinen Haus versammelt, um sie zur Rede zu stellen. Du weißt ja, wie Menschen sind. Schnell steigerte sich die Wut in Hass. Der erste Stein flog, eine Scheibe wurde eingeworfen, dann brannte auf einmal das Haus. Und die beiden Frauen? Bevor die Flammen sie erfassen konnten, erhoben sie sich in die Luft und verschwanden. Drei Tage lang gab es in den Zeitungen kein anderes Thema als die Rückkehr der Eskatay.« Begarell schwieg nachdenklich. »Ich gab Swann den Auftrag, allen Gerüchten nachzugehen, und er wurde fündig. Tatsächlich hatten einige Eskatay aus unerklärlichen Gründen den Krieg überlebt – und sie hatten sich danach verändert. Sie nannten sich nun ›Gist‹ und konnte im Gegensatz zu uns Kinder bekommen. Warum das so war, musste ich unbedingt herausfinden. Aber die Gist waren geschickt und ließen sich nicht so leicht fangen. Manche begingen Selbstmord, um ihr Geheimnis mit ins Grab zu nehmen. Ich muss zugeben, dass ich dem damals nicht mit dem nötigen Eifer nachgegangen bin. Ein Fehler, wie sich herausstellen sollte, aber zu der Zeit war ich mit anderen Dingen beschäftigt. Ich musste das Tor zu dem riesigen Kuppelsaal öffnen. Du hast gesehen, was sich dahinter verbirgt.«

York nickte.

»Sag es mir.« Begarell lächelte mich freundlich an.

»Das Archiv der alten Welt«, krächzte York.

»Wunderbar. Glücklicherweise habe ich bei meiner kleinen Operation dein Sprachzentrum nicht zerstört«, sagte Begarell. »Das Archiv der alten Welt, richtig. Leider ist es größtenteils verfallen, doch einiges konnten wir rekonstruieren. Vor allen Dingen die gedruckten medizinischen Aufzeichnungen waren beinahe vollständig erhalten. Die Arbeit der wissenschaftlichen Stationen wurde dadurch beflügelt.«

Er löste die Schrauben der Kopfklammer und öffnete die Gurte, mit denen York auf den Operationstisch fixiert war.

»Ich möchte dir etwas zeigen«, sagte Begarell. »Steh auf.« Er berührte York an der Schulter und verzog dabei das Gesicht, als durchzuckte ihn ein stechender Schmerz. Doch wenige Sekunden später nahm sein Gesicht wieder seinen entspannten Ausdruck an.

Mit einem Kribbeln verschwand das Taubheitsgefühl in Yorks Gliedmaßen. Der bohrende Schmerz im Nacken löste sich auf. Er fühlte sich stark und ausgeruht, als wäre er aus einem langen, erholsamen Schlaf erwacht. Nur seine Gaben waren nicht zurückgekehrt. Er setzte sich auf und fuhr sich mit der Hand über den kahl rasierten Kopf.

»Keine Angst. Die Haare wachsen nach.«

York trug einen dünnen Kittel. Nun konnte er auch den gekachelten Raum genauer in Augenschein nehmen. Apparaturen aus glänzendem Edelstahl waren durch Schläuche mit verschiedenfarbigen Gasflaschen verbunden. Von der Decke hing eine mehrstrahlige Lampe, deren Position sich mit einem in der Mitte angebrachten Griff beliebig verändern ließ. Die Klammer, die seinen Kopf fixiert hatte, war ein Rahmen, in die man vier lange, spitze Schrauben eingelassen hatte. Erschaudernd tastete York seine Stirn ab. Die Wunden, die diese Schrauben verursacht haben mussten, waren auf wundersame Weise bereits verheilt.

Begarell zog seinen Operationskittel aus und warf ihn achtlos in einen Korb. York spürte noch immer die Furcht, die sich wie eine Schlange in seiner Magengrube wand. Begarell hatte von seinem medizinischen Studienobjekt bekommen, was er brauchte, und war nun nicht mehr auf York angewiesen.

»Zieh die Schuhe an, die ich dir da drüben hingestellt habe«, sagte Begarell und hielt ihm einladend die Tür auf. »Du wirst sie brauchen.«

Er führte York durch einen Korridor zu einem Fahrstuhl und aktivierte diesen mit einem Schlüssel, den er an einer Kette um den Hals trug.

York hatte zunächst geglaubt, dass sie sich im Tiefgeschoss eines Krankenhauses befanden. Doch anstatt nach oben bewegte sich der Lift nach unten. Begarell legte einen Arm um Yorks Schulter und lächelte ihm vertraulich zu wie ein Vater, der seinen Sohn in ein altes Familiengeheimnis einweihen will.

Nach schier endlosen Sekunden hielt der Fahrstuhl mit einem sanften Ruck und die Türen glitten auf. Ein Schwall kalter Luft verwandelte den Atem der beiden zu feinen Dampfwolken.

»Ich versuche so oft wie möglich hierherzukommen«, sagte Begarell und entriegelte das Schloss einer Tür, an der sich Raureif niedergeschlagen hatte. »Normalerweise wähle ich dabei nicht diesen umständlichen Weg. Ich besitze nämlich genau wie du die Gabe des Springens.«

War es im Korridor schon bitterkalt gewesen, so herrschten in diesem Raum arktische Temperaturen. York fror so sehr, dass seine Zähne aufeinanderschlugen. Begarell zog ein Paar Handschuhe an und warf sich eine dicke Pelzjacke um.

»Fass nichts mit bloßen Händen an. Deine Finger könnten festfrieren.«

Die Kälte kribbelte wie ein Schwarm Ameisen auf Yorks Haut. Begarell legte einen Schalter um. Eine Lampe flackerte auf. Als York langsam klar wurde, was er da sah, wusste er: Begarell hatte den Verstand verloren.

In einem eisigen, blau leuchtenden Alkoven schwebte an dünnen Schnüren ein zierliches Mädchen von fünf oder sechs Jahren. Auf den ersten Blick glaubte York, sie schliefe nur, bis er die Wundnaht an ihrem Hals bemerkte.

»Das ist meine Tochter Agnetha«, flüsterte Begarell, als hätte er Angst, das Kind zu wecken.

Sie ist tot, dachte York. Sie ist tot und dieser Mann hat über dem Verlust seines Kindes den Verstand verloren.

»Ich weiß, dass sie nicht mehr lebt. Aber glaub mir, verrückt bin ich deswegen noch lange nicht«, sagte Begarell kühl.

Er kann meine Gedanken lesen, dachte York.

»Ja, das kann ich in der Tat.«

»Aber Gist und Eskatay können doch gar keinen mentalen Kontakt zueinander aufbauen.«

Begarell antwortete mit einem vielsagenden Lächeln. »Seit unserer Begegnung vorhin hat sich das geändert.«

York trat näher an den leblosen Körper heran. »Sie tun das alles nur wegen ihr«, sagte er. »Sie hoffen, eines Tages einen Eskatay in Ihr Kollektiv aufnehmen zu können, der Ihre Tochter wieder zum Leben erwecken kann!«

»Das wäre die ultimative Schlüsselgabe«, erwiderte Begarell. »Und sie würde auf mich übergehen.«

York drehte sich voller Entsetzen zu ihm um. »Ihnen geht es gar nicht darum, die Eskatay an die Macht zu bringen. Sie wollen nur Ihre Tochter retten!«

»Nun, sagen wir mal so: Ich habe andere Prioritäten. Natürlich will ich die Welt verändern. Aber zuallererst will ich meiner Tochter das Leben wiedergeben.«

Begarell betrachtete Agnetha mit entrücktem Blick. York empfand Mitleid und Abscheu zugleich für diesen Mann, der so viele Menschen getötet hatte, um ein einziges Leben zu retten.

Inzwischen war York so ausgekühlt, dass er unkontrolliert zitterte. Sein Herz raste, sein Atem ging schnell. Er wusste, das Begarell ihn hier unten sterben lassen wollte.

»Über kurz oder lang werde ich Erfolg haben«, erklärte Begarell. »Die Zeit arbeitet für mich.«

»Da irren Sie sich gewaltig«, sagte da auf einmal eine Stimme hinter ihnen.

Begarell wirbelte herum. York sah eine kleine alte Frau an der Tür stehen, graue Strähnen hingen ihr ins Gesicht. Die Augen, zwei milchig trübe Murmeln, starrten Begarell voller Verachtung an. York konnte vor Kälte seine Bewegungen nicht mehr koordinieren. Er stolperte, fiel und wurde im letzten Moment von Tess aufgefangen.

»Oh«, machte er nur und blinzelte träge. Das war der einzige Laut, den er noch hervorbringen konnte.

»Sie sind ein Gist«, sagte Begarell amüsiert. »Genau wie das Mädchen in Ihrer Begleitung.«

»Welch tragische Ironie«, sagte Nora. »Jahrelang haben Sie vergeblich nach uns gesucht. Und heute begegnen Ihnen gleich drei von uns.«

Begarell hob die Hand und ein flimmernder Luftball schoss auf Nora zu. Mit einem dumpfen Geräusch explodierte er vor ihrer Brust. Die Schockwelle ließ den Raum erzittern, aber die alte Frau rührte sich nicht von der Stelle.

»Ich will Ihnen nicht wehtun«, sagte Begarell.

»Doch«, sagte Nora. »Das wollen Sie. Sie wollen anderen Menschen wehtun, damit Sie den eigenen Schmerz nicht mehr spüren müssen.«

York brach in immer wildere Zuckungen aus. Auch Tess' Finger verfärbten sich blau. Nora klatschte in die Hände und ein Feuerball bildete sich in der Mitte des Raumes. »Aber Sie haben verloren, weil Sie vor zehn Jahren zusammen mit Ihrer Familie gestorben sind. Damals haben Sie aufgehört, ein Mensch zu sein. Ihre Zeit ist abgelaufen.« Augenblicklich stieg die Raumtemperatur wieder an, aber nur für einen kurzen Moment. Dann hatte Begarell die Glut gelöscht.

»Sie waren einmal ein liebevoller Vater. Was Sie und Ihre Familie erlitten haben, ist eine Tragödie. Aber sie rechtfertigt in keiner Weise die Verbrechen, die Sie begangen haben.«

Begarell senkte den Kopf und ballte die Fäuste. Die Luft um ihn herum knisterte eisig. Nora berührte sachte die Wand, von der mit einem Mal ein dunkelrotes Glühen ausging. Dort wo die beiden unterschiedlich temperierten Luftschichten aufeinandertrafen, wurde die Luftfeuchtigkeit im Raum zu dichtem Nebel. Als er verschwunden war, stand Begarell neben Nora. Doch bevor er sie angreifen konnte, war Tess bei ihm und fing seinen Schlag ab. Sie flog quer durch den Raum, rutschte über den vereisten Boden und schlug mit dem Kopf gegen die Wand, wo sie benommen liegen blieb.

»Hören Sie auf, Begarell!«, rief Nora. »Es haben schon genug Menschen Ihretwegen gelitten.«

Begarell bleckte grimmig die Zähne und schien Nora mit seinem Blick durchbohren zu wollen.

»Und hören Sie auf, mich manipulieren zu wollen!«, fuhr Nora wütend fort. »Es haben schon ganz andere vor Ihnen versucht, meinen Willen zu brechen, und sie sind alle gescheitert.«

Sie stellte sich vor Begarell und fixierte ihn mit ihren blinden Augen. »Ich weiß nicht, wie stark Sie sind. Vielleicht sind Sie mir überlegen, vielleicht ich Ihnen. Wir könnten es darauf ankommen lassen.«

Tess war zu sich gekommen und kümmerte sich um York, der geschwächt auf dem kalten Boden kauerte.

»Aber ich möchte Sie nicht töten«, fuhr Nora fort. »Glauben Sie mir, ich für meinen Teil habe genug Tote gesehen. Deshalb schlage ich Ihnen stattdessen ein Geschäft vor.«

»Was können Sie mir bieten, was ich nicht habe?«, fragte Begarell verächtlich.

»Das Leben Ihrer Tochter.«

Begarell lachte auf. »Sie sind verrückt!«

»Nein«, sagte Tess. »Ist sie nicht. Nora kann wirklich Ihre Tochter retten.«

»Beweisen Sie es mir!«, sagte er.

»Nur wenn Sie dafür Ihren Krieg gegen die Menschen beenden.«

»Haben Sie eine Ahnung, was passiert, wenn ich den Kontakt zu den Eskatay abbreche?«, sagte Begarell. »Viele von ihnen wissen noch gar nicht, was mit ihnen geschehen ist! Ich führe sie!«

»Und das sollen Sie auch weiter tun, bis wir eine andere Lösung gefunden haben.«

Begarell zögerte.

»Stoppen Sie den Angriff, bevor noch weitere Unschuldige sterben!«

Begarell nickte. »Es ist geschehen. Ich habe den Befehl zum Rückzug gegeben.«

»Trauen Sie ihm nicht«, sagte York mit krächzender Stimme. Mühsam kämpfte er sich auf die Beine. »Ich habe gesehen, wie er ohne Skrupel getötet hat!«

Begarell warf York einem seltsam leeren Blick zu, trat an eine Konsole und drückte eine Reihe von Knöpfen. Agnethas gefrorener Körper senkte sich herab. Reif hatte sich an Wimpern und Augenbrauen gebildet. Die Haut war grau, aber immer noch so glatt wie die eines fünfjährigen Mädchens. Nora nahm Agnetha in die Arme und drückte sie an sich. Langsam verschwand jede Steifheit aus den Gliedern des Mädchens. Erst lockerten sich die Finger, dann die Hände und zuletzt die Füße. Ihr Kopf kippte zur Seite. Feine Nebelschwaden stiegen auf, als ihr Körper sich von seiner Eiskruste befreite. Langsam nahm ihre Haut wieder eine gesunde, rosige Färbung an.

Es war ein kräftezehrender Akt, der Nora schwächte. Fast schien es, als könnte sie das Gewicht des Kindes nicht mehr halten.

Begarell ergriff Agnethas Hand. »Sie ist wieder warm!«, rief er überrascht.

Dann zuckte ein Fuß, ein Bein, ein Arm. Mit einem tiefen Seufzen holte das Kind Luft, so als erwachte es aus einem langen, tiefen Schlaf. Begarell schlug vor Erstaunen die Hand vor den Mund. Nora legte ihm den weichen, lebendigen Körper in die ausgestreckten Arme. Begarell weinte, als sei eine ungeheure Last von seinen Schultern genommen worden. Eine kleine Hand strich tröstend über seinen Kopf.

»Ich habe geträumt«, flüsterte Agnetha. »Von einer Welt, in der es kein Eis und keine Wölfe gibt. Von Blumen und Gärten und einem Himmel, weit und blau …« Dann schloss sie wieder die Augen. Ihr Kopf fiel zur Seite.

Begarell hielt inne und lauschte in sich hinein. Mit einem Ruck fuhr er hoch. »Sie wird nicht lange leben!«

»Nein«, sagte Nora erschöpft und stützte sich auf Tess. »In meinem Alter sind die Kräfte begrenzt. Aber Sie werden sich von Ihrer Tochter verabschieden können. So viel Zeit bleibt Ihnen.«

»Wissen Sie, wie grausam das ist, was Sie mir da antun?«, schrie Begarell sie an. Seine Stimme brach unter Tränen. »Zehn Jahre lang habe ich unsägliche Mühen auf mich genommen, um diesen Moment zu erleben. Und nun bleiben mir nur wenige Minuten. Das lasse ich nicht zu!« Er drückte Agnetha wieder an sich.

Plötzlich spürte York einen Stich in der Herzgegend. Mit weit aufgerissenem Mund krümmte er sich zusammen und fiel zu Boden. Keuchend schnappte er nach Luft. Jeder einzelne Muskel seines Körpers schmerzte, jede Sehne war zum Zerreißen gespannt. Er spürte, wie jegliche Kraft aus seinem Körper wich. Agnetha hingegen wurde immer lebendiger.

»Schnell!«, krächzte York voller Angst. »Er bringt mich um …«

Mit einer Geschmeidigkeit, die York Noras alten Gliedern niemals zugetraut hätte, sprang sie zwischen ihn und Begarell. Yorks Schmerzen verschwanden augenblicklich, aber dafür hatte Nora nun seinen Platz eingenommen. York versuchte, so schnell wie möglich auf die Beine zu kommen. Er hatte zwar keine Ahnung, wie er die alte Frau retten sollte, aber er würde nicht kampflos aufgeben. Niemals. Als er Begarells Gesicht sah, wusste er plötzlich, dass ein Kampf nicht mehr nötig war.

»Es ist ein Geben und ein Nehmen«, sagte Tess, die neben ihm stand.

»Eliasson hatte mir erzählt, wie er einmal Zeuge einer von Begarell durchgeführten Heilung war«, sagte York. »Ein Lebewesen musste sterben, damit ein anderes leben konnte. Nora muss den Prozess so umgelenkt haben, dass er selbst derjenige ist, dessen Kraft auf Agnetha übergeht.«

Begarell verfiel. Er alterte im Sekundentempo, obwohl er sich verzweifelt dagegen wehrte. Seine Tochter lag noch immer in seinen Armen, blühte auf, schien sogar engelsgleich zu leuchten. Aber nun war er zu schwach, um sie zu halten. Er sank auf die Knie. Für einen kurzen Moment bäumte er sich noch einmal auf. Dann starb er.

Agnetha lag auf dem Boden. Ihren Körper umgab noch immer eine leuchtende Aura. Nora berührte sie sacht am Arm. Das Licht ging auf sie über. York wollte ihr helfen, den Körper auf einen Tisch zu heben, damit sie nicht mehr auf dem kalten Boden liegen musste. Doch Nora hob abwehrend die Hand.

»Rühr sie nicht an!«, rief sie. »Du würdest es nicht überleben!«

»Aber warum?«, stammelte York.

»Agnetha ist wie ein überlaufendes Gefäß«, sagte Nora.

»Die Kraft, die Begarell auf sie übertragen hat, ist unglaublich stark!«

»Sie stirbt?«, fragte Tess fassungslos.

»Wie ein Mensch, der in einem reißenden Strom ertrinkt«, sagte Nora.

»Kann man diesen Strom nicht umleiten?«, fragte York.

»Was glaubst du, was ich die ganze Zeit versuche?«, fuhr sie ihn an.

»Entschuldigung«, murmelte er.

»Das ist eben Nora«, sagte Tess und musste trotz der Situation schmunzeln. »Ich habe mich auch erst an sie gewöhnen müssen.«

Nora hatte beide Hände auf die Brust des Mädchens gelegt und atmete schwer. Das Licht kroch ihre Arme hinauf und hüllte schließlich ihren ganzen Körper ein. Als es erlosch, kippte sie mit einem Stöhnen um.

Sofort war Tess bei ihr – und stieß einen Schrei aus, als sie in ihr Gesicht blickte.

»Was ist?«, rief York. »Ist sie tot?«

»Das glaube ich kaum«, erwiderte Tess. Sie beugte sich zu Nora hinab, die nun so jung war wie jene Frau, die sie im Grand Hotel getroffen hatte. Ihr Haar war wieder glänzend schwarz, die Haut so weiß wie Porzellan. Tess berührte sie vorsichtig an der Schulter. Mit einem Stöhnen öffnete Nora die Augen. Einen Augenblick starrte sie ins Leere, dann runzelte sie die Stirn und richtete sich auf.

»Ich kann sehen!«, sagte sie überrascht. Tatsächlich waren Noras Augen klar und dunkel. Sie hob die Hand und betrachtete sie von allen Seiten.

»Du bist wieder jung!«, wisperte Tess fassungslos.

Nora schien die Situation noch immer nicht ganz zu erfassen – bis sie Agnetha sah. York hatte sich über das Mädchen gebeugt und er auf den Rücken gedreht.

»Sie lebt«, sagte er. »Aber sie schläft.«

»Dann wollen wir sie nicht wecken«, sagte Nora. »Ich glaube, das Erwachen wird schlimm genug sein.« Ihr Blick fiel auf Begarell. Oder vielmehr auf das, was von ihm übrig war: ein ausgedörrter Leichnam, der aussah, als läge er schon seit Jahrhunderten an dieser Stelle.

Nora gab Tess und York ein Zeichen. »Lasst uns gehen«, sagte sie leise.

»Das ist also das Ende«, sagte York.

»Nein«, erwiderte Nora und hob Agnetha auf. »Das ist erst der Anfang.

Drei Jahre später

Es dauerte eine Weile, bis jemand auf das Klopfen an der Wohnungstür reagierte.

»Wer ist da?«, fragte eine Stimme.

»Ich bin es, Hakon.«

»Hakon wer?«

»Hakon Tarkovski.«

Die Tür wurde einen Spaltbreit geöffnet. Das mürrische Gesicht einer Frau war zu sehen.

»Der gnädige Herr ist noch nicht da«, sagte sie. »Kommen Sie in einer Stunde noch einmal wieder.«

Sie wollte ihm schon die Tür vor der Nase zuschlagen, als sich ein Mädchen an der Frau vorbeidrängte.

»Hakon!«, rief es erfreut.

»Maura!«

»Ich bin Melina«, erwiderte das Mädchen vorwurfsvoll.

Hakon schnippte mit den Fingern. »Verdammt, ich werde es nie lernen.«

»Emma«, sagte Melina, »lassen Sie den Herrn bitte herein.« Sie klang ziemlich hochnäsig. Hakon konnte sich ein Grinsen nicht verkneifen.

»Aber Sie wissen, was der gnädige Herr gesagt hat: In seiner Abwesenheit darf niemand die Wohnung betreten.«

»Und Sie wissen, dass mein Vater mir und meiner Schwester jeden Wunsch von den Augen abliest«, sagte Melina. »Wenn wir ihm sagen, dass Sie Ihre Arbeit nicht anständig machen, sind Sie sie los.«

Emma seufzte und öffnete die Tür. Hakon bemerkte gleich,

dass sie eine Pistole hinter ihrem Rücken versteckt hielt. Vermutlich hatte sie die ganze Zeit über durch das Türblatt auf ihn gezielt.

Melina, ganz die Dame des Hauses, führte Hakon in den Salon, wo Maura über einer Stickarbeit saß. Als sie ihn sah, ließ sie Nadel und Rahmen fallen und fiel ihm um den Hals.

»Hallo, mein Schatz«, sagte Hakon.

»Papa ist noch nicht da«, sagte sie.

»Ja, das hat mir Emma schon gesagt. Ist sie eigentlich immer bewaffnet?«

»Oh ja«, sagte Maura ernst. »Aber mach dir keine Gedanken, sie ist eigentlich ganz nett.«

Hakon sah sie skeptisch an. »Eigentlich?«

»Sie ist wirklich in Ordnung. Auch wenn sie ein wenig grimmig aussieht, ist sie immer für uns da.«

»Fast wie eine Mutter«, sagte Melina.

»Aber nur fast«, warf Maura ein.

»Natürlich«, sagte Hakon. »Darf ich mich setzen?«

»Aber selbstverständlich!«, sagte Melina. »Möchtest du etwas trinken?«

»Vielleicht später. Ihr beide seid aber vorzügliche Gastgeberinnen.«

Maura und Melina erröteten kichernd.

Es klopfte erneut an der Tür und diesmal wurde prompt geöffnet. Lennart war nach Hause gekommen. Hakon stand auf, um ihn zu begrüßen, doch dazu kam es nicht. Der Hausherr hatte noch nicht einmal Gelegenheit, seinen Mantel auszuziehen, als die Mädchen auf ihn zustürzten. Er gab beiden einen Kuss und nickte seinem Besuch zu. »Hallo, Hakon.«

Hakon ergriff Lennarts Hand und schüttelte sie.

»Schön, Sie wiederzusehen. Halldor hat Ihnen eine Aufpasserin zur Seite gestellt?«

»Eher den Kindern. Er hat darauf bestanden. Ich sagte ihm, dass ich keinen Mann dafür haben wolle, deshalb hat er Emma geschickt.«

»Papa hat ein Auge auf sie geworfen«, sagte Maura und kicherte.

»Scht!«, machte Melina und boxte ihre Schwester in die Seite.

Hakon musste grinsen, als er Lennarts Schmunzeln bemerkte.

»Setz dich«, sagte Lennart und wies auf einen Sessel. »Und ihr beiden geht in die Küche und sagt Emma, sie soll einen Tee aufbrühen.«

»Und dann?«, fragte Maura neckisch.

»Geht ihr auf euer Zimmer und macht Hausaufgaben. In Ordnung?«

Die Kinder verzogen das Gesicht und verschränkten die Arme vor der Brust.

»Los jetzt«, sagte Lennart und die Mädchen stapften beleidigt davon.

»Die beiden haben die schlimme Zeit gut überstanden«, sagte Hakon.

»Ja, das haben sie glücklicherweise«, sagte Lennart.

»Und wie gefällt Ihnen Ihr neues Leben als Politiker?«

Lennart zog ein Etui aus der Innentasche seiner Jacke und

bot Hakon etwas zu rauchen an, was er jedoch dankend ablehnte.

»Es ist ungewohnt für mich«, sagte Lennart. Er zündete den Zigarillo an, nahm einen tiefen Zug und schwenkte das Streichholz, bis es erlosch.

»Kann ich mir denken. Dass die Boxvereine eine legale Partei gegründet haben, dürfte für manche den Untergang der parlamentarischen Demokratie bedeuten«, erwiderte Hakon.

»Dann hat man aber vergessen, welche Aufbauarbeit wir nach dem Krieg geleistet haben. Der Staat hat dabei kläglich versagt.«

»Der Staat war auf Begarell zugeschnitten«, sagte Hakon. »Außerdem haben sich weder die Todskollen noch die Wargebrüder wie Chorknaben aufgeführt. Das sollten Sie auch nicht vergessen.«

»Es gibt kein organisiertes Verbrechen mehr«, sagte Lennart und kratzte sich am Backenbart. »Wir finanzieren uns nur noch über Parteispenden.«

»Haben Sie es jemals bereut, den Wargebrüdern beigetreten zu sein?«, fragte Hakon.

»Lies meine Gedanken«, sagte Lennart kurz angebunden. »Dann weißt du es.«

Emma kam und servierte den Tee. Sie war eine herbe Schönheit und trug einen Hosenanzug, wie er inzwischen Mode war. Sie wirkte stark und strahlte ein unerschütterliches Selbstbewusstsein aus. Und sie hatte Charme. Dass die Rolle des Hausmütterchens nur eine Tarnung für ihre Leibwächtertätigkeit war, zeigte sie mit jeder Geste.

»Ich bereue es nicht«, antwortete Lennart, als Emma gegangen war. »Ich habe es für Maura und Melina getan. Hast du Kinder?«

»Ich bin erst siebzehn«, sagte Hakon lachend.

»Du wirst sehen, für die eigenen Kinder tut man alles«, sagte Lennart leise. Er trank einen Schluck aus seiner Tasse.

»Wir werden gehen«, sagte Hakon.

»Das habe ich mir schon gedacht, als die Gist bei den letzten Wahlen nicht angetreten sind. Wann?«

»Bald. Tess sucht mit Nora immer noch nach einer Lösung für das Problem der Zeitverschiebung«, sagte Hakon. »Aber sie sind auf einem guten Weg. Warum kommen Sie nicht mit?«

»Dann müsste ich so werden wie du.«

»Das ist der Preis. Man muss ein Gist sein, um diese Welt zu betreten.«

»Und man muss Morland verlassen«, ergänzte Lennart.

»So lautet die Abmachung«, sagte Hakon. »Es würde sonst nicht funktionieren. Gist und Menschen können nicht miteinander leben. Dazu sind wir zu verschieden.«

»Ich bin gerne ein einfacher Mensch«, sagte Hagen Lennart.

»Ich weiß.«

»Und ich liebe Morland. Ich bin hier geboren und aufgewachsen. Es ist meine Heimat.«

»Auch das weiß ich«, sagte Hakon. »Auf der anderen Seite sollten Sie bedenken, dass diese Welt ihre Glanzzeit hinter sich hat.«

Lennart schwieg.

»Die Gefahren …«

»Die Gefahren sind gering«, fiel ihm Lennart ins Wort. »Ich weiß das. Mit der Probe, die Begarell unserem gemeinsamen Freund York entnommen hat, wurde aufgeschlüsselt, wie die Nebenwirkungen einer Infektion ausgeschlossen werden können. Man stirbt nicht mehr. Und man wird auch nicht mehr unfruchtbar. Ich weiß, du denkst an die beiden Mädchen. Das ehrt dich. Doch noch entscheide ich für sie. Ob Gist oder nicht, dies ist eine Entscheidung, die man nicht im Kindesalter treffen kann, denn wenn man einmal verwandelt wurde, gibt es kein Zurück mehr.«

»Das ist wahr«, gab Hakon zu. »Wissen Sie, wie viele Menschen hier in dieser Welt so denken wie Sie? Mehr als drei Viertel.«

Lennart zuckte mit den Schultern. »Siehst du?«, sagte er. »Es ist gut, wenn ihr geht. Vielleicht kommt Morland dann zur Ruhe.«

Hakon schwieg, schließlich nickte er und stand auf. Den Tee hatte er nicht angerührt. »Dann werde ich jetzt gehen.«

Lennart erhob sich ebenfalls. »Es war schön, dich noch einmal zu sehen.«

»Ich würde mich gerne von den Mädchen verabschieden«, sagte Hakon.

Lennart dachte nach. »Halte ich für keine gute Idee«, sagte er schließlich. »Das bringt sie nur auf dumme Gedanken.«

Hakon zog einen Brief aus seiner Jackentasche. »Würden Sie ihnen das geben – wenn sie alt genug sind?«

»Natürlich«, sagte Lennart und warf den Umschlag, ohne einen Blick darauf zu werfen, auf den Teetisch.

Ein peinlicher Moment der Stille folgte.

»Dann leben Sie wohl«, sagte Hakon schließlich.

»Ich wünsche dir viel Glück«, sagte Lennart.

Hakon nickte. »Ich Ihnen auch.«

»Du findest den Weg hinaus?«

»Natürlich«, sagte Hakon und ging.

Er hatte die Klinke der Wohnungstür schon in der Hand, zögerte aber. Aus dem angrenzenden Zimmer hörte er Maura und Melina, die laut spielten. Emma war bei ihnen. Ihre Stimme klang liebevoll, ihr Lachen kam aus vollem Herzen. Hakon drehte sich noch einmal um. Lennart stand im Türrahmen, die Tasse in der Hand.

»Adieu«, sagte Hakon. Lennart hob die Hand zu einem letzten stummen Gruß.

Der Wind trieb die ersten Schneeflocken des Jahres durch die Luft. Hakon schlug den Kragen seiner Jacke hoch und vergrub die Hände in den Taschen, als er auf die Straße hinaustrat.

Morland war nur knapp einer Katastrophe entgangen. Nachdem Begarell gestorben war, hatten auch die Eskatay ihren Zusammenhalt verloren. Viele von ihnen waren durch die Straßen geirrt, manche hatten den Verstand verloren und dabei sich und andere verletzt. Ohne Nora hätte Begarells Tod die Situation nur verschlimmert. Sie hatte seine Rolle als Anführerin des Kollektivs übernommen und wurde schnell zu dessen Sprecherin. Schon bald hatte sich herausgestellt, dass die Kluft zwischen magisch Begabten und normalen Menschen unüberbrückbar war. Die Stimmung blieb angespannt. Die Gefahr eines Bürgerkrieges hing drohend in der Luft und verdichtete sich, als man den Menschen das Angebot machte, gefahrlos die Fähigkeiten eines Gist zu erwerben. Die Zusammensetzung der Regierung spiegelte die Furcht der Menschen wider. Dass die Boxvereine nun als Parteien auftraten, war nur eine der vielen Irrsinnigkeiten im politischen Leben. Das Volk rief nach einer starken Hand und die bekam es bei den nächsten Wahlen.

Die, die sich freiwillig von den Blumen infizieren ließen, ächtete man als Verräter. Für die Tarkovskis war das keine neue Erfahrung. Als Mitglieder des fahrenden Volkes lebten sie seit jeher am Rande der Gesellschaft. Hakon fürchtete, dass es die Besten sein würden, die Morland den Rücken kehrten und als Gist in die neue Welt wechselten: Menschen voller Tatkraft, die man für den Aufbau einer neuen Gesellschaft dringend benötigte.

Hakon nahm den Bus Richtung Süderborg und setzte sich auf dem Oberdeck an einen Fensterplatz. Dic Ruinen des Krieges waren weitgehend verschwunden. Das Parlament tagte in einem neuen, nicht mehr ganz so imposanten Gebäude. Doch der Frieden war trügerisch. Überall prangten Schmierereien: »Tod den Eskatay« und »Morland den Menschen« waren noch die harmloseren Parolen.

Deshalb hatte der Rat der magisch Begabten mit überwältigender Mehrheit entschieden, dass die Gist Morland verlassen sollten. Die Entscheidung fiel nicht leicht. Aber sie hatten keine andere Wahl.

Nora hatte ihren Laden leer geräumt und in ein Registrierungsbüro verwandelt. Die Schlange derjenigen, die dieser

Welt den Rücken kehren wollten, war lang und reichte bis hinaus auf die Straße. Auf der anderen Seite hatten sich, beschützt von Polizisten, Menschen versammelt, um die Gist zu beschimpfen. Keiner wagte es, sich direkt an ihnen zu vergreifen. Dazu fürchteten die Menschen sie zu sehr. Und das ohne Grund: Die magisch Begabten hatten einem Dekret zugestimmt, das die Anwendung übernatürlicher Fähigkeiten unter Strafe stellte.

Hakon zwängte sich an der Schlange vorbei und betrat den Laden. An fünf Tischen wurden Anträge bearbeitet. Boleslav, ganz Mann der Tat, hatte zusammen mit Tess, York und seiner Frau Nadja die Organisation übernommen.

Als Tess Hakon bemerkte, winkte sie ihm erschöpft zu.

»Hattest du Erfolg?«, fragte sie. Er schüttelte den Kopf.

»Tut mir leid«, sagte sie und machte ein mitleidiges Gesicht. »Aber vielleicht entscheidet er sich ja noch anders.«

»Ja, vielleicht«, sagte Hakon. »Wo ist Nora?«

»Im Garten.«

Hakon ging in den hinteren Teil des Ladens und betrat die Küche. Durch das Fenster sah er die verjüngte Nora unter dem dichten Blätterdach der Esche sitzen. Auf ihrem Schoß lag Agnetha, die tief zu schlafen schien. Hakon trat hinaus.

»Störe ich?«, fragte er.

Nora lächelte und strich Agnetha über den Kopf. »Nein«, flüsterte sie. Hakon setzte sich zu ihr ins Gras.

»Ist sie aufgeregt?«, fragte er.

»Frag nicht«, sagte Nora und gähnte. »Sie hat die ganze Nacht nicht geschlafen.«

»Und du?«

»Ich freue mich darauf, Andre endlich wiederzusehen.« Sie gab Hakon einen freundschaftlichen Klaps auf die Schulter. »Wie geht es dir?«

»Lennart möchte nicht mitkommen«, sagte er.

»Es ist seine Entscheidung. Und es sind seine Kinder«, antwortete Nora.

»Er hat keine Ahnung, was er ihnen damit antut«, sagte Hakon und rupfte wütend ein Grasbüschel aus. »Irgendwann werden sie ihn fragen und was wird er ihnen antworten?«

»Nun, vermutlich die Wahrheit. Dass er uns hasst und für den Tod seiner Frau verantwortlich macht.«

Hakon schwieg bedrückt.

»Du gibst dir für ihren Tod noch immer die Schuld, nicht wahr?«, sagte Nora. »Aber glaub mir, es gibt nichts, was du dagegen hättest tun können.«

»Ich denke, in diesem Punkt werden wir nie einer Meinung sein.« Er zerrieb das Gras zwischen seinen Händen. »Auch Agnetha wird eines Tages Fragen stellen. Wann wirst du ihr die Wahrheit sagen?«

Nora drehte eine Haarsträhne des Mädchens um ihren Zeigefinger. »Gibt es dafür einen richtigen Zeitpunkt? Ich weiß es nicht. Manche Dinge muss man wohl auf sich zukommen lassen.«

»Wie unser Exodus in die neue Welt«, sagte Hakon.

»Ich glaube, den sollten wir in der Tat gelassen sehen. In einer Welt, in der jeder außergewöhnlich ist, wird das Besondere zur Normalität.«

Hakon stand auf und wischte sich die Hände an der Hose ab. »Ich werde Morland vermissen.«

»Hast du Angst vor dem, was kommt?«

»Ein wenig«, gab er zu.

»Dann wirf einen Blick über die Mauer.«

Hakon zögerte.

»Na los!«, forderte ihn Nora auf.

Hakon nahm einen Holzeimer und drehte ihn um, damit er sich daraufstellen konnte. Mit beiden Händen fasste er die Mauerkrone und zog sich hoch.

»Öffne deine Augen und sag mir, was du siehst«, sagte Nora.

Hakon schwieg, lange und ehrfurchtsvoll. Mit einem strahlenden Gesicht, aber Tränen in den Augen drehte er sich um. Er brachte nur einen Satz über die Lippen:

»Es ist schön dort drüben.«

Peter Schwindt, geboren 1964 in Bonn, war einige Jahre als Zeitschriftenredakteur und Spieleentwickler in der Computerbranche tätig, bis er selbst mit dem Schreiben anfing.

Nach einigen sehr erfolgreichen und ausgezeichneten Drehbuchprojekten für das Kinderprogramm des ZDF kam er glücklicherweise auf die Idee, auch Romane für Kinder und Jugendliche zu schreiben. Peter Schwindt ist Autor des erfolgreichen Mehrteilers *Gwydion*, der den Untergang Camelots und König Artus' Tafelrunde erzählt.